A viagem

VIRGINIA WOOLF

A viagem

TRADUÇÃO
LYA LUFT

ns

SÃO PAULO, 2021

A viagem
The Voyage Out
Copyright da tradução © 2007 by Lya Luft
Copyright © 2021 by Novo Século Editora Ltda.

EDITOR: Luiz Vasconcelos
TRADUÇÃO: Lya Luft
REVISÃO: Gabriel Kwak • Carolina Grego Donadio • Daniela Georgeto
PROJETO GRÁFICO E DIAGRAMAÇÃO: João Paulo Putini
ILUSTRAÇÃO DE CAPA: Bruno Novelli

Texto de acordo com as normas do Novo Acordo Ortográfico da
Língua Portuguesa (1990), em vigor desde 1º de janeiro de 2009.

Dados Internacionais de Catalogação na Publicação (CIP)
(Câmara Brasileira do Livro, SP, Brasil)

Woolf, Virginia, 1882-1941.
A viagem / Virginia Woolf;
tradução Lya Luft – 2. ed.
Barueri, SP: Novo Século Editora, 2021.

Título original: The Voyage Out

1. Romance inglês i. Título.
13-09493   CDD-823

Índice para catálogo sistemático:
1. Ficção: Literatura inglesa 823

ns
Uma marca do Grupo Novo Século

Alameda Araguaia, 2190 – Bloco A – 11º andar – Conjunto 1111
CEP 06455-000 – Alphaville Industrial, Barueri – SP – Brasil
Tel.: (11) 3699-7107 | Fax: (11) 3699-7323
www.gruponovoseculo.com.br | atendimento@gruponovoseculo.com.br

Para L.W.

1

Como as ruas que levam do Strand ao Embankment são muito estreitas, é melhor não caminhar de braço dado. Se você insistir, empregados de escritórios de advocacia terão de saltar na lama; jovens datilógrafas terão de trotar nervosamente atrás de você. Nas ruas de Londres, onde a beleza não é percebida, a excentricidade tem de pagar o pato, e é melhor não ser muito alto, usar um casaco azul comprido ou abanar o ar com a mão esquerda.

Certa tarde no começo de outubro, quando o tráfego se tornava agitado, um homem alto veio a passos largos pela beira da calçada com uma dama pelo braço. Olhares irados batiam nas costas deles. As figuras pequenas, agitadas – pois, em comparação com o casal, a maioria das pessoas parecia pequena –, adornadas com canetas-tinteiro, carregadas com pastas de documentos, elas tinham compromissos a cumprir e ganhavam salário semanal, de modo que havia alguma razão para o olhar pouco amistoso lançado sobre a altura de Sr. Ambrose e o casaco de Sra. Ambrose. Mas algum encantamento colocara homem e mulher além do alcance da malícia e da impopularidade. No caso dele, podia-se adivinhar pelos lábios que se moviam que era o pensamento; e, no caso dela, pelos olhos empedernidos e fixos à sua frente, num nível acima dos olhos da maioria, via-se que era tristeza. Apenas desprezando todos os que via ela conseguia conter as lágrimas, e o atrito de pessoas roçando nela, ao passar, era evidentemente penoso. Depois de observar o tráfego no Embankment por um minuto ou dois com olhar estoico e fixo, ela puxou a manga do marido e eles atravessaram em meio à rápida passagem dos automóveis. Quando estavam a salvo do outro lado, ela docemente retirou o braço do dele ao mesmo tempo que deixava sua própria boca relaxar e tremer; então, lágrimas rolaram e, apoiando os cotovelos na balaustrada, ela protegeu o rosto dos curiosos. Sr. Ambrose tentou consolá-la; deu-lhe palmadinhas no ombro; mas ela não mostrava sinais de deixar aproximar-se e, sentindo ser inconveniente ficar parado junto de uma dor maior que a sua, ele cruzou os braços nas costas e deu uma volta na calçada.

O Embankment sobressai em ângulos aqui e ali como púlpitos; entretanto, em vez de pregadores, menininhos os ocupam, balançando cordas, jogando pedras ou lançando folhas de papel para um cruzeiro. Com um olho acurado para excentricidades, inclinavam-se a achar Sr. Ambrose pavoroso; mas um espertinho mais rápido gritou "Barba Azul!" quando ele passou. Para o caso de passarem a aborrecer sua esposa, Sr. Ambrose brandiu sua bengala na direção deles, o que fez com que resolvessem que ele era apenas grotesco, e quatro gritaram em coro, em vez de um só: "Barba Azul!".

Embora Sra. Ambrose ficasse bastante quieta, muito mais tempo do que é natural, os menininhos a deixaram em paz. Sempre há alguém olhando o rio perto da Ponte de Waterloo; um casal fica ali conversando meia hora numa bela tarde; a maior parte das pessoas, caminhando por prazer, fica olhando por três minutos; depois, tendo comparado a ocasião com outras ocasiões, ou tendo dito alguma frase, seguem adiante. Às vezes as casas, igrejas e hotéis de Westminster são como os contornos de Constantinopla num nevoeiro; às vezes o rio é de um roxo opulento, às vezes cor de lama, às vezes de um azul cintilante como o mar. Sempre vale a pena olhar para baixo e ver o que está acontecendo. Mas aquela senhora não olhava nem para cima nem para baixo: a única coisa que vira desde que estava ali parada era um pedaço de pano circular iridescente que passava flutuando lentamente com uma palha no meio. A palha e o paninho seguiam seu nado sob o véu trêmulo de uma grande lágrima que brotava, e a lágrima cresceu, caiu e tombou no rio. Então ela ouviu ali perto:

Lars Porsena de Clusium
Ele jurou pelos nove Deuses

e depois, mais débil, como se o falante tivesse passado por ela na sua caminhada:

Que a Grande Casa de Tarquínio
Não deverá sofrer mais reveses.

Sim, ela sabia que precisava voltar para tudo aquilo, mas no momento tinha de chorar. Protegendo o rosto, ela soluçou mais do que antes, os ombros erguendo-se e caindo com grande regularidade. Foi essa imagem que seu marido viu quando, tendo chegado à Esfinge polida, tendo se enredado com um homem que vendia cartões-postais, ele se virou; o poema interrompeu-se imediatamente. Ele foi até ela, pôs a mão em seu ombro e disse:

– Querida.

Sua voz era suplicante. Mas ela escondeu o rosto como se dissesse: "Você jamais poderia entender".

Mas como ele não a deixasse, ela teve de enxugar os olhos e erguê-los ao nível das chaminés da fábrica na outra margem. Também viu os arcos da Ponte de Waterloo e as carroças movendo-se através deles, como a fila de animais numa barraca de tiro ao alvo. Ela as via claramente, mas ver alguma coisa era naturalmente parar de chorar e começar a andar.

– Eu preferia andar – disse ela, depois de o marido ter chamado um táxi já ocupado por dois homens da cidade.

A fixidez do estado de espírito dela foi rompida pela ação de caminhar. Os automóveis em disparada, mais parecidos com aranhas na lua do que com objetos terrestres, as carroças trovejantes, os cabriolés balouçantes e os pequenos coches pretos fizeram-na lembrar-se do mundo em que vivia. Em algum ponto acima dos pináculos onde a fumaça se erguia numa colina pontuda, seus filhos agora estavam chamando por ela e recebendo uma resposta tranquilizadora. Quanto aos montes de ruas, praças e edifícios públicos que os separavam, ela apenas sentia, naquele instante, como Londres fizera pouco para que ela a amasse, embora 30 de seus 40 anos tivessem se passado numa rua daquelas. Ela sabia como interpretar as pessoas que passavam a seu lado; havia os ricos correndo ora das casas, ora para as casas uns dos outros a essa hora; havia os funcionários obstinados, dirigindo-se em linha reta para seus escritórios; havia os pobres que eram infelizes e justificadamente malignos. Embora ainda houvesse sol naquela névoa, velhos e velhas maltrapilhos cochilavam nos bancos. Quando se desistia de ver a beleza que vestia as coisas, aquele era o esqueleto que ficava por baixo.

Agora uma chuvinha fina a deixava ainda mais melancólica; furgões com os nomes esquisitos dos que se dedicam a indústrias bizarras – Sprules, Manufatura de Serragem; Grabb, que não deixa escapar um pedacinho de papel desperdiçado – soavam como uma piada ruim; amantes ousados, ocultos atrás de um só casaco, lhe pareciam sórdidos em sua paixão; as floristas, grupo alegre, cuja fala sempre vale a pena escutar, eram velhas feias e estúpidas; as flores vermelhas, amarelas e azuis, comprimidas umas contra as outras, não resplendiam. Além disso, seu marido, caminhando com um passo rápido e ritmado, eventualmente acenando com sua mão livre, não era nem um viquingue nem um Nelson ferido; as gaivotas tinham mudado o jeito dele.

– Ridley, vamos de carro? Vamos de carro, Ridley?

Sra. Ambrose teve de falar alto; a essa altura ele estava distante dela.

O fiacre, trotando firme ao longo da mesma rua, em breve os afastou de West End, mergulhando-os em Londres. Parecia ser uma grande fábrica, onde as pessoas estivessem engajadas em fazer coisas, como se West End, com seus lampiões elétricos, suas enormes janelas de vidro brilhando amarelas, suas casas bem-acabadas e minúsculas figuras vivas trotando na calçada ou carregadas sobre rodas, fosse o produto acabado. A ela parecia um trabalho muito pequeno para ter sido feito por uma fábrica tão enorme. Por alguma razão, pareceu-lhe como uma pequena borla de ouro na ponta de um vasto sobretudo negro.

Observando que não passavam por outro fiacre, mas só por furgões e carroças, e que nenhum daqueles milhares de homens e mulheres que ela via era cavalheiro ou dama, Sra. Ambrose entendeu que, afinal, a coisa comum é ser pobre, e que Londres é uma cidade de inumeráveis pobres. Espantada com essa descoberta e vendo-se caminhando em círculo todos os dias de sua vida em torno de Piccadilly Circus, ela ficou imensamente aliviada ao passar por um edifício destinado pelo Conselho Municipal de Londres a Escolas Noturnas.

– Meus Deus, como isso aqui é triste! – resmungou seu marido. – Pobre gente!

Com a aflição por seus filhos, os pobres e a chuva, a mente dela era como uma ferida exposta para secar no ar.

Nesse momento, o fiacre parou, pois estava na iminência de ser esmagado como uma casca de ovo. O amplo Embankment, que tivera espaço para esquadrões e canhões, agora encolhera, tornando-se uma ruela calçada de pedras, fumegando com odores de malte e óleo e bloqueada por carroças. Enquanto seu marido lia os cartazes colados no tijolo anunciando os horários em que certos navios partiriam para a Escócia, Sra. Ambrose tentava encontrar informações. De um mundo ocupado exclusivamente em carregar carroças com sacos, meio obliterado também numa fina névoa amarela, eles não conseguiam nem ajuda nem atenção. Pareceu um milagre quando um velho se aproximou, adivinhou o estado em que se achavam e propôs levá-los para o navio no barquinho amarrado no fundo de um lance de degraus. Hesitando um pouco, confiaram-se a ele, ocuparam seus lugares e logo estavam ondulando sobre as águas, Londres reduzida a duas linhas de edifícios dos dois lados deles, construções quadradas e construções retangulares em filas como uma avenida de bloquinhos de madeira construída por uma criança.

O rio, numa turva luz amarela, corria com muita força; balsas enormes passavam rápidas, escoltadas por rebocadores; barcos da polícia passavam por todos em disparada; o vento soprava na direção da torrente. O barco a remo, aberto, em que estavam sentados, pulava e balançava, cruzando a linha do tráfego. No meio do rio, o velho pousou as mãos sobre os remos e comentou, enquanto a água passava velozmente, que outrora levava muitos passageiros, mas agora raramente havia algum. Parecia lembrar uma época em que seu barco, ancorado entre juncos, carregava pés delicados para o outro lado, para os relvados de Rotherhithe.

– Agora eles querem pontes – disse, apontando o contorno monstruoso da Ponte da Torre. Helen contemplou tristonha o homem que estava pondo água entre ela e seus filhos. Tristonha, olhava o navio do qual estavam se aproximando; ancorado no meio da torrente, podiam ler obscuramente seu nome: *Euphrosyne*.

Na névoa que baixava podiam ver muito difusamente as linhas do cordame, os mastros e a bandeira escura que a brisa inflava para trás.

Quando o barquinho se alinhou com o vapor, o velho largou seus remos e comentou mais uma vez, apontando para cima, que navios do mundo todo usavam aquela bandeira no dia de partir. Nas mentes de ambos os passageiros, a bandeira azul pareceu um presságio sinistro, e aquele, um momento para pressentimentos, mas mesmo assim levantaram-se, juntaram suas coisas e subiram ao convés.

Lá embaixo, no salão do navio de seu pai, Srta. Rachel Vinrace, de 24 anos, estava esperando de pé, nervosa, seu tio e sua tia. Para começar, embora parentes próximos, ela quase não se lembrava deles; ainda por cima eram idosos; e, finalmente, como filha do seu pai, ela tinha de estar preparada para distraí-los de alguma forma. Esperava por eles como gente civilizada em geral aguarda a primeira visão de gente civilizada, como se fosse da natureza deles a iminência de um desconforto físico – um sapato apertado ou uma janela com corrente de ar. Estava numa animação pouco natural para recebê-los. Enquanto se ocupava colocando garfos esmeradamente ao lado de facas, ouviu uma voz masculina dizer em tom sombrio:

– Numa noite escura pode-se cair de cabeça nesta escada.

E uma voz feminina acrescentou:

– E morrer.

Ao pronunciar as últimas palavras ela apareceu na porta. Alta, olhos grandes, enrolada num xale roxo, Sra. Ambrose era romântica e bela; talvez não simpática, pois seus olhos fitavam diretamente e analisavam o que viam. Seu rosto era muito mais cálido do que um rosto grego; por outro lado, era muito mais audacioso do que os rostos de mulheres inglesas bonitas costumavam ser.

– Ah, Rachel, como vai? – disse ela, apertando a mão da outra.

– Como vai, querida? – disse Sr. Ambrose, inclinando a cabeça para que a moça o beijasse. A sobrinha instintivamente gostou do corpo magro e anguloso dele, da cabeça grande com traços imperiosos e dos olhos agudos e inocentes.

– Avise Sr. Pepper – pediu Rachel ao criado. Marido e mulher sentaram-se, então, a um lado da mesa com a sobrinha na frente.

– Meu pai me pediu que começasse – explicou-lhes ela. – Está muito ocupado com os homens... Conhecem Sr. Pepper?

Um homenzinho curvado, como algumas árvores se curvam com o vento que sopra de um lado, esgueirara-se para a sala. Cumprimentando Sr. Ambrose com um aceno de cabeça, apertou a mão de Helen.

– Correntes de ar – disse ele, levantando o colarinho do casaco.

– Ainda está com reumatismo? – perguntou Helen. Sua voz era baixa e sedutora, embora falasse com ar distraído, tendo em mente ainda a visão da cidade e do rio.

– Uma vez reumático, sempre reumático, receio – respondeu ele. – Até certo ponto depende do clima, embora não tanto quanto as pessoas pensam.

– Seja como for, não se morre disso – disse Helen.

– Geralmente não – respondeu Sr. Pepper.

– Sopa, tio Ridley? – perguntou Rachel.

– Obrigado, querida – disse ele e, enquanto estendia o prato, deu um suspiro audível. – Ah! Ela não é como a mãe. – Helen bateu tarde demais o copo na mesa para que Rachel não escutasse e não ficasse vermelha de constrangimento.

– Vejam só como os criados tratam as flores! – ela disse apressadamente. Puxou em sua direção um vaso verde com beirada rachada e começou a tirar os pequenos crisântemos, que colocava sobre a toalha da mesa, arranjando-os minuciosamente lado a lado.

Houve um silêncio.

– Você conheceu Jenkinson, não conheceu, Ambrose? – perguntou Sr. Pepper do outro lado da mesa.

– Jenkinson de Peterhouse?

– Morreu – disse Sr. Pepper.

– Meu Deus! Eu o conheci... faz séculos – disse Ridley. – Foi o herói daquele acidente de chalana, lembra? Sujeito estranho. Casado com uma moça de uma tabacaria, morava nos Fens... nunca mais soube dele.

– Bebida, drogas – disse Sr. Pepper com sinistra concisão. – Deixou um ensaio. Disseram que é uma confusão total.

– O homem realmente tinha grandes habilidades – disse Ridley.

– Sua introdução a Jellaby se mantém – prosseguiu Sr. Pepper –, o que é surpreendente, levando-se em conta como os livros-texto mudam.

– Havia uma teoria sobre os planetas, não havia? – perguntou Ridley.

– Sem dúvida ele tinha um parafuso frouxo – disse Sr. Pepper, balançando a cabeça.

A mesa tremeu e uma luz lá fora oscilou. Ao mesmo tempo, uma campainha elétrica começou a tocar, aguda, repetidas vezes.

– Estamos partindo – disse Ridley.

Uma onda leve mas perceptível pareceu rolar debaixo do assoalho; depois baixou; então outra veio, mais perceptível. Luzes deslizaram fora da janela sem cortinas. O navio deu um uivo alto e melancólico.

– Partimos – disse Sr. Pepper. Outros navios, tão tristes quanto aquele, responderam lá fora, no rio. Podiam-se ouvir nitidamente os gorgolejos e assobios da água, e o navio balançava tanto que o camareiro trazendo os pratos teve de equilibrar-se quando puxou a cortina. Houve um silêncio.

– Jenkinson de Cats... você ainda tem contato com ele? – perguntou Ambrose.

– Tanto quanto é possível – disse Sr. Pepper. – Nós nos encontramos todo ano. Este ano ele teve a infelicidade de perder a esposa, o que naturalmente tornou esse encontro penoso.

– Muito penoso – concordou Ridley.

– Há uma filha solteira que cuida da casa para ele, eu acho, mas nunca é a mesma coisa, não na idade dele.

Os dois cavalheiros ficaram balançando as cabeças sabiamente enquanto descascavam suas maçãs.

– Havia um livro, não havia? – indagou Ridley.

– *Havia* um livro, mas jamais *haverá* um livro – disse Sr. Pepper com tal ferocidade que as duas damas ergueram os olhos para ele.

– Nunca haverá um livro, porque outra pessoa o escreveu por ele – disse Sr. Pepper com bastante azedume. – É o que acontece quando se larga tudo para colecionar fósseis e escavar arcos normandos em pocilgas.

– Confesso que simpatizo com isso – disse Ridley num suspiro melancólico. – Tenho um fraco por pessoas que não conseguem engrenar direito na vida.

– O acervo de toda uma vida desperdiçado – prosseguiu Sr. Pepper. – Ele tinha coisas guardadas o bastante para encher um celeiro. – Isso é um vício do qual alguns de nós escapam – disse Ridley. – Nosso amigo Miles tem outra obra publicada hoje.

Sr. Pepper deu um risinho azedo.

– Segundo meus cálculos – disse –, ele produziu dois volumes e meio por ano, o que, descontando o tempo passado no berço e assim por diante, mostra uma aplicação louvável.

– Sim, o que o velho Master disse dele concretizou-se direitinho – disse Ridley.

– Eles tinham lá seu jeito – disse Sr. Pepper. – Conhece a coleção Bruce? Não para ser publicada, claro.

– Acho que não – disse Ridley, significativamente. – Para um clérigo, ele era... notavelmente liberado.

– O Pump em Neville's Row, por exemplo? – perguntou Sr. Pepper.

– Exatamente – disse Ambrose.

Cada uma das damas, segundo a moda do seu sexo, altamente treinada para promover a conversa masculina sem a escutar, podia pensar – sobre a educação de filhos ou sobre o uso de sirenes de nevoeiro numa ópera – sem se trair. Helen apenas se espantou porque Rachel estava talvez um pouco calada demais para uma anfitriã e poderia ter ocupado suas mãos com alguma coisa.

– Talvez...? – disse ela depois, e ambas se levantaram e saíram, para vaga surpresa dos homens, que ou as julgavam atentas, ou tinham se esquecido de sua presença.

– Ah, a gente podia contar histórias estranhas sobre os velhos tempos – ouviram Ridley dizer enquanto ele mergulhava de novo em sua cadeira. Olhando de relance para trás, na porta, viram Sr. Pepper, como se tivesse de repente afrouxado suas roupas, tornando-se um velho macaco animado e malicioso.

Enrolando véus na cabeça, as mulheres caminhavam no convés. Agora moviam-se constantemente rio abaixo, passando pelos vultos escuros de navios ancorados, e Londres era um enxame de luzes com um dossel amarelo-pálido pousado em cima. Havia as luzes dos grandes teatros, as luzes das ruas compridas, as luzes indicando enormes quadrados de conforto doméstico, luzes penduradas no ar. Nenhuma escuridão jamais se instalaria sobre esses lampiões, assim como nenhuma escuridão se instalara sobre eles em centenas de anos. Parecia assustador que a cidade devesse arder assim no mesmo ponto, para sempre; assustador pelo menos para pessoas que partiam para uma aventura no mar, encarando-a como uma colina circunscrita, eternamente acesa, eternamente manchada. Do convés do navio, a grande cidade parecia uma figura agachada e covarde, um avarento sedentário.

Inclinando-se sobre a balaustrada, lado a lado com Rachel, Helen disse:

– Você não vai sentir frio?

Rachel respondeu:

– Não... Que lindo! – acrescentou um momento depois. Via-se muito pouca coisa: alguns mastros, uma sombra de terra aqui, uma linha de janelas brilhantes ali. Tentaram enfrentar o vento.

– Está soprando... está soprando! – arquejou Rachel, as palavras socadas garganta abaixo. Lutando ao lado dela, Helen subitamente foi dominada pelo espírito de movimento e avançou contra o vento, as saias enroscando-se em seus joelhos, os dois braços levantados para segurar o cabelo. Mas lentamente aquela embriaguez do movimento foi cedendo, o vento ficou áspero e frio. Espiaram por uma fenda na cortina e viram que longos charutos estavam sendo fumados na sala de jantar; viram Sr. Ambrose lançar-se violentamente contra o encosto de sua cadeira, enquanto Sr. Pepper enrugava as bochechas como se tivessem sido cortadas em madeira. O fantasma de uma grande risada veio até elas e foi imediatamente engolido pelo vento. Na sala seca, de luz amarelada, Sr. Pepper e Sr. Ambrose não se davam conta de nenhum tumulto: estavam em Cambridge, e provavelmente era pelo ano de 1875.

– São velhos amigos – disse Helen, sorrindo ao vê-los. – Há algum quarto onde a gente possa se sentar?

Rachel abriu uma porta.

– Antes um patamar do que um quarto – disse ela. Na verdade, não tinha nada do caráter fechado e fixo de um aposento em terra. Uma mesa estava presa no centro, cadeiras encravadas nos lados. Felizmente os sóis tropicais tinham desbotado as tapeçarias num verde-azul pálido, e o espelho com sua moldura de conchas, obra de amor do camareiro quando o tempo estava pesado nos mares do sul, era antes bizarro que feio. Conchas enroscadas com bordas vermelhas como chifres de unicórnio ornamentavam o parapeito da lareira coberto de um veludo roxo do qual pendia um número de borlas. Duas janelas abriam para o convés, e a luz que vinha através delas quando o navio era calcinado no Amazonas transformara as gravuras na parede oposta, deixando-as com um amarelo vago, de modo que "O Coliseu" pouco se distinguia da Rainha Alexandra brincando com seus spaniels. Um par de cadeiras de balanço junto da lareira convidava a aquecer as mãos em uma grade de latão; um grande lampião balançava sobre a mesa, a espécie de lampião que é a luz da civilização sobre campos escuros para quem neles caminha.

– É estranho que todo mundo seja velho amigo de Sr. Pepper – disse Rachel nervosamente, pois a situação era difícil, o aposento frio, e Helen estava curiosamente calada.

– Você o conhece bem, suponho? – disse a tia.

– É o jeito dele – disse Rachel, encontrando um peixe fossilizado numa tigela e ajeitando-o.

– Acho que você está sendo severa demais – comentou Helen.

Rachel tentou imediatamente suavizar o que dissera contra sua convicção.

– Eu não o conheço de verdade – disse e refugiou-se nos fatos, acreditando que pessoas mais velhas gostassem mais deles do que das emoções. Relatou o que sabia sobre William Pepper.

Contou a Helen que ele sempre os visitava aos domingos quando estavam em casa; sabia muitas coisas: matemática, história, grego, zoologia, economia e as sagas da Islândia. Traduzira poesia persa em prosa inglesa, e prosa inglesa em iâmbicos gregos; era uma autoridade em moedas e em mais alguma coisa... ah sim, ela achava que era tráfego de veículos.

Ele estava ali para tirar coisas do mar ou escrever sobre o provável curso de Odisseu, afinal, grego era seu hobby.

– Tenho todos os seus panfletos – disse ela. – Pequenos livrinhos amarelos. – Ela não parecia ter lido nenhum.

– Ele alguma vez se apaixonou? – perguntou Helen, que escolhera uma cadeira.

Aquilo atingiu um alvo inesperado.

– O coração dele é um sapato velho – declarou Rachel, largando o peixe. Mas, quando interrogada, teve de reconhecer que jamais falara sobre isso com ele.

– Pois eu vou lhe perguntar – disse Helen. – Da última vez que a vi, você estava comprando um piano. Lembra, o piano, o quarto no sótão, as grandes plantas com espinhos?

– Sim, e minhas tias disseram que o piano entraria pelo térreo, mas na idade delas a gente não se importa mais em ser assassinada de noite? – perguntou ela.

– Faz pouco tempo tive notícias de tia Bessie – afirmou Helen. – Ela receia que você vá estragar seus braços se insistir em se exercitar tanto ao piano.

– Os músculos do antebraço... e aí a gente não consegue arrumar marido?

– Ela não pôs a questão dessa maneira – respondeu Sra. Ambrose.

– Ah, não. Claro, ela não faria isso – disse Rachel com um suspiro.

Helen contemplou-a. Seu rosto era antes fraco que decidido, e só não era insípido por causa dos grandes olhos interrogativos; tendo-lhe sido negada a beleza, agora que estava abrigada dentro de casa, pela falta de cor e contornos definidos. Mais que isso, uma hesitação ao falar, ou uma tendência a usar as palavras erradas, fazia com que parecesse mais incompetente do que o normal para sua idade. Sra. Ambrose, que andara falando coisas casuais, agora refletiu que certamente não esperava com ansiedade pela intimidade de três ou quatro semanas a bordo do navio. Mulheres de sua idade habitualmente a entediavam, e ela supunha que uma mocinha seria ainda pior. Lançou mais um olhar a Rachel. Sim! Como estava claro que ela seria vacilante, emotiva, e quando lhe dissessem alguma coisa, não faria impressão mais duradoura do que o golpe de um bastão na água. Não havia nada que se arraigasse em mocinhas – nada sólido, permanente, satisfatório. Willoughby disse três semanas ou quatro? Ela tentou lembrar.

Mas a essa altura a porta se abriu, e um homem alto e robusto entrou no quarto, avançou e apertou a mão de Helen com uma espécie de cordialidade emocionada. O próprio Willoughby, pai de Rachel, cunhado de Helen. Como teria sido necessária grande quantidade de carne para torná-lo um homem gordo, pois sua ossatura era muito grande, não era gordo; seu rosto também era grande, parecendo, pelas feições estreitas e o brilho na face encovada, mais adequado para resistir aos ataques do clima do que para expressar sentimentos e emoções ou para reagir a emoções alheias.

– É um grande prazer você ter vindo – disse ele –, para nós dois.

Rachel murmurou alguma coisa obedecendo ao olhar do pai.

– Vamos fazer o que pudermos para que fique confortável. E Ridley também.

– Consideramos uma honra estarmos cuidando dele. Pepper terá alguém para contradizê-lo, coisa que não me atrevo a fazer. Você achou essa criança crescida, hein? Uma jovem mulher, não?

Ainda segurando a mão de Helen, ele passou o braço pelo ombro de Rachel, aproximando as duas desconfortavelmente, mas Helen não olhou.

– Você acha que podemos nos orgulhar dela? – perguntou ele.

– Ah, sim – disse Helen.

– Porque esperamos grandes coisas dela – continuou ele, apertando o braço da filha e soltando-a. – Mas falemos de você agora. – Sentaram-se lado a lado no sofazinho.

– Você deixou as crianças bem? Acho que estão na idade de ir à escola. São parecidas com você ou Ambrose? Tenho certeza de que têm boas cabeças.

Helen imediatamente iluminou-se mais e explicou que seu filho tinha seis anos e a filha dez. Todo mundo dizia que seu menino era parecido com ela, e a menina, com Ridley. Quanto à cabeça, segundo ela, eram crianças atiladas, e modestamente contou uma pequena história sobre o filho, de como, sozinho por um minuto, ele pegou uma bolinha de manteiga entre os dedos, correu pela sala e a jogou no fogo – apenas pela brincadeira, sentimento que ela podia entender.

– E você teve de mostrar ao molequezinho que essas coisas não se fazem, hein?

– Uma criança de seis anos? Acho que não é importante.

– Eu sou um pai antiquado.

– Bobagem, Willoughby; Rachel sabe melhor disso.

Por mais que Willoughby certamente tivesse gostado de ser elogiado pela filha, ela não o fez; seus olhos nada espelhavam, como água, seus dedos ainda brincavam com o peixe fossilizado, sua mente ausente. Os mais velhos continuaram falando sobre arranjos para maior conforto de Ridley – uma mesa posta onde ele não deixaria de ver o mar, longe das caldeiras, e ao mesmo tempo protegida de gente passando. A não ser que transformasse isso em férias, com os livros todos em malas, ele jamais teria férias; pois em Santa Marina, Helen sabia por experiência que ele trabalharia o dia todo; disse que as caixas dele estavam lotadas de livros.

– Deixe isso comigo... deixe isso comigo! – disse Willoughby, obviamente pretendendo fazer bem mais do que ela lhe pedia. Mas escutaram Ridley e Sr. Pepper mexendo na porta.

– Como vai, Vinrace? – disse Ridley, estendendo uma mão sem energia ao entrar, como se o encontro fosse melancólico para os dois, porém mais para ele.

Willoughby preservou sua cordialidade, temperada por respeito. No momento não disseram nada.

– Espiamos e vimos vocês dois rindo – comentou Helen. – Sr. Pepper acaba de contar uma história excelente.

– Psst. Nenhuma das histórias foi boa – disse o marido, mal-humorado.

– Ainda um juiz severo, Ridley? – perguntou Sr. Vinrace.

– Nós as entediamos tanto que vocês foram embora – disse Ridley, falando diretamente a sua esposa.

Como era verdade, Helen não tentou negar, e comentou:

– Mas não melhoraram nada depois que saímos – um comentário desastrado, porque seu marido agora respondeu abaixando os ombros:

– Pioraram, se é que era possível.

Agora a situação era de grande desconforto para todos, o que se viu pelo longo intervalo de silêncio e constrangimento. Sr. Pepper, na verdade, criou uma distração saltando em sua cadeira, os dois pés encolhidos debaixo do corpo, como uma solteirona vendo um camundongo, quando a corrente de ar atingiu seus tornozelos. Encolhido ali em cima, pitando seu charuto, braços ao redor dos joelhos, ele parecia a imagem de Buda, e lá de cima começou um discurso endereçado a ninguém, pois ninguém o pedira, a respeito das profundezas inexploradas do oceano. Declarou-se surpreso ao saber que, embora Sr. Vinrace possuísse dez navios, circulando regularmente entre Londres e Buenos Aires, nenhum deles se destinava a investigar os grandes monstros brancos das águas mais profundas.

– Não, não – riu Willoughby –, bastam-me os monstros da terra!

Ouviram um suspiro de Rachel:

– Pobres cabritinhas!

– Se não fossem as cabras, não haveria música, querida; a música depende das cabras – disse o pai dela com certa aspereza, e Sr. Pepper passou a descrever os monstros brancos, cegos e pelados, deitados encolhidos em bancos de areia no fundo do mar, que explodiriam trazidos à tona, os flancos estourando e espalhando entranhas ao vento, quando aliviados da pressão, com considerável rigor e tal conhecimento que Ridley ficou repugnado e implorou que parasse.

Helen tirou conclusões de tudo isso, bastante lúgubres. Pepper era um chato; Rachel era uma mocinha rude, prolífica em confidências, e a primeira delas seria: "Sabe, eu não me dou bem com meu pai". Willoughby, como sempre, amava seu negócio e construía seu império, e, entre todos eles, ela se entediaria consideravelmente. Sendo mulher de ação, porém, levantou-se e disse que iria para a cama. Na porta, olhou para trás instintivamente para Rachel, esperando que, sendo do mesmo sexo, saíssem juntas da sala. Rachel levantou-se, olhou vagamente o rosto de Helen e comentou com seu leve gaguejar:

– Vou sair para t-t-triunfar no vento.

As piores suspeitas de Sra. Ambrose se confirmaram; ela desceu pelo corredor balançando de um lado para outro e, apoiando-se na parede branca, ora com o braço direito, ora com o esquerdo, a cada balanço exclamando enfaticamente:

– Droga!

2

Por mais desconfortável que a noite pudesse ter sido, com seu movimento balouçante e seus cheiros de maresia, e para um deles sem dúvida o foi porque Sr. Pepper tinha pouca roupa sobre sua cama, o café da manhã seguinte teve uma espécie de beleza. A viagem começara e começara feliz, com um céu azul suave e um mar calmo. A sensação de recursos ociosos de coisas não ditas tornou a hora importante, de modo que em anos futuros toda a jornada talvez fosse representada por essa única cena, com o som de sirenes uivando no rio na noite anterior, de alguma forma misturado nela.

A mesa tinha aparência alegre com maçãs, pão e ovos. Helen passou a manteiga a Willoughby e, quando fez isso, olhou-o e refletiu, "E ela se casou com você, e acho que foi feliz".

Prosseguiu numa cadeia de pensamentos familiares, levando a toda sorte de reflexões bem conhecidas, desde o antigo espanto, por que Theresa se casara com Willoughby?

Naturalmente a gente vê isso, pensou ela, referindo-se ao fato de que se via que ele era grande e robusto, com uma forte e sonora voz e um punho e uma vontade própria: "mas..." aqui ela entrou numa bela análise dele, que é bem representada com uma palavra, "sentimental", no sentido de que ele nunca era simples e honesto quanto aos seus sentimentos. Por exemplo, raramente falava na morta, mas comemorava os aniversários com singular pompa. Ela suspeitava de que ele fosse capaz de inomináveis atrocidades com sua filha, como sempre suspeitara que ele enganasse a esposa. Naturalmente, passou a comparar sua própria sorte com a sorte de sua amiga, pois a esposa de Willoughby fora talvez a única mulher que Helen chamou de amiga, e essa comparação muitas vezes era o tema de seus diálogos. Ridley era um intelectual, e Willoughby, um homem de negócios. Ridley estava editando o terceiro volume de *Píndaro* quando Willoughby lançava ao mar seu primeiro navio. Construíram uma nova fábrica no mesmo ano em que o ensaio sobre Aristóteles – fora esse mesmo? – aparecia na Editora da Universidade. "E Rachel", ela a encarou, querendo, sem dúvida, decidir a discussão que de resto estava equilibrada demais, declarando que não se podia comparar Rachel com seus próprios filhos.

"Na verdade, ela poderia ter seis anos de idade", foi tudo o que disse, porém, referindo-se, nesse julgamento, ao contorno suave do rosto da moça, sem condená-la de outro modo, pois, se Rachel fosse pensar, sentir, rir ou expressar-se, em vez de derramar leite do alto para ver que tipo de gotas produzia, poderia ser interessante, embora nunca bela. Era como sua mãe, como a imagem de uma piscina num calmo dia de verão é parecida com a vívida face corada que se inclina sobre ela.

Entretanto, a própria Helen estava sendo examinada, embora por nenhuma de suas vítimas. Sr. Pepper a analisava; e suas meditações, realizadas enquanto cortava sua torrada em tiras e as cobria escrupulosamente de manteiga, levaram-no por um considerável trajeto de autobiografia. Um de seus olhares penetrantes assegurou-lhe que estava certo na noite passada ao julgar que Helen era linda. Passou-lhe a geleia docemente. Ela falava bobagens, mas não mais do que as pessoas costumam falar no café da manhã, a circulação do cérebro, como ele sabia por experiência própria, podia causar problemas nessa hora. Ele prosseguiu dizendo "não" para ela, por princípio, pois jamais cedia a uma mulher apenas pelo seu sexo. E aqui, baixando os olhos para seu prato, ele se tornou autobiográfico. Não se casara, pelo motivo suficiente de que jamais encontrara uma mulher que lhe suscitasse respeito. Condenado a passar os sensíveis anos da juventude numa estação ferroviária em Bombaim, ele vira apenas mulheres morenas, esposas de militares, de funcionários do governo. E seu ideal era uma mulher que soubesse ler grego, senão persa, tivesse um rosto irrepreensivelmente claro e fosse capaz de entender as pequenas coisas que ele soltasse ao despir-se. Ele contraíra hábitos dos quais não tinha a menor vergonha. Passava alguns estranhos momentos todo dia decorando coisas: nunca pegava um bilhete sem anotar o número; devotava janeiro a Petrônio, fevereiro a Catulo, março talvez aos vasos etruscos; de qualquer modo, fizera um bom trabalho na Índia, e não havia do que se arrepender em sua vida, exceto dos defeitos fundamentais de que nenhum homem sábio se arrepende, quando o presente ainda lhe pertence. Concluindo assim, ele de repente ergueu os olhos e sorriu. Rachel viu seu olhar.

E agora, suponho, você mastigou algo 37 vezes?, pensou ela, mas disse alto, educadamente:

– Suas pernas continuam incomodando hoje, Sr. Pepper?

– Meus ombros? – perguntou ele, movendo-os doloridamente. – Que eu saiba, a beleza não age sobre ácido úrico – ele suspirou contemplando a vidraça redonda em frente, através da qual céu e mar se exibiam, azuis. Ao mesmo tempo, tirou do bolso um pequeno volume de pergaminho e colocou-o sobre a mesa. Como ficasse claro que esperava comentário, Helen lhe perguntou o nome. Conseguiu-o; mas também conseguiu uma digressão sobre o método certo de construir estradas. Começando com os gregos, que, disse ele, tiveram muitas dificuldades, prosseguiu com os romanos, passou para a Inglaterra e o método certo, que rapidamente se tornara método errado, e passou a denunciar com tamanha fúria os construtores de estradas do presente em geral e os do Richmond Park em particular, onde Sr. Pepper tinha o hábito de andar de bicicleta toda manhã antes do café, que as colheres literalmente tilintaram contra as xícaras de café, e os miolos de pelo menos quatro pãezinhos empilharam-se num montinho ao lado do prato de Sr. Pepper.

– Seixos – concluiu ele, colocando viciosamente sobre o montinho outra bolinha de pão. – As estradas da Inglaterra são remendadas com seixos! Eu lhes disse: com a primeira chuva forte, sua estrada vai virar um charco! Minhas palavras foram comprovadas todas as vezes. Mas acha que eles me escutam quando lhes digo isso, quando aponto as consequências para o bolso público, quando recomendo que leiam Corifeu? Nada. Eles têm outros interesses. Não, Sra. Ambrose, a senhora não terá opinião justa sobre a estupidez humana enquanto não se sentar num Conselho Borough! – O homenzinho fitou-a com um olhar de energia feroz.

– Eu tive empregadas – disse Sra. Ambrose, concentrando seu olhar. – Agora mesmo tenho uma babá. É uma boa mulher, do jeito dela, mas está decidida a fazer minhas crianças rezarem. Até aqui, devido ao grande cuidado de minha parte, elas pensam em Deus como uma espécie de vaca marinha; mas agora que virei as costas... Ridley – exigiu ela, girando para enfrentar o marido –, o que vamos fazer se as encontrarmos rezando o Pai-Nosso quando chegarmos outra vez em casa?

Ridley fez um som que se pode representar como "tch".

Mas Willoughby, cujo desconforto enquanto escutava se manifestava por um leve movimento de embalo do corpo, disse desajeitadamente:

– Ora, Helen, um pouco de religião certamente não faz mal a ninguém.

– Eu preferia que meus filhos mentissem – respondeu ela e, enquanto Willoughby refletia que sua cunhada era ainda mais excêntrica do que ele tinha lembrado, empurrou a cadeira para trás e subiu impetuosamente as escadas. Num segundo, ouviram-na chamar: – Olhem, olhem! Estamos em alto-mar!

Seguiram-na para o convés. Toda a fumaça e as casas tinham desaparecido, e o navio estava num vasto espaço de mar, muito fresco e claro, embora pálido na luz da manhã. Tinham deixado Londres instalada em sua lama. Uma tênue linha de sombra estreitava-se no horizonte, mal tinha densidade suficiente para suportar a carga de Paris, que mesmo assim pousava sobre ela. Estavam livres de estradas, livres da raça humana, e a mesma euforia de liberdade percorreu todos eles. O navio abria caminho firmemente através de pequenas ondas que chapinhavam contra ele e depois chiavam como água efervescente, deixando uma pequena borda de bolhas e espuma nos dois lados. O incolor céu de outubro tinha nuvens finas como a linha de fumaça de um incêndio de floresta, e o ar era maravilhosamente salgado e fresco. Na verdade, estava frio demais para ficarem quietos ali parados. Sra. Ambrose enfiou o braço no do marido, e quando se afastavam, podia-se ver, pelo jeito como seu rosto se erguia para o dele, que ela tinha algo particular a comunicar. Andaram alguns passos e Rachel viu que se beijavam.

 Ela baixou os olhos para a profundeza do mar, que estava levemente perturbado na superfície pela passagem do *Euphrosyne*, mas por baixo era verde e penumbroso, e ficava mais e mais penumbroso até que a areia no fundo parecesse apenas uma mancha pálida e difusa. Quase não se viam as balizas pretas dos navios naufragados, ou as torres em espiral feitas pelas grandes enguias cavando suas tocas ou os monstros lisos de flancos verdes que passavam virando-se rapidamente para um lado e outro.

 – E, Rachel, se alguém procurar por mim, estou ocupado até a uma – disse o pai dela, reforçando suas palavras como frequentemente fazia quando falava com a filha, dando-lhe um tapinha nos ombros. – Até a uma – repetiu ele. – E você vai encontrar alguma ocupação, hein? Treinar escalas no piano, francês, um pouco de alemão, hein? Há Sr. Pepper, que sabe mais sobre verbos separáveis do que qualquer homem na Europa, hein? – e ele continuou rindo. Rachel também riu, como sempre ria sem achar graça, mas porque admirava o pai.

Mas quando estava se virando, talvez pensando encontrar alguma ocupação, foi interceptada por uma mulher tão grande e gorda que era inevitável não ser interceptada por ela. O discreto jeito hesitante com que se movia, com seu vestido preto sóbrio, mostrava que pertencia a uma classe mais baixa; mesmo assim, assumiu uma postura de rocha, olhando em torno para ver se não havia gente fina perto dali antes de dar sua mensagem, que se referia ao estado dos lençóis e era da maior gravidade.

– Não sei realmente como vamos aguentar esta viagem, Srta. Rachel, realmente não sei – começou ela sacudindo a cabeça. – Só há lençóis suficientes para uma vez, e o do patrão tem um lugar puído onde a gente poderia enfiar o dedo. E os cobertores, a senhora notou os cobertores? Pensei cá comigo mesma que uma pessoa pobre teria vergonha deles. Aquele que dei a Sr. Pepper nem serviria para cobrir um cachorro... Não, Srta. Rachel, eles não poderiam ser remendados; só servem para proteger os móveis. Mesmo que a gente costurasse até os ossos dos dedos ficarem à mostra, na primeira vez que fossem lavados todo o trabalho seria desmanchado outra vez.

Sua voz estava tremendo de indignação como se estivesse à beira das lágrimas.

Não havia nada a fazer senão descer e inspecionar uma grande pilha de roupas de cama colocada sobre uma mesa. Sra. Chailey lidava com os lençóis como se conhecesse cada um deles por nome, caráter e constituição. Alguns tinham manchas amarelas, outros, lugares onde os fios estavam esgarçados; mas para o olho comum pareciam como geralmente se parecem lençóis, muito frios, brancos e irrepreensivelmente limpos.

De repente, Sra. Chailey, mudando do assunto dos lençóis e tirando-os totalmente do pensamento, fechou os punhos em cima deles e proclamou:

– E não se poderia pedir a nenhuma criatura viva que ficasse onde eu fico!

Queriam que Sra. Chailey ficasse numa cabine suficientemente grande, mas perto demais das caldeiras, de modo que depois de cinco minutos podia ouvir seu coração "disparando", queixou-se, colocando as mãos em cima dele, compondo um estado de coisas que Sra. Vinrace, mãe de Rachel, jamais teria sequer sonhado em causar – Sra. Vinrace, que conhecia cada lençol de sua casa e que esperava de cada um o melhor que pudesse fazer, mas não mais que isso.

Era a coisa mais fácil do mundo conseguir outro aposento, e o problema dos lençóis resolvia-se por si ao mesmo tempo, miraculosamente, uma vez que manchas e puídos podiam ser reparados, mas...

– Mentiras! Mentiras! Mentiras! – exclamou a criada indignada correndo para o convés. – De que adianta me dizer mentiras?

Com raiva, porque uma mulher de 50 anos se portava como uma criança e, chorando, procurava uma mocinha pois queria ficar onde não tinha licença para ficar, ela não pensou naquele caso particular e, pegando seu caderno de música, logo esqueceu tudo sobre a velha e seus lençóis.

Sra. Chailey dobrava os lençóis, mas sua expressão denunciava seu abatimento interior. O mundo já não se importava com ela, e um navio não era um lar. Quando acenderam os lampiões no dia anterior, e os marinheiros despencaram sobre sua cabeça, ela chorou; choraria esta noite também; choraria no dia seguinte. Aquilo não era um lar. Enquanto isso, ela arranjava os enfeites daquele quarto que conseguira facilmente demais. Eram estranhos enfeites para se trazer numa viagem marítima – cachorrinhos de porcelana, jogos de chá em miniatura, xícaras ostensivamente estranhas com o brasão da cidade de Bristol, caixas de grampos de cabelo cobertas de trevos, cabeças de antílopes em gesso colorido, além de uma infinidade de minúsculas fotografias, representando trabalhadores com seus trajes de domingo e mulheres segurando bebês branquinhos. Mas havia um retrato numa moldura dourada, para a qual se precisava de um prego, e, antes de procurá-lo, Sra. Chailey botou seus óculos e leu o que estava escrito num bilhete no verso.

"Este retrato de sua patroa foi dado a Emma Chailey por Willoughby Vinrace em gratidão por 30 anos de devotado serviço".
Lágrimas obliteraram as palavras e a cabeça do prego.

– Desde que eu possa fazer alguma coisa pela sua família – dizia ela, batendo o prego na moldura, quando uma voz chamou melodiosamente no corredor:

– Sra. Chailey! Sra. Chailey!

Chailey imediatamente recompôs seu vestido, ajeitou o rosto e abriu a porta.

– Estou em apuros – disse Sra. Ambrose, corada e ofegante. – A senhora sabe como são os homens. As cadeiras altas demais... mesas baixas demais... a 15 centímetros entre o chão e a porta. O que eu quero é um martelo, um acolchoado velho, e a senhora tem algo parecido com uma mesa de cozinha? Seja como for, entre nós. – Ela abriu a porta do aposento de seu marido e revelou Ridley caminhando de um lado para outro, testa enrugada, colarinho do casaco erguido.

– Parece que se empenharam em me atormentar! – gritou ele e parou abruptamente. – Será que vim a esta viagem para pegar reumatismo ou pneumonia? De fato, era de se imaginar que Vinrace tivesse mais bom senso. Minha querida – Helen estava ajoelhada sob uma mesa –, você está só estragando sua roupa, e seria muito melhor reconhecermos que estamos condenados a seis semanas de indizível desgraça. Vir já foi uma loucura completa, mas agora que estamos aqui acho que posso enfrentar tudo como homem. Minhas enfermidades naturalmente vão piorar... já me sinto pior que ontem, mas devemos isso apenas a nós mesmos, e por sorte às crianças...

– Saia! Saia! Saia! – gritou Helen, enxotando-o de um canto para o outro com uma cadeira, como se ele fosse uma galinha extraviada. Saia do caminho, Ridley, e em meia hora você vai encontrar tudo pronto.

Ela o botou para fora do quarto e ele foi pelo corredor gemendo e praguejando.

– Atrevo-me a dizer que ele não é muito forte – disse Sra. Chailey, olhando compassivamente para Sra. Ambrose, enquanto a ajudava a empurrar e carregar.

– São livros – suspirou Helen, erguendo uma braçada de volumes tristes do chão até a prateleira. – Grego da manhã à noite. Se Srta. Rachel algum dia se casar, Chailey, reze para que se case com um analfabeto.

Depois de superados, de alguma forma, os desconfortos e dificuldades preliminares que geralmente tornam os primeiros dias de uma viagem marítima tão sem alegria e desgastantes, os dias seguintes foram razoavelmente agradáveis. Outubro já ia avançado, mas constantemente queimando com um calor que fazia os primeiros meses de verão parecerem doces e suaves. Grandes parcelas de terra agora jaziam sob o sol de outono, e toda a Inglaterra, dos charcos nus aos penhascos da Cornualha, acendia-se do amanhecer ao pôr do sol, mostrando faixas de amarelo, verde e roxo. Debaixo dessa luz, até os telhados das grandes cidades brilhavam. Em milhares de pequenos jardins, milhões de flores vermelho-escuras floresciam até que as velhinhas que cuidavam tanto delas viessem com suas tesouras, cortassem seus caules suculentos, e as depositassem em frias pedras na igreja da aldeia. Inumeráveis grupos de pessoas fazendo piquenique, voltando para casa ao anoitecer, gritavam:

– Já houve um dia como este?

– É você – sussurravam os moços.

– Ah, é você – respondiam as moças.

E todos os velhos e os muitos enfermos eram levados, ainda que só um pouco, para o ar livre e prognosticavam coisas agradáveis sobre o curso do mundo. Quanto às confidências e expressões de amor que se ouviam, não só nos milharais, mas em quartos iluminados onde as janelas se abriam para jardins e homens com charuto beijavam mulheres de cabelos grisalhos, eram impossíveis de contar. Alguns diziam que o céu era um emblema da vida que tinham tido juntos; outros, que era a promessa da vida que ainda teriam. Pássaros de caudas longas batiam bicos, gritavam e voavam de bosque em bosque, olhos dourados em sua plumagem.

Mas, enquanto tudo isso acontecia em terra, muito poucas pessoas pensavam no mar. Achavam natural que o mar estivesse calmo; e não havia necessidade, como acontece em muitas casas quando a trepadeira bate nas janelas do quarto de dormir, de que os casais desmanchassem antes de se beijar, "Pense nos navios esta noite" ou "Graças a Deus, não sou o faroleiro!". Pois imaginavam que, ao desaparecerem no horizonte, os navios se desmanchavam como neve na água. A visão dos adultos, na verdade, não era muito mais clara do que a das pequenas criaturas em calções de banho avançando na espuma ao longo da costa da Inglaterra, tirando água em baldes. Viam alvas velas ou tufos de fumaça passarem pelo horizonte e, se dissessem que eram trombas d'água ou pétalas de brancas flores do mar, teriam concordado.

Mas as pessoas nos navios tinham uma visão igualmente singular da Inglaterra. Não apenas ela lhes parecia uma ilha, e muito pequena, mas uma ilha que encolhia, na qual havia pessoas aprisionadas. Primeiro a gente as imaginava correndo por ali como formigas sem objetivo, quase empurrando umas às outras sobre a margem; e depois, quando o navio se afastava, a gente as imaginava fazendo um alarido vão que, por não ser ouvido, cessava ou se transformava numa gritaria. Finalmente, quando não se via mais o navio da terra, ficava claro que as pessoas da Inglaterra eram totalmente mudas. A enfermidade atacava outras partes da Terra; a Europa encolhia, a Ásia encolhia, a África encolhia, a América encolhia, até parecer duvidoso que um navio jamais voltasse a topar com qualquer uma dessas pequenas rochas enrugadas. Mas, por outro lado, uma imensa dignidade baixara sobre o navio: ele era habitante do grande mundo, que tem tão poucos moradores, viajando o dia todo pelo universo vazio, com véus baixados adiante e atrás. Era mais solitário do que uma caravana atravessando o deserto; era infinitamente mais misterioso movendo-se por seu próprio poder e sustentado por suas próprias fontes. O mar poderia lhe dar a morte ou alguma alegria sem igual, e ninguém saberia de nada. O navio era uma noiva avançando para seu marido, uma virgem desconhecida dos homens; no seu vigor e pureza, podia ser comparado a todas as coisas belas, pois, como navio, ele tinha uma vida própria.

Na verdade, se não tivessem sido abençoados pelo tempo, um dia azul seguido de outro, calmo, perfeito, imaculado, Sra. Ambrose teria achado tudo muito desinteressante. Mas mandara instalar seu bastidor no convés, com uma mesinha ao lado onde jazia aberto um livro preto de filosofia. Ela escolhia um fio do novelo de várias cores que havia em seu colo e bordava vermelho na casca de uma árvore, ou amarelo na torrente de um rio. Estava num grande desenho de um rio tropical correndo através de uma floresta tropical, onde veados malhados pastavam sobre montes de frutas, bananas, laranjas e romãs gigantescas, enquanto uma tropa de nativos nus lançavam setas no ar. Entre os pontos, ela olhava para o lado e lia uma frase sobre a Realidade da Matéria ou a Natureza de Deus. Ao seu redor, homens em malhas azuis ajoelhavam-se esfregando as tábuas, ou assobiavam debruçados na amurada, e, perto dali, Sr. Pepper cortava raízes com um canivete. Os demais estavam ocupados em outras partes do navio: Ridley com seu grego – nunca encontrara alojamentos mais do seu agrado; Willoughby com seus documentos – pois usava as viagens para colocar em dia os seus negócios; e Rachel – Helen, entre suas frases de filosofia, às vezes imaginava o que Rachel *estaria fazendo*. Pensava vagamente em ir ver. Mal tinham falado duas palavras desde aquela primeira noite; eram educadas quando se encontravam, mas não houvera confidência de qualquer espécie. Rachel parecia dar-se muito bem com seu pai – muito melhor, pensou Helen, do que deveria – e estava tão disposta a não incomodar Helen quanto Helen estava a não a importunar.

Nesse momento, Rachel estava sentada em seu quarto sem fazer absolutamente nada. Quando o navio estava cheio, aquele aposento recebia um título magnificente e era o refúgio de senhoras idosas com enjoo de mar, que deixavam o convés para os jovens. Devido ao piano e a uma confusão de livros no chão, Rachel o considerava seu quarto, e lá se sentava horas a fio tocando músicas muito difíceis, lendo um pouco de alemão ou um pouco de inglês quando tinha vontade, ou – como naquele momento – não fazendo absolutamente nada.

A forma pela qual fora educada, aliada a uma refinada indolência natural, era causa parcial disso, pois fora educada como a maioria das moças ricas na última parte do século xix. Doutores amáveis e velhos professores gentis ensinaram-lhe os rudimentos sobre cerca de dez diferentes ramos de conhecimento, mas logo a forçavam a passar um trecho de trabalho enfadonho tão escrupulosamente como lhe teriam dito que suas mãos estavam sujas. Uma ou duas horas por semana passavam muito agradavelmente, em parte devido às outras alunas, em parte porque a janela dava para os fundos de uma loja onde apareciam vultos diante das janelas vermelhas no inverno, em parte devido aos acidentes que acontecem quando há mais de duas pessoas juntas no mesmo aposento. Mas não havia tema no mundo que ela conhecesse bem. Sua mente era como a de um homem inteligente no começo do reinado da Rainha Elizabeth; ela acreditava praticamente em tudo que lhe contassem, inventava razões para qualquer coisa que diziam. A forma da terra, a história do mundo, como funcionavam os trens ou como se investia dinheiro, que leis vigoravam, que pessoas queriam o quê, e por que o queriam, a mais elementar ideia de um sistema de vida moderna – nada disso lhe fora imposto por nenhum de seus professores ou preceptoras. Mas esse sistema de educação tinha uma grande vantagem. Não ensinava nada, mas não punha obstáculo a qualquer dos reais talentos que a aluna eventualmente tivesse. Rachel, sendo musical, só podia aprender música; tornou-se fanática por música. Todas as energias que poderiam ter ido para as línguas, a ciência ou a literatura, que poderiam ter-lhe rendido amigos ou ter-lhe mostrado o mundo, canalizavam-se na música. Julgando seus mestres inadequados, ela praticamente instruíra a si mesma. Na idade de 24, sabia tanto sobre música quanto a maioria das pessoas aos 30, e podia tocar tão bem quanto a natureza lhe permitia, o que, como se tornava cada dia mais óbvio, era realmente uma permissão generosa. Se esse talento inquestionável era rodeado de sonhos e ideias das mais extravagantes e tolas, isso ninguém sabia.

Sendo sua educação assim, normal, suas circunstâncias também não eram incomuns. Era filha única e nunca fora provocada ou zombada por irmãos ou irmãs. Tendo sua mãe morrido quando ela tinha 11, duas tias, irmãs de seu pai, tinham-na criado, e por causa do ar puro viviam numa casa confortável em Richmond. Ela naturalmente foi criada com excessivo cuidado: quando criança, pela sua saúde; quando moça e jovem mulher, por causa do que pareceria quase grosseiro chamar de sua moral. Até recentemente, ignorava totalmente que uma coisa dessas existia para mulheres. Procurava o conhecimento em velhos livros e o encontrava em densos volumes repulsivos, mas por natureza não se importava com livros, de modo que jamais seu coração se perturbou com a censura exercida primeiro por suas tias, mais tarde por seu pai. Amigas poderiam ter-lhe contado coisas, mas ela tinha poucos amigos de sua idade – era terrível chegar a Richmond –, e a única mocinha que conhecia era uma fanática religiosa, que no fervor da intimidade falava em Deus e nas melhores maneiras de assumir a própria cruz, assunto só de vez em quando interessante para alguém cuja mente atingisse outros estágios em outras épocas.

Mas, deitada em sua cadeira, uma das mãos atrás da cabeça, a outra pegando o braço da cadeira, concentrava-se em seus pensamentos. Sua educação lhe deixava muito tempo para pensar. Seus olhos fixavam-se numa bola na amurada do navio, de tal modo que ela teria se sobressaltado e se aborrecido caso alguma coisa a ocultasse por um segundo sequer. Começava sua meditação com uma risada alta, causada pela seguinte tradução do *Tristão*:

> *Tremulamente encolhendo*
> *Sua vergonha parece esconder-se*
> *Enquanto ele aproxima do rei*
> *A noiva rígida como uma morta.*
> *Parece tão obscuro o que estou dizendo?*

Ela gritou que parecia e jogou o livro no chão. Depois pegou o *Cartas de Cowper*, clássico prescrito por seu pai e que a entediara, de modo que, numa frase dizendo algo sobre o cheiro de giestas no jardim, ela acabara vendo o pequeno saguão lotado de flores em Richmond no dia do enterro de sua mãe, com cheiro tão intenso que agora qualquer aroma de flor trazia de volta aquela sensação nauseante e horrível; e assim, de uma cena, ela, meio ouvindo, meio vendo, passou a outra. Viu sua tia Lucy arranjando as flores na sala de estar:

– Tia Lucy – disse –, não gosto do cheiro de giestas, me lembra funerais.

– Bobagem, Rachel – respondeu tia Lucy –, não diga coisas tão bobas, querida. Eu acho que é uma flor particularmente alegre.

Deitada no sol quente, seu pensamento estava fixo na personalidade de suas tias, seus pontos de vista, a maneira como viviam. Na verdade, esse tema perdurava em suas centenas de passeios matinais em torno do Richmond Park, obliterando as árvores, as pessoas e os veadinhos. Por que faziam as coisas que faziam, o que sentiam e do que se tratava tudo aquilo, afinal? Ouviu novamente tia Lucy falar com tia Eleanor. Ela tirara aquela manhã para cuidar do caráter de uma criada:

– E, naturalmente, a gente espera que às dez e meia da manhã a criada esteja escovando a escada.

Que estranho! Que indizivelmente estranho! Mas não conseguiu explicar para si mesma por que, de repente, enquanto sua tia falava, todo o sistema em que viviam tinha parecido a seus olhos algo pouco familiar, inexplicável, e elas mesmas como cadeiras ou guarda-chuvas largados aqui e ali sem nenhum motivo. E só pôde dizer, com uma leve gagueira:

– V-v-você gosta da tia Eleanor, tia Lucy?
E sua tia respondeu com aquela risadinha cacarejante:
– Mas minha querida criança, que perguntas você faz!
– Gosta muito? Quanto? – insistiu Rachel.
– Acho que nunca pensei "quanto" – disse Srta. Vinrace.
– Se a gente gosta, não pensa em "quanto", Rachel – o que se destinava à sobrinha, que jamais se "aproximara" de suas tias tão cordialmente quanto elas desejavam.

– Mas você sabe que gosto de você, não sabe, querida, porque você é filha de sua mãe, se não por outros motivos, *há* muitos outros motivos – e abaixou-se e beijou Rachel com alguma emoção, e a discussão se desfez no ambiente como um jarro de leite derramado.

Assim, Rachel atingiu aquele estágio de pensamento, se é que se pode chamar isso de pensar, em que os olhos se concentram numa bola ou numa maçaneta, e os lábios já não se movem mais. Seus esforços para compreender apenas tinham magoado sua tia, e a conclusão era de que seria melhor não tentar. Sentir qualquer coisa intensamente era criar um abismo entre si mesma e outros, que sentem intensa, mas talvez diferentemente. Era bem melhor tocar piano e esquecer o resto. Sua conclusão foi muito bem-vinda. Deixar aqueles homens e mulheres esquisitos – suas tias, os Hunt, Ridley, Helen, Sr. Pepper e o resto – serem símbolos, informes, mas dignos símbolos da idade, da juventude, da maternidade, da erudição, e belos como muitas vezes são belas as pessoas num palco. Era como se ninguém jamais dissesse algo que realmente fosse sincero, ou jamais falasse de uma emoção que sentia, mas para isso existia a música. Com a realidade residindo no que se via ou se sentia, embora não se comentasse, era possível aceitar um sistema em que as coisas giravam e giravam de modo bastante satisfatório para outras pessoas, sem se perturbar em pensar sobre elas com frequência, exceto como algo superficialmente estranho. Absorvida por sua música, ela aceitava seu destino com bastante complacência, indignando-se, quem sabe, uma vez a cada 15 dias, e depois aquietando-se como se aquietava agora.

Inexplicavelmente imersa numa confusão onírica, sua mente parecia entrar em comunhão, que se expandia deliciosamente, com o espírito dos quadros esbranquiçados no convés, com o espírito do mar, com o espírito do Opus 111 de Beethoven, e até com o espírito do pobre William Cowper lá em Olney. Como uma bola de penugem de cardo, sua mente beijava o mar, erguia-se, beijava-o de novo, e, assim, erguendo-se e beijando, finalmente, perdia-se de vista. O subir e descer da bola de penugem era representado por uma súbita inclinação de sua própria cabeça para a frente, e, quando se perdeu de vista, ela adormeceu.

Dez minutos depois Sra. Ambrose abriu a porta e encarou-a. Não a surpreendeu descobrir que assim Rachel passava suas manhãs. Olhou em torno do aposento, para o piano, os livros, a confusão geral. Em primeiro lugar, analisou Rachel esteticamente; deitada ali, desprotegida, parecia uma vítima que caíra das garras de uma ave de rapina, mas encarada como mulher, uma jovem de 24 anos, dava motivo a reflexões. Sra. Ambrose ficou parada ali pensando pelo menos dois minutos. Então sorriu, virou-se sem fazer ruído e afastou-se para que a adormecida não despertasse e não houvesse entre as duas o constrangimento de um diálogo.

3

Cedo na manhã seguinte houve rumor de correntes arrastadas na parte de cima; o coração firme do *Euphrosyne* lentamente cessou de pulsar; e Helen, metendo o nariz sobre o convés, viu um castelo imóvel sobre uma colina imóvel. Tinham lançado âncora na embocadura do Tejo e, em vez de se quebrarem sempre novas ondas, as mesmas ondas ficavam voltando e lavando novamente os flancos do navio.

Assim que tomou o café da manhã, Willoughby desapareceu pela lateral do navio, carregando uma maleta de couro castanho, gritando sobre o ombro que todo mundo devia se controlar e se comportar porque ele iria ficar em Lisboa fazendo negócios até as cinco da tarde.

E por essa hora ele reapareceu carregando sua maleta, dizendo-se cansado, aborrecido, faminto, sedento, com frio e precisando do seu chá imediatamente. Esfregando as mãos, ele lhes contou as aventuras do dia: como encontrara o pobre velho Jackson penteando o seu bigode diante do espelho no escritório, sem o aguardar, e fizera-o trabalhar naquela manhã como raramente acontecia; depois o convidara para um almoço com champanhe e hortelãs; fizera uma visita a Sra. Jackson, mais gorda que nunca a pobre mulher, que ainda perguntara bondosamente por Rachel – e ah, meu Deus, o pequeno Jackson confessara que cometera uma fraqueza confusa – bom, bom, segundo ele, não houve nenhum prejuízo, mas de que adiantava dar ordens se eram imediatamente desobedecidas? Ele dissera claramente que não aceitaria passageiros nessa viagem. Aí começou a procurar em seus bolsos e acabou descobrindo um cartão, que botou na mesa diante de Rachel. Ela leu: "Sr. e Sra. Richard Dalloway, Browne Street 23, Mayfair".

– Sr. Richard Dalloway – prosseguiu Vinrace – parece ser um cavalheiro que pensa que, porque um dia foi membro do Parlamento e sua esposa é filha de um nobre, eles podem ter tudo o que quiserem apenas pedindo. Seja como for, convenceram o pobre do Jackson. Disseram que precisavam ter as passagens... apresentaram uma carta de Lorde Glenaway pedindo-me como favor pessoal... contrariaram todas as objeções de Jackson (não creio que ele tenha feito muitas) e assim não há nada a fazer senão aceitar, suponho.

Mas era evidente que por uma razão ou outra Willoughby gostava de aceitar, embora fingisse mau humor.

A verdade era que Sr. e Sra. Dalloway viram-se largados em Lisboa. Tinham viajado pelo continente por algumas semanas, principalmente para ampliar a visão de Sr. Dalloway. Incapaz, por um desses acidentes da vida política, de servir ao seu país no Parlamento, Sr. Dalloway fazia o melhor que podia para servir fora do Parlamento. Para isso, os países latinos eram ótimos, embora o Leste, naturalmente, tivesse sido melhor.

– Espere notícias minhas de Petersburgo ou de Teerã – dissera ele, virando-se para acenar em despedida nos degraus do Travellers. Mas irrompera uma enfermidade no Oriente, havia cólera na Rússia, e tiveram notícias dele, não tão romanticamente, de Lisboa. Tinham passado pela França; ele parara em centros industriais onde, mostrando cartas de apresentação, fora conduzido por fábricas e anotara fatos em uma caderneta. Na Espanha, ele e Sra. Dalloway tinham montado em mulas, pois desejavam compreender como viviam os camponeses. Estarão maduros para uma rebelião, por exemplo? Sra. Dalloway então insistira em um dia ou dois em Madri com os retratos. Finalmente chegaram a Lisboa e passaram seis dias que, num diário editado privadamente mais tarde, descreveram como de "interesse único". Richard teve audiências com ministros e previu uma crise em breve, "as fundações do governo estando incuravelmente corrompidas. Mas como censurar etc."; enquanto Clarissa inspecionava os estábulos reais e tirava várias fotos de homens agora exilados e janelas agora quebradas. Entre outras coisas, ela fotografou a tumba de Fielding e soltou um passarinho que algum facínora prendera "porque é odioso pensar em qualquer coisa engaiolada onde há ingleses enterrados", afirmava o diário. A viagem deles estava totalmente fora das convenções, e não seguia nenhum plano premeditado. Os correspondentes estrangeiros do *Times* decidiram a rota deles e tudo o mais. Sr. Dalloway desejava olhar certas armas e achava que a costa africana era bem mais inquieta do que as pessoas em casa tendem a acreditar. Por esses motivos, queriam uma espécie de navio vagaroso, curioso e confortável, pois eram maus marinheiros, mas não extravagantes, que parasse por um dia ou dois num ou noutro porto, carregando carvão enquanto os Dalloway davam uma olhada nas coisas. Enquanto isso, acabaram em Lisboa sem conseguirem o navio desejado. Ouviram falar do *Euphrosyne*, mas também ouviram dizer que era basicamente um navio de carga, e só aceitava passageiros por arranjo especial, uma vez que seu negócio era levar mercadorias para o Amazonas e trazer borracha de volta para casa. "Por arranjo especial", porém, eram palavras altamente encorajadoras para eles, pois vinham de uma classe em que quase tudo era arranjado assim, ou podia ser, quando necessário. Nessa ocasião, tudo o que Richard fez foi escrever um bilhete a Lorde Glenaway, chefe da linhagem que traz seu título, visitar o pobre velho Jackson, contar-lhe que Sra. Dalloway era fulana de tal, que ele fora isso ou aquilo, e o que queriam era tal e tal coisa. Foi tudo acertado. Separaram-se com elogios de ambas as partes, e uma semana depois vinha o barco a remo até o navio no nevoeiro, com os Dalloway a bordo; em três minutos estavam juntos no convés do *Euphrosyne*. Sua chegada naturalmente criou alguma agitação, e vários pares de olhos viram que Sra. Dalloway era uma mulher alta e magra, corpo enrolado em peles, cabeça em véus, enquanto Sr. Dalloway era de estatura média e corpo troncudo, vestido como um esportista numa charneca no outono. Muitas bolsas de couro genuíno de um rico tom castanho os rodeavam, e Sr. Dalloway carregava ainda uma pasta de documentos, e sua esposa uma *nécessaire* que sugeria um colar de diamantes e frascos com tampas de prata.

– É tão parecido com Whistler! – exclamou ela, com um aceno em direção à praia enquanto apertava a mão de Rachel, que só teve tempo de olhar as colinas cinzentas de um lado antes que Willoughby apresentasse Sra. Chailey, que levou a dama para sua cabine.

Momentânea como parecia, a interrupção mesmo assim causou irritação; todo mundo ficou mais ou menos aborrecido, desde Sr. Grice, o camareiro, até o próprio Ridley. Poucos minutos depois, Rachel passou pelo salão de fumar e encontrou Helen movendo poltronas. Estava absorta em seus arranjos e, vendo Rachel, comentou confidencialmente:

– Se se pode dar aos homens um quarto só deles, tudo é lucro. Poltronas são as coisas importantes... – ela começou a empurrá-las por ali. – Agora isso ainda parece um bar numa estação ferroviária?

Ela arrancou uma toalha de veludo de cima de uma mesa. A aparência do local melhorou incrivelmente.

Mais uma vez, a chegada dos estranhos tornou evidente para Rachel, quando se aproximava a hora do jantar, que precisava trocar de vestido, e o toque do sino grande a encontrou sentada à beira de sua cama numa posição em que o pequeno espelho sobre a pia refletia sua cabeça e seus ombros. No espelho, ela tinha uma expressão de melancolia tensa, pois chegara à conclusão deprimente, desde a chegada dos Dalloway, de que seu rosto não era o que queria, e muito provavelmente jamais seria.

Porém, a pontualidade lhe fora bem ensinada e, não importava o rosto que possuísse, tinha de ir ao jantar.

Willoughby usara aqueles poucos minutos descrevendo para os Dalloway pessoas que iriam encontrar, e contando-as nos dedos.

– Há o meu cunhado, Ambrose, o intelectual (suponho que ouviram falar nele), sua esposa, meu velho amigo Pepper, um homem muito quieto, mas que sabe tudo, segundo dizem. E é só. Somos um grupo muito pequeno. Vou deixá-los na costa.

Sra. Dalloway, com a cabeça um pouco inclinada, fez o possível para lembrar-se de Ambrose – isso era sobrenome? –, mas não conseguiu. Ficara um pouco insegura com o que tinha ouvido. Sabia que intelectuais se casavam com qualquer uma – moças que encontravam em fazendas, em grupos de leitura, ou mulherezinhas suburbanas que diziam com jeito desagradável: "Claro que sei que é meu marido que a senhora deseja; não a mim".

Mas Helen entrou nesse momento, e Sra. Dalloway viu com alívio que, embora de aparência levemente excêntrica, ela não era relaxada, tinha boa postura e sua voz era contida, o que julgava ser característica de uma dama. Sr. Pepper não se dera ao trabalho de trocar seu feio terno.

Mas, afinal, pensou Clarissa enquanto seguia Vinrace para o jantar, todo mundo é interessante de verdade.

À mesa, ela precisou se reassegurar um pouco mais disso, especialmente por causa de Ridley, que veio tarde, decididamente desalinhado, e tomava sua sopa num ar profundamente sombrio.

Um sinal imperceptível passou entre marido e mulher, significando que entendiam a situação e ficariam juntos com lealdade mútua. Quase sem intervalo, Sra. Dalloway virou-se para Willoughby e começou:

– O que acho tão cansativo no mar é que não há flores. Imagine campos de malvas-rosa e de violetas no meio do oceano! Que divino!

– Mas um tanto perigoso para a navegação – trovejou Richard, grave, como o fagote para o floreado violino da esposa. – Ora, sargaços podem ser muito prejudiciais, não podem, Vinrace? Recordo-me de uma travessia no Mauretania, certa vez, e de dizer ao capitão... Richards... você o conheceu...? "Agora me diga que perigos realmente mais teme para o seu navio, capitão Richards?", esperando que ele dissesse *icebergs*, ou restos de naufrágios, ou nevoeiro, ou coisa assim. Nada disso. Sempre lembro a resposta dele. *Sedgius aquatici*, disse ele, o que imagino que seja uma espécie de alga marinha.

Sr. Pepper ergueu os olhos bruscamente, estava por fazer uma pergunta quando Willoughby continuou:

– Eles passaram por maus bocados... esses capitães! Três mil almas a bordo!

– Sim, é verdade – disse Clarissa. Virou-se para Helen com ar de quem diz algo profundo. – Estou convencida de que as pessoas estão erradas quando dizem que é o trabalho que acaba com a gente; é a responsabilidade. É por isso que se paga mais à cozinheira do que à copeira, eu acho.

– Nesse sentido, se deveria pagar dobrado a uma babá; mas não se paga – disse Helen.

– Não, mas imagine que alegria lidar com bebês em vez de panelas! – disse Sra. Dalloway, olhando com mais interesse para Helen, uma provável mãe.

– Eu preferiria ser cozinheira a babá – disse Helen. – Nada me faria cuidar de crianças.

– Mães sempre exageram – disse Ridley. – Uma criança bem-criada não é responsabilidade. Viajei por toda a Europa com as minhas. Basta abrigá-las em roupas quentes e botá-las no cercadinho.

Helen riu disso. Sra. Dalloway exclamou, olhando para Ridley:

– Isso é bem coisa de pai! Com o meu marido é a mesma coisa. E depois se fala em igualdade de sexos!

– Fala-se? – disse Sr. Pepper.

– Ah, algumas pessoas falam – gritou Clarissa. – Meu marido teve de aguentar uma senhora furiosa em todas as últimas sessões da tarde que não falava de outra coisa, imagino.

– Ela sentava-se diante da casa; foi muito desagradável – disse Dalloway. – Finalmente criei coragem e lhe disse: "Minha boa mulher, você só está atrapalhando. Está me atrapalhando. E não está fazendo nenhum bem a si mesma".

– E então ela o agarrou pelo casaco e podia ter arrancado seus olhos – interrompeu Sra. Dalloway.

– Isso é exagero – disse Richard. – Não, tenho pena delas, confesso. O desconforto de se sentar naquelas escadas deve ser terrível.

– Bem feito para elas – disse Willoughby laconicamente.

– Ah, concordo inteiramente com você – disse Dalloway. – Ninguém pode condenar mais a total futilidade e a tolice desse comportamento do que eu; e quanto a toda essa agitação, bem, espero estar na sepultura antes de uma mulher ter o direito de votar na Inglaterra! É só o que digo.

A solenidade da afirmação do marido deixou Clarissa séria.

– É impensável – disse ela. – Não me diga que é um sufragista? – virou-se para Ridley.

– Não me interesso nem por um lado nem por outro – disse Ambrose. – Se qualquer criatura é tão iludida a ponto de pensar que votar lhe faz bem, seja homem ou mulher, pois que vote. Em breve vai aprender.

– Vejo que não é político – ela sorriu.

– Não, pelo amor de Deus – disse Ridley.

– Receio que seu marido não me aprove – disse Dalloway à parte para Sra. Ambrose. De repente ela recordou que ele estivera no Parlamento.

– Não acha isso muito monótono? – perguntou ela, sem saber exatamente o que dizer.

Richard espalmou as mãos a sua frente como se houvesse inscrições nelas.

– Se me perguntar se eu acho monótono – disse ele –, devo dizer que sim; por outro lado, se me perguntar que carreira considero a mais agradável para um homem, analisando tudo, o bom e o ruim, e a mais invejável, sem falar do seu lado mais sério, devo dizer que, de todas elas, a melhor é a de político.

– Advocacia ou política, concordo – disse Willoughby. – Ganha-se mais dinheiro.

– Todas as nossas faculdades são empregadas – disse Richard. – Posso entrar em terreno perigoso, mas o que sinto acerca de poetas e artistas em geral é isto: não se pode ser vencido na própria especialidade, é certo; mas fora disso... é preciso dar um desconto. Não gostaria de pensar que alguém tivesse de dar descontos para mim.

– Não concordo, Richard – disse Sra. Dalloway. – Pense em Shelley. Sinto que em *Adonais* há quase tudo que se possa desejar.

– Leia *Adonais* sem falta – concedeu Richard. – Mas sempre que ouço falar em Shelley repito as palavras de Matthew Arnold: "Que conjunto! Que conjunto!".

Isso chamou a atenção de Ridley.

– Matthew Arnold? Um pedante detestável! – disse ele asperamente.

– Um pedante, sim – disse Richard –, mas um homem do mundo. É aí que vem o que eu acho. Nós, políticos, sem dúvida parecemos a vocês (ele entendeu de alguma forma que Helen representava as artes ali) um conjunto de pessoas grosseiras e vulgares. Mas nós vemos os dois lados; podemos ser rudes, mas fazemos o melhor que podemos para compreender as coisas. Mas os seus artistas *acham* coisas desordenadas, dão de ombros, viram-se para as suas visões... que podem ser muito bonitas, devo concordar... e *deixam* as coisas na desordem. Isso me parece ser fuga da responsabilidade. Além disso, não nascemos todos com talento artístico.

– É terrível – disse Sra. Dalloway, que, enquanto seu marido falava, estivera pensando. – Quando estou com artistas, sinto tão intensamente as delícias de fechar-se num pequeno mundo só seu, com quadros, música e todas as coisas lindas, e então saio para a rua e a primeira criança que encontro, com seu pobre rostinho sujo, me faz virar e dizer: "Não, eu não *posso* me isolar... *não vou* viver num mundo só meu. Gostaria de interromper toda a pintura, a música e a literatura até que esse tipo de coisa não exista mais". Você sente – ela virou-se, dirigindo-se a Helen – que a vida é um conflito permanente?

Helen pensou por um momento.

– Não – disse ela. – Acho que não.

Houve uma pausa decididamente incômoda. Sra. Dalloway teve, então, um pequeno calafrio e perguntou se podia pedir que trouxessem sua capa de peles. Quando ajustou as macias peles castanhas no pescoço, ocorreu-lhe um assunto novo.

– Confesso – disse ela – que nunca esquecerei a *Antígona*. Eu a vi em Cambridge anos atrás, e desde então me persegue. Não acha que é a coisa mais moderna que já viu? – perguntou a Ridley. – Pareceu-lhe que conhecia umas 20 Clitaimnestras. A velha Lady Ditchling era uma. Não sei uma palavra de grego, mas poderia escutá-lo para sempre...

Sr. Pepper interveio:

> πολλὰ τὰ δεινά, κοὐδὲν ἀν-
> θρώπου δεινότερον πέλει.
> τοῦτο καὶ πολιοῦ πέραν
> πόντου χειμερίῳ νότῳ
> χωρεῖ, περιβρυχίοισι
> περῶν ὑπ' οἴδμασι.

Sra. Dalloway olhou para ele com lábios apertados.

– Daria dez anos de minha vida para saber grego – disse quando ele terminou.

– Posso lhe ensinar o alfabeto em meia hora – disse Ridley – e a senhora poderia ler Homero em um mês. Seria uma honra ensinar-lhe.

Helen, ocupada com Sr. Dalloway e o hábito, agora começando a declinar, de se fazerem citações em grego na Câmara dos Comuns, anotou, no grande livro de atualidades, aberto ao nosso lado quando falávamos, o fato de que todos os homens, mesmo como Ridley, realmente preferem que as mulheres estejam na moda.

Clarissa exclamou que não podia pensar em nada mais delicioso. Por um instante, viu-se em sua sala de estar em Browne Street com um Platão aberto sobre os joelhos – Platão em grego, no original. Acreditava que um verdadeiro intelectual, se especialmente interessado, poderia meter grego em sua cabeça com pouca dificuldade.

Ridley convidou-a a vir no dia seguinte.

– Se ao menos o seu navio nos tratar com bondade! – exclamou ela, trazendo Willoughby para dentro do jogo. Por causa dos convidados, e aqueles eram distintos, ele dispôs-se, com uma inclinação de cabeça, a garantir o bom comportamento até das ondas.

– Estou péssima; e meu marido não está muito bem – suspirou Clarissa.

– Eu nunca enjoo – explicou Richard. – Pelo menos só estive enjoado de verdade uma vez – corrigiu-se. – Foi atravessando o Canal. Mas um mar encapelado, confesso, ou pior ainda, um vagalhão, me deixa nitidamente incomodado. O importante é nunca deixar de fazer as refeições. Você olha a comida e diz "Não posso", então come um bocado, e Deus sabe como vai engolir; mas persevere, você resolve de vez um ataque de náusea. Minha esposa é uma covarde.

Estavam empurrando de volta as cadeiras. As damas estavam hesitantes na porta.

– É melhor eu mostrar o caminho – disse Helen, avançando.

Rachel seguiu. Não participara da conversa; ninguém lhe dirigira a palavra, mas ela escutara tudo o que fora dito. Olhara de Sra. Dalloway para Sr. Dalloway, e de novo de Sr. Dalloway para a esposa. Clarissa era realmente um espetáculo fascinante. Usava um vestido branco e um longo colar cintilante. Com suas roupas, seu rosto travesso e delicado, que mostrava um rosado muito bonito debaixo dos cabelos que começavam a ficar grisalhos, era espantosamente parecida com uma obra-prima do século XVIII – um Reynolds ou um Romney. Ela fazia Helen e os outros parecerem toscos e desleixados. Sentada levemente ereta, parecia estar lidando com o mundo à sua própria maneira; o enorme globo sólido girava para um lado e outro debaixo de seus dedos. E seu marido! Sr. Dalloway soltando aquela voz opulenta e cadenciada era mais impressionante ainda. Parecia vir do centro oleoso e ruidoso da engrenagem onde hastes polidas giram, deslizam, e pistões batem; agarrava as coisas tão firme, mas tão livremente; fazia os outros parecerem solteironas barganhando restos. Rachel seguiu no cortejo de matronas, quase em transe; um curioso aroma de violetas vinha de Sra. Dalloway, misturando-se com o macio farfalhar de suas saias e o tilintar de suas correntes.

Seguindo atrás, Rachel pensou com suprema auto-humilhação, lembrando todo o curso de sua vida e das vidas de todas as suas amigas: *Ela disse que vivemos num mundo nosso. É verdade. Somos perfeitamente absurdas.*

– Nós nos sentamos aqui – disse Helen abrindo a porta do salão.

– A senhora toca? – disse Sra. Dalloway a Sra. Ambrose, pegando a partitura de *Tristão* que estava sobre a mesa.

– Minha sobrinha toca – disse Helen botando a mão no ombro de Rachel.

– Ah, mas como a invejo! – Clarissa dirigia-se a Rachel pela primeira vez. – Lembra-se disso? Não é divino? – Ela tocou um compasso ou dois com dedos cheios de anéis sobre a página.

– E depois Tristão vai assim, e Isolda... ah, é tudo emocionante demais! Você já esteve em Bayreuth?

– Não, não estive – disse Rachel.

– Então isso ainda vai acontecer. Nunca esquecerei o meu primeiro *Parsifal*... um dia quente de agosto, aquelas alemãs gordas nas suas roupas abafadas, e depois o teatro escuro, a música começando, não se podia evitar os soluços. Lembro-me de que um homem bondoso foi apanhar água para mim: eu só chorava no ombro dele. Aquilo me tocava aqui (ela tocou a garganta). Não há nada parecido no mundo! Mas onde está o seu piano?

– Em outro quarto – explicou Rachel.

– Mas vai tocar para nós? – suplicou Clarissa. – Não consigo imaginar nada melhor do que sentar ao luar lá fora e ouvir música... só que isso parece coisa de colegial! Sabe – disse ela, virando-se para Helen –, acho que música não faz bem às pessoas... receio que não.

– Tensão demais? – perguntou Helen.

– De alguma forma, acho emocional demais – disse Clarissa. – A gente nota imediatamente quando um rapaz ou uma mocinha assume a música como profissão. Sir William Broadley me disse a mesma coisa. Você não odeia as atitudes que as pessoas assumem ouvindo Wagner... assim... – Ela levantou os olhos para o céu, juntou as mãos, com um ar de intensidade. – Isso realmente não significa que o apreciam; na verdade, sempre acho que é o contrário. As pessoas que se importam *mesmo* com uma arte são as menos afetadas. Conhece Henry Philips, o pintor? – perguntou ela.

– Já o encontrei – disse Helen.

– Pela aparência, a gente pensaria que ele é um corretor bem-sucedido da bolsa, e não um dos maiores pintores de nosso tempo. É disso que eu gosto.

– Há muitos corretores bem-sucedidos da bolsa, se gosta de olhar para eles – disse Helen.

Rachel desejou intensamente que sua tia não fosse tão perversa.

– Vendo um músico com cabelo comprido, você não sabe instintivamente que ele é ruim? – perguntou Clarissa virando-se para Rachel. – Watts e Joachim... eles pareciam exatamente como você e eu.

– E como pareceriam bem mais simpáticos com cabelo preso! – disse Helen. – A questão é: você aspira à beleza ou não?

– Limpeza! – disse Clarissa. – Quero que um homem tenha a aparência limpa!

– Com limpeza você quer dizer roupas bem talhadas – disse Helen.

– Há algo que distingue um cavalheiro – disse Clarissa –, mas não se sabe dizer o que é.

– Pegue o meu marido, ele parece um cavalheiro?

Clarissa achou a pergunta de um extraordinário mau gosto.

"É uma das coisas que não se pode dizer", teria dito, mas não soube o que responder e deu uma risada.

– Bem, seja como for – disse, virando-se para Rachel –, vou insistir que toque para mim amanhã.

E foi assim que fez com que Rachel a amasse.

Sra. Dalloway dissimulou um pequeno bocejo, um mero inflar das narinas.

– Sabe – disse –, estou com um sono incrível. O ar marinho. Acho que vou fugir.

Uma voz masculina, que ela pensou ser de Sr. Pepper, estridente na discussão e vindo da direção do salão, foi o sinal de alarme.

– Boa noite, boa noite! – disse. – Ah, eu sei o caminho... rezem para termos calmaria! Boa noite!

Seu bocejo deve ter sido a imagem de um bocejo. Em vez de deixar sua boca abrir-se, largando todas as suas roupas numa trouxa como se estivessem penduradas numa corda, e esticando os membros até o máximo que lhe permitia seu beliche, ela apenas mudou de roupa, vestindo um robe com inumeráveis babados e, enrolando os pés numa manta, instalou-se com um bloco de papel no joelho. Aquela cabine pequena e atulhada já se transformara no quarto de vestir de uma dama de classe. Havia frascos com líquidos; havia bandejas, caixas, escovas, alfinetes. Evidentemente, nem um centímetro de sua pessoa era desprovido de seu instrumento próprio. O aroma que inebriara Rachel invadia o ar. Assim instalada, Sra. Dalloway começou a escrever. Uma caneta em suas mãos tornava-se um objeto para acariciar papel, e ela poderia estar acariciando e provocando um gatinho quando escreveu:

Imagine-nos, querida, embarcados no mais esquisito navio em que possa pensar. Não é tanto o navio, mas as pessoas. A gente encontra tipos bem esquisitos quando viaja. Devo dizer que acho isso imensamente divertido. Há o diretor da linha, chamado Vinrace, um simpático inglês grandão, que fala pouco – você conhece o tipo. Quanto ao resto, poderiam estar saindo de um número antigo de Punch. São como pessoas jogando croqué nos anos 60. Não sei há quanto tempo estão trancados neste navio – eu diria anos e anos –, mas a gente sente como se tivesse subido a bordo de um mundo separado, e como se eles nunca tivessem estado em terra, nem feito coisas comuns em suas vidas. É o que sempre disse a respeito de literatos – são de longe as pessoas mais difíceis de se lidar. O pior é que essa gente – um homem, sua esposa e uma sobrinha – poderia ter sido, sente-se isso, como qualquer outra pessoa, se não tivessem sido engolidos por Oxford ou Cambridge ou algum lugar desses, tornando-se maníacos. O homem é realmente encantador (se cortasse as unhas) e a mulher tem um rosto bem agradável, apenas, naturalmente, veste-se num saco de batatas e usa o cabelo como uma balconista da Liberty. Falam sobre arte e acham que somos uns malucos por nos vestirmos melhor para o jantar. Mas não posso evitar isso; prefiro morrer a jantar sem trocar de roupa – você não faria o mesmo? Isso é bem mais importante do que a sopa. É esquisito como as coisas são tão mais importantes do que geralmente se pensa. Eu preferia ter a cabeça cortada a usar flanela sobre a pele. Há ainda uma simpática mocinha tímida – coitada –, que queria que alguém a tirasse dali antes que fosse tarde. Tem olhos e cabelos muito bonitos, só que, naturalmente, também vai ficar cômica. Devíamos fundar uma sociedade para ampliar a mente dos jovens – muito mais útil do que missionários, Hester! Ah, esqueci, há uma criaturinha horrenda chamada Pepper. Ele é exatamente como o seu nome. Indescritivelmente insignificante e bastante bizarro de temperamento, pobre coitado. É como sentar-se para jantar com um fox-terrier maltratado, só que não se pode escová-lo, nem jogar-lhe talco, como se faria com um cachorro de estimação. Uma pena, às vezes, não podermos tratar pessoas como cachorros! O grande conforto é que estamos longe de jornais, de modo que Richard terá férias de verdade desta vez. A Espanha não foi férias...

– Covarde! – disse Richard, quase enchendo o quarto com sua figura atarracada.

– Eu cumpri meu dever no jantar! – exclamou Clarissa.

– Seja como for, interessou-se pelo alfabeto grego.

– Ah, meu caro! Quem é Ambrose?

– Acho que foi professor em Cambridge; agora vive em Londres e publica clássicos.

– Você já viu um grupo de doidos como esse? A mulher me perguntou se eu achava que o marido dela tinha ar de cavalheiro!

– Certamente foi difícil manter a bola rolando no jantar – disse Richard. – Por que é que mulheres nessa classe são tão mais esquisitas que os homens?

– Não são feias realmente... só que... são tão esquisitas!

Os dois riram, pensando nas mesmas coisas, de modo que não foi preciso comparar suas impressões.

– Vejo que vou ter muito a dizer a Vinrace – disse Richard. – Ele conhece Sutton e tudo aquilo. Pode me dizer uma porção de coisas sobre a construção de navios no Norte.

– Ah, que bom. Os homens sempre são tão melhores que as mulheres.

– Sempre se tem o que dizer a um homem, sem dúvida – disse Richard. – Mas tenho certeza de que você vai passar o tempo bem depressa, falando sobre as crianças, Clarissa.

– Ela tem filhos? Não parece.

– Dois. Um menino e uma menina.

Uma inveja aguda varou o coração de Sra. Dalloway.

– Dick, nós *temos* de ter um filho – disse ela.

– Santo Deus, que oportunidades existem hoje para um jovem! – disse Dalloway, pois a sua conversa o fizera pensar. – Acho que não há oportunidades tão boas desde os dias de Pitt.

– E é para você! – disse Clarissa.

– Ser um líder de homens – monologou Richard. – É uma bela carreira. Meu Deus... que carreira!

O peito inflou lentamente debaixo do seu colete.

– Você sabe, Dick, não posso deixar de pensar na Inglaterra – disse sua esposa pensativamente, encostando a cabeça no peito dele. – Estar neste navio parece tornar tudo tão mais intenso que realmente significa ser inglês. Pensando em tudo que fizemos, em nossas armadas, nas pessoas na Índia e na África, e em como avançamos século após século, enviando nossos rapazes de aldeiazinhas do interior... e em homens como você, Dick, faz-nos sentir ser insuportável *não* ser inglês! Pense na luz acesa sobre a Câmara, Dick! Quando estava no convés, há pouco, parecia que a via. É o que Londres significa para a gente.

– É a continuidade – disse Richard sentenciosamente. Uma visão da história inglesa, rei após rei, primeiro-ministro após primeiro-ministro, e lei após lei, tinham-lhe ocorrido enquanto sua mulher falava. Ele percorreu com sua mente a linha da política conservadora, que seguia firme de Lorde Salisbury a Alfred, e gradualmente abarcava como se fosse um laço abrindo-se e apanhando coisas, enormes partes habitáveis do globo.

– Demorou muito tempo, mas quase já conseguimos – disse ele. – Resta agora consolidar tudo.

– E essa gente não vê isso! – exclamou Clarissa.

– É preciso todo tipo de gente para fazer um mundo – disse seu marido. – Jamais haveria um governo se não houvesse uma oposição.

– Dick, você é melhor que eu – disse Clarissa. – Tem visão global, enquanto eu só vejo o *aqui*. – Ela pressionou um ponto nas costas da mão dele.

– Esse é o meu negócio, como tentei explicar no jantar.

– O que eu gosto em você, Dick – prosseguiu ela –, é que você é sempre o mesmo, e eu sou instável.

– Mas, seja como for, você é uma linda criatura – disse ele, fitando-a com olhos mais profundos.

– Acha mesmo? Então me beije.

Ele a beijou apaixonadamente, de modo que a carta dela, inacabada, escorregou para o chão. Apanhando-a, ele leu sem pedir licença.

– Onde está sua caneta? – perguntou; e acrescentou na sua pequena letra masculina:

"*R.D. loquitur: Clarissa não lhe contou que estava extraordinariamente bela no jantar e fez uma conquista, obrigando-se a aprender o alfabeto grego. Aproveito a ocasião para acrescentar que estamos nos divertindo nessas terras estrangeiras e só desejaríamos a presença de nossos amigos (a saber, você e John) para que a viagem fosse tão perfeitamente agradável como promete ser instrutiva..."*

Ouviram-se vozes no fim do corredor. Sra. Ambrose estava falando em voz baixa; William Pepper comentava na sua voz clara e bastante azeda:

– Esse é o tipo de senhora com quem realmente não simpatizo. Ela...

Mas nem Richard nem Clarissa souberam da sentença, pois, como parecesse que iriam escutar, Richard fez um ruído, amassando uma folha de papel.

Muitas vezes, pensava Clarissa na cama, diante do pequeno volume branco de Pascal que ia com ela a toda parte, fico imaginando se é realmente bom para uma mulher viver com um homem moralmente superior a ela, como Richard é em relação a mim. Isso nos deixa tão dependentes. Acho que sinto por ele o que minha mãe e as mulheres de sua geração sentiam por Cristo. Isso só mostra que não se pode passar sem alguma coisa. Ela então adormeceu, o sono extremamente firme e reparador de sempre; mas, visitada por sonhos fantásticos com grandes letras gregas caminhando pelo aposento, acordou e riu de si mesma, lembrando onde estava e que as letras gregas eram pessoas de verdade, adormecidas perto dali. Depois, pensando no escuro lá fora, balouçando sob a lua, teve um calafrio e pensou no seu marido e nos outros companheiros de viagem. Os sonhos não estavam confinados nela, mas iam de um cérebro a outro. Todos sonharam uns com os outros aquela noite, como era natural, levando em conta como eram tênues as divisórias entre eles, e como tinham sido estranhamente erguidos da terra para se sentarem perto uns dos outros no meio do oceano, vendo cada pormenor dos rostos uns dos outros e escutando tudo que pudessem dizer.

4

Na manhã seguinte, Clarissa levantou-se antes de todos. Vestiu-se, saiu ao convés para respirar o ar fresco de uma manhã tranquila e, fazendo pela segunda vez o circuito no navio, topou com a figura magra de Sr. Grice, o camareiro. Ela desculpou-se e ao mesmo tempo pediu-lhe uma explicação: o que eram aqueles lustrosos suportes de metal, com a parte superior de vidro? Ela estivera imaginando o que eram, mas não conseguiu descobrir. Quando ele explicou, ela exclamou com entusiasmo:

– Acho mesmo que ser marinheiro é a melhor coisa do mundo!

– E o que é que a senhora sabe sobre isso? – perguntou Sr. Grice, reagindo de um modo estranho. – Perdão. O que sabe sobre o mar qualquer homem ou mulher criado na Inglaterra? Eles fingem saber; mas não sabem.

A amargura com que ele falava predizia o que estava por vir. Ele a conduziu para seu alojamento e, sentando-se à beira de uma mesa engastada em latão, parecendo singularmente com uma gaivota, com o corpo branco afilado e o rosto magro e alerta, Sra. Dalloway teve de escutar os arroubos de um fanático. Acaso ela percebia, para começar, que parte tão pequena do mundo era a terra? Como era pacífico, belo e benigno o mar em comparação? As águas profundas sustentariam a Europa se todos os animais da terra morressem de peste amanhã. Sr. Grice recordou visões terríveis que tivera na cidade mais rica do mundo – homens e mulheres fazendo fila hora após hora para receberem um caneco de sopa gordurosa.

– E pensei na boa carne esperando, ali embaixo, pedindo para ser apanhada. Não sou exatamente um protestante, e não sou católico, mas quase poderia rezar pela volta dos dias do papado... por causa dos jejuns.

Enquanto falava, ficava abrindo gavetas e movendo pequenos frascos de vidro. Ali estavam os tesouros que o grande oceano lhe concedera – peixes lívidos em líquidos esverdeados, medusas gelatinosas com madeiras ondulantes, peixes com luzes nas cabeças porque viviam nas profundezas.

– Eles nadaram entre ossos – suspirou Clarissa.

– Está pensando em Shakespeare – disse Sr. Grice e, pegando um exemplar de uma prateleira com livros enfileirados, recitou numa enfática voz nasal:

Full fathom five thy fathers lies,

– Um grande homem, Shakespeare – disse, recolocando o volume no lugar.

Clarissa ficou muito contente ao ouvi-lo dizer isso.

– Qual sua peça favorita? Será a mesma que eu prefiro?

– *Henrique v* – disse Sr. Grice.

– Maravilha! – exclamou Clarissa. – É essa!

Hamlet era o que se poderia chamar de introspectivo demais para Sr. Grice; os sonetos, apaixonados demais; *Henrique V* era para ele o modelo do cavalheiro inglês, mas sua leitura favorita era Huxley, Herbert Spencer e Henry George; enquanto Emerson e Thomas Hardy ele lia para relaxar. Estava dando a Sra. Dalloway sua opinião sobre o atual estado da Inglaterra, quando a sineta do café da manhã soou tão imperiosamente que ela teve de sair apressada, prometendo voltar e olhar as algas marinhas.

O grupo, que lhe parecera tão bizarro na noite anterior, já se reunira em torno da mesa, ainda sob influência do sono, e por isso pouco comunicativo, mas a entrada dela causou uma pequena agitação, como um sopro de ar em todos eles.

– Tive a conversa mais interessante de minha vida! – exclamou ela, assentando-se ao lado de Willoughby. – Você sabe que um de seus homens é filósofo e poeta?

– Um homem muito interessante... é o que eu sempre digo – disse Willoughby, distinguindo Sr. Grice. – Embora Rachel o ache um chato.

– Ele é um chato quando fala sobre correntes oceânicas – disse Rachel. Seus olhos estavam cheios de sono, mas Sra. Dalloway ainda lhe parecia maravilhosa.

– Eu ainda não encontrei um chato! – disse Clarissa.

– Pois eu diria que o mundo está cheio deles! – exclamou Helen. Mas sua beleza, radiante à luz da manhã, contrariava suas palavras.

– Concordo que é a pior coisa que se possa dizer de outra pessoa – disse Clarissa. – É preferível ser um assassino a ser um chato! – acrescentou com seu habitual ar de quem dizia algo profundo. – Pode-se imaginar gostar de um assassino. É a mesma coisa com cachorros. Alguns são incrivelmente chatos, coitados.

Richard estava sentado junto de Rachel. Ela estava curiosamente consciente de sua presença e aparência – suas roupas bem talhadas, seu peito de camisa engomado, os punhos com anéis azuis em torno e os dedos de pontas quadradas, muito limpos, com a pedra vermelha no dedo mínimo da mão esquerda.

– Tínhamos um cachorro que era um chato e sabia disso – disse ele, dirigindo-se a Rachel em tom frio e calmo. – Era um skye terrier, um daqueles compridões com pezinhos pequenos brotando do gelo como... como lagartas... não, eu diria como sofás. Bem, tínhamos outro cachorro ao mesmo tempo, um animal preto e esperto... um schipperke, acho que é assim que o chamam.

Não pode imaginar maior contraste. O skye tão lento e hesitante, erguendo os olhos para a gente como algum velho cavalheiro no clube, como se quisesse dizer: "Você não está falando sério, está?" E o schipperke, é rápido como um raio. Eu gostava mais do skye, confesso. Havia nele algo de patético.

A história parecia não ter clímax.

– E o que aconteceu a ele? – perguntou Rachel.

– É uma história muito triste – disse Richard, baixando a voz e descascando uma maçã. – Ele seguiu minha esposa no carro certo dia e foi atropelado por um ciclista cruel.

– Morreu? – perguntou Rachel.

Mas Clarissa, em sua ponta da mesa, escutara.

– Não fale nisso! – exclamou. – Não consigo pensar nisso até hoje.

Haveria lágrimas em seus olhos?

– Essa é a coisa dolorosa com bichos de estimação – disse Sr. Dalloway –, eles morrem. A primeira tristeza que recordo ocorreu com a morte de um rato silvestre. Lamento dizer que me sentei em cima dele. Mas isso não me deixou menos triste. Aqui jaz o pato em que Samuel Johnson sentou, hein? Eu era grande para minha idade. Depois tivemos canários – prosseguiu ele –, um par de pombos, um lêmure e uma vez uma andorinha.

– O senhor vivia no campo? – perguntou Rachel.

– Passávamos seis meses do ano no campo. Quando digo "nós", refiro-me a quatro irmãs, um irmão e eu mesmo. Não há nada como vir de uma família grande. Principalmente irmãs, são uma graça.

– Dick, você foi terrivelmente mimado! – exclamou Clarissa sobre a mesa.

– Não, não, eu fui apreciado – disse Richard.

Rachel tinha outras perguntas na ponta da língua; ou antes uma enorme pergunta, que não sabia como pôr em palavras. A conversa parecia animada demais para admiti-la.

"Por favor, conte-me... tudo". Era isso que ela queria dizer. Ele abrira uma pequena fresta e mostrara tesouros espantosos. Parecia-lhe incrível que um homem como aquele quisesse lhe dirigir a palavra. Ele tinha irmãs e animais de estimação e uma vez morara no campo. Ela mexia e remexia a colher em sua xícara de chá; as bolhas que boiavam e agarravam-se à taça lhe pareciam a união de suas mentes.

Enquanto isso, a conversa disparava ao lado dela, quando Richard de repente afirmou num tom de voz jocoso:

– Tenho certeza de que Srta. Vinrace agora tem inclinações secretas para o catolicismo. – Ela não tinha como responder, e Helen não pôde deixar de rir da tentativa que ela fez.

Mas o café da manhã terminara, e Sra. Dalloway estava se levantando.

– Sempre acho que religião é como colecionar insetos – disse ela, encerrando a discussão enquanto subia as escadas com Helen. – Uma pessoa tem paixão por besouros pretos; outra não tem; não adianta discutir sobre isso. Qual é agora o seu besouro preto?

– Acho que são meus filhos – disse Helen.

– Ah... isso é diferente – Clarissa falou. – Conte-me. Você tem um menino, não tem? Não é detestável ter de deixá-los?

Foi como se uma sombra azul tivesse caído sobre uma piscina. Os olhos delas ficaram mais fundos, as vozes mais cordiais.

Em vez de juntar-se a elas quando começaram a caminhar pelo convés, Rachel estava indignada com aquelas prósperas senhoras, que a faziam sentir-se fora do seu mundo, órfã, e virando-se, deixou-as abruptamente. Bateu a porta do quarto e retomou sua música. Era tudo música antiga – Bach e Beethoven, Mozart e Purcell –, as páginas amarelas, a impressão áspera ao toque. Em três minutos estava imersa numa fuga muito difícil, muito clássica, em Lá, e em seu rosto apareceu uma expressão estranha, remota, impessoal de absorção completa e ansiosa satisfação. Ora tropeçava, ora falhava e tinha de repetir o mesmo compasso; mas uma linha invisível parecia reunir as notas num fio, do qual se erguia um contorno, uma construção. Ela estava tão absorta nesse trabalho, pois era realmente difícil descobrir como todos aqueles sons deveriam se unir, e empregava todas as suas faculdades nisso, que não escutou uma batida na porta. Ela abriu-se impulsivamente e Sra. Dalloway apareceu no quarto, deixando a porta aberta, de modo que uma faixa do convés branco e do mar azul apareceu na abertura. O contorno da fuga de Bach partira-se no chão.

– Não deixe que eu a interrompa – implorou Clarissa. – Ouvi você tocar e não pude resistir. Adoro Bach!

Rachel corou e retorceu os dedos no colo. Pôs-se de pé desajeitadamente.

– É difícil demais – disse.

– Mas você estava tocando esplendidamente! Eu devia ter ficado do lado de fora.

– Não – disse Rachel.

Ela tirou da poltrona as *Cartas de Cowper* e *O Morro dos Ventos Uivantes*, e Clarissa foi convidada a sentar-se.

– Mas que quartinho agradável! – disse ela, olhando em torno. – Ah, as *Cartas de Cowper*! Nunca as li. São boas?

– Bastante monótonas – disse Rachel.

– Ele escrevia terrivelmente bem, não é? – disse Clarissa. – Para quem gosta desse tipo de coisa... terminava suas frases e tudo isso. *O morro dos ventos uivantes*! Ah, isso é mais do meu gosto. Eu realmente não poderia viver sem as Brontës! Você não é apaixonada por elas? Mas, de modo geral, eu preferiria viver sem elas a viver sem Jane Austen.

Embora falasse de um jeito leve e casual, sua postura revelava um extraordinário grau de simpatia e desejo de fazer amizade.

– Jane Austen? Eu não gosto de Jane Austen – disse Rachel.

– Você é um monstro! – disse Clarissa. – Mal posso perdoá-la. Diga-me, por quê?

– Ela é tão... bem... tão como uma trança apertada – atrapalhou-se Rachel.

– Ah... entendo o que quer dizer. Mas não concordo. E você não vai concordar quando for mais velha. Na sua idade eu só gostava de Shelley. Lembro-me de ter-me emocionado lendo Shelley no jardim.

> *He has outsoared the shadow of our night,*
> *Envy and calumny and hate and pain...**

"lembra?"

> *Can touch him not and torture not again*
> *From the contagion of the world's slow stain.***

– Que divino!... e, no entanto, que absurdo! – Ela olhou em torno do quarto. – Eu sempre acho que é *viver*, e não morrer, o que conta. Realmente respeito um velho corretor da Bolsa rabugento que vai somar coluna atrás de coluna todos os dias e trotar de volta à sua *villa* em Brixton com algum cachorro velho de focinho chato que ele adora e uma enfadonha mulherzinha sentada na ponta da mesa, que vai para Margate por 15 dias... asseguro-lhe que conheço um monte de gente assim... bem, eles me parecem realmente mais nobres do que poetas, a quem todo mundo venera, só porque são gênios e morrem jovens. Mas não espero que *você* concorde comigo!

Ela apertou o ombro de Rachel.

– Um... m... m – e continuou citando:

> *Unrest which men miscall delight...****

---

* Do poema "An Elegy on the Death of John Keats", de Percy Bysshe Shelley (1792-1822). Em tradução livre: "Ele ultrapassou a sombra da nossa noite, / Inveja e calúnia e ódio e dor."

** "Não pode tocá-lo nem torturá-lo novamente / Do contágio da mancha lenta do mundo."

*** "Inquietações que os homens confundem com deleite..."

– Quando você tiver a minha idade, verá que o mundo está *lotado* de coisas encantadoras. Acho que os jovens cometem um grande erro em relação a isso, não se permitindo serem felizes. Às vezes penso que a felicidade é a única coisa que conta. Não a conheço suficientemente bem para dizer, mas creio que você pode ser um pouco inclinada a... quando a gente é jovem e atraente... vou dizê-la, sim!... *tudo* está aos nossos pés. – Ela olhou em torno como se fosse dizer: "Não só alguns poucos livros enfadonhos e Bach". – Quero muito fazer perguntas – prosseguiu. – Você me interessa tanto. Se estou sendo impertinente, dê um puxão nas minhas orelhas.

– E eu... eu quero fazer perguntas – disse Rachel com tamanha gravidade que Sra. Dalloway teve de conter seu sorriso.

– Importa-se de irmos caminhar? – disse ela. – O ar está tão delicioso.

Ela inspirou como um cavalo de corrida quando fecharam a porta e pararam no convés.

– Não é bom estar viva? – exclamou e puxou o braço de Rachel para dentro do seu. – Olhe! Olhe! Que bonito!

As praias de Portugal começavam a perder sua substância; mas a terra ainda era a terra, apesar de muito distante. Podiam distinguir as cidadezinhas espalhadas nas dobras das colinas, e a fumaça erguendo-se, tênue. As cidades pareciam muito pequenas em comparação com as grandes montanhas roxas ao fundo.

– Sinceramente, porém – disse Clarissa depois de olhar –, não gosto de paisagens. São desumanas demais. – Continuaram andando. – Que coisa estranha! – continuou ela, impulsivamente. – Ontem, a esta hora, nem nos conhecíamos. Eu estava arrumando coisas num quartinho abafado de hotel. Não sabíamos absolutamente nada uma da outra, mesmo assim sinto como se *tivesse* conhecido você antes! A senhora tem filhos... seu marido esteve no Parlamento?

– Você nunca foi à escola e mora...?

– Com minhas tias, em Richmond.

– Richmond?

– Sabe, minhas tias gostam do Parque. Gostam do sossego.

– E você não! Entendo! – Clarissa riu.

– Eu gosto de caminhar sozinha no Parque; mas não... com os cachorros – concluiu ela.

– Não; e algumas pessoas são cachorros, não são? – disse Clarissa, como se tivesse adivinhado um segredo. – Mas nem todo mundo... ah não, nem todo mundo.

– Nem todo mundo – Rachel disse isso e parou.

– Posso muito bem imaginar você andando sozinha – disse Clarissa – e pensando... num pequeno mundo só seu. Mas como vai desfrutá-lo... um dia!

– Vou gostar de caminhar com um homem... é isso que quer dizer? – disse Rachel fitando Sra. Dalloway com seus grandes olhos inquiridores.

– Eu não estava pensando num homem em particular – disse Clarissa. – Mas você vai.

– Não. Eu não vou me casar nunca – decidiu Rachel.

– Não teria tanta certeza disso – disse Clarissa. Seu olhar de viés dizia a Rachel que ela a achara atraente, embora fosse inexplicavelmente engraçada...

– Por que as pessoas se casam? – perguntou Rachel.

– É isso que você vai descobrir. – Clarissa ainda ria.

Rachel seguiu seus olhos e viu que por um segundo tinham pousado na figura robusta de Richard Dalloway, ocupado acendendo um fósforo na sola da botina, enquanto Willoughby expunha algo que parecia da maior importância para os dois.

– Não há nada igual – concluiu ela. – Conte-me sobre os Ambrose. Ou estou fazendo perguntas demais?

– É bom falar com a senhora – disse Rachel.

Mas o breve esboço dos Ambrose foi de alguma forma superficial e pouco disse além do fato de Sr. Ambrose ser seu tio.

– Irmão de sua mãe?

Quando um nome cai em desuso, a mais leve menção a ele reaviva a memória. Sra. Dalloway continuou:

– Você é parecida com sua mãe?

– Não; ela era diferente – disse Rachel, sendo tomada por um intenso desejo de contar a Sra. Dalloway coisas que nunca contara a ninguém... coisas que nem ela percebera até aquele momento. – Eu me sinto sozinha. Eu quero... – Ela não sabia o que queria, de modo que não pôde concluir a frase; seu lábio, porém, tremeu.

Sra. Dalloway, contudo, pareceu capaz de compreender sem palavras.

– Eu sei – disse, passando um braço pelo ombro de Rachel. – Quando tinha a sua idade, também queria. Ninguém me compreendia até que encontrei Richard. Ele me deu tudo o que eu queria. Ele é homem e mulher ao mesmo tempo. – Seus olhos pousaram em Sr. Dalloway, encostado na amurada, ainda falando. – Não pense que digo isso porque sou esposa dele... vejo seus defeitos mais claramente do que os de qualquer outra pessoa. O que se quer na pessoa com quem se vive é que ela nos mantenha em nossa melhor forma. Muitas vezes fico pensando o que fiz para ser tão feliz! – exclamou, e uma lágrima deslizou pela sua face. Ela a enxugou, apertou a mão de Rachel e exclamou: – Como a vida é boa! – Nesse momento, com aquela brisa fresca, o sol sobre as ondas e a mão de Sra. Dalloway sobre seu braço, pareceu realmente a Rachel que a vida, antes sem nome, agora era infinitamente maravilhosa e boa demais para ser verdade.

Nisso, Helen passou por elas e, vendo Rachel de braço dado com uma quase estranha, parecendo animada, divertiu-se, mas ao mesmo tempo ficou levemente irritada. Porém Richard, com um humor bastante sociável, juntou-se imediatamente a elas, depois de uma conversa muito interessante com Willoughby.

– Observem o meu panamá – disse, tocando a aba do seu chapéu. – Srta. Vinrace, deu-se conta do quanto se pode fazer para induzir bom tempo usando o chapéu adequado? Decidi que hoje é um dia quente de verão; previno-a de que nada que a senhorita possa dizer vai me abalar. Por isso vou me sentar. Aconselho-a a seguir meu exemplo. – Três cadeiras em fila os convidavam a se sentar.

Recostando-se para trás, Richard observou as ondas.

– Um azul muito bonito – disse. – Mas há um pouco de azul em demasia. A variedade é essencial para uma paisagem. Assim, se há colinas, deve haver um rio; se há um rio, deve haver colinas. A melhor paisagem no mundo, na minha opinião, é aquela de Boars Hill num dia bonito... atenção, tem de ser um dia bonito... Uma manta? Ah, obrigado, minha cara... Nesse caso você terá a vantagem das associações, o passado.

– Dick, você quer falar ou quer que eu leia em voz alta?

Clarissa pegara um livro com as mantas.

– *Persuasão* – anunciou Richard examinando o volume.

– É para a Srta. Vinrace – disse Clarissa. – Ela não suporta a nossa amada Jane.

– Isso... se me permite dizer... é porque a senhorita não a leu – disse Richard. – Ela é incomparavelmente a maior escritora que temos. É a maior e por um motivo: não tenta escrever como homem. Todas as outras mulheres fazem isso: por isso não as leio. Diga suas objeções, Srta. Vinrace – prosseguiu ele, juntando as pontas dos dedos. – Estou pronto para me converter.

E aguardou enquanto Rachel tentava em vão vingar seu sexo daquele desrespeito que ele lhe fazia.

– Receio que ele tenha razão – disse Clarissa. – Geralmente ele tem... esse infeliz! Eu trouxe *Persuasão* – prosseguiu ela – porque pensei que era um pouco menos desinteressante que os outros... mas, Dick, não adianta fingir que conhece Jane de cor, pois ela sempre o faz pegar no sono!

– Mereço dormir depois dos trabalhos de legislação – disse Richard.

– Não pense naquelas armas – disse Clarissa, vendo que o olho dele, passando sobre as ondas, ainda procurava a terra, pensativo – nem em navios, ou impérios, ou nada. – Dizendo isso, ela abriu o livro e começou a ler: "Sir. Walter Elliott, de Kellynch Hall, em Somersetshire, era um homem que, para divertir-se, nunca apanhava um livro senão o *Baronetage*"... não conhece Sir Walter?... "Lá ele encontrava ocupação nas horas ociosas e consolo nas horas de aborrecimento". Ela escreve bem, não escreve? "Lá..." – ela continuou lendo numa voz levemente jocosa. Decidira que Sir Walter afastaria a mente do marido das armas da Grã-Bretanha e o transportaria para um mundo refinado, exótico, jovial e um tanto ridículo. Algum tempo depois, pareceu que o sol se punha e os contornos se tornavam mais suaves. Rachel levantou os olhos para ver o que causara aquela mudança. As pálpebras de Richard estavam se fechando e abrindo, abrindo e fechando. Uma respiração nasal forte anunciou que ele já não mantinha as aparências e dormia profundamente.

– Triunfo! – sussurrou Clarissa no fim de uma frase. De repente, ergueu as mãos em protesto. Um marinheiro aguardava; ela deu o livro a Rachel e deu uns passos leves para pegar o recado: "Sr. Grice queria saber se era conveniente etc." Ela o seguiu. Ridley, que vagara por ali, avançou, parou e, com um gesto de desagrado, afastou-se para o seu estúdio. O político adormecido ficou aos cuidados de Rachel. Ela leu uma frase e deu uma olhada nele. Dormindo, ele parecia um casaco pendurado ao pé de uma cama; lá estavam todas as rugas, as mangas e pernas de calças mantinham a forma, embora já não preenchidas por pernas e braços. É quando melhor se pode julgar a idade e o estado do casaco. Ela o examinou todo até quando lhe pareceu que ele teria protestado.

Era um homem de talvez 40 anos; e havia linhas em torno de seus olhos, e curiosas fendas em suas faces. Parecia um pouco desgastado, mas persistente e no auge da vida.

– Irmãs, um ratinho e alguns canários – murmurou Rachel, sem tirar o olho dele. – Não sei, não sei. – Ela calou-se, queixo na mão, ainda olhando para ele. Um sino tocou atrás deles, e Richard ergueu a cabeça. Depois abriu os olhos tendo por um segundo a expressão bizarra de um míope cujos óculos se perderam. Levou um momento para se recuperar da impropriedade de ter roncado, e talvez grunhido, diante de uma jovem. Acordar e ver-se sozinho com alguém também era um pouco desconcertante.

– Parece que andei cochilando – disse ele. – O que aconteceu com todo mundo? E Clarissa?

— Sra. Dalloway foi olhar os peixes de Sr. Grice — respondeu Rachel.

— Eu devia ter adivinhado — disse Richard. — Um fato comum. E como a senhorita usou essa hora luminosa? Converteu-se?

— Acho que não li uma só linha — respondeu Rachel.

— É o que sempre acho. Há coisas demais para se olhar. Acho a natureza muito estimulante. Minhas melhores ideias me vieram ao ar livre.

— Quando estava caminhando?

— Caminhando... cavalgando... andando de barco... acho que a conversa mais importante de minha vida aconteceu enquanto eu perambulava no grande pátio em Trinity. Estive nas duas universidades. Era um capricho de meu pai. Ele achava que isso alargava a mente. Acho que concordo com ele. Posso lembrar... parece que faz um século!... que eu estava decidindo a base de um futuro estado com o atual Secretário da Índia. Nós nos achávamos muito sábios. Não sei se não éramos. Éramos felizes, Srta. Vinrace, e éramos jovens... talentos que compensam a sabedoria.

— E fizeram o que disseram que iam fazer? — perguntou ela.

— Pergunta desconcertante! Respondo: sim e não. Se de um lado não realizei o que desejei realizar... e quem de nós realiza?... de outro lado, posso honestamente dizer isso: não diminuí meu ideal.

Ele contemplou com ar resoluto uma gaivota como se seu ideal voasse nas asas do pássaro.

— Mas — disse Rachel — qual é o seu ideal?

— Está perguntando demais, Srta. Vinrace — disse Richard em tom de brincadeira.

Ela apenas pôde dizer que queria saber, e Richard estava se divertindo o suficiente para responder:

— Bem, como devo responder? Numa palavra... Unidade. Unidade de objetivo, de domínio, de progresso. A dispersão das melhores ideias sobre a maior área possível.

— Dos ingleses?

— Garanto que os ingleses parecem, de modo geral, mais brancos do que a maioria dos homens, seus registros, mais limpos. Mas, meu Deus, não pense que não vejo as desvantagens... horrores... coisas que nem se pode mencionar, feitas entre nossa própria gente! Não tenho ilusões. Poucas pessoas, suponho, têm menos ilusões do que eu. Já esteve numa fábrica, Srta. Vinrace? Não, acho que não... posso dizer que espero que não.

Rachel mal caminhara numa rua pobre, e sempre acompanhada pelo pai, pela criada ou pelas tias.

– Eu ia dizer que, se já tivesse visto o tipo de coisa que acontece ao seu redor, compreenderia o que faz de homens, como eu, políticos. A senhorita me perguntou há pouco se fiz o que pretendia fazer. Bem, quando penso em minha vida, há um fato do qual admito sentir orgulho; por minha causa, milhares de mocinhas em Lancashire... e muitos milhares que virão depois delas... podem passar uma hora todo dia ao ar livre, enquanto suas mães tiveram de passá-la diante de seus teares. Tenho mais orgulho disso do que teria se escrevesse como Keats e Shelley!

Foi penoso para Rachel ser um dos que preferem Keats e Shelley.

Ela gostava de Richard Dalloway e tornava-se mais cálida na medida em que ele também o fazia. Ele parecia falar a sério.

– Eu não sei nada! – exclamou ela.

– É bem melhor não saber de nada – disse ele paternalmente –, e tenho certeza de que está enganada. Disseram-me que a senhorita toca piano muito bem, e sem dúvida leu montes de livros eruditos.

Brincadeiras dos mais velhos já não a incomodavam.

– O senhor fala de unidade – disse ela. – Devia tentar me fazer entender.

– Eu nunca permito que minha mulher fale de política – disse ele, gravemente. – Por esta razão. É impossível para seres humanos, constituídos como são, ao mesmo tempo lutar e ter ideais. Se preservei os meus, e fico grato por poder dizer que fiz isso em grande escala, é porque tenho voltado para casa, para minha esposa de noite, e ver que ela passou o dia fazendo visitas, tocando música, brincando com as crianças e cumprindo seus deveres domésticos... o que você fará; as ilusões dela não foram destruídas. Ela me dá coragem para prosseguir. A tensão da vida pública é enorme – acrescentou ele.

Isso o fazia parecer um mártir abalado, todo dia desfazendo-se do mais puro ouro, a serviço da humanidade.

– Nem posso imaginar como alguém faz isso! – exclamou Rachel.

– Explique, Srta. Vinrace – disse ele. – Esse é um assunto que quero esclarecer.

A amabilidade de Dalloway era sincera, e ela decidiu aceitar a chance que ele lhe dava, embora falar com um homem de tal importância e autoridade fizesse seu coração disparar.

– Parece-me assim – começou ela, primeiro esforçando-se por lembrar e depois por expor suas amedrontadas visões particulares. – Há uma velha viúva em um quarto, em algum lugar, digamos, nos subúrbios de Leeds.

Richard inclinou a cabeça para mostrar que aceitara a viúva.

– Em Londres o senhor passa sua vida falando, escrevendo coisas, aprovando decretos, perdendo o que parece ser natural. O resultado de tudo isso é que ela vai ao seu guarda-comida e acha um pouco mais de chá, alguns torrões de açúcar, ou um pouco menos de chá e um jornal. Viúvas por todo o país, admito, fazem isso. Mas há a mente da viúva, os afetos; a esses o senhor não atinge. Mas desperdiça seus próprios.

– Se a viúva vai ao seu guarda-comida e o encontra vazio – respondeu Richard –, podemos admitir que sua perspectiva espiritual seja afetada. Se eu puder abrir buracos na sua filosofia, Srta. Vinrace, que tem seus méritos, direi que um ser humano não é um conjunto de compartimentos, mas um organismo. Imaginação, Srta. Vinrace; use sua imaginação; é aí que vocês, jovens liberais, falham. Conceba o mundo como um todo. Agora, quanto ao seu segundo tema: quando afirma que, tentando arranjar a casa para benefício da nova geração, estou desperdiçando minhas maiores capacidades, discordo totalmente. Não posso conceber uma meta mais sublime... ser cidadão do Império. Encare isso dessa maneira, Srta. Vinrace; conceba o Estado como uma engrenagem complexa; nós, cidadãos, somos partes dessa engrenagem; alguns cumprem tarefas mais importantes; outros (talvez eu seja um deles) servem apenas para conectar partes obscuras do mecanismo, escondidas do olho do público. Mas se o menor parafuso falha na sua tarefa, o funcionamento adequado do todo fica comprometido.

Era impossível combinar a imagem de uma magra viúva de preto, olhando fixamente pela janela e ansiando ter alguém com quem falar, com a imagem de uma máquina imensa, como se vê em South Kensington, pulsando, pulsando, pulsando. A tentativa de comunicação fora um fracasso.

– Parece que não nos entendemos – disse ela.

– Posso dizer uma coisa que vai deixar a senhorita muito zangada? – perguntou ele.

– Não vou ficar – disse ela.

– Pois então muito bem; nenhuma mulher tem o que eu chamaria de instinto político. Vocês têm virtudes imensas; sou o primeiro, espero, a admitir isso; mas nunca conheci uma mulher que sequer reconhecesse o que é ser estadista. Vou deixá-la mais irada ainda. Espero nunca conhecer essa mulher. Agora, Srta. Vinrace, somos inimigos para o resto da vida?

Vaidade, irritação e um pungente desejo de ser compreendida impeliram-na a fazer ainda outra tentativa.

– Debaixo das ruas, nos esgotos, nos fios, nos telefones, há alguma coisa viva; é disso que o senhor está falando? Em coisas como carrocinhas de garis e homens consertando estradas? O senhor sente isso o tempo todo, quando caminha por Londres e quando abre uma torneira e sai água?

– Certamente – disse Richard. – Compreendo que a senhorita quer dizer que o todo de uma sociedade moderna se baseia no esforço de cooperação. Se ao menos mais pessoas entendessem isso, Srta. Vinrace, haveria menos das suas velhas viúvas solitárias e nostálgicas.

Rachel pensou por um momento.

— O senhor é liberal ou conservador? — indagou.

— Eu me chamo de conservador por causa da conveniência — disse Richard, sorrindo.

— Mas há mais em comum entre os dois partidos do que geralmente as pessoas admitem.

Houve uma pausa, que da parte de Rachel não se devia à falta de coisas a dizer; como de costume, ela não as podia dizer e ficava mais confusa ainda porque provavelmente havia pouco tempo para conversar. Era perseguida por ideias absurdamente obscuras — como se se voltasse atrás o suficiente, talvez tudo ficasse inteligível; tudo era comum, pois os mamutes que tinham pastado nos campos da rua principal de Richmond tinham se transformado em pedras de calçamento e caixas cheias de fitas, e em suas tias.

— O senhor disse que vivia no campo quando era criança? — perguntou ela.

Embora os modos dela lhe parecessem rudes, Richard ficou contente. Não podia haver dúvida de que o interesse dela era genuíno.

— Sim — ele sorriu.

— E o que foi que aconteceu? — perguntou ela. — Ou estou fazendo perguntas demais?

— Asseguro-lhe que fico contente. Mas... vamos ver... o que foi que aconteceu? Bem, cavalgar, aulas, irmãs. Havia um monte de entulho encantado, lembro-me disso, onde acontecia toda sorte de coisas bizarras. Estranho, as coisas que impressionam as crianças! Lembro-me da aparência do lugar até hoje. É um engano pensar que as crianças são felizes. Não são; são infelizes. Nunca sofri tanto quanto sofri quando criança.

— Por quê? — perguntou ela.

— Eu não me dava bem com meu pai — disse Richard, lacônico. — Ele era um homem muito capaz, mas duro. Bem... isso nos faz decidir não cometer o mesmo pecado. Crianças nunca esquecem injustiças. Perdoam muitas coisas com que os adultos se importam; mas esse pecado é o pecado imperdoável. Atrevo-me a dizer que eu era uma criança difícil de se lidar; mas quando penso no que estava disposto a dar! Não, pecaram mais contra mim do que eu pequei. E depois fui para a escola, onde me dei bastante bem; depois, como lhe disse, meu pai me mandou para as duas universidades... Sabe, Srta. Vinrace, que a senhorita me fez pensar? Como, afinal, se pode dizer pouco a outra pessoa sobre a nossa própria vida! Estou aqui sentado; a senhorita está aí sentada; não duvido de que ambos estejamos repletos das mais interessantes experiências, ideias, emoções; mas como nos comunicarmos? Eu lhe disse o que praticamente qualquer um lhe diria.

– Acho que não – disse ela. – É o jeito de dizer as coisas, não é? E não as coisas em si.

– Verdade – disse Richard. – Absolutamente verdade. – Ele fez uma pausa. – Quando olho para trás, para minha vida... tenho 42 anos... quais são os grandes fatos que se destacam? Quais foram as revelações, se posso chamá-las assim? A miséria dos pobres e... (ele hesitou e lançou) "o amor!".

Nessa palavra, ele baixou a voz; era uma palavra que parecia desvendar os céus para Rachel.

– É uma coisa estranha para se dizer a uma jovem – prosseguiu ele. – Mas a senhorita tem ideia do que... o que quero dizer com isso? Não, é claro que não. Não uso a palavra no sentido convencional. Uso-a como os rapazes a usam. As moças são mantidas na maior ignorância, não são? Talvez seja uma coisa sábia... talvez... A senhorita não sabe?

Ele falava como se tivesse perdido a consciência do que dizia.

– Não, não sei – disse ela, quase sussurrando.

– Navios de guerra, Dick! Ali! Olhe!

Clarissa, liberada por Sr. Grice, tendo apreciado todas as suas algas marinhas, deslizava na direção deles, gesticulando.

Avistara dois sinistros navios cinzentos, bastante mergulhados na água e de aparência pobre, um seguindo o outro bem de perto, e que lembravam feras sem olhos procurando suas presas. Richard retomou a consciência imediatamente.

– Meu Deus! – exclamou, protegendo os olhos com a mão.

— Nossos, Dick? — perguntou Clarissa.
— A Frota do Mediterrâneo — respondeu ele.

O *Euphrosyne* içava sua bandeira lentamente. Richard ergueu o chapéu. Clarissa apertava a mão de Rachel convulsivamente.

— Não fica feliz de ser inglesa? — perguntou.

Os navios de guerra passaram, lançando um curioso efeito de disciplina e tristeza sobre as águas, e só quando ficaram invisíveis de novo as pessoas voltaram a falar com naturalidade. No almoço, a conversa girou em torno de valores de morte e as magníficas qualidades dos almirantes britânicos. Clarissa citou um poeta, Willoughby citou outro. A vida de um combatente a bordo era esplêndida, concordaram, e os marujos eram particularmente simpáticos e simples.

Sendo assim, ninguém gostou quando Helen comentou que lhe parecia tão errado ter marinheiros quanto ter um zoológico, e que, quanto a morrer no campo de batalha, estava certamente na hora de pararmos de elogiar a coragem — "ou de escrever poesia ruim a respeito dela", rosnou Pepper.

Mas Helen estava na verdade imaginando por que Rachel, sentada em silêncio, parecia tão esquisita e corada.

5

Mas ela não foi capaz de seguir com suas observações ou de chegar a alguma conclusão, pois, por um desses acidentes passíveis de acontecer no mar, todo o curso das suas vidas foi perturbado.

Mesmo na hora do chá, o assoalho erguia-se debaixo dos seus pés e lançava-se abaixo, e no jantar o navio parecia gemer e contorcer-se como se uma chibata estivesse descendo sobre ele. Esse navio, que fora um cavalo de flancos largos, em cujos quartos pierrôs poderiam ter dançado, tornou-se um potro solto nos campos. Os pratos deslizavam longe das facas, e o rosto de Sra. Dalloway empalideceu por um segundo quando ela se servia e viu as batatas rolarem de um lado para outro. Willoughby naturalmente exaltou as virtudes do seu navio e citou o que peritos e passageiros notáveis tinham dito sobre ele, pois amava seus bens. Mesmo assim, o jantar foi desconfortável, e assim que as damas ficaram sozinhas, Clarissa disse que ficaria melhor na cama e se foi, sorrindo corajosamente.

Na manhã seguinte a tempestade baixou sobre eles, e nenhuma boa educação podia ignorar esse fato. Sra. Dalloway ficou em seu quarto. Richard enfrentou três refeições, comendo valentemente em cada uma delas; mas na terceira, aspargos boiando em azeite finalmente o derrubaram.

– Isso liquidou comigo – disse ele, e retirou-se.

– Agora estamos mais uma vez sozinhos – disse William Pepper, olhando em torno da mesa; mas ninguém se dispunha a conversar, e a refeição terminou em silêncio.

No dia seguinte encontraram-se, mas como folhas soltas se encontram no ar. Não estavam nauseados; mas o vento os precipitava impetuosamente para os quartos e violentamente escada abaixo. Passavam uns pelos outros no convés, arquejantes; gritavam para serem ouvidos do outro lado da mesa. Usavam casacos de pele; e Helen nunca era vista sem um lenço na cabeça. Para maior conforto, retiravam-se para suas cabines, onde, com pés firmemente apoiados, deixavam o navio saltar e inclinar-se. Sentiam-se como batatas num saco sobre um cavalo a galope. O mundo lá fora era um tumulto gris e violento. Por dois dias tiveram um perfeito descanso de suas velhas emoções. Rachel tinha só consciência suficiente para se imaginar um burrico no meio de um charco numa tempestade de granizo, mostrando os sulcos deixados pelo vento no seu pelo; depois tornou-se uma árvore enfeitiçada, perpetuamente empurrada para trás pelo vento salgado do Atlântico.

Helen, por sua vez, cambaleou até a porta de Sra. Dalloway, bateu, não pôde ser ouvida por causa das portas que batiam e dos golpes do vento, e entrou.

Naturalmente havia bacias. Sra. Dalloway repousava soerguida sobre travesseiros e não abriu os olhos. Depois murmurou:

– Oh, Dick, é você?

Helen gritou – pois foi lançada contra a pia:

– Como está você?

Clarissa abriu um olho. Aquilo lhe deu uma aparência inacreditavelmente devassa.

– Horrível! – arquejou. Seus lábios estavam brancos por dentro.

Plantando os pés bem separados no chão, Helen tentou despejar champanha numa caneca com uma escova de dentes dentro.

– Champanha – disse.

– Há uma escova de dentes aí dentro – murmurou Clarissa, e sorriu; podia ter sido também uma careta de choro. Ela bebeu.

– Nojento – sussurrou, apontando as bacias. Restos de bom humor ainda brincavam em sua face como o luar.

– Quer mais? – gritou Helen. Mais uma vez a fala ficava além do alcance de Clarissa. O vento deitava o navio de lado, tremendo. Pálidas agonias cruzaram o rosto de Sra. Dalloway, em ondas. Quando as cortinas balouçaram, luzes cinzentas sopraram sobre ela. Entre os espasmos da tempestade, Helen ajeitou as cortinas, sacudiu os travesseiros, esticou as roupas de cama e acalmou as narinas quentes e a testa com perfume frio.

– Você é muito boa! – arquejou Clarissa. – Que confusão horrível!

Estava tentando se desculpar pelas roupas de baixo brancas, caídas e espalhadas no chão. Por um segundo abriu um olho e viu que o quarto estava arrumado.

– Muito simpático de sua parte – arquejou.

Helen deixou-a; bem distante, ela sentia uma espécie de simpatia por Sra. Dalloway. Não podia deixar de respeitar seu caráter e seu desejo, mesmo nas convulsões da náusea, de um quarto de dormir bem arrumado. Mas suas anáguas vinham acima dos joelhos.

Subitamente, a tempestade relaxou seu domínio. Aconteceu na hora do chá; o esperado paroxismo do vendaval cedeu exatamente quando atingiu o clímax e afastou-se definhando, e o navio, em vez de dar o mergulho usual, seguiu adiante, sólido. A monótona sequência de mergulhar e subir, bramir e relaxar, mudou, e todos na mesa ergueram os olhos e sentiram alguma coisa afrouxar-se internamente. A tensão aliviou-se, os sentimentos humanos começaram a agir novamente, como quando a luz do dia aparece no fim de um túnel.

– Tente uma volta comigo – Ridley chamou Rachel do outro lado da mesa.

– Bobagem! – gritou Helen, mas subiram a escada aos tropeções.

Sufocados pelo vento, animaram-se num ímpeto, pois nas beiradas de todo aquele tumulto gris havia um nevoento ponto dourado. Instantaneamente, o mundo voltou a tomar forma; não eram mais átomos voando no vácuo, mas gente sobre um navio triunfante no dorso do mar. Vento e espaço tinham sido banidos; o mundo flutuava como uma maçã numa bacia, e a mente humana, que também estivera desenraizada, mais uma vez se prendia às velhas crenças.

Tendo andado em torno do navio duas vezes, recebido muitos golpes fortes do vento, viram um rosto de marinheiro, de brilho positivamente dourado. Olharam e contemplaram um círculo amarelo de sol; no minuto seguinte, ele foi atravessado por faixas errantes de nuvens, e depois completamente obscurecido. No café da manhã seguinte, porém, o céu estava varrido e limpo, as ondas, embora altas, eram azuis, e depois da visão do estranho submundo habitado por fantasmas, as pessoas começaram a viver entre potes de chá e fatias de pão com mais entusiasmo do que nunca.

Mas Richard e Clarissa ainda estavam na fronteira. Ela não tentou soerguer-se; seu marido estava de pé e contemplou seu colete e suas calças, sacudiu a cabeça e depois deitou-se de novo. O interior de seu cérebro ainda se erguia e baixava como o mar no palco. Às quatro horas ele acordou e viu a luz do sol formar um ângulo vívido sobre as cortinas de veludo vermelho e as calças de *tweed* cinza. O mundo comum lá fora escorregou para dentro de sua mente, e quando se vestiu voltou a ser um cavalheiro inglês.

Sentou-se ao lado de sua esposa. Ela o puxou para junto de si pela lapela do casaco, beijou-o e segurou-o por um minuto.

– Vá pegar um pouco de ar, Dick – disse ela. – Parece muito abatido... Que bom o seu cheiro!... E seja educado com aquela mulher. Ela foi boa comigo.

Depois disso, Sra. Dalloway virou-se para o lado fresco do travesseiro, terrivelmente abatida, mas ainda invencível.

Richard encontrou Helen falando com o cunhado diante de dois pratos de bolo amarelo, pão macio e manteiga.

– O senhor parece muito doente! – exclamou ela ao vê-lo. – Venha tomar um pouco de chá.

Ele notou que as mãos que se moviam sobre as xícaras eram lindas.

– Ouvi dizer que a senhora foi muito boa com minha esposa – disse. – Ela passou momentos terríveis. A senhora entrou e lhe deu champanha. Esteve também entre os que não sofreram?

– Eu? Ah, eu não enjoo há 20 anos... enjoo de mar, quero dizer.

– Há três fases de convalescença, eu sempre digo – interrompeu a voz forte de Willoughby. – A fase do leite, a fase do pão com manteiga e a fase do rosbife. Eu diria que o senhor está na fase do pão com manteiga. – E passou-lhe o prato. – Agora eu o aconselharia um chá reforçado e uma boa caminhada no convés; e na hora do jantar já vai pedir um bife, hein? – Ele se afastou, rindo, desculpando-se por causa do trabalho.

– Que sujeito esplêndido esse! – exclamou Richard. – Sempre entusiasmado com alguma coisa.

– Sim – disse Helen –, ele sempre foi assim.

– Este é um grande empreendimento dele – continuou Richard. – É um negócio que não para nos navios, eu diria. Nós ainda o veremos no Parlamento, ou estou muito enganado. É o tipo de homem que queremos no Parlamento, o homem que realizou coisas.

Mas Helen não estava muito interessada no cunhado.

– Imagino que sua cabeça esteja doendo, não está? – perguntou ela, servindo nova xícara de chá.

– Sim, está – disse Richard. – É humilhante ver que neste mundo se é tão escravo do corpo. Sabe, nunca consigo trabalhar sem uma chaleira sobre o aparador. Muitas vezes, nem bebo chá, mas tenho de saber que poderei tomar, se quiser.

– Isso é péssimo para o senhor – disse Helen.

– Encurta a vida; mas, receio, Sra. Ambrose, que nós, políticos, tenhamos de nos decidir sobre isso no começo. Temos de queimar nossa vela nas duas pontas, ou...

– Você põe tudo a perder! – disse Helen, divertida.

– Não podemos fazer a senhora nos levar a sério, Sra. Ambrose – protestou ele. – Posso lhe perguntar como passa seu tempo? Lendo... filosofia? – (Ele viu o livro preto.) – Metafísica e pescaria! – exclamou. – Se eu tivesse de viver de novo, acho que me devotaria a uma coisa ou outra. – Começou a folhear as páginas. – "O bem, então, é indefinível" – leu em voz alta. – Que alegria pensar que isso continua! "Até onde eu sei, há um só escritor ético, o professor Henry Sidgwick, que reconheceu claramente e afirmou esse fato." É exatamente o tipo de coisa de que costumávamos falar quando meninos. Lembro-me de discutir até as cinco da manhã com Duffy, agora Secretário da Índia, caminhando naqueles claustros até decidirmos que era tarde demais para ir para a cama, e em vez disso íamos andar a cavalo. Se chegamos a alguma conclusão... isso é outro assunto. Mas é a discussão que conta. São coisas assim que se destacam na vida. Nada desde então foi tão vívido. São os filósofos, os intelectuais – continuou ele –, eles é que são as pessoas que passam adiante a tocha, que mantêm o fogo queimando enquanto estamos vivos. Ser político não nos faz cegos necessariamente para isso, Sra. Ambrose.

– Não. E por que faria? – disse Helen. – Mas o senhor consegue lembrar se sua esposa toma com açúcar?

Ela levantou a bandeja e saiu para levá-la a Sra. Dalloway.

Richard enrolou duas vezes um cachecol no pescoço e subiu com esforço até o convés. Seu corpo, que ficara branco e macio no quarto escuro, formigava no ar fresco. Sentia-se realmente no auge da vida. O orgulho brilhava em seus olhos enquanto deixava o vento fustigá-lo e permanecia firme. Com a cabeça levemente abaixada, ele dobrou esquinas, subiu ladeiras, enfrentou o vento. Houve uma colisão, por um segundo ele não pôde ver em que corpo batera.

– Perdão, perdão. – Foi Rachel quem pediu desculpas. Os dois riram, havia vento demais para poderem falar. Ela abriu a porta de seu quarto e entrou naquela calmaria. Para falar com ela, Richard também teria de entrar. Estavam parados num redemoinho de vento; papéis começaram a voar em círculo, a porta fechou-se com estrondo, e eles cambalearam, rindo, até suas cadeiras. Richard sentou-se em cima de Bach.

– Meu Deus! Que tempestade! – exclamou ele.

– Maravilha, não é? – disse Rachel. Certamente a luta e o vento tinham-lhe fornecido a determinação que lhe faltava; havia rubor em suas faces, e o cabelo estava solto.

– Ah, que divertido! – gritou ele. – Estou sentado em quê? Este é seu quarto? Como é alegre!

– Ali... sente-se ali – comandou ela. Mais uma vez o Cowper escorregou.

– Que bom encontrarmo-nos de novo – disse Richard. – Parece um século. *Cartas de Cowper*?... Bach?... *Morro dos ventos uivantes*?... É aqui que a senhorita medita sobre o mundo e depois sai e enfrenta pobres políticos com perguntas? Nos intervalos de enjoo pensei muito na sua conversa. Acredite, me fez pensar.

– Eu o fiz pensar! Mas por quê?

– Que solitários *icebergs* nós somos, Srta. Vinrace! Como nos comunicamos pouco! Há muitas coisas que eu gostaria de lhe dizer... e sobre as quais quero ouvir sua opinião. Alguma vez leu Burke?

– Burke? – repetiu ela. – Quem foi Burke?

– Não? Bem, então faço questão de lhe enviar um exemplar. *O discurso sobre a Revolução Francesa – A rebelião americana*? Fico pensando, o que seria? – Ele anotou alguma coisa em sua agenda. – E depois a senhorita terá de me escrever e dizer o que achou. Essa reticência... esse isolamento... é esse o problema na vida moderna! Agora, fale-me de si. Quais seus interesses e ocupações? Devo imaginar que é uma pessoa com interesses bem marcados. Claro que é! Santo Deus! Quando penso na era em que vivemos, com suas oportunidades e possibilidades, o monte de coisas a serem feitas e aproveitadas... por que não temos dez vidas em vez de uma? Mas, e a senhorita?

– Como vê, eu sou uma mulher – disse Rachel.

– Eu sei... eu sei – disse Richard, jogando a cabeça para trás e passando os dedos sobre os olhos. – Que estranho ser uma mulher! Uma mulher jovem e linda – continuou ele, sentencioso – com o mundo todo a seus pés. É verdade, Srta. Vinrace. Vocês têm um poder inestimável... para o bem ou para o mal. O que não poderiam fazer... – ele interrompeu-se.

– O quê? – perguntou Rachel.

– Vocês têm beleza – disse ele. O navio inclinou-se. Rachel caiu um pouco para a frente. Richard pegou-a nos braços e beijou-a. Abraçando-a fortemente, beijou-a com paixão, de modo que ela sentiu a dureza do seu corpo e a aspereza do seu rosto apertado contra o dela. Ela caiu para trás na cadeira, com o coração disparado, cada pulsação mandando ondas escuras sobre seus olhos. Ele agarrou a testa com as mãos.

– Você me tenta – disse ele. O seu tom de voz era assustador. Parecia sufocado na luta. Ambos tremiam. Rachel levantou-se e saiu. Sua cabeça estava fria, os joelhos tremendo, e a dor física da emoção era tanta que só conseguia mexer-se com grandes saltos do coração. Inclinou-se na amurada do navio e aos poucos deixou de sentir, pois um frio gélido cobria seu corpo e mente. Bem longe, entre as ondas, flutuavam aves marinhas negras e brancas. Alteando-se e caindo com movimentos leves e graciosos nas cavidades das ondas, pareciam singularmente desligadas e despreocupadas.

– Vocês são tão pacíficas – disse ela, também apaziguada, ao mesmo tempo dominada por uma estranha exaltação. A vida parecia conter infinitas possibilidades que ela jamais adivinhara. Debruçou-se na amurada e olhou as águas cinzentas e turbulentas, onde o sol se fragmentava na crista das ondas, até ficar fria e inteiramente calma mais uma vez. Mesmo assim, algo de maravilhoso acontecera.

Porém no jantar ela não se sentiu exaltada, apenas desconfortável, como se ela e Richard tivessem visto juntos algo que é escondido na vida comum, de modo que já não quisessem fitar-se nos olhos. Richard deslizou os olhos sobre ela uma vez, inquieto, e não a fitou mais. Chavões formais foram fabricados com esforço, mas Willoughby estava animado.

– Bife para Sr. Dalloway! – gritou. – Vamos... depois da caminhada, Dalloway, você chegou à fase da carne!

Seguiram-se maravilhosas histórias masculinas sobre Bright e Disraeli e governos de coalizão, histórias maravilhosas que faziam as pessoas à mesa de jantar parecerem insignificantes, sem nada de especial. Depois do jantar, sentada sozinha com Rachel debaixo do grande lampião que balouçava, Helen ficou impressionada com a palidez dela. Mais uma vez, ocorreu-lhe que havia algo esquisito no comportamento daquela moça.

– Parece cansada. Está cansada? – perguntou.

– Cansada não – disse Rachel. – Ah, sim, acho que estou cansada.

Helen aconselhou-a a ir para a cama, e ela foi, sem voltar a ver Richard. Devia estar cansada, pois adormeceu logo, mas depois de uma hora ou duas de um sono sem sonhos, sonhou. Sonhou que estava caminhando por um longo túnel, que se estreitava tanto que ela podia tocar os tijolos úmidos dos dois lados. Com o tempo, o túnel se abriu, tornando-se uma abóbada; ela viu-se presa ali dentro, tijolos ao redor em todos os lados, sozinha com um homenzinho deformado e de unhas longas que se agachava no chão falando coisas inarticuladas. Seu rosto era agudo como o focinho de um animal. A parede atrás dele exsudava umidade, que se cristalizava em gotas e escorria. Quieta e fria como a morte, ela se deitou ali sem se atrever a se mexer, até romper a agonia jogando-se atravessada na cama, e acordou gritando "Oh!".

A luz mostrou-lhe as coisas familiares: suas roupas caídas da cadeira, o jarro de água brilhando branco, mas o horror não se foi logo. Sentia-se perseguida, de modo que se levantou e trancou a porta. Uma voz gemia, chamando por ela; olhos a desejavam. Por toda a noite homens bárbaros assediavam o navio; desciam barulhentos pelos corredores, paravam para fungar na sua porta. Ela não conseguiu mais dormir.

6

Essa é a tragédia da vida, como sempre digo! – disse Sra. Dalloway. – Começar coisas e ter de terminá-las. Mas não vou deixar isto terminar, se você concordar. – Era de manhã, o mar estava calmo, e o navio, mais uma vez ancorado perto de outra praia.

Ela vestia seu longo manto de peles com os véus enrolados em torno da cabeça, e mais uma vez as ricas caixas estavam umas sobre as outras, de modo que parecia repetir-se a cena de alguns dias atrás.

– Você acha que vamos nos encontrar em Londres? – disse Ridley irônico. – Você terá esquecido completamente de mim quando sair do barco.

Ele apontou a praia da pequena baía onde podiam agora ver as árvores e seus galhos se movendo.

– Como você é horrível! – ela riu. – Rachel vai me visitar... assim que você voltar – disse ela apertando o braço de Rachel. – Agora você não tem desculpa!

Com um lápis de prata, ela escreveu seu nome e endereço na folha de rosto de *Persuasão* e entregou o livro a Rachel. Marinheiros estavam botando a bagagem nos ombros, e as pessoas começavam a reunir-se em grupo. Havia o capitão Cobbold, Sr. Grice, Willoughby, Helen e um homem humilde e agradável numa camiseta de malha azul.

– Ah, está na hora – disse Clarissa. – Bem, adeus. Eu gosto mesmo de você – murmurou, e beijou Rachel. Pessoas interpondo-se entre eles pouparam Richard de apertar a mão de Rachel; ele conseguiu encará-la sem convicção por um segundo antes de seguir sua esposa descendo pelo flanco do navio.

O barco que se apartava do navio dirigiu-se para a terra, e por alguns minutos Helen, Ridley e Rachel encostaram-se na amurada observando. Sra. Dalloway virou-se e acenou; mas o bote ficava cada vez menor e menor, até cessar de levantar-se e abaixar-se, e nada se poderia ver senão duas costas resolutas.

– Bem, acabou – disse Ridley depois de um longo silêncio. – A eles, nós nunca mais veremos – acrescentou virando-se para ir até seus livros. Uma sensação de vazio e melancolia os dominava; sabiam em seus corações que aquilo tinha acabado e que se tinham separado para sempre, e a consciência disso provocava neles uma depressão bem maior do que se justificaria pelo tempo que se conheciam. Mesmo quando o bote se afastava podiam sentir outras visitas e sons começando a tomar o lugar dos Dalloway, e a sensação era tão desagradável que tentaram resistir. Pois assim também eles seriam esquecidos.

De um modo bastante parecido com Sra. Chailey varrendo do toucador as pétalas de rosa murchas, Helen estava ansiosa por ajeitar as coisas depois de os visitantes terem partido. A óbvia languidez e distração de Rachel a tornavam presa fácil, e Helen na verdade tramara uma espécie de armadilha. Agora sentia com bastante segurança que algo acontecera; além disso, começara a pensar que já tinham sido estranhas tempo suficiente e desejava saber como era aquela moça, em parte, é claro, porque Rachel não mostrava disposição de ser conhecida. Assim, quando se afastaram da amurada, ela disse:

– Venha conversar comigo em vez de exercitar-se ao piano – e mostrou o caminho para o lado abrigado onde se estendiam as cadeiras do convés, ao sol. Rachel seguiu-a, indiferente. Sua mente estava absorvida por Richard, pela extrema estranheza do que acontecera e por mil sentimentos de que não tivera consciência anteriormente. Ela quase nem tentava escutar o que Helen dizia, enquanto esta falava lugares-comuns. Enquanto Sra. Ambrose arranjava seu bordado, chupava seu fio de seda e o enfiava na agulha, Rachel deitava-se para trás fitando o horizonte.

– Você gostou daquela gente? – perguntou Helen em tom casual.

– Sim – respondeu sem rodeios.

– Você conversou com ele, não foi?

Por um minuto ela nada disse.

– Ele me beijou – disse depois, sem mudar a entonação.

Helen sobressaltou-se, olhou-a, mas não conseguiu descobrir o que ela sentia.

– Humm... sim – disse, depois de uma pausa. – Achei que ele era esse tipo de homem.

– Que tipo de homem? – disse Rachel.

– Pomposo e sentimental.

– Eu gostava dele – disse Rachel.

– Então não se importou?

Pela primeira vez desde que Helen conhecia Rachel, os olhos da moça se iluminaram.

– Eu me importei – disse ela veemente. – Tive sonhos. Não consegui dormir.

– Conte-me o que aconteceu – disse Helen, que tinha de cuidar para que seus lábios não se repuxassem enquanto escutava a história de Rachel, que foi despejada abruptamente, com grande seriedade e nenhum senso de humor.

– Estávamos falando sobre política. Ele me disse o que tinha feito pelos pobres em algum lugar. Eu lhe fiz toda sorte de perguntas. Ele me falou de sua vida. Anteontem, depois da tempestade, ele veio me ver. E então aconteceu, bem de repente. Ele me beijou. Não sei por quê. – À medida que falava, Rachel enrubescia. – Fiquei muito excitada, mas não me importei, a não ser depois, quando

– ela fez uma pausa e viu novamente a figura daquele homenzinho inchado – fiquei aterrorizada.

Pela expressão de seus olhos via-se claramente que estava aterrorizada outra vez. Helen realmente não sabia o que dizer. Do pouco que conhecia da educação de Rachel, achou que ela nada sabia sobre as relações entre homens e mulheres. Com a timidez que sentia com mulheres, e não com homens, ela não quis explicar simplesmente que relações eram essas. Por isso, tomou o outro caminho e reduziu a importância de todo o caso.

– Ora, bem – disse ela –, ele era um bobo, e se eu fosse você nem pensava mais nisso.

– Não – disse Rachel, endireitando-se. – Não farei isso. Pensarei no assunto dia e noite até descobrir exatamente o que significa.

– Você nunca lê nada? – perguntou Helen, perquiridora.

– *As Cartas de Cowper*... coisas assim. Papai as traz para mim, ou minhas tias.

Helen quase não conseguiu evitar dizer o que pensava de um homem que educava sua filha de modo que, com 24 anos, ela mal soubesse que homens desejam mulheres e ainda ficasse apavorada com um beijo. Teve boas razões de recear que Rachel houvesse feito um papel incrivelmente ridículo.

– Você não conhece muitos homens? – perguntou.

– Sr. Pepper – disse Rachel, com ironia.

– Então, nenhum que quisesse se casar com você?

– Não – respondeu ela, ingenuamente.

Helen refletiu que, já que Rachel – tendo em vista o que ela própria dissera – certamente pensaria em tais coisas, seria bom ajudá-la.

– Você não devia ter medo – disse ela. – É a coisa mais natural do mundo. Homens vão querer beijar você assim como vão querer se casar com você. Pena é ver essas coisas de modo desproporcionado. É como notar os ruídos que as pessoas fazem quando comem, ou homens cuspindo; em suma, qualquer dessas coisinhas nos dá nos nervos.

Rachel parecia não prestar atenção.

— Diga-me — disse subitamente —, como são essas mulheres em Piccadilly?

— Piccadilly? — disse Helen. — São prostitutas.

— Isso é assustador... é repugnante — afirmou Rachel, como se incluísse Helen naquele ódio.

— É, sim — disse Helen. — Mas...

— Eu gostava dele — disse Rachel, como se falasse para si mesma. — Eu queria falar com ele; queria saber o que ele tinha feito. As mulheres em Lancashire...

Enquanto recordava sua conversa, pareceu-lhe que havia algo adorável em Richard, algo de bom em sua tentativa de amizade, e estranhamente lamentável na maneira como tinham se separado.

Helen notou que seu estado de ânimo se abrandava.

— Veja — disse ela —, você tem de aceitar as coisas como são; e se quiser amizade com homens, tem de correr riscos. Pessoalmente — continuou, abrindo um sorriso —, acho que vale a pena; não me importo de ser beijada; acho que tenho ciúmes porque Sr. Dalloway beijou você e não a mim, embora eu o achasse bastante chato.

Mas Rachel não devolveu o sorriso, nem pôs de lado todo o caso, como Helen desejara. Sua mente trabalhava muito depressa, inconsistente e doloridamente. As palavras de Helen cortavam grandes blocos de um lugar onde sempre estiveram, e a luz que agora entrava era fria. Depois de sentar-se algum tempo com olhos fixos, ela explodiu:

— Então é por isso que não me deixam passear sozinha!

Sob essa nova luz, ela via sua vida pela primeira vez como uma coisa furtiva e encerrada cuidadosamente entre altos muros, aqui virada de lado, ali mergulhada em trevas, embotada e mutilada para sempre — a sua vida, que era a sua única chance. Mil palavras e atos se tornavam evidentes agora.

— Porque os homens são brutos! Odeio homens! — exclamou.

— Achei que você tinha dito que gostava dele — disse Helen.

— Gostava dele e gostei de ser beijada — respondeu ela, como se isso só acrescentasse mais dificuldades ao problema. Helen ficou surpresa ao ver como eram genuínos o choque e o problema, mas não conseguiu pensar em outro jeito de facilitar as coisas, a não ser continuar falando. Queria fazer sua sobrinha falar, e assim entender por que esse político bastante sem graça, bondoso e bem-falante lhe causara uma impressão tão profunda, pois certamente aos 24 anos isso não era natural.

– E você também gostava de Sra. Dalloway? – perguntou.

Enquanto falava, viu Rachel ficar mais vermelha, pois lembrava as coisas bobas que dissera e também ocorreu-lhe que tratara bastante mal aquela refinada mulher, pois Sra. Dalloway dissera que amava o marido.

– Ela era bem simpática, mas uma criatura enganadora – continuou Helen. Nunca ouvi tantas bobagens! Conversa fiada... peixe e o alfabeto grego... nunca ouvia uma palavra do que os outros diziam... cheia de teorias idiotas sobre o jeito de criar filhos... eu preferia falar com ele. Era pomposo, mas pelo menos compreendia o que se dizia.

Imperceptivelmente, o encanto de Richard e Clarissa desbotou um pouco. Não tinham sido tão maravilhosos, afinal, aos olhos de uma pessoa madura.

– É muito difícil saber como são as pessoas – comentou Rachel, e Helen viu com prazer que ela falava com mais naturalidade. – Acho que me enganei.

Havia pouca dúvida sobre isso em Helen, mas ela se conteve e disse alto:

– A gente precisa ter experiências.

– E eles eram simpáticos – disse Rachel. – Extraordinariamente interessantes. – Tentou lembrar a imagem do mundo como a coisa viva que Richard lhe dera, com ralos como nervos, e casas ruins como marcas de pele. Lembrou as suas palavras-chave Unidade e Imaginação, e viu novamente as bolhas em sua xícara de chá enquanto ele falava de irmãs e canários, da infância e de seu pai, o pequeno mundo de Rachel alargando-se maravilhosamente.

– Mas todas as pessoas não lhe parecem igualmente interessantes, parecem? – perguntou Sra. Ambrose.

Rachel explicou que a maioria das pessoas até ali haviam sido símbolos; mas quando falavam, cessavam de ser símbolos e tornavam-se... – Ah, eu poderia ouvi-los para sempre! – exclamou ela. Depois deu um saltou, sumiu escada abaixo por um minuto e voltou com um grosso livro vermelho.

– *Quem é quem* – disse, colocando-o sobre o joelho de Helen e virando as páginas. – Dá um resumo da vida das pessoas... por exemplo: "Sir Roland Beal; nascido em 1852; pais de Moffatt; educado em Rugby; passou como primeiro para os Royal Engineers (R.E.)"; casou em 1878 com a filha de T. Fishwick; serviu na Expedição Bechuanaland 1884-1885 (menção honrosa). Clubes: United Service, Naval e Militar. Hobby: entusiástico jogador de *curling*".

Sentada no convés aos pés de Helen, ela ficou folheando as páginas e lendo biografias de banqueiros, escritores, clérigos, marinheiros, cirurgiões, juízes, professores universitários, estadistas, editores, filantropos, comerciantes e atrizes; a que clubes pertenciam, onde moravam, que jogos praticavam e quantos acres de terra possuíam.

Estava absorta no livro.

Enquanto isso, Helen trabalhava em seu bordado e pensava nas coisas que dissera. Sua conclusão foi que gostaria muito de mostrar à sua sobrinha, se possível, como viver ou, como dizia, como ser uma pessoa sensata. Pensou que devia haver algo errado naquela confusão entre política e beijar políticos, e que uma pessoa mais velha poderia ajudar.

– Concordo – disse – que pessoas são muito interessantes; apenas... – Rachel, botando o dedo entre as páginas, ergueu os olhos interrogativamente. – Só acho que você tem de discriminar – concluiu. – É uma pena ser íntima de pessoas que são... bem, bastante secundárias, como os Dalloway, e descobrir isso depois.

– Mas como é que se sabe? – perguntou Rachel.

– Realmente não sei dizer – respondeu Helen com sinceridade, depois de pensar um momento. – Vai ter de descobrir sozinha.

Mas tente e... por que não me chama de Helen? – perguntou. – "Tia" é uma palavra horrenda. Nunca gostei de minhas tias.

– Vou gostar de chamá-la de Helen – respondeu Rachel.

– Você me acha pouco compreensiva?

Rachel reviu os pontos que Helen não compreendera, e que surgiram principalmente da diferença de quase 20 anos na idade delas, o que fazia Sra. Ambrose parecer irônica e fria em assuntos graves.

– Não – disse ela. – Naturalmente, algumas coisas você não entende.

– Claro – concordou Helen. – Agora, seja uma pessoa independente.

A visão de sua própria personalidade, de si mesma como uma coisa real e duradoura, diferente do resto, inconfundível, como o mar ou o vento, brilhou na mente de Rachel, e ela ficou muito excitada com a ideia de estar viva.

– Posso ser eu m... m... mesma? – gaguejou. – Apesar de você, dos Dalloway, de Sr. Pepper, de meu pai e de minhas tias, apesar de tudo isso? – perguntou ela, passando a mão sobre toda uma página de estadistas e soldados.

– De todos eles – disse Helen gravemente. Depois largou sua agulha e explicou um plano que surgia em sua mente enquanto falavam. Em vez de vagar pelo Amazonas até chegar a algum sulfuroso porto tropical, onde era preciso ficar dentro de casa deitada o dia todo afastando insetos com um leque, a coisa sensata a fazer seria certamente passar uma temporada com eles na sua *villa* junto ao mar, onde, entre outras vantagens, a própria Sra. Ambrose estaria por perto...

– Afinal, Rachel – interrompeu ela –, é bobagem fingir que, porque há 20 anos de diferença entre nós, não podemos conversar como seres humanos.

– Não; porque gostamos uma da outra – disse Rachel.

– Sim – concordou Sra. Ambrose.

Esse fato, com outros, ficara claro na sua conversa de 20 minutos, embora agora não pudessem dizer como tinham chegado a essa conclusão.

Isso foi sério o suficiente para fazer Sra. Ambrose um ou dois dias depois procurar seu cunhado. Encontrou-o sentado em sua sala trabalhando, aplicando um grosso lápis azul imperiosamente em maços de papel fino. Papéis jaziam à sua esquerda e à sua direita, e havia grandes envelopes tão recheados de papéis que os cuspiam na mesa. Acima dele pendia um retrato do rosto de uma mulher. A necessidade de sentar-se totalmente quieta diante de um fotógrafo londrino conferira a seus lábios um pequeno ricto esquisito, e seus olhos, pelo mesmo motivo, pareciam dar a entender que achava toda aquela situação ridícula. Mesmo assim, era o rosto de uma mulher individual e interessante, que sem dúvida teria se virado para rir para Willoughby, se pudesse pegar seu olhar; mas quando ele ergueu os olhos para ela, suspirou fundo. Em sua mente, aquele trabalho, as grandes fábricas em Hull, que pareciam montanhas à noite, os navios que cruzavam o oceano pontualmente, os esquemas para combinar isso e aquilo e construir uma sólida indústria, era tudo uma oferta para ela; ele depunha seu sucesso aos pés dela; e estava sempre pensando em como educar sua filha, para que Theresa ficasse contente. Era um homem muito ambicioso e, embora não tivesse sido especialmente bondoso com ela quando era viva, como Helen achava, agora acreditava que ela o observava do céu e inspirava o que havia de bom nele.

Sra. Ambrose desculpou-se por interromper e perguntou se poderia falar com ele sobre um plano. Ele consentiria em deixar sua filha com eles quando atracassem, em vez de levá-la ao Amazonas?

– Nós tomaríamos conta dela muito bem – acrescentou ela.
– E realmente nos daria prazer.

Willoughby assumiu um ar muito grave e pôs de lado os papéis cuidadosamente.

– Ela é uma boa moça – disse ele. – Há alguma semelhança? – acenou a cabeça para o retrato de Theresa e suspirou. Helen olhou Theresa torcendo os lábios diante daquele fotógrafo londrino. Sugeria-a de uma maneira absurdamente humana, e sentiu uma vontade imensa de fazer alguma brincadeira.

– Ela é a única coisa que me resta – suspirou Willoughby. – A gente vive ano após ano sem falar nessas coisas... – Ele interrompeu-se. – Mas é melhor assim. Só que a vida é muito dura.

Helen teve pena dele e bateu-lhe no ombro, mas sentiu-se pouco à vontade quando seu cunhado expressou seus sentimentos, e refugiou-se em elogios a Rachel, explicando por que achava que seu plano poderia ser bom.

– Verdade – disse Willoughby quando ela terminou. – A situação social lá tenderá a ser primitiva. Eu vou estar fora muito tempo. Concordei porque ela desejava. E naturalmente tenho total confiança em você... Veja, Helen – prosseguiu ele, agora confidencial –, quero criá-la como sua mãe teria desejado. Não concordo com as posições modernas... não mais do que você, hein? Ela é uma moça quieta e simpática, devotada a sua música. Um pouco menos *disso* não faria mal. Mas é feliz, e levamos uma vida bastante calma em Richmond. Eu gostaria que ela começasse a encontrar mais gente. Quero levá-la comigo para sair, quando voltar para casa. Estou quase decidido a alugar uma casa em Londres, deixando minhas irmãs em Richmond, e levá-la para conhecer uma ou duas pessoas que seriam boas com ela por minha causa. Começo a perceber – continuou ele, esticando o corpo – que tudo isso me levará ao Parlamento, Helen. É o único jeito de conseguir fazer as coisas como a gente deseja. Falei com Dalloway a respeito. Nesse caso, naturalmente, eu devo querer que Rachel participe mais das coisas. Certa quantidade de diversão seria necessária: jantares, uma festa eventual. Nossos constituintes gostam de ser alimentados, eu acho. Em todas essas coisas, Rachel poderia me ajudar. Assim – concluiu ele –, eu gostaria muito se pudéssemos arranjar essa visita (que deve ser por algum motivo de negócio), se você pudesse ajudar a minha menina, fazê-la desabrochar... ela é um pouco tímida ainda... transformá-la numa mulher, o tipo de mulher que a mãe dela gostaria que fosse – concluiu virando a cabeça para o retrato.

O egoísmo de Willoughby, embora cheio de real afeto pela filha, como Helen notava, fez com que ela decidisse fazer a moça ficar com ela, ainda que tivesse de prometer um curso completo de graças femininas. Não conseguiu conter o riso pensando nisso: Rachel, uma anfitriã conservadora! E admirou-se enquanto o deixava com aquela espantosa ignorância de pai.

Consultada, Rachel revelou menos entusiasmo do que Helen desejava. Num momento ficou ansiosa; no outro, cheia de dúvidas. Visões de um vasto rio, ora azul ora amarelo ao sol tropical, cruzado por pássaros coloridos, ora branco ao luar, ora profundamente sombreado pelas árvores móveis e pelas canoas deslizando nas margens emaranhadas, dominaram-na. Helen prometeu um rio. Além do mais, ela não queria deixar o pai. Esse sentimento também pareceu genuíno, mas no final Helen prevaleceu, embora, ao vencer, tenha sido tomada por dúvidas, e mais de uma vez se arrependeu do impulso que a enredara com a sorte de outro ser humano.

7

A distância, o *Euphrosyne* parecia muito pequeno. Binóculos dirigiam-se para ele do convés de grandes navios e julgaram-no um barco de carga, um barco sem carteira regular ou um daqueles miseráveis vapores de passageiros, onde as pessoas rolavam pelo convés no meio do gado. As figuras dos Dalloway, dos Ambrose e dos Vinrace, parecendo insetos, também foram objeto de zombaria pela extrema pequenez de suas pessoas e pela dúvida, que só binóculos muito fortes conseguiriam desfazer, sobre serem realmente criaturas vivas ou apenas montes de cordame enovelado. Sr. Pepper, com toda a sua cultura, fora tomado por um alcatraz, e depois, com igual injustiça, transformado numa vaca. À noite, na verdade, quando as valsas giraram no salão, e passageiros talentosos recitavam, o naviozinho – reduzido a umas poucas luzes entre as ondas escuras, e a uma bem no alto, no ar, no topo do mastro – parecia um tanto misterioso e impressionante para os casais acalorados descansando da dança. Tornou-se um navio passando na noite – emblema da solidão da vida humana, ocasião de confidências insólitas e súbitos pedidos de compreensão.

E lá se ia ele, dia e noite, seguindo sua trilha, até que certa manhã rompesse e mostrasse a terra. Perdendo sua aparência de sombra, ela tornou-se primeiro montanhosa e cheia de fendas, depois cinzenta e roxa, em seguida manchada de blocos brancos, que gradualmente se separavam uns dos outros, e, então, quando o avanço do navio atuava sobre a paisagem como um binóculo de poder crescente, tornou-se ruas com casas. Por volta das nove horas o *Euphrosyne* assumiu sua posição no meio de uma grande baía; lançou âncora; imediatamente, como se fosse um gigante deitado pedindo para ser examinado, pequenos barcos vieram em grupos até ele. O navio ressoava de gritos; homens saltavam sobre ele; seu convés era pisoteado. A ilhazinha solitária foi invadida de todos os lados ao mesmo tempo, e depois de quatro semanas de silêncio era estranho escutar a fala humana. Só Sra. Ambrose não prestava atenção a nada dessa confusão. Estava lívida de tensão, enquanto o bote com malas de correspondência vinha na direção deles. Absorvida em suas cartas, ela não notou que deixara o *Euphrosyne* e não sentiu tristeza quando o navio ergueu sua voz e mugiu três vezes como uma vaca separada do seu bezerrinho.

– As crianças estão bem! – exclamou.

Sr. Pepper, que se sentava diante dela com um grande monte de sacolas e uma manta sobre os joelhos, disse:

– Gratificante.

Rachel, para quem o fim da viagem significava uma mudança completa de perspectiva, estava atordoada demais com a aproximação da praia para entender que crianças estavam bem, ou por que aquilo era gratificante. Helen continuou lendo.

Movendo-se muito lentamente e subindo incrivelmente alto a cada onda, o barquinho agora se aproximava de uma meia-lua branca de areia. Atrás, ficava um fundo vale verde, com nítidas colinas de cada lado. Na encosta da colina, do lado direito, aninhavam-se casas brancas com telhados castanhos, como aves marinhas em seus ninhos, e a intervalos a colina era cruzada por ciprestes como grades pretas. Montanhas com encostas coradas de vermelho, mas topos calvos, erguiam-se como um pináculo, escondendo outro pináculo atrás. Ainda era muito cedo, por isso toda a vista era singularmente leve e graciosa; os azuis e verdes do céu e das árvores eram intensos, mas não opressivos. Quando se aproximaram mais e puderam distinguir detalhes, o efeito da terra com seus diminutos objetos e cores e diferentes formas de vida foi arrebatador depois de quatro semanas no mar, e os deixou calados.

– Trezentos anos estranhos – disse Sr. Pepper pensativo.

Como ninguém dissesse "O quê?", ele apenas pegou um frasquinho e engoliu uma pílula. O fragmento de informação que morrera dentro dele era de que trezentos anos atrás cinco embarcações elisabetanas tinham ancorado onde agora flutuava o *Euphrosyne*. Com os cascos repousados sobre a praia, havia número igual de galeões espanhóis sem tripulação, pois o país ainda era uma terra virgem por trás de um véu. Deslizando sobre a água, os marujos ingleses conquistaram barras de prata, fardos de linho, troncos de cedro, crucifixos dourados com esmeraldas incrustadas. Quando os espanhóis vieram de onde estavam bebendo, houve uma luta, as duas partes revolvendo a areia, e cada uma empurrando a outra para a rebentação. Os espanhóis, gordos com aquela boa vida, comendo os frutos daquela terra milagrosa, caíam aos montes; mas os ingleses vigorosos, morenos da viagem no mar, cabeludos por falta de tesouras, com músculos como arame, mandíbulas loucas por carne e dedos coçando por ouro, despacharam os feridos, jogaram os moribundos no mar e logo reduziram os nativos a um supersticioso espanto. Aqui se estabeleceu uma aldeia; importaram-se mulheres; cresceram crianças. Tudo parecia favorecer a expansão do império britânico, e se tivesse havido homens como Richard Dalloway na época de Carlos I, o mapa sem dúvida seria vermelho onde agora é de um verde odioso. Mas se deve supor que a mentalidade política daquela época não tinha imaginação, e meramente por alguns milhares de quilos e alguns milhares de homens, morreu a fagulha que deveria ter causado uma conflagração. Do interior, vieram índios com venenos sutis, corpos nus e ídolos pintados; do mar vieram espanhóis vingativos e portugueses ávidos; expostos a todos esses inimigos (embora o clima fosse maravilhosamente bondoso e a terra abundante), os ingleses retiraram-se e quase desapareceram. Em algum momento, nos meados do século XVII, uma chalupa solitária aproveitou a ocasião e afastou-se de noite, levando consigo tudo o que restara da grande colônia britânica, uns poucos homens, umas poucas mulheres e talvez uma dúzia de crianças tristonhas. A história inglesa nega ter qualquer conhecimento do lugar. Devido a uma causa ou outra, a civilização deslocou seu centro para um local a 700 ou 800 quilômetros ao sul, e hoje em dia Santa Marina não é muito maior do que foi há 300 anos. Sua população é uma mistura feliz, pois pais portugueses casaram-se com índias, e seus filhos se casaram com espanhóis. Embora obtenham seus arados de Manchester, fazem seus casacos com lã de suas próprias ovelhas, seda de seus próprios vermes, e móveis de seus próprios cedros, de modo que em artes e indústria o local ainda é em boa parte como nos dias elisabetanos.

Os motivos que atraíram os ingleses através do mar, para fundarem uma pequena colônia nos últimos dez anos, não são fáceis de escrever, e talvez nunca sejam registrados em livros de história. Facilidade garantida de viajar, paz, bons negócios e assim por diante. Havia, além disso, uma espécie de insatisfação entre os ingleses com os países mais antigos e os enormes acúmulos de pedra esculpida, os vitrais e a rica pintura castanha que ofereciam aos turistas. O movimento em busca de algo novo era muitíssimo pequeno, afetando apenas um punhado de pessoas ricas. Começou com alguns professores ganhando sua passagem para a América do Sul, como comissários de navios cargueiros sem rota fixa. Voltavam em tempo para o período letivo de verão, quando suas histórias sobre os esplendores e durezas da vida no mar, os humores dos capitães, as maravilhas da noite e da aurora, e os encantos do lugar deliciavam os outros, às vezes acabando impressos. O país exigia todos os seus talentos de descrição, pois diziam que era maior que a Itália e realmente mais nobre do que a Grécia. Declaravam também que os nativos eram de uma estranha beleza, muito altos, escuros, passionais e rápidos na faca. O local parecia novo e cheio de formas novas de beleza, e para provar isso mostravam lenços que mulheres usavam em torno das cabeças e esculturas primitivas coloridas de um verde e azul muito vivos. De um jeito ou de outro, como costuma acontecer, a moda se espalhou; um antigo mosteiro logo foi transformado em hotel, enquanto uma famosa linha de vapores alterava sua rota para maior conveniência dos passageiros.

Estranhamente, o menos satisfatório dos irmãos de Helen Ambrose fora enviado anos antes para fazer sua fortuna, ou pelo menos para ficar longe das corridas de cavalos, àquele mesmo lugar agora tão popular. Muitas vezes debruçado na coluna da varanda, ele observara navios ingleses com professores ingleses como comissários de bordo entrando na baía. Tendo finalmente ganhado o bastante para poder tirar férias e estando cansado daquele lugar, ele colocou à disposição da irmã sua *villa* na encosta da montanha. Ela também ficara um pouco agitada com aquela conversa sobre um novo mundo onde sempre havia sol e nunca nevoeiro, e quando estavam planejando passar o inverno fora da Inglaterra, parecia boa demais para ser perdida. Por esse motivo, ela decidiu aceitar as passagens gratuitas no navio de Willoughby, deixar as crianças com seus avós e fazer tudo intensamente.

Assentando-se numa carruagem puxada por cavalos de caudas longas com penas de pavão entre as orelhas, os Ambrose, Sr. Pepper e Rachel saíram matraqueando do porto. O dia ia ficando mais quente enquanto subiam a colina. A estrada passava pela cidadezinha, onde homens pareciam estar batendo metais e gritando "água", onde a passagem era bloqueada por mulas e desobstruída com chibatadas e imprecações, onde as mulheres andavam descalças, as cabeças equilibrando cestos, e os aleijados expunham ansiosamente seus membros mutilados; a estrada seguia entre campos verdes e íngremes, mas não tão verdes, pois a terra aparecia. Grandes árvores agora sombreavam a estrada, deixando ao sol apenas a faixa central, e uma torrente de montanha, tão rasa e rápida que se trançava em faixas ao correr, disparava ao longo da estrada. Subiram mais ainda até que Ridley e Rachel começaram a ficar para trás; depois passaram por um caminho calçado de pedra, onde Sr. Pepper ergueu a bengala e silenciosamente apontou um arbusto que ostentava entre folhas esparsas um volumoso botão de flor roxa; e num trote manso cumpriram a última fase do caminho.

A *villa* era uma espaçosa casa branca que, como acontece com a maioria das casas do continente, parecia frágil, arruinada e absurdamente frívola ao olho inglês, mais parecendo um quiosque num jardim do que um lugar para se dormir. O jardim pedia urgentemente serviços de um jardineiro. Arbustos balançavam seus ramos sobre as veredas, e as folhas de grama, com intervalos de terra, podiam ser contadas. No terreno circular, diante da varanda, havia dois vasos rachados dos quais vendiam flores vermelhas, com uma fonte de pedra no meio, agora desbotada ao sol. O jardim circular levava a um jardim comprido onde as tesouras do jardineiro pouco estiveram, a não ser vez ou outra quando cortava um ramo de flores para sua amada. Poucas árvores altas lhe davam sombra, e arbustos redondos com flores parecendo feitos de cera juntavam suas copas numa fileira. Um jardim com solo macio de turfa, dividido por grossas sebes, canteiros de flores coloridas, como temos dentro de nossos muros na Inglaterra, teria ficado deslocado na encosta daquela colina nua. Não havia nada de feio para encobrir, e a *villa* olhava direto, por sobre as rebarbas de uma encosta cheia de oliveiras, para o mar.

A indecência do lugar chocou Sra. Chailey. Não havia persianas para tapar o sol, nem móveis para serem protegidos do sol. Parada no saguão de pedra nua, contemplando uma escadaria soberba, mas rachada e sem tapetes, ela adiante opinou também que havia ratos, grandes como cães terrier, e que se alguém pisasse no chão com força ele afundaria. Quanto à água quente – nessa altura suas investigações a deixaram sem palavras.

– Pobre criatura! – murmurou para a magra criada espanhola que apareceu com os porcos e galinhas para recebê-los. – Não me admira que você quase nem pareça humana! – Maria aceitou o elogio com uma delicada graça espanhola. Na opinião de Chailey, teria sido melhor terem ficado a bordo de um navio inglês, mas ninguém melhor que ela sabia que o dever a obrigava a ficar.

Quando já estavam instalados, começando a procurar ocupações diárias, houve alguma especulação sobre os motivos que faziam Sr. Pepper ficar ali, na casa dos Ambrose. Alguns dias antes do desembarque tinham se esforçado para que ele entendesse as vantagens do Amazonas.

– Aquela corrente enorme! – começava Helen de olhos fixos, como se visse uma cascata visionária. – Eu penso bastante em ir, Willoughby, mas não posso. Pense nos crepúsculos e no nascer da lua... acho que as cores são inimagináveis.

– Há pavões silvestres – arriscava Rachel.

– E criaturas maravilhosas nas águas – afirmava Helen.

– Alguém poderia descobrir um novo réptil – continuava Rachel.

– Disseram-me que com certeza vai haver uma revolução – insistia Helen.

O efeito desses subterfúgios foi um pouco reduzido por Ridley, que, depois de encarar Pepper por algum tempo, suspirou alto, "Pobre sujeito!", e internamente especulava sobre a crueldade das mulheres.

No entanto, ele ficou por seis dias, aparentemente contente, brincando com um microscópio e um caderno em uma das saletas esparsamente mobiliadas, mas na noite do sétimo dia, quando se sentaram para jantar, ele pareceu mais inquieto do que de costume. A mesa de jantar estava instalada entre duas janelas compridas, sem cortinas por ordem de Helen. A escuridão baixava como uma faca afiada naquele clima, e então a cidade brotava em círculos e em linhas de pontos luminosos abaixo deles. Construções que jamais apareciam de dia apareciam de noite, e o mar fluía sobre a terra, a julgar pelas luzes móveis dos navios. A paisagem cumpria o mesmo objetivo de uma orquestra num restaurante londrino, criando ambiente para o silêncio. William Pepper observou-a por um tempo; colocou os óculos para ver a cena.

– Identifiquei o grande bloco à esquerda – comentou e apontou com o garfo para um quadrado formado por várias fileiras de luzes.

– Pode-se inferir que sabem cozinhar legumes – acrescentou ele.

– Um hotel? – perguntou Helen.

– Outrora um mosteiro – disse Sr. Pepper.

Nada mais se disse então, mas no dia seguinte Sr. Pepper voltou de um passeio ao meio-dia e parou calado diante de Helen, que lia na varanda.

– Peguei um quarto lá – disse ele.

– O senhor não vai embora! – exclamou ela.

– Na verdade, vou – disse ele. – Nenhuma cozinheira de família sabe cozinhar legumes. Sabendo que ele não gostava de perguntas, coisa de que ela até certo ponto partilhava, Helen não perguntou mais nada. Mas uma suspeita desconfortável espreitava sua mente, a de que William escondia uma ferida. Corou ao pensar que suas palavras, ou as do marido ou as de Rachel o tivessem magoado. Quase teve vontade de gritar "Pare com isso, William, explique!" e teria voltado ao assunto no almoço se William não tivesse se mostrado imperscrutável e frio, pegando fragmentos de salada com a ponta do garfo, com movimentos de um homem lidando com algas marinhas, detectando areia e suspeitando de germes.

– Se todos vocês morrerem de tifo, não vou ser o responsável! – disse ele asperamente.

"Nem eu, se você morrer de tédio", ecoou Helen em seu coração. Ela refletiu que nunca lhe perguntara se ele já se apaixonara. Tinham se afastado cada vez mais desse assunto em vez de se aproximarem dele, e ela não pôde deixar de sentir alívio quando

William Pepper, com todo o seu conhecimento, seu microscópio e seus cadernos de notas, sua bondade genuína e bom senso, mas com uma certa secura de lima, partiu. Também não pôde deixar de achar triste que amizades terminassem assim, embora, nesse caso, ter o quarto vazio lhe desse um certo conforto, e tentou consolar-se dizendo a si mesma que nunca se sabe até que ponto as pessoas sentem o que se supõe que sintam.

8

Os poucos meses seguintes passaram, como muitos anos podem passar, sem acontecimentos definidos, mas, se subitamente perturbados, seria visível que esses meses e anos tinham um caráter diferente de outros. Os três meses que passaram os conduziram ao começo de março. O clima mantivera sua promessa, e a mudança de estação do inverno para a primavera trouxera muito pouca diferença, de modo que Helen, sentada na sala de estar, caneta na mão, podia deixar as janelas abertas, embora uma grande fogueira de taras queimasse ao seu lado. Abaixo, o mar ainda estava azul, e os telhados castanhos e brancos, embora o dia morresse rapidamente. Havia penumbra no aposento, que, grande e vazio em todas as épocas, agora parecia maior e mais vazio do que de costume. Sua própria figura, sentada escrevendo com um bloco nos joelhos, partilhava do efeito geral da vastidão e ausência de pormenores, pois as chamas que corriam ao longo da galharia, subitamente decorada por pequenos tufos verdes, queimavam intermitentemente e lançavam luzes irregulares sobre o seu rosto e as paredes de reboco. Não havia quadros nas paredes, mas, aqui e ali, ramos carregados de flores de muitas pétalas espalhavam-se amplamente contra eles. Era impossível, naquela luz, traçar os contornos dos livros caídos no assoalho nu e empilhados sobre a grande mesa.

Sra. Ambrose escrevia uma carta muito comprida. Começando com "Querido Bernard", descrevia o que andara acontecendo na *Villa* San Gervasio durante os últimos três meses, como, por exemplo, que o cônsul britânico viera para jantar, que haviam hospedado um guerreiro espanhol, e que viram muitas procissões e festas religiosas, tão belas que Sra. Ambrose não podia entender por quê, se as pessoas têm de ter religião, não se tornavam todas católicas romanas. Tinham realizado muitas expedições, embora nenhuma muito grande. Valia a pena ir até ali ainda que só pelas árvores em flor que cresciam silvestres bem perto da casa, e pelas espantosas cores de mar e terra. A terra, em vez de marrom, era vermelha, roxa, verde. "Você não vai acreditar", acrescentou ela, "não existem cores parecidas na Inglaterra". Na verdade, ela adotava um tom condescendente em relação àquela pobre ilha, que agora produzia açafrões gélidos e violetas mergulhadas em esconderijos, em cantinhos aconchegantes, cuidadas por brilhantes velhos jardineiros usando cachecóis, sempre tocando os chapéus e fazendo mesuras servis. Ela continuou ridicularizando os próprios ilhéus. Boatos sobre Londres fervendo com as Eleições Gerais tinham chegado até eles, mesmo aqui tão longe. "Parece incrível", continuou ela, "que as pessoas se interessem em saber se Asquith entra ou Austen Chamberlain sai, e, enquanto gritam até ficarem roucas falando de política, deixam morrer de fome ou ridicularizam as pessoas que tentam fazer alguma coisa boa. Quando foi que vocês encorajaram um artista vivo? Ou compraram sua melhor obra? Por que são todos tão feios e tão servis? Aqui os criados são seres humanos. Falam conosco como se fossem iguais. Até onde posso ver, não há aristocratas".

Talvez fosse a menção de aristocratas que a fizesse pensar em Richard Dalloway e Rachel, pois continuou na mesma penada a descrever sua sobrinha.

"É um estranho destino esse que botou aos meus cuidados uma mocinha", escreveu, "considerando que nunca me dei bem com mulheres, nem tive muito a ver com elas. Mas preciso retratar-me de algumas coisas que disse a respeito delas. Se fossem adequadamente educadas, não vejo por que não poderiam ser como os homens – igualmente satisfatórias, quero dizer; embora, naturalmente, muito diferentes. A questão é: como as educaríamos? O presente método me parece abominável. Essa mocinha, embora com 24 anos, nunca ouvira dizer que homens desejam mulheres, e até eu lhe explicar isso, não sabia como nascem as crianças. Sua ignorância sobre outros assuntos igualmente importantes" (aqui a carta de Sra. Ambrose não pode ser citada)... "era total. Parece-me não apenas tolo, mas também criminoso, educar pessoas desse jeito. Sem falar no seu sofrimento, isso explica por que as mulheres são como são – admira-me é que não sejam piores. Assumi a tarefa de esclarecê-la, e agora, embora ainda bastante preconceituosa e dada a exageros, ela se tornou um ser humano mais ou menos razoável. Mantê-las ignorantes é naturalmente contraproducente, e quando começam a entender levam tudo a sério demais. Meu cunhado realmente mereceu uma catástrofe... que não vai sofrer. Agora rezo para que apareça um jovem e me ajude; quero dizer, alguém que fale com ela abertamente e prove como são absurdas quase todas as suas ideias sobre a vida. Infelizmente, tais homens parecem quase tão raros quanto as mulheres. A colônia inglesa certamente não me dará nenhum; artistas, comerciantes, gente culta – são burros, convencionais e flertadores...". Ela parou e, com a caneta na mão, ficou sentada olhando o fogo transformar as toras de madeira em cavernas e montanhas, pois estava escuro demais para escrever. Mais que isso, a casa começava a agitar-se, pois se aproximava a hora do jantar; ela podia ouvir os pratos tilintando na sala de jantar, ao lado, e Chailey instruindo a moça espanhola sobre onde colocar as coisas, no seu inglês vigoroso. A sineta tocou; ela levantou-se, encontrou Ridley e Rachel lá fora, e todos foram jantar.

Três meses tinham feito pouca diferença na aparência de Ridley ou de Rachel; mas um bom observador poderia ter achado a moça mais definida e autoconfiante. Sua pele estava morena, os olhos certamente mais brilhantes, e acompanhava o que estava sendo dito como se estivesse prestes a contradizer. A refeição começou com o confortável silêncio de pessoas que se sentem à vontade juntas. Depois, Ridley, apoiado no cotovelo e olhando pela janela, comentou que estava uma noite adorável.

– Sim – disse Helen, e acrescentou, olhando as luzes abaixo deles: – Começou a temporada. – Ela perguntou a Maria em espanhol se o hotel não estava ficando lotado. Maria informou com orgulho que viria um tempo em que seria difícil comprar ovos... os donos dos armazéns não se importavam com os preços pedidos; eles os comprariam dos ingleses a qualquer preço.

– Há um vapor inglês na baía – disse Rachel olhando um triângulo de luzes embaixo. – Chegou cedo esta manhã.

– Então teremos cartas e poderemos mandar as nossas – disse Helen.

Por algum motivo, falar em cartas sempre abatia Ridley, e o resto da refeição passou-se numa discussão áspera entre marido e mulher acerca de ele ser ou não totalmente ignorado pelo mundo civilizado.

– Considerando a última remessa de cartas – disse Helen –, você devia levar uma surra. Foi convidado a dar conferências, recebeu um título acadêmico e uma mulher idiota elogiou não só seus livros, mas a sua beleza... disse que você é o que Shelley seria se tivesse chegado aos 55 anos e deixado a barba crescer. Realmente, Ridley, você é o homem mais vaidoso que conheço – concluiu ela, levantando-se da mesa –, e acredite, isso é muito.

Encontrando sua carta diante da lareira, acrescentou-lhe umas poucas linhas e depois anunciou que estava levando as cartas – Ridley devia dar-lhe as dele – e Rachel?

– Espero que tenha escrito para suas tias! Está na hora.

As mulheres botaram mantos e chapéus e, depois de convidarem Ridley para acompanhá-las, o que ele recusou enfaticamente, exclamando que esperara que Rachel fosse boba, mas que Helen devia ser mais esperta, elas se viraram para sair. Ele ficou parado diante da lareira, fitando as profundezas do espelho, e seu rosto comprimido ali mais parecia o de um comandante contemplando um campo de batalha ou o de um mártir vendo as chamas lamberem os dedos de seus pés do que o de um professor no ostracismo.

Helen agarrou a sua barba:
– Eu sou boba, é? – disse ela.
– Me deixe em paz, Helen.
– Sou boba? – repetiu ela.
– Mulher perversa! – exclamou ele, e beijou-a.
– Vou deixar você entregue às suas vaidades – disse ela quando saíam.

Estava uma bela noite, ainda suficientemente clara para se ver o longo caminho até a estrada lá embaixo, embora as estrelas estivessem sumindo. A caixa do correio estava embutida num alto muro amarelo onde a trilha encontrava a estrada. Depois de jogar as cartas lá dentro, Helen se preparava para voltar.

– Não, não – disse Rachel pegando-lhe o pulso. – Vamos ver a vida. Você prometeu.

"Ver a vida" era uma frase que usavam para seu hábito de vagar pela cidade depois de escurecer. A vida social em Santa Marina acontecia quase inteiramente à luz de lampiões, o que o calor das noites e o aroma das flores tornavam uma coisa bastante agradável. As moças, com os cabelos magnificamente arranjados em cachos, uma flor vermelha atrás da orelha, sentavam-se nos degraus ou se debruçavam em sacadas, enquanto os rapazes caminhavam para cima e para baixo gritando vez ou outra uma saudação e parando aqui e ali para um diálogo amoroso. Nas janelas abertas viam-se comerciantes fazendo o balanço do dia e mulheres idosas levando jarras de prateleira em prateleira. As ruas estavam cheias de gente, a maioria homens, trocando ideias sobre o mundo enquanto andavam, ou reunindo-se em torno de mesas com vinho nas esquinas, onde um velho aleijado tangia as cordas de sua guitarra, enquanto uma moça pobre gritava sua canção apaixonada na sarjeta. As duas inglesas despertavam curiosidade amigável, mas ninguém as molestava.

Helen avançava observando com satisfação as diferentes pessoas em suas roupas puídas, que pareciam tão despreocupadas e tão naturais.

– Imagine a Alameda esta noite! – exclamou afinal. – É 15 de março. Talvez haja um julgamento no tribunal. – Ela pensou na multidão esperando no ar frio da primavera para ver as grandes carruagens passando. – Está muito frio, se não estiver chovendo – disse ela. Primeiro, os homens vendendo cartões-postais; depois as míseras vendedorazinhas com caixas de chapéus redondas; depois os bancários de casaca; e depois... uma porção de costureiras. Pessoas de South Kensington chegam numa charrete alugada; funcionários públicos têm um par de cavalos baios; condes, por sua vez, vêm seguidos de um criado; duques têm dois, duques reais... me disseram... três. Acho que o rei pode ter tantos quantos quiser. E o povo acredita nisso!

Ali, parecia-lhes que as pessoas na Inglaterra deviam ser como reis e rainhas, cavaleiros e peões do tabuleiro de xadrez, tão estranhas eram suas diferenças, tão marcantes e tão implicitamente aceitas.

Tiveram de separar-se para evitar um grupo.

– Eles acreditam em Deus – disse Rachel quando se reencontraram. Quis dizer que as pessoas no grupo acreditavam Nele; pois lembrava das cruzes com figuras de gesso sangrando, postadas nas encruzilhadas, e o inexplicável mistério de uma cerimônia numa igreja católica romana.

– Jamais vamos entender! – suspirou ela.

Tinham caminhado bastante, já era noite, mas podiam ver um grande portão de ferro um pouco adiante no caminho à sua esquerda.

– Você pretende subir direto ao hotel? – perguntou Helen.

Rachel empurrou o portão; ele abriu-se e, não vendo ninguém por ali, julgando que naquele país nada era privado, as duas avançaram. Uma avenida de árvores seguia ao longo do caminho, que era totalmente reto. De repente acabaram-se as árvores; a estrada fez uma curva e elas defrontaram-se com um grande edifício quadrado. Estavam num amplo terraço que rodeava o hotel, a apenas poucos passos das janelas. Uma fileira de janelas compridas abria-se quase na altura do chão. Nenhuma tinha cortinas, e todas estavam bem iluminadas, de modo que puderam ver tudo lá dentro. Cada janela revelava um aspecto diferente da vida no hotel. Recuaram para uma das largas colunas de sombra que separavam as janelas e olharam para dentro. Estavam bem na frente da sala de jantar. Estava sendo varrida; um garçom comia um cacho de uvas, com a perna passada sobre a beira da mesa. Ao lado ficava a cozinha, onde estavam lavando louça; cozinheiras de branco mergulhavam os braços em caldeirões enquanto os garçons comiam vorazmente refeições deixadas pela metade, pegando molho com pedaços de pão. Adiantando-se mais, as duas se perderam nos arbustos, e de repente se viram diante da sala de visitas, onde damas e cavalheiros, tendo jantado bem, se recostavam em fundas poltronas, eventualmente folheando revistas ou conversando. Uma mulher magra fazia floreios ao piano.

– O que é um *dahabeeyah*, Charles? – perguntou ao filho a voz nítida de uma viúva numa poltrona junto da janela.

Estavam no fim do aposento, e a resposta dele se perdeu no pigarreio e agitação gerais.

– Todos são velhos nesta sala – sussurrou Rachel.

Esgueirando-se mais adiante, viram que a janela seguinte revelava dois homens em mangas de camisa jogando bilhar com duas jovens.

– Ele beliscou meu braço! – gritou a jovem gordinha quando errou seu golpe.

– Vocês dois aí... nada de bobagens – censurou-os o rapaz com rosto vermelho que estava marcando os pontos.

— Cuidado ou vão nos ver — sussurrou Helen, puxando Rachel pelo braço. Sua cabeça aparecera por descuido no meio da janela.

Dobrando a esquina chegaram ao maior aposento do hotel, com quatro janelas, chamado sala de estar, embora, na verdade, fosse um saguão. Ornado de armaduras e bordados nativos, com divãs e biombos que cobriam cantos aconchegantes, o aposento, menos formal do que os outros, era evidentemente o recanto dos jovens. Signor Rodriguez, que sabiam ser o gerente do hotel, estava bem perto delas, no umbral da porta, olhando a cena: cavalheiros repousando em cadeiras, casais debruçando-se sobre xícaras de café, o jogo de cartas no centro, sob uma profusa luz elétrica. Ele se parabenizava pelo empreendimento que transformara o refeitório, um frio aposento de pedra com potes de plantas em cavaletes, no mais confortável salão da casa. O hotel estava lotado, e provava sua sabedoria ao decretar que nenhum hotel pode progredir sem uma sala de estar.

As pessoas espalhavam-se por ali em grupos de dois ou quatro e, ou se conheciam bem, ou aquele aposento informal os deixava mais à vontade. Pela janela aberta vinha um zumbido irregular, como o que vem de um rebanho de ovelhas num cercado ao crepúsculo. O grupo de carteado ocupava o centro do salão.

Helen e Rachel observaram-nos jogar alguns minutos, sem que distinguissem uma palavra. Helen olhara intensamente para um dos homens. Era magro, um tanto cadavérico, da idade dela, perfil virado para elas, parceiro de uma moça muito enrubescida, obviamente inglesa.

De repente, na maneira estranha com que algumas palavras se destacam das demais, ouviram-no dizer nitidamente:

— Tudo o que a senhorita quer é prática, Srta. Warrington; coragem e prática... uma coisa não presta sem a outra.

— Hughling Elliot! Claro! — exclamou Helen. Ela abaixou a cabeça imediatamente, pois ao ouvir seu nome ele levantou os olhos. O jogo continuou por alguns minutos até ser interrompido pela aproximação de uma cadeira de rodas com uma volumosa anciã que parou junto da mesa e disse:

– Melhor sorte esta noite, Susan?

– Toda a sorte está do nosso lado – disse um rapaz que até ali estivera de costas para a janela. Parecia um tanto gordo, com o cabelo grosso.

– Sorte, Sr. Hewet? – disse a parceira dele, uma senhora de meia-idade, de óculos. – Asseguro-lhe, Sra. Paley, nosso sucesso se deve unicamente ao nosso brilhante jogo.

– A não ser que eu vá para a cama cedo, praticamente não durmo – explicou Sra. Paley, como se justificasse o fato de convocar Susan, que se levantou e começou a empurrar a cadeira até a porta.

– Vão arranjar outra pessoa para jogar em meu lugar – disse Susan, alegremente. Mas estava errada. Não tentaram encontrar outro parceiro e, depois que o rapaz construíra três andares de um castelo de cartas que desmoronou, os jogadores se espalharam em várias direções.

Sr. Hewet virou seu rosto rechonchudo para a janela. Elas puderam ver que tinha olhos grandes obscurecidos por óculos; sua pele era rosada; seus lábios sem bigode; e visto entre gente comum, parecia ser um rosto interessante. Ele veio direto para elas, mas seus olhos não estavam fixados nas espiãs, e sim num ponto onde a cortina pendia em dobras.

– Com sono? – disse ele.

Helen e Rachel começaram a pensar que alguém estivera sentado perto delas o tempo todo, sem ser notado. Havia pernas na sombra. Uma voz melancólica veio de cima delas.

– Duas mulheres – disse.

Ouviu-se um rumor do cascalho. As mulheres tinham fugido. Não pararam de correr até estarem certas de que nenhum olho conseguiria penetrar a escuridão e o hotel fosse apenas uma sombra quadrada na distância, com buracos vermelhos recortados regularmente.

9

Passou-se uma hora, e os aposentos térreos do hotel ficaram escuros e quase desertos, enquanto os pequenos retângulos acima deles brilhavam radiantes. Cerca de 40 ou 50 pessoas estavam indo para a cama. Podia-se ouvir a batida surda de jarras colocadas no chão no andar de cima e o tilintar de porcelana, pois não havia uma divisão grossa entre os quartos, não tanto quanto se poderia desejar, pensou Srta. Allan, a dama idosa que estivera jogando *bridge*, dando uma rápida batida na parede com os nós dos dedos. Era só tábua fina, determinou ela, colocada para transformar um aposento grande em dois pequenos.

Sua anágua cinzenta escorregou para o chão, e ela inclinou-se e dobrou suas roupas com dedos hábeis, se não amorosos, torceu o cabelo numa trança, deu corda no relógio de ouro do pai e abriu as obras completas de Wordsworth. Estava lendo o "Prelúdio", em parte porque sempre lia o "Prelúdio" quando no exterior, em parte porque escrevia um breve *Resumo da literatura inglesa* – de Beowulf a Swinburne –, que teria um parágrafo sobre Wordsworth. Estava mergulhada no quinto volume, parando para fazer uma anotação a lápis, quando um par de botas caiu no chão, uma atrás da outra, no chão acima dela. Ela ergueu os olhos e ficou especulando. De quem seriam as botas, imaginava. Então notou um som farfalhante na porta ao lado – nitidamente uma mulher guardando o vestido –, que foi sucedido por um rumor de leves batidas, como o de alguém arrumando o cabelo. Era muito difícil fixar-se no "Prelúdio". Seria Susan Warrington fazendo aqueles movimentos? Mas ela se forçou a ler até o fim do livro, quando colocou o marcador entre as páginas, suspirou satisfeita, e depois apagou a luz.

Muito diferente era o quarto atrás da parede, embora em formato fosse uma caixa de ovos igual ao outro. Enquanto Srta. Allan lia seu livro, Susan Warrington escovava o cabelo. Séculos consagraram essa hora, e a mais majestosa das ações domésticas, mulheres falando de amor; mas Srta. Warrington estava sozinha e não podia falar; podia apenas olhar com extrema solicitude seu próprio rosto no espelho. Virou a cabeça de um lado para outro, jogando cachos pesados para cá e para lá. Depois recuou um passo ou dois e analisou-se seriamente.

"Sou bem bonita", decidiu. "Possivelmente... não linda". Endireitou-se um pouco. "Sim... a maior parte das pessoas diria que tenho boa aparência".

Ela realmente pensava no que Arthur Venning diria a seu respeito. Seu sentimento com relação a ele era decididamente suspeito. Não admitiria para si mesma que estava apaixonada por ele nem que queria se casar com ele, mas passava todos os minutos em que estava sozinha imaginando o que ele pensaria dela e comparando o que tinham feito hoje com o que tinham feito no dia anterior.

"Ele não me pediu para jogar, mas me acompanhou até o saguão", meditou, resumindo a noite. Tinha 30 anos de idade, e devido ao número de irmãs e à vida reclusa numa paróquia do interior, não tivera ainda proposta de casamento. A hora das confidências muitas vezes era triste, e dizia-se que ela saltava na cama tratando mal seus cabelos, sentindo-se ignorada pela vida em comparação com as outras. Era uma mulher graúda e bem feita, o rubor em suas faces em manchas demasiado definidas, mas sua ansiedade grave conferia-lhe uma certa beleza.

Estava por empurrar os lençóis quando exclamou: – Ah, estou esquecendo! – e foi até sua escrivaninha. Um volume marrom jazia ali com o número do ano gravado. Ela começou a escrever em uma letra quadrada e feia, de criança madura, como escrevia diariamente ano após ano, mantendo os diários, embora raramente olhasse para eles.

"*Manhã*. Falei com Sra. H. Elliot sobre vizinhos do campo. Ela conhece os Mann e também os Selby-Carroway. Como o mundo é pequeno! Gosto dela. Li um capítulo de *As Aventuras de Srta. Appleby* para tia E. *Tarde*. Joguei tênis na quadra com Sr. Perrott e Evelyn M. Não gosto de Sr. P. Tenho a sensação de que ele não é 'muito', embora seja esperto. Venci os dois. Dia esplêndido, vista maravilhosa. A gente se acostuma com a falta de árvores, embora no começo pareça tudo despido demais. Cartas depois do jantar. Tia E. alegre, embora irritadiça, diz ela. Obs.: *perguntar sobre lençóis úmidos*".

Ela ajoelhou-se para rezar, depois deitou-se na cama ajeitando as cobertas confortavelmente ao seu redor, e em poucos minutos sua respiração mostrava que estava adormecida. Com suspiros e hesitações profundamente pacíficos, parecia a respiração de uma vaca equilibrada sobre os joelhos a noite toda em capim alto.

Um olhar no quarto ao lado mostraria pouco mais do que um nariz destacando-se dos lençóis. Acostumado à escuridão, pois as janelas estavam abertas e mostravam retângulos cinzentos com cintilações de estrelas, podia-se distinguir um vulto magro, terrivelmente parecido com um cadáver, o corpo de William Pepper, também adormecido. Trinta e seis, trinta e sete, trinta e oito e aqui havia três negociantes portugueses, adormecidos provavelmente, pois um ronco se ouvia com a regularidade de um grande relógio. Trinta e nove era um quarto de canto, no fundo do corredor, mas, embora fosse tarde – bateu "uma" levemente no térreo

–, uma faixa de luz debaixo da porta indicava que havia alguém acordado.

– Como está atrasado, Hugh! – disse numa voz irritada mas solícita uma mulher deitada na cama. Seu marido escovava os dentes e por alguns momentos não respondeu.

– Você devia ter dormido – respondeu ele. – Eu estava conversando com Thornbury.

– Mas sabe que não consigo dormir enquanto espero por você – disse ela.

Ele não respondeu, apenas comentou: – Bem, então vamos apagar a luz. – Ficaram calados.

A pulsação débil, mas penetrante, de uma campainha elétrica podia agora ser ouvida no corredor. A velha Sra. Paley, tendo acordado faminta, mas sem óculos, chamava sua criada para que encontrasse a caixa de biscoitos. Terrivelmente respeitosa até nessa hora, embora enrolada numa jaqueta, a criada respondeu à campainha, e depois disso o corredor ficou quieto. No andar térreo tudo estava escuro e vazio; mas no andar superior uma luz ainda ardia no quarto onde as botas tinham caído pesadamente sobre a cabeça de Srta. Allan. Lá estava o cavalheiro que, poucas horas antes, na sombra da cortina, parecia consistir inteiramente em pernas. No fundo de uma poltrona, ele lia o terceiro volume da *História do Declínio e Queda do Império Romano*, de Gibbon, à luz de uma vela. Lendo, vez por outra batia automaticamente a cinza do cigarro e virava a página, enquanto toda uma procissão de esplêndidas frases penetrava em sua poderosa fronte e marchava ordenadamente cérebro adentro. Era provável que esse processo continuasse por uma hora ou mais, até que todo o regimento tivesse entrado em seus alojamentos, não tivesse a porta se aberto e o homem com tendência a engordar não tivesse entrado com seus grandes pés nus.

– Oh, Hirst, o que esqueci de dizer foi...

– Dois minutos – disse Hirst, erguendo o dedo.

E marcou as últimas palavras do parágrafo.

– O que foi que você esqueceu de dizer? – indagou.

– Você acha que *admite* suficientemente os sentimentos? – perguntou Sr. Hewet. Mais uma vez esquecera o que pretendia dizer.

Depois de contemplar intensamente o imaculado Gibbon, Sr. Hirst sorriu da pergunta do amigo. Largou o livro e ficou pensando...

– Devo dizer que você tem uma mente singularmente desorganizada – observou. – Sentimentos? Mas não são exatamente aquilo que admitimos? Colocamos o amor lá em cima e o resto todo lá embaixo. – Com a mão esquerda ele apontou o topo de uma pirâmide, e com a direita, sua base.

– Mas você não saiu da cama para me dizer isso – acrescentou, severo.

– Saí da cama só para conversar, acho – disse Hewet vagamente.

– Enquanto isso vou me despir – disse Hirst. Quando despido de tudo, menos a camisa, e inclinado sobre a pia, Sr. Hirst não impressionava mais com a majestade do seu intelecto, mas com o *pathos* de seu corpo jovem e feio, pois era encurvado e tão magro que havia linhas escuras entre os vários ossos do pescoço e dos ombros.

– Mulheres me interessam – disse Hewet, que, sentado na cama, queixo apoiado nos joelhos, não prestava atenção ao fato de Sr. Hirst estar despido.

– Elas são tão burras – disse Hirst. – Você está sentado sobre o meu pijama.

– Acha que elas *são* burras? – admirou-se Hewet.

– Acho que não pode haver duas opiniões quanto a isso – disse Hirst cruzando o quarto em saltos. – A não ser que você esteja apaixonado... aquela gorducha da Warrington? – perguntou.

– Não é uma mulher gorda... todas as mulheres gordas – suspirou Hewet.

– As mulheres que vi esta noite não eram gordas – disse Hirst, que se aproveitava da companhia de Hewet para cortar as unhas dos dedos dos pés.

– Descreva-as – disse Hewet.

– Você sabe que não sei descrever as coisas! – disse Hirst. – Elas se pareciam muito com as outras mulheres, acho. Sempre se parecem.

– Não; é nisso que diferimos – disse Hewet. – Eu digo que tudo é diferente. Não há duas pessoas minimamente parecidas. Veja você e eu agora.

– Um dia pensei assim também – disse Hirst. – Mas agora existem pessoas de todos os tipos. Não vamos nos tomar como exemplo... tomemos este hotel. Podiam-se desenhar círculos em torno de todos, e nenhum ficaria de fora.

– Pode-se matar uma galinha assim – murmurou Hewet.

– Sr. Hughling Elliot, Sra. Hughling Elliot, Srta. Allan, Sr. e Sra. Thornbury... um círculo – continuou Hirst – Srta. Warrington, Sr. Arthur Venning, Sr. Perrott, Evelyn M., outro círculo; depois, uma porção de nativos; finalmente, nós dois.

– Estamos sozinhos em nosso círculo? – perguntou Hewet.

– Bem sozinhos – disse Hirst. – Você tenta sair, mas não consegue. E tentando, só faz uma confusão.

– Não sou uma galinha dentro de um círculo – disse Hewet. – Sou um pombo no topo de uma árvore.

– Será que é isso que chamam de unha encravada? – disse Hirst, examinando o dedo grande do pé esquerdo.

– Fico voando de galho em galho – continuou Hewet. – O mundo é muito agradável. – Ele deitou-se para trás na cama, apoiado nos braços.

– Será mesmo bom ser tão vago quanto você é? – perguntou Hirst olhando para ele. – É a ausência de continuidade... é isso que é tão estranho em você – prosseguiu. – Na idade de 27, o que são quase 30 anos, você parece não ter chegado a nenhuma conclusão. Um grupo de velhotas ainda o excita tanto quanto se você tivesse três anos.

Hewet contemplou o jovem anguloso que em silêncio momentâneo jogava cuidadosamente as beiradas das unhas de seus pés na lareira.

– Eu respeito você, Hirst – comentou.

– E eu o invejo... em algumas coisas – disse Hirst. – A sua capacidade de não pensar, e o fato de as pessoas gostarem mais de você do que de mim. Acho que as mulheres gostam de você.

– Não sei se isso é realmente o que mais importa – disse Hewet, agora deitado na cama, acenando a mão em círculos vagos no alto.

– Claro que é – disse Hirst. – Mas isso não é o problema. O problema é encontrar um objeto adequado, não é?

– Não há galinhas no seu círculo? – perguntou Hewet.

– Nem um fantasma de galinha – disse Hirst.

Embora se conhecessem há três anos, Hirst nunca escutara a verdadeira história dos amores de Hewet. Pelas conversas, presumia-se que eram muitas, mas em particular não se comentava o tema. O fato de ele ter dinheiro para não trabalhar, de ter deixado Cambridge depois de dois semestres por uma briga com as autoridades, e de ter viajado e vagado a esmo tornava sua vida estranha em muitos pontos em que as vidas de seus amigos eram muito coesas.

– Não vejo os seus círculos... não os enxergo – continuou Hewet. – Vejo uma coisa como um pião girando para dentro e para fora... batendo nas coisas... disparando de um lado para outro... colecionando números mais e mais e mais, até o lugar todo ficar cheio deles. E giram e giram lá, por cima da beirada... fora da vista.

Seus dedos mostravam que os piões bailarinos haviam rodopiado para além da colcha, caindo da cama para o infinito.

– Você poderia suportar três semanas sozinho neste hotel? – perguntou Hirst depois de um momento de pausa.

Hewet começou a pensar.

– A verdade é que nunca se está sozinho e nunca se está em companhia – concluiu.

– Significando? – disse Hirst.

– Significando? Ah, alguma coisa sobre bolhas... auras... como é que se chamam? Você não pode ver a minha bolha; eu não posso ver a sua; tudo o que vemos um do outro é uma partícula, como a mecha no centro daquela chama. A chama anda conosco por toda parte; ela não é exatamente nós, mas o que sentimos; o mundo é breve, ou as pessoas principalmente; toda sorte de pessoas.

— A sua deve ser uma bela bolha listrada! — disse Hirst.

— E supondo que minha bolha pudesse topar com a bolha de outro alguém...

— E as duas explodirem? — interveio Hirst.

— Então... então... então... — ponderou Hewet, como se falasse sozinho — seria um mundo enorme — disse, estendendo os braços em toda a sua extensão como se mesmo assim mal pudessem agarrar o universo encapelado, pois quando estava com Hirst ele sempre se sentia esperançoso e vago.

— Não acho mais você tão bobo quanto achava, Hewet — disse Hirst. — Você não sabe o que quer dizer, mas tenta dizê-lo.

— Mas não está se divertindo aqui? — perguntou Hewet.

— De modo geral... sim — disse Hirst. — Gosto de observar as pessoas. Gosto de olhar coisas. Este país é de uma beleza espantosa. Você tinha notado como o topo da montanha ficou amarelo esta noite? Temos realmente de levar nosso almoço e passar o dia fora. Você está ficando repulsivamente gordo. — Ele apontou a barriga da perna nua de Hewet.

— Vamos organizar uma excursão — disse Hewet energicamente. — Vamos convidar o hotel inteiro. Alugar burricos e...

— Santo Deus! — disse Hirst. — Esqueça! Posso ver Srta. Warrington, Srta. Allan, Sra. Elliot e os outros agachados nas pedras, grasnando "Mas que lindo!".

— Convidaremos Venning e Perrott e Srta. Murgatroyd... todos que pudermos apanhar — prosseguia Hewet. — Qual o nome daquele gafanhotinho velho de óculos? Pepper? Pepper vai nos guiar.

— Graças a Deus você jamais conseguirá os burricos — disse Hirst.

— Preciso tomar nota disso — disse Hewet lentamente baixando os pés sobre o assoalho. — Hirst acompanha Srta. Warrington; Pepper avança sozinho sobre um asno branco; provisões distribuídas igualmente... ou deveríamos alugar uma mula? As senhoras... Sra. Paley, meu Deus!... dividirão uma carruagem.

– É aí que você erra – disse Hirst. – Botando virgens no meio de senhoras.

– Quanto tempo você acha que ia demorar uma expedição dessas, Hirst? – perguntou Hewet.

– Eu diria de 12 a 16 horas – respondeu Hirst. – O tempo habitualmente gasto num primeiro confinamento.

– Vai ser preciso uma organização considerável – disse Hewet, que andava brandamente pelo quarto e parou para mexer nos livros empilhados sobre a mesa, uns sobre os outros.

– Também vamos querer alguns poetas – comentou ele. – Não Gibbon; não; por acaso você tem *Amor moderno* ou *John Donne*? Sabe, penso em pausas em que as pessoas se cansam de olhar a paisagem, e então seria bom ler algo bastante difícil em voz alta.

– Sra. Paley vai se divertir – disse Hirst.

– Sra. Paley certamente vai gostar – disse Hewet. – É uma das coisas mais tristes que conheço... o jeito como as senhoras idosas deixam de ler poesia. E como é adequado:

> *Falo como alguém que sonda*
> *A difusa profundeza da vida,*
> *Alguém que finalmente pode soar*
> *Claras visões, e certas.*
> *Mas – depois do amor, o que sobrevém?*
> *Uma cena que ameaça,*
> *Umas poucas tristes horas vazias,*
> *E depois, a Cortina.*

Atrevo-me a dizer que Sra. Paley é a única de nós que pode entender isso de verdade.

– Vamos perguntar a ela – disse Hirst. – Por favor, Hewet, se você tiver de ir para a cama, feche minha cortina. Poucas coisas me aborrecem mais do que o luar.

Hewet retirou-se, apertando os poemas de Thomas Hardy debaixo do braço, e em breve os dois jovens dormiam profundamente em suas camas.

Entre o apagar da vela de Hewet e o levantar-se de um sombrio rapaz espanhol, que foi o primeiro a divisar a desolação do hotel no começo da manhã, houve algumas horas de silêncio. Quase se podiam ouvir cem pessoas respirando fundo, e por mais alerta e inquieto que se estivesse, teria sido difícil escapar do sono no meio de tanto sono. Olhando pelas janelas, só se via escuridão. Por toda a sombreada metade do mundo, as pessoas jaziam de bruços e poucas luzes bruxuleantes nas ruas vazias marcavam os locais onde se erguiam suas cidades. Ônibus vermelhos e amarelos perseguiam-se em Piccadilly; mulheres suntuosas balouçavam-se numa parada; mas aqui na escuridão uma coruja esvoaçava de árvore em árvore, e quando a brisa ergueu os ramos, a lua lampejou como se fosse uma tocha. Até todas as pessoas acordarem novamente, os animais sem casa estavam em toda parte, os tigres e os cervos, e os elefantes descendo na escuridão para beber nas poças. O vento à noite soprando sobre as colinas e florestas era mais puro e mais fresco do que o vento de dia, e a terra, despida de seus detalhes, mais misteriosa do que a terra colorida e dividida por estradas e campos. Por seis horas existia essa beleza profunda, até quando o leste branqueava, o fundo emergia à superfície, as estradas revelavam-se, a fumaça se erguia, as pessoas se moviam e o sol brilhava sobre as janelas do hotel em Santa Marina, esperando abrirem-se as cortinas e o ressoar do gongo pela casa toda anunciando o café da manhã.

Assim que o café terminou, as damas, como de costume, ficaram circulando vagamente, apanhando jornais e largando-os de novo pelo saguão.

– E o que vai fazer hoje? – perguntou Sra. Elliot, deslizando na direção de Srta. Warrington.

Sra. Elliot, esposa de Hughling, reitor de Oxford, era uma mulher baixinha de expressão normalmente lamentosa. Seus olhos moviam-se de uma coisa a outra como se nunca encontrassem nada suficientemente agradável para pousar por mais tempo.

– Vou tentar levar tia Emma para a cidade – disse Susan. – Ela ainda não viu nada.

– Acho isso tão animado da parte dela – disse Sra. Elliot –, vir tão longe de seu próprio lar.

– Sim, eu sempre lhe digo que ela vai morrer a bordo de um navio – respondeu Susan. – Ela nasceu num navio.

– Antigamente – disse Sra. Elliot –, muita gente nascia. Sempre tive tanta pena dessas pobres mulheres! Temos muitos motivos para nos queixar! – Ela balançou a cabeça. Seus olhos vagaram sobre a mesa, e ela comentou sem nenhuma razão aparente: – Coitada da rainhazinha da Holanda! Repórteres de jornal, por assim dizer, praticamente na porta de seu quarto de dormir!

– Estava falando na rainha da Holanda? – disse a voz agradável de Srta. Allan, que procurava as grossas páginas do *Times* entre um monte de jornais estrangeiros.

– Sempre invejo quem vive num país tão excessivamente plano! – comentou ela.

– Mas que coisa mais estranha! – disse Sra. Elliot. – Eu acho um país plano tão deprimente.

– Então receio que não possa ser muito feliz aqui, Srta. Allan – disse Susan.

– Ao contrário – disse Srta. Allan. – Adoro montanhas. – Percebendo o *Times* a certa distância, ela se dirigiu até lá para pegá-lo.

– Bem, preciso encontrar o meu marido – disse Sra. Elliot, afastando-se inquieta.

– E eu preciso ver minha tia – disse Srta. Warrington. E assumindo as tarefas do dia, afastaram-se todas.

Talvez porque a fragilidade do papel estrangeiro e a aspereza de seus tipos sejam uma prova de frivolidade e ignorância, não há dúvida de que ingleses dificilmente considerem o que leem lá como notícias, assim como um programa comprado de um homem na rua não inspira confiança no que diz. Um casal idoso muito respeitável, tendo inspecionado as longas mesas de jornais, não achou que valesse a pena ler mais do que as manchetes.

– Só agora o debate do dia 15 deve ter nos alcançado – murmurou Sra. Thornbury. Sr. Thornbury, que era maravilhosamente limpo e tinha traços rubros em sua face como traços de tinta numa escultura de madeira gasta pelo tempo, olhou por cima dos óculos e viu que Srta. Allan tinha o *Times*.

Por isso o casal sentou-se nas poltronas e ficou esperando.

– Ah, aí está Sr. Hewet – disse Sra. Thornbury. – Sr. Hewet, venha sentar-se conosco. Eu estava dizendo ao meu marido o quanto o senhor me lembra uma velha querida amiga minha, Mary Umpleby. Era uma mulher tão encantadora, acredite. Cultivava rosas. Antigamente costumávamos hospedar-nos com ela.

– Nenhum rapaz gosta de que lhe digam que se parece com uma velha solteirona – disse Sr. Thornbury.

– Ao contrário – disse Sr. Hewet. – Sempre considero um elogio lembrar conhecidos de outras pessoas. Mas Srta. Umpleby... por que ela cultivava rosas?

– Ah, coitadinha – disse Sra. Thornbury –, é uma longa história. Ela passara por sofrimentos terríveis. Numa ocasião, acho que teria perdido o juízo não fosse o seu jardim. O solo era muito hostil... uma benção disfarçada; ela tinha de levantar-se de madrugada... sair de casa em qualquer tempo. E depois há essas criaturas que comem as rosas. Mas ela triunfou. Sempre triunfava. Era uma alma corajosa. – Ela suspirou fundo, mas ao mesmo tempo resignada.

– Eu não tinha percebido que estava monopolizando o jornal – disse Srta. Allan, vindo na direção deles.

– Estávamos tão ansiosos para ler sobre o debate – disse Sra. Thornbury, aceitando-o por causa do marido.

– Não se entende como um debate pode ser interessante, até se ter filhos na marinha. Meus interesses estão igualmente divididos mesmo assim. Também tenho filhos no exército, e um filho que faz discursos no sindicato... o meu bebê!

– Acho que Hirst deve conhecê-lo – disse Hewet.

– Sr. Hirst tem um rosto tão interessante – disse Sra. Thornbury. – Mas sinto que é preciso ser muito inteligente para falar com ele. Então, William? – inquiriu ela, pois Sr. Thornbury grunhiu.

– Estão confundindo tudo – disse Sr. Thornbury, que chegara à segunda coluna da reportagem, uma espasmódica, pois os membros irlandeses estavam se digladiando há três meses sobre uma questão de eficiência naval. Depois de um ou dois parágrafos perturbados, a coluna impressa corria suavemente mais uma vez.

– A senhorita leu? – perguntou Sra. Thornbury a Srta. Allan.

– Não, lamento dizer que só li sobre as descobertas em Creta.

– Ah, mas seria tão bom conhecer o mundo antigo! – gritou Sra. Thornbury. – Agora que nós, velhos, estamos sozinhos... estamos na nossa segunda lua de mel... estou realmente voltando à escola. Afinal, estamos fundados no passado, não estamos, Sr. Hewet? Meu filho soldado diz que ainda há muita coisa de Aníbal a ser aprendida. Devia-se saber muito mais do que se sabe. De alguma forma, quando leio o jornal, começo primeiro com os debates, e antes de terminar a porta sempre se abre... somos um grupo muito grande em casa... e assim nunca se pensa o bastante sobre os antigos e tudo o que fizeram por nós. Mas a senhorita começa do começo, Srta. Allan.

– Quando penso nos gregos, imagino-os como negros nus – disse Srta. Allan. – O que, estou certa, é bastante incorreto.

– E o senhor, Sr. Hirst? – disse Sra. Thornbury, percebendo que o rapaz macilento estava perto. – Tenho certeza de que o senhor lê tudo.

– Eu me limito ao críquete e ao crime – disse Hirst. – O pior de vir das classes superiores é que nossos amigos nunca são mortos em acidentes ferroviários.

Sr. Thornbury jogou o jornal na mesa e deixou cair os óculos enfaticamente. As folhas caíram no meio do grupo e todos as contemplaram.

– Não foi bem? – perguntou sua esposa, solícita.

Hewet pegou uma das folhas e a leu:

– Uma dama caminhava ontem nas ruas de Westminster quando percebeu um gato na janela de uma casa deserta. O animal faminto...

– Seja como for, estou fora disso – interrompeu Sr. Thornbury, irritado.

– As pessoas sempre esquecem um gato – comentou Srta. Allan.

– Lembre-se, William, o primeiro-ministro adiou sua resposta – disse Sra. Thornbury.

– Aos 80 anos, Sr. Joshua Harris, de Eeles Park, Brondesbury, teve um filho – disse Hirst.

– ... o animal faminto, que fora notado por operários por alguns dias, foi resgatado, mas... por Deus! mordeu a mão do homem, deixando-a em pedaços!

– Louco de fome, suponho – comentou Srta. Allan.

– Estão todos esquecendo a principal vantagem de estar além-mar – disse Sr. Hughling Elliot, que se reunira ao grupo. – Podem ler suas notícias em francês, o que equivale a não ler notícias.

Sr. Elliot tinha profundo conhecimento de copta, o que escondia o máximo possível, e citava frases francesas tão perfeitamente que era difícil acreditar que também soubesse falar a língua comum. Ele tinha um respeito imenso pelos franceses.

– Vamos? – perguntou aos dois jovens. – Devíamos partir antes de ficar realmente quente.

– Suplico-lhe que não caminhe no calor, Hugh – implorou sua esposa, dando-lhe um pacote anguloso onde estavam embrulhadas metade de um frango e passas.

– Hewet será nosso barômetro – disse Sr. Elliot. – Vai derreter antes de mim.

Na verdade, se uma só gota derretesse nas suas magras costelas, os ossos ficariam expostos. As damas ficaram sozinhas, rodeando o *Times* que jazia no chão. Srta. Allan olhou o relógio do pai.

– Dez para as onze – comentou.

– Trabalho? – perguntou Sra. Thornbury.

– Trabalho – respondeu Srta. Allan.

– Que bela criatura ela é! – murmurou Sra. Thornbury enquanto a figura robusta se afastava no seu casaco de corte masculino.

– Estou certa de que ela tem uma vida dura – suspirou Sra. Elliot.

– Ah, é uma vida dura – disse Sra. Thornbury. – Mulheres não casadas... ganhando sua própria vida... é a pior vida.

– No entanto ela parece bem alegre – disse Sra. Elliot.

– Deve ser muito interessante – disse Sra. Thornbury. – Invejo o seu conhecimento.

– Mas não é isso que as mulheres querem – disse Sra. Elliot.

– Receio que seja tudo o que a grande maioria das mulheres pode esperar ter – suspirou Sra. Thornbury. – Acredito que haja mais de nós do que nunca antes. Sir Harley Lethbridge me dizia ainda outro dia como é difícil encontrar rapazes para a marinha... em parte por causa dos seus dentes, é verdade. Ouvi dizer que as mulheres falam bem abertamente de...

– Horrível, horrível! – exclamou Sra. Elliot. – O coroamento, pode-se dizer, da vida de uma mulher. Eu que sei o que é não ter filho... – ela suspirou e calou-se.

– Mas não devemos ser duras – disse Sra. Thornbury. – As condições mudaram tanto desde quando eu era uma jovenzinha.

– Certamente a *maternidade* não muda – disse Sra. Elliot.

– De algumas formas podemos aprender muito com os jovens – disse Sra. Thornbury. – Eu aprendo muito com minhas filhas.

– Eu acho que Hughling realmente nem se importa – disse Sra. Elliot. – Mas ele tem o seu trabalho.

– Mulheres sem filhos podem fazer tanta coisa pelos filhos dos outros – comentou Sra. Thornbury polidamente.

– Eu desenho bastante – disse Sra. Elliot –, mas isso não é realmente uma ocupação. É tão desconcertante ver que mocinhas que apenas começam fazem as coisas melhor do que a gente! E a natureza é difícil... muito difícil!

– Não há instituições... clubes... que a senhora pudesse ajudar? – perguntou Sra. Thornbury.

— Eles são tão cansativos — disse Sra. Elliot. — Eu pareço forte por causa da minha cor, mas não sou; a caçula de onze filhos nunca é.

— Se a mãe for cuidadosa antes — disse Sra. Thornbury judiciosamente —, não há motivo para o tamanho da família fazer qualquer diferença. E não existe treinamento como o que irmãos e irmãs dão uns aos outros. Meu menino mais velho, Ralph, por exemplo...

Mas Sra. Elliot não estava prestando atenção à experiência da senhora mais velha, e seus olhos vagaram pelo saguão.

— Minha mãe sofreu dois abortos, eu sei — disse ela de repente. — O primeiro, porque viu um daqueles enormes ursos que dançam... não deviam permitir isso; o outro... foi uma história horrenda... nossa cozinheira teve uma criança e havia um jantar festivo. Atribuo a isso a minha dispepsia.

— E um aborto é bem pior do que um parto — murmurou Sra. Thornbury distraída, ajeitando seus óculos e apanhando o *Times*. Sra. Elliot levantou-se e saiu alvoroçada.

Depois de ouvir o que uma das milhares de vozes falando no jornal tinha a dizer e de notar que uma prima sua se casara com um clérigo em Minehead — ignorando as mulheres bêbadas, os animais dourados de Creta, os movimentos de batalhões, os jantares, as reformas, os incêndios, os indignados, os eruditos e os benevolentes —, Sra. Thornbury subiu as escadas para escrever uma carta para o correio.

O jornal estava bem embaixo do relógio, os dois juntos parecendo representar a estabilidade num mundo em transformação. Sr. Perrott passou; Sr. Venning parou por um instante junto a uma mesa. Sra. Paley foi empurrada na sua cadeira de rodas. Susan seguiu-a. Sr. Venning foi andando atrás dela. Famílias de militares portugueses, com roupas sugerindo que se tinham levantado tarde em quartos desarrumados, passaram, seguidos de babás barulhentas carregando crianças barulhentas. À medida que o meio-dia se aproximava e o sol incidia diretamente sobre o telhado, um redemoinho de moscas graúdas zumbia em círculo; serviram-se bebidas geladas sob as palmeiras; as longas persianas foram baixadas, soltando o seu guincho característico, tornando toda a luz amarela. Agora o relógio tinha à sua disposição um saguão silencioso para tiquetaquear e uma plateia de quatro ou cinco comerciantes sonolentos. Aos poucos, figuras alvas com chapéus sombreados entraram pela porta, deixando entrar uma fresta do dia quente de verão e fechando-o novamente lá fora. Depois de repousar uns minutos na penumbra, subiram as escadas. Ao mesmo tempo, o relógio resfolegou uma hora, soou o gongo, começando levemente, entrando num frenesi e parando. Houve uma pausa. Depois, todos os que tinham subido as escadas desceram; chegaram os aleijados, plantando os dois pés no mesmo degrau para poderem escorregar; chegaram menininhas segurando o dedo da babá; velhos gordos chegaram ainda abotoando seus coletes. O gongo soara no jardim, e aos poucos figuras reclinadas ergueram-se e entraram lentamente para comer, pois chegara a hora de se alimentarem outra vez. Havia piscinas e faixas de sombra no jardim mesmo ao meio-dia, onde dois ou três visitantes podiam se deitar, trabalhando ou conversando à vontade.

Devido ao calor do dia, o almoço geralmente era uma refeição silenciosa, quando as pessoas observavam seus vizinhos e assimilavam rostos novos que pudesse haver, adivinhando quem eram e o que faziam. Sra. Paley, embora bem além dos 70 anos, de pernas incapacitadas, saboreava sua comida e as peculiaridades dos seus semelhantes. Sentava-se junto a uma mesa pequena com Susan.

– Não gostaria de dizer o que ela é! – disse ela numa risadinha, contemplando uma mulher alta vestida toda de branco, com pintura nas faces encovadas, que sempre chegava tarde e sempre era servida por uma mulher de aspecto pobre. Susan corou diante desse comentário, imaginando por que sua tia dizia coisas desse tipo.

O almoço prosseguiu metodicamente até que cada um dos sete pratos ficou apenas nas sobras, e as frutas eram não mais que um brinquedo a ser descascado e cortado, como uma criança destruindo uma margarida, pétala a pétala. A comida servia como o extintor de qualquer tênue chama do espírito humano que pudesse sobreviver ao calor do meio-dia, mas Susan sentava-se em seu quarto, remoendo o agradável fato de que Sr. Venning a procurara no jardim e se sentara ali aproximadamente meia hora enquanto ela lia em voz alta para a tia. Homens e mulheres procuravam cantos diferentes onde podiam ficar sem serem observados; das duas às quatro podia-se dizer, sem exagero, que o hotel era habitado por corpos sem alma. Teria sido desastroso se um incêndio ou uma morte de repente tivesse exigido da natureza humana algo de heroico, mas as tragédias sempre acontecem em horas de fome. Perto das quatro horas, o espírito humano começava novamente a tocar o corpo como uma chama toca um promontório negro de carvão. Sra. Paley achou que não ficava bem abrir tão amplamente sua mandíbula, embora não houvesse ninguém por perto, e Sra. Elliot examinou ansiosamente seu rosto redondo e corado no espelho.

Meia hora depois, tendo removido os sinais de sono, encontraram-se no saguão, e Sra. Paley comentou que ia tomar o seu chá.

– A senhora também gosta do seu chá, não gosta? – disse e convidou Sra. Elliot, cujo marido ainda estava fora, para reunir-se com ela numa mesa especial, que mandara colocar debaixo de uma árvore.

– Neste país, um pouco de prata viaja muito – disse ela rindo. Mandou Susan apanhar outra xícara.

– Eles têm uns biscoitos excelentes por aqui – comentou mirando uma travessa. – Não biscoitos doces, de que não gosto... biscoitos secos... andou desenhando?

– Fiz dois ou três pequenos rabiscos – disse Sra. Elliot, falando mais alto do que o habitual. – Mas é tão difícil depois de Oxfordshire, onde há tantas árvores. A luz aqui é tão intensa. Algumas pessoas a admiram, sei disso, mas eu a acho muito cansativa.

— Eu realmente não preciso ficar aqui cozinhando, Susan — disse Sra. Paley quando sua sobrinha voltou. — Vou ter de importuná-la para que me leve daqui.

Tudo teve de ser levado para outro local. Finalmente, colocaram a velha senhora de modo que a luz ondulava sobre ela como se fosse um peixe numa rede. Susan servia o chá e comentava que em Wiltshire também fazia calor, quando Sr. Venning perguntou se podia juntar-se a elas.

— É tão bom encontrar um jovem que não despreza o chá — disse Sra. Paley, recuperando seu bom humor. — Um de meus sobrinhos outro dia pediu um copo de xerez... às cinco da tarde! Eu lhe disse que podia tomá-lo no café dobrando a esquina, mas não na minha saleta.

— Prefiro ficar sem almoço a ficar sem chá — disse Sr. Venning. — Não é bem verdade. Gosto dos dois.

Sr. Venning era um rapaz moreno, de cerca de 32 anos, muito relaxado e confiante em seus modos, embora naquele momento, obviamente, estivesse um pouco excitado. Seu amigo, Sr. Perrott, era advogado e, como se recusasse a ir a qualquer parte sem Sr. Venning, quando vinha a Santa Marina para cuidar de assuntos de uma empresa, o amigo tinha de vir também. Sr. Venning também era advogado, mas odiava a profissão que o mantinha dentro de casa, em cima dos livros, e assim que sua mãe viúva morresse, confidenciou a Susan, ele se dedicaria seriamente a voar e seria sócio num grande empreendimento de construção de aeroplanos. A conversa prosseguia divagando. Naturalmente, tratava das belezas e singularidades do lugar, das ruas, das pessoas e da quantidade de cachorros amarelos sem dono.

— Não acham terrivelmente cruel o jeito como tratam os cachorros neste país? — perguntou Sra. Paley.

— Eu mandaria matar todos — disse Sr. Venning.

— Ah, mas uns cachorrinhos tão bonitos — disse Susan.

— Uns sujeitinhos tão divertidos — disse Sr. Venning. — Olhe, a senhorita não tem nada para comer. — Uma grande fatia de bolo foi passada a Susan na ponta de uma faca trêmula. A mão dela também tremia quando a pegou.

— Eu tenho um cachorro em casa de que gosto muito — disse Sra. Elliot.

— Meu papagaio não suporta cachorros — disse Sra. Paley com ar de quem faz uma confidência. — Sempre suspeitei de que ele (ou ela) fosse provocado por um cachorro quando eu estava em viagem no exterior.

— A senhorita não foi longe esta manhã, Srta. Warrington — disse Sr. Venning.

— Estava quente — respondeu ela. O diálogo dos dois tornou-se privado, devido à surdez de Sra. Paley e à longa história triste que Sra. Elliot passara a contar sobre um terrier pelo-de-arame branco com uma única mancha preta, de um tio dela, que se suicidara.

— Animais se suicidam, sim — suspirou ela como se estivesse afirmando um fato doloroso.

— Não podíamos explorar a cidade esta noite? — sugeriu Sr. Venning.

— Minha tia... — começou Susan.

— A senhorita merece umas férias — disse ele. — Está sempre fazendo coisas para os outros.

— Mas essa é a minha vida — disse ela disfarçando ao encher novamente o bule de chá.

— Isso não é vida para ninguém — retorquiu ele —, de nenhuma pessoa jovem. A senhorita vem?

— Eu gostaria — murmurou ela.

Nesse momento, Sra. Elliot ergueu os olhos e exclamou:

— Oh, Hugh! Ele está trazendo alguém — acrescentou.

— Ele vai gostar de chá — disse Sra. Paley. — Susan, corra e traga xícaras... lá estão os dois rapazes.

— Estamos loucos por um chá — disse Sr. Elliot. — Conhece Sr. Ambrose, Hilda? Nós nos encontramos no morro.

— Ele me arrastou até aqui — disse Ridley —, eu estou constrangido. Estou empoeirado, com sede e com má aparência. — Ele apontou as botas brancas de poeira, enquanto uma flor murcha na lapela, como um animal exausto pendurado sobre um portão, aumentava o efeito de desmazelo e altura. Ele foi apresentado aos outros. Sr. Hewet e Sr. Hirst trouxeram cadeiras, e o chá recomeçou, com Susan despejando cascatas de água do bule, sempre alegre e com a habilidade da longa experiência.

— A esposa de meu irmão — explicou Ridley a Hilda, de quem não se lembrava — tem uma casa aqui, que ele nos emprestou. Estava sentado numa pedra sem pensar em nada quando Elliot apareceu como uma fada numa pantomima.

— Nosso frango estava salgado demais — disse Hewet melancolicamente a Susan —, e não é verdade que bananas tenham líquido além de substância.

Hirst já estava bebendo.

— Estávamos amaldiçoando você — disse Ridley, respondendo às perguntas de Sra. Elliot sobre a esposa dele. — Vocês, turistas, devoram todos os ovos, disse-me Helen. Aquilo também é uma monstruosidade — ele balançou a cabeça em direção ao hotel. — Chamo isso de luxo repugnante. Nós vivemos como porcos na sala de estar.

— A comida aqui não é o que deveria ser — disse Sra. Paley, séria — levando em conta o preço. Mas se não se ficar num hotel, onde é que se irá ficar?

— Em casa — disse Ridley. — Muitas vezes desejo ter ficado em casa! Todo mundo deveria ficar em casa, mas, naturalmente, não ficam.

Sra. Paley sentiu certa irritação contra Ridley, que parecia estar criticando seus hábitos depois de se conhecerem por cinco minutos.

— Eu mesma acredito em viagens para o exterior — afirmou ela — se se conhece seu país natal, o que posso honestamente dizer que acontece comigo. Eu não admitiria que ninguém viajasse antes de ter visitado Kent e Dorsetshire... Kent pelos lúpulos e Dorsetshire por seus antigos *cottages* de pedra. Não há nada aqui que se compare a isso.

– Sim... eu sempre acho que algumas pessoas gostam das terras planas e outras dos vales – disse Sra. Elliot com jeito bastante vago.

Hirst, que estivera comendo e bebendo sem interrupção, acendeu um cigarro e comentou:

– Ah, mas a esta altura todos concordamos que a natureza é um erro. Ou é muito feia, espantosamente desconfortável, ou absolutamente aterradora. Não sei o que me deixa mais alarmado: uma vaca ou uma árvore. Uma vez encontrei uma vaca no campo à noite. A criatura me olhava. Acreditem, fiquei de cabelo branco. É uma desgraça permitirem animais assim à solta.

– E o que foi que a vaca pensou *dele*? – murmurou Venning para Susan, que imediatamente achou que Sr. Hirst era um rapaz medonho e que, embora tivesse aquele ar de inteligente, provavelmente não era tão inteligente quanto Arthur, não do jeito que realmente importava.

– Não foi Wilde quem descobriu que a natureza não admite os ossos ilíacos? – indagou Hughling Elliot. Àquela altura, sabia exatamente que estudos e distinções Hirst tinha e formara uma excelente opinião sobre sua capacidade.

Mas Hirst apenas apertou os lábios e não respondeu.

Ridley ficou imaginando se agora poderia se retirar. A educação exigia que agradecesse a Sra. Elliot pelo chá e acrescentasse, acenando com a mão:

– Precisam vir nos visitar.

A onda incluía Hirst e Hewet, que respondeu:

– Gostaria imensamente.

O grupo desfez-se e Susan, que nunca na vida se sentira feliz, estava por iniciar sua caminhada pela cidade com Arthur, quando Sra. Paley a chamou de volta. Não podia compreender, pelo livro, como se joga a paciência do *Double Demoll*; e sugeriu que se sentassem e trabalhassem naquilo juntas, seria uma boa maneira de ocupar o tempo antes do jantar.

10

Entre as promessas que Sra. Ambrose fizera a sua sobrinha caso ela ficasse, havia um aposento afastado do resto da casa, grande, privado – um aposento onde ela podia tocar, ler, pensar, desafiar o mundo; uma fortaleza e um santuário. Sabia que aos 24 anos aposentos eram mundos antes de quartos. Estava certa, e quando fechou a porta, Rachel entrou num lugar encantado, onde os poetas cantavam e as coisas assumiam sua verdadeira proporção. Alguns dias depois da visão do hotel à noite, ela estava sentada sozinha, mergulhada numa poltrona, lendo um volume vermelho de capa colorida, tendo na lombada *Obras de Henrik Ibsen*. Havia partituras abertas no piano e livros de música empilhados em dois montes no chão; mas, no momento, ela abandonara a música.

Longe de parecer entediada ou distraída, seus olhos concentravam-se quase severamente na página; pela sua respiração lenta, mas contida, podia-se ver que todo o seu corpo estava tenso pelo trabalho mental. Finalmente, ela fechou o livro num gesto brusco, deitou-se para trás, respirou fundo, expressando o assombro que sempre marca a transição do mundo imaginário para o mundo real.

– O que quero saber – disse ela em voz alta – é isso: qual é a verdade? Qual a verdade de tudo? – Falava sempre em parte como ela mesma, e em parte como a heroína da peça que acabara de ler. A paisagem lá fora, já que ela nada vira senão letra impressa pelo espaço de duas horas, agora parecia surpreendentemente sólida e clara, mas, embora houvesse homens no morro lavando troncos de oliveiras com um líquido branco, por um instante ela pensou que era ela própria a coisa mais viva na paisagem – uma heroica estátua no primeiro plano dominando a vista. As peças de Ibsen sempre a deixavam nesse estado. Ela as encenava dias a fio por vezes, para grande divertimento de Helen: depois seria a vez de Meredith, e ela se tornava Diana das Encruzilhadas. Mas Helen dava-se conta de que nem tudo era encenação e que algum tipo de mudança estava acontecendo no ser humano. Quando Rachel se cansava da rigidez de sua pose no encosto da cadeira, virava-se, deslizava confortavelmente até o fundo dela e olhava acima dos móveis pela janela oposta que se abria para o jardim. (Sua mente vagava afastando-se de Nora, mas continuava pensando em coisas que o livro sugeria: as mulheres e a vida.)

Durante os três meses em que estava ali, ela se recompensara grandemente, como Helen achava que devia ser, das intermináveis caminhadas ao redor de jardins fechados e dos mexericos domésticos de suas tias. Mas Sra. Ambrose teria sido a primeira a rejeitar qualquer influência, ou crença, de modo que influenciar fosse coisa que estivesse em seu poder. Via Rachel menos tímida, menos grave, o que era bom, e as ausências e confusões intermináveis que tinham levado àquele resultado em geral não eram nem notadas. Ela confiava que o remédio seria falar sem se proteger, e ser tão franca quanto o hábito de falar com os homens a fazia ser. Não encorajava aqueles hábitos de altruísmo e bondade fundados em insinceridade, tão valorizados em lares onde vivem homens e mulheres. Queria que Rachel pensasse, por isso oferecia livros e desencorajava uma dependência excessiva de Bach, Beethoven e Wagner. Mas quando Sra. Ambrose sugeria Defoe,

Maupassant ou alguma ampla crônica de vida familiar, Rachel escolhia livros modernos, livros de capa amarela lustrosa, livros com muito dourado na lombada, que eram, aos olhos de sua tia, símbolos de ásperas discussões e disputas sobre fatos que não tinham tanta importância quanto os modernos afirmavam. Mas não interferia. Rachel lia o que desejava, com a curiosa literalidade de alguém para quem frases escritas são pouco familiares, lidando com palavras como se fossem feitas de madeira, de grande importância isoladamente, possuindo formas, como mesas ou cadeiras. Assim, ela tirava conclusões que tinham de ser remodeladas, dependendo das aventuras do dia, e na verdade eram remodeladas com toda a liberalidade que se pudesse desejar, deixando sempre atrás de si um grãozinho de crença.

Ibsen foi seguido de um romance do tipo que Sra. Ambrose detestava, cujo objetivo era distribuir a culpa da ruína de uma mulher sobre os ombros certos: objetivo que era alcançado, se é que o desconforto do leitor é prova de alguma coisa. Ela jogou o livro no chão, olhou pela janela, virou-se para o outro lado e desabou numa poltrona.

A manhã estava quente, e o exercício de ler deixara sua mente contraindo-se e expandindo-se como a mola principal de um relógio. Os sons do jardim lá fora uniram-se aos relógios e aos pequenos rumores do meio-dia, que não se podem atribuir a nenhuma causa definida, todos num ritmo regular. Era tudo muito real, muito grande, muito impessoal, e, depois de um ou dois momentos, ela começou a erguer o dedo indicador e deixá-lo cair sobre o braço da cadeira como se trouxesse de volta alguma consciência de sua própria existência. Em seguida foi tomada pela estranheza indizível com relação ao fato de estar sentada numa poltrona, de manhã, no meio do mundo. Quem eram as pessoas movendo-se na casa... movendo coisas de um lugar a outro? E a vida, o que era aquilo? Era apenas uma luz passando na superfície e desaparecendo, como ela mesma com o tempo desapareceria, embora os móveis do quarto fossem ficar? Sua dissolução tornou-se tão completa que não conseguia mais erguer o dedo, e sentou-se totalmente quieta, olhando sempre o mesmo ponto. Tudo se tornava cada vez mais e mais estranho. Foi assaltada pelo assombro de que as coisas talvez nem existissem... Esqueceu-se de que tinha dedos para erguer... As coisas que existiam eram tão imensas e tão desoladas... Continuou consciente dessas vastas massas de substância por um longo tempo, o relógio ainda tiquetaqueando no meio do silêncio universal.

– Entre – disse mecanicamente, pois um fio em seu cérebro pareceu puxado por uma batida persistente na porta. Com muita lentidão, a porta se abriu e um ser humano alto veio na direção dela, estendendo o braço e dizendo:

– O que devo dizer disso?

O completo absurdo de uma mulher entrando num quarto com um pedaço de papel na mão deixou Rachel atônita.

– Não sei o que responder, nem quem é Terence Hewet – continuou Helen, na voz inexpressiva de um fantasma. Ela colocou diante de Rachel o papel onde estavam escritas as incríveis palavras:

"CARA MRS. AMBROSE, estou organizando um piquenique para a próxima sexta-feira, que propomos começar às onze e meia se o tempo for bom, e subir o Monte Rosa. Isso vai levar algum tempo, mas a vista deve ser magnífica. Eu teria grande prazer se a senhora e Srta. Vinrace consentissem em fazer parte do grupo.

Cordialmente, TERENCE HEWET."

Rachel leu as palavras em voz alta para acreditar nelas. Pelo mesmo motivo botou a mão no ombro de Helen.

– Livros... livros... livros... – disse Helen na sua maneira distraída. – Mais livros novos... fico imaginando o que é que você encontra neles...

Rachel leu a carta pela segunda vez, mas para si mesma. Agora, em vez de parecer vaga como um fantasma, cada palavra era espantosamente destacada; emergiam como topos de montanhas emergem num nevoeiro. *Sexta-feira... onze e meia... Srta. Vinrace.* O sangue começou a correr em suas veias; ela sentiu seus olhos brilhando.

– Temos de ir – disse, surpreendendo Helen com sua determinação. – Certamente temos de ir. – Tal era o alívio de ver que coisas ainda aconteciam e, na verdade, pareciam mais brilhantes por causa da névoa que as rodeava.

– Monte Rosa... é a montanha ali, não é? – disse Helen. – Mas Hewet... quem é ele? Um dos rapazes que Ridley conheceu, suponho. Então devo dizer sim? Pode ser terrivelmente monótono.

Ela pegou a carta e saiu, pois o mensageiro aguardava resposta.

O grupo que fora sugerido algumas noites atrás no quarto de Sr. Hirst tomara forma, e era motivo de grande satisfação para Sr. Hewet, que raramente usava suas habilidades práticas e ficava contente de ver que estavam à altura da exigência. Seus convites tinham sido universalmente aceitos, o que era mais encorajador, pois tinham sido feitos, contra o conselho de Hirst, a pessoas muito sem graça, totalmente inadequadas umas às outras, e que certamente não viriam.

– Sem dúvida – disse enrolando e desenrolando um bilhete assinado "Helen Ambrose" –, os talentos necessários para fazer um grande líder foram superestimados. Cerca de metade do esforço intelectual necessário para revisar um livro de poesia moderna me fez reunir sete ou oito pessoas de sexos opostos no mesmo local à mesma hora no mesmo dia. O que mais é o generalato senão isso, Hirst? O que mais fez Wellington no campo de Waterloo? É como contar os cascalhos de um caminho tedioso, mas não difícil.

Hewet estava sentado em seu quarto, uma perna sobre o braço da cadeira, e Hirst escrevia uma carta diante dele. Hirst apontou rapidamente todas as dificuldades que ainda restavam.

– Por exemplo, aqui há duas mulheres que você nunca viu. Imagine que uma delas tenha medo de altura, como minha irmã, e a outra...

– Ah, as mulheres ficam com você – interrompeu Hewet. – Eu as convidei só por sua causa. O que você quer, Hirst, você sabe, é companhia de jovens da sua idade. Não sabe como lidar com mulheres, o que é um grande defeito, levando em conta que metade do mundo consiste em mulheres.

Hirst murmurou que estava bem consciente disso...

Mas a complacência de Hewet esfriou um pouco quando ele caminhou com Hirst para o local onde tinham combinado uma reunião geral. Ficou imaginando por que convidara essas pessoas e o que realmente esperava daquele agrupamento de gente.

– Vacas – refletiu ele – reunidas num campo; navios numa calmaria; e nós somos exatamente a mesma coisa quando não temos nada mais a fazer. Mas por que fazemos?... para evitar enxergarmos o fundo das coisas – ele parou junto de um regato e começou a remexer nele com sua bengala, sujando a água com lama –, fazendo cidades e montanhas e universos inteiros do nada, ou realmente amamos uns aos outros, ou de outro modo, vivemos num estado de perpétua incerteza, não sabendo nada, saltando de momento em momento como de mundo em mundo?... o que é, de modo geral, a opinião para a qual eu me inclino.

Ele saltou sobre o riacho; Hirst rodeou-o e juntou-se a ele, comentando que há muito cessara de procurar a razão de qualquer ação humana.

Quase um quilômetro adiante, chegaram a um grupo de plátanos e à casa de fazenda cor de salmão junto da torrente que fora escolhida como local de encontro. Era um lugar sombreado, localizado convenientemente, onde o morro emergia da planura. Entre os esguios troncos dos plátanos, os rapazes podiam ver pequenos grupos de burricos pastando e uma mulher alta esfregando o focinho de um deles enquanto outra se ajoelhava junto da torrente, bebendo água das mãos em concha.

Quando eles entraram naquela sombra, Helen ergueu os olhos e estendeu a mão.

– Tenho de me apresentar. Sou Sra. Ambrose.

Depois de se darem as mãos, ela disse:

– E esta é minha sobrinha.

Rachel aproximou-se, desajeitada. Estendeu a mão, mas retirou-a.

– Está toda molhada – disse.

Mal tinham trocado algumas palavras, apareceu a primeira carruagem. Os burricos foram postos rapidamente em posição, e chegou a segunda carruagem. Aos poucos o bosquezinho encheu-se de gente – os Elliot, os Thornbury, Sr. Venning e Susan, Srta. Allan, Evelyn Murgatroyd e Sr. Perrott. Sr. Hirst fez o papel de cão pastor com voz enérgica e rouca. Com algumas palavras em latim cáustico comandou os animais e, inclinando um ombro anguloso, ajudou as damas a subir.

– O que Hewet não conseguiu entender – comentou – é que temos de começar a subida antes do meio-dia. – Ele estava ajudando uma jovem dama chamada Evelyn Murgatroyd enquanto falava. Ela se alçou até seu assento, leve como uma bolha. Com uma pluma balouçando de um chapéu de abas largas, vestida de branco da cabeça aos pés, parecia uma galante dama do tempo de Carlos I liderando tropas reais para ação.

– Cavalguem comigo – comandou ela; e assim que Hirst saltou no lombo de uma mula os dois partiram, liderando a cavalgada.

– Não me chame de Srta. Murgatroyd. Odeio isso. Meu nome é Evelyn. Qual é o seu?

– St. John – disse ele.

– Gosto dele – disse Evelyn. – E qual o nome do seu amigo?

– Suas iniciais são R.S.T., por isso nós o chamamos de Monge – disse Hirst.

– Ah, vocês são espertíssimos – disse ela. – Para que lado? Apanhe um galho para mim. Vamos num galope leve.

Ela deu um golpe breve em seu burrico com um raminho e avançou. A carreira plena e romântica de Evelyn Murgatroyd é melhor descrita em suas próprias palavras: "Chame-me de Evelyn e eu chamarei você de St. John". Ela dissera aquilo com uma leve provocação – seu sobrenome bastava; mas, embora muitos rapazes já lhe tivessem respondido com bastante humor, ela continuou dizendo aquilo sem escolher nenhum. Mas seu burrico começou a trotar mais forte, e ela teve de avançar sozinha, pois a trilha, quando começou a subir uma das cristas do morro, tornava-se estreita e cheia de pedras. A cavalgada avançava em espiral como uma lagarta cheia dos tufos dos guarda-sóis brancos das senhoras e dos chapéus-panamá dos cavalheiros. A certa altura onde o solo se erguia bem íngreme, Evelyn M. saltou do seu animal, jogou as rédeas para o rapazinho nativo e disse a St. John Hirst que também desmontasse. Seu exemplo foi seguido por aqueles que sentiam necessidade de esticar as pernas.

– Não vejo nenhuma necessidade de descer – disse Srta. Allan à Sra. Elliot logo atrás dela. – Levando em conta a dificuldade que tive de subir.

– Esses burricos aguentam qualquer coisa, *n'est-ce pas?* – disse Sra. Elliot ao guia, que inclinou a cabeça obsequiosamente.

– Flores – disse Helen, parando para apanhar as lindas florezinhas coloridas que cresciam isoladamente, aqui e ali. – É só beliscar as folhas, e elas começam a soltar seu perfume – disse ela depositando uma no joelho de Srta. Allan.

– Já não nos encontramos antes? – perguntou a Srta. Allan, olhando para ela.

– Eu achava que sim – Helen riu, pois na confusão do encontro não tinham sido apresentadas.

– Que coisa boa! – gorjeou Sra. Elliot. – É o que todos sempre gostariam de fazer... só que infelizmente não é possível.

– Não é possível? – disse Helen. – Tudo é possível. Quem sabe o que pode acontecer antes que a noite caia? – continuou ela, zombando da timidez da pobre senhora, que dependia tão implicitamente das coisas certinhas, que o mero vislumbre de um mundo onde por acaso se pudesse omitir o jantar ou remover a mesa uma polegada do seu lugar costumeiro enchia-a de receio por sua própria estabilidade.

Subiram mais e mais alto, e ficaram separados do mundo. O mundo, quando se viraram para olhar para trás, achatava-se e se estendia, marcado por retângulos de um verde e cinza tênues.

– As cidades são muito pequenas – comentou Rachel, tapando Santa Marina e seus subúrbios com uma das mãos. O mar enchia suavemente todos os ângulos da costa, quebrando-se num rufo branco, e aqui e ali navios estavam firmemente instalados naquele azul. O mar era manchado de púrpura e verde, e havia uma linha cintilante na beirada onde ele encontrava o céu. O ar era muito claro e silencioso, exceto pelo ruído agudo dos gafanhotos e o zumbido das abelhas, que soava alto no ouvido quando disparavam perto das pessoas e sumiam. O grupo parou e sentou-se por algum tempo numa grande pedra na encosta do morro.

– Espantosamente claro – exclamou St. John, identificando um local após o outro na paisagem.

Evelyn M. sentava-se a seu lado, apoiando o queixo na mão. Observava a paisagem com certo ar de triunfo.

– Não acha que Garibaldi pode ter estado aqui em cima? – perguntou a Sr. Hirst. Ah, se ela tivesse sido a noiva dele! Se, em vez de um grupo fazendo um piquenique, aquele fosse um grupo de patriotas, e ela, de camisa vermelha como o resto, estivesse entre homens ferozes deitada sobre a selva, apontando sua arma para os torreões brancos abaixo, estreitando os olhos para espreitar através da fumaça! Pensando assim, seu pé remexia-se inquieto, e ela exclamou:

– Não chamo isso de vida, você chama?

– O que chama de vida? – perguntou St. John.

– Luta... revolução – disse ela, ainda contemplando a cidade condenada. – Sei que você só se interessa por livros.

– Está bem enganada – disse St. John.

– Explique – insistiu ela, pois não havia armas para serem apontadas a corpos, e ela se voltava para outro tipo de guerra.

– Que coisas me interessam? – disse ele. – Gente.

– Bem, estou surpresa! – exclamou ela. – Você parece tão terrivelmente sério. Vamos ser amigos e contar um ao outro como somos. Odeio ser cautelosa, e você?

Mas St. John era decididamente cauteloso, como ela podia ver pela súbita constrição dos seus lábios, e não pretendia revelar sua alma a uma moça.

– O asno está comendo o meu chapéu – comentou ele e estendeu a mão para apanhá-lo em vez de lhe responder. Evelyn corou um pouco e depois virou-se com certo ímpeto para Sr. Perrott; quando montaram de novo, foi ele quem a ajudou a subir na sela.

– Quem botou os ovos que coma a omelete – disse Hughling Elliot, em francês, perfeito ensinamento aos outros, de que estava na hora de cavalgarem novamente.

O sol do meio-dia, que Hirst predissera, começava a cair escaldante sobre eles. Quanto mais subiam, mais o céu se abria, até que a montanha não era mais que uma pequena tenda de terra diante de um enorme fundo azul. Os ingleses ficaram calados; os nativos que caminhavam ao lado dos burricos irromperam em estranhas canções ondulantes e trocavam piadas entre si. O caminho ficava muito íngreme, e cada cavaleiro mantinha os olhos fixos na forma encurvada do cavaleiro e do burrico logo a sua frente. Seus corpos estavam sendo submetidos a mais tensão do que é legítimo num passeio de prazer, e Hewet escutou um ou dois comentários um tanto mal-humorados.

– Talvez não seja muito sábio fazer excursões com este calor – murmurou Sra. Elliot para Srta. Allan.

Mas Srta. Allan respondeu:

– Eu sempre gosto de chegar ao topo. – E era verdade, embora fosse uma mulher grande de juntas rígidas e não acostumada a montar em burricos, mas, como suas férias eram poucas, aproveitava-as ao máximo.

A animada figura branca cavalgava bem na frente; de alguma forma conseguira apossar-se de um galho folhudo e enrolara-o no chapéu como uma grinalda. Prosseguiram em silêncio por alguns minutos.

– A vista vai ser maravilhosa – assegurou-lhes Hewet, virando-se na sela e sorrindo encorajadoramente. Rachel encontrou seu olhar e sorriu também. Persistiram por mais algum tempo, e nada se escutava senão o tropel dos cascos nas pedras soltas. Então viram que Evelyn desmontara do seu animal e que Sr. Perrott estava parado na atitude de um estadista na Parliament Square, estendendo um braço de pedra para a paisagem. Um pouco à esquerda deles havia um muro baixo em ruínas, restos de uma torre de vigia elisabetana.

– Eu não teria aguentado muito mais tempo – confidenciou Sra. Elliot a Sra. Thornbury, mas a excitação de estar no topo dentro de um instante vendo a paisagem impediu os demais de responderem. Um depois do outro, saíram todos para o espaço plano no topo e pararam ali, tomados de admiração. Contemplavam um espaço imenso diante deles – areias cinzentas transformando-se em floresta, floresta fundindo-se em montanhas e montanhas lavadas pelo ar – as infinitas distâncias da América do Sul. Um rio cruzava a campina, plano como a terra e parecendo parado. O efeito de tanto espaço era bastante assustador no começo. Sentiram-se muito pequenos, e por algum tempo ninguém disse nada. Evelyn então exclamou:

– Esplêndido! – E pegou a mão de quem estava mais próximo; por acaso, era a mão de Srta. Allan.

– Norte... Sul... Leste... Oeste... – disse Srta. Allan entortando a cabeça de leve na direção dos pontos cardeais.

Hewet, que fora um pouco à frente, ergueu os olhos para seus convidados como para se justificar por tê-los trazido. Observou como as pessoas paradas em fila com o corpo levemente inclinado para a frente e suas roupas amassadas pelo vento revelando o contorno de seus corpos pareciam, estranhamente, estátuas nuas. No seu pedestal de terra, pareciam pouco familiares e nobres, mas em outro momento já haviam rompido aquela ordem e ele teve de cuidar da comida. Hirst veio em seu auxílio, e passaram de um para outro pacotes de frango e pão.

Quando St. John deu a Helen o seu embrulho, ela o fitou direto nos olhos e disse:

– O senhor recorda... duas mulheres?
– Lembro.
– Então são vocês as duas mulheres! – exclamou Hewet, olhando de Helen para Rachel.
– As suas luzes nos tentaram – disse Helen. – Observamos enquanto jogavam cartas, mas não sabíamos que estávamos sendo observadas.
– Era como um jogo – acrescentou Rachel.
– E Hirst não conseguiu descrevê-las – disse Hewet.

Era certamente estranho ter visto Helen e não ter nada a dizer a respeito dela.

Hughling Elliot botou seu monóculo e entendeu a situação.

– Não sei de nada mais terrível – disse, puxando uma coxa de galinha – do que ser visto quando não se tem consciência disso. Sente-se que se foi apanhado fazendo alguma coisa ridícula... por exemplo, olhando a própria língua num cabriolé.

Os outros cessaram de contemplar a paisagem e, reunindo-se, sentaram-se em círculo em torno das cestas.

– Mas aqueles espelhinhos nos cabriolés têm uma fascinação própria – disse Sra. Thornbury. – Nossos traços parecem tão diferentes quando só se pode ver um pedaço deles.
– E em breve vão restar poucos cabriolés – disse Sra. Elliot.
– E carruagens de quatro rodas... até em Oxford, acreditem, é quase impossível conseguir uma.
– Fico pensando o que será dos cavalos – disse Susan.
– Pastelão de vitela – disse Arthur.
– Está mais do que na hora de se acabar com os cavalos – disse Hirst. – São terrivelmente feios, além de serem malvados.

Mas Susan, que fora educada acreditando que cavalos são as mais nobres criaturas de Deus, não pôde concordar, e Venning achou Hirst um verdadeiro imbecil, mas era educado demais para interromper a conversa.

– Quando nos virem caindo dos aeroplanos, espero que retomem alguns dos cavalos – disse ele.

– O senhor voa? – disse o velho Sr. Thornbury, botando os óculos para vê-lo.

– Espero voar, um dia – disse Arthur.

Então discutiram longamente sobre aviões, e Sra. Thornbury deu uma opinião que foi quase um discurso sobre o fato de que em tempos de guerra eles seriam necessários, e na Inglaterra estávamos terrivelmente atrasados.

– Se eu fosse um rapaz – concluiu ela –, eu certamente me prepararia. – Era esquisito ver aquela dama baixinha, idosa, em seu casaco e saia cinzentos, com um sanduíche na mão, olhos iluminados de entusiasmo, imaginando-se um rapaz num avião. Mas, por algum motivo, depois disso a conversa não fluía com facilidade, só se falava sobre a bebida, o sal e a paisagem. De repente Srta. Allan, sentada de costas contra o muro em ruínas, largou seu sanduíche, tirou algo do pescoço e comentou:

– Estou coberta de uns bichinhos.

Era verdade, e a descoberta foi bem-vinda. As formigas despejavam uma mantinha de terra solta entre as pedras da ruína, grandes formigas castanhas com corpos lustrosos. Ela colocou uma nas costas da sua mão para Helen olhar.

– Será que picam? – perguntou Helen.

– Não picam, mas podem infestar a comida – disse Srta. Allan. E medidas foram tomadas para afastar as formigas do seu curso. Por sugestão de Hewet, decidiram adotar os métodos de guerra moderna contra um exército invasor. A toalha da mesa representava o país invadido, e ao redor dela construíram barricadas de cestas, ajeitaram as garrafas de vinho como uma muralha, fizeram fortificações de pão e cavaram fossos de sal. Quando uma formiga passava por ali, era exposta a fogo cerrado de migalhas de pão, até que Susan declarou que aquilo era cruel e premiou aqueles espíritos corajosos com despojos em forma de língua. Nesse jogo perderam seu formalismo até se tornarem inusitadamente ousados, pois Sr. Perrott, que era muito tímido, disse "com licença" e retirou uma formiga do pescoço de Evelyn.

– Não seria para risadas, realmente – disse Sra. Elliot confidencialmente para Sra. Thornbury –, se uma formiga conseguisse meter-se entre a camiseta e a pele.

O alarido de repente ficou mais forte porque descobriram que uma longa fileira de formigas subira na toalha de mesa por uma entrada nos fundos, e se o sucesso pudesse ser medido por ruído, Hewet tinha todos os motivos para julgar sua expedição um sucesso. Mesmo assim, sem nenhum motivo, ficou profundamente deprimido.

Não são satisfatórios; são ignóbeis, pensou, analisando os convidados de certa distância, onde estava juntando os pratos. Lançou uma olhada em todos eles, inclinando-se e balançando, gesticulando em torno da toalha de mesa. Amáveis e modestos, respeitáveis em muitas maneiras, amáveis mesmo em sua satisfação e desejo de serem bondosos, como eram medíocres todos eles, capazes de insípidas maldades uns contra os outros! Havia Sra. Thornbury, doce mas banal no seu egoísmo maternal; Sra. Elliot, eternamente queixando-se de sua sorte; seu marido um zero à esquerda; e Susan, que não tinha personalidade e não contava; Venning era tão honesto e brutal quanto um menino de colégio; pobre velho Thornbury, apenas trotava em círculos como um asno num moinho; e quanto menos se investigasse o caráter de Evelyn, melhor, suspeitava ele. Mas eram pessoas com dinheiro, e a eles mais que a outros se entregava o governo do mundo. Ponha-se entre eles alguém mais vital, que se interessasse pela vida e pela beleza, e que agonia, que perda lhe causariam se tentasse dividir isso com eles e não os criticar!

"Aqui está, Hirst", concluiu ele, chegando à figura do amigo; com sua habitual ruga de concentração na testa, ele descascava uma banana. "E é feio como o pecado". Pois julgava a feiura de St. John Hirst, e as limitações que ela trazia, de certa forma, responsáveis pelo resto. Era culpa delas que tivesse de viver sozinho. Então chegou a Helen, atraído pelo som do seu riso. Ela ria com Srta. Allan.

— Usa combinação nesse calor? — disse ela num tom de voz que pretendia ser particular.

Ele gostava imensamente da sua aparência, não tanto da sua beleza, mas do seu tamanho e simplicidade, que a destacavam do resto como uma grande mulher de pedra, e tornou-se mais gentil. Seu olho caiu sobre Rachel. Estava deitada um tanto atrás dos outros, repousando num cotovelo; podia estar pensando exatamente os mesmos pensamentos de Hewet. Seus olhos fixavam-se tristes, mas não sérios, na fila de pessoas à sua frente. Hewet foi até ela de joelhos, com um pedaço de pão na mão.

— O que está olhando? — perguntou ele.

Ela ficou um pouco espantada, mas respondeu com franqueza:

— Seres humanos.

11

Um a um, todos ergueram-se e esticaram-se; em poucos minutos dividiram-se em dois grupos mais ou menos separados. Um deles era dominado por Hughling Elliot e Sra. Thornbury, que, tendo lido os mesmos livros e analisado as mesmas questões, agora estavam ansiosos por dar o nome aos lugares ali embaixo e pendurar neles montes de informações sobre armadas e exércitos, partidos políticos, nativos e produtos minerais – tudo junto, diziam, para provar que a América do Sul era o território do futuro.

Evelyn M. escutava, com seus brilhantes olhos azuis fixos naqueles sábios.

– Como isso me faz desejar ser homem! – exclamou.

Sr. Perrott respondeu, contemplando a planície, que uma terra com futuro era uma bela coisa.

– Se eu fosse você – disse Evelyn voltando-se para ele e puxando a luva pelos dedos com veemência –, eu reuniria uma tropa, conquistaria algum grande território e o tornaria esplêndido. Precisariam de mulheres para isso. Eu adoraria iniciar uma vida bem do começo, como deveria ser... nada medíocre... com grandes salões e jardins e homens e mulheres esplêndidos. Mas vocês... vocês só gostam de Tribunais de Justiça!

– E a senhorita realmente se contentaria sem belas saias, sem doces e todas as coisas de que as jovens damas gostam? – perguntou Sr. Perrott, escondendo certa dor sob o jeito irônico.

– Eu não sou uma jovem dama – respondeu Evelyn bruscamente e mordeu o lábio inferior. – O senhor ri de mim só porque gosto de coisas esplêndidas. Por que não existem hoje em dia homens como Garibaldi?

– Olhe aqui – disse Sr. Perrott –, a senhorita não me dá uma chance. Acha que devíamos recomeçar tudo do início. Tudo bem. Mas não vejo bem... conquistar um território? Já foram todos conquistados, não foram?

– Não se trata de nenhum território em particular – explicou Evelyn. – É a ideia, não está vendo? Levamos vidas tão monótonas. E tenho certeza de que o senhor tem coisas esplêndidas dentro de si.

Hewet viu as cicatrizes e covas no rosto astuto de Sr. Perrott relaxarem pateticamente. Podia imaginar os cálculos que ele fazia sobre dever ou não pedir uma mulher em casamento, levando em conta que não ganhava mais do que 500 libras ao ano no Tribunal, não tinha bens pessoais e sustentava uma irmã inválida. Sr. Perrott soube mais uma vez que não era "muito", como Susan afirmou em seu diário; não muito cavalheiro, queria dizer ela, pois era filho de um dono de mercearia em Leeds, começara a vida com um cesto nas costas, e agora, embora praticamente não se distinguisse de cavalheiros natos, mostrava sua origem para olhos penetrantes através do impecável asseio da roupa, das maneiras inibidas, da extrema limpeza pessoal e certa indescritível precisão e timidez com garfo e faca, que podiam ser resquícios de dias em que carne era coisa rara, e o jeito de lidar com ela nada escrupuloso.

Os dois grupos que passeavam por ali e perdiam sua unidade reuniram-se e ficaram olhando longamente as manchas amarelas e verdes da paisagem escaldante lá embaixo. O ar quente dançava sobre ela, impedindo-os de verem nitidamente os telhados de uma aldeia na planície. Até no topo da montanha, onde a brisa soprava leve, estava muito quente; o calor, a comida, o espaço imenso e talvez alguma causa menos definida produziam uma confortável sonolência e uma sensação de relaxamento feliz. Não diziam muita coisa, mas também não sentiam constrangimento no silêncio.

– Que tal irmos ver o que pode ser visto lá de cima? – disse Arthur a Susan, e o par saiu andando junto, sua partida certamente dando aos outros um frêmito de emoção.

– Turma esquisita, não é? – disse Arthur. – Achei que jamais conseguiríamos trazer todos até o topo. Mas estou contente por termos vindo, meu Deus! Eu não teria perdido isso por nada no mundo.

– Não gosto de Sr. Hirst – disse Susan, inconsequente. – Acho que é muito inteligente, mas porque pessoas inteligentes são tão... na verdade, imagino que ele seja incrivelmente simpático – acrescentou, abrandando instintivamente o que poderia ter sido um comentário pouco bondoso.

– Hirst? Ah, ele é um desse caras cultos – disse Arthur com indiferença. – Não parece estar se divertindo nada. Devia ouvi-lo falar com Elliot. É o máximo que posso fazer para seguir suas conversas... Nunca fui muito bom com os livros.

Com essas frases e pausas, chegaram a um pequeno outeiro sobre o qual cresciam várias árvores esguias.

– Não se importa de nos sentarmos aqui? – disse Arthur, olhando em torno. – É gostoso na sombra... e a vista... – Sentaram-se e olharam para a frente, quietos por algum tempo.

– Mas às vezes eu invejo esses sujeitos inteligentes – comentou Arthur. – Não creio que já... – ele não concluiu a frase.

– Não vejo por que os invejaria – disse Susan com grande sinceridade.

– Acontecem coisas esquisitas com a gente – disse Arthur. – A gente vai andando muito bem, uma coisa depois da outra, tudo muito bom e calmo, pensando que sabe de tudo, e de repente não se sabe mais o que acontece, tudo parece diferente do que costumava ser. Hoje mesmo, subindo aquela trilha, cavalgando atrás da senhorita, pareceu que eu via tudo como se... – ele fez uma pausa e arrancou pela raiz um punhado de capim. Tirou os torrõezinhos de terra presos nas raízes como se isso tivesse algum tipo de significado. – A senhorita fez a diferença para mim – explodiu ele. – Não vejo por que eu não deveria lhe dizer. Senti isso desde que a conheci... É porque eu amo você.

Mesmo enquanto diziam banalidades, Susan estivera consciente da excitação da intimidade, que parecia não apenas estar dentro dela, mas nas árvores, no céu, e o rumo da fala dele, que parecia inevitável, era positivamente doloroso para ela, pois nenhum ser humano se aproximara tanto dela até então.

Susan ficou subitamente paralisada enquanto ele continuava falando, e seu coração deu grandes saltos isolados nas últimas palavras dele. Sentava-se com dedos enroscados em torno de uma pedra, olhando em frente, montanha abaixo, para a planície. Então realmente acontecera, estava sendo pedida em casamento.

Arthur olhou para ela; seu rosto estava estranhamente retorcido. Ela respirava com tanta dificuldade que quase não conseguiu responder.

– Você podia ter sabido. – Ele a pegou nos braços; abraçaram-se várias vezes murmurando coisas inarticuladas.

– Bem – suspirou Arthur sentando-se novamente –, essa é a coisa mais maravilhosa que já me aconteceu. – Parecia estar tentando colocar coisas vistas num sonho junto de coisas reais.

Houve um demorado silêncio.

– É a coisa mais perfeita do mundo – afirmou Susan, muito docemente e com grande convicção. Não era mais apenas uma proposta de casamento, mas casamento com Arthur, por quem estava apaixonada.

No silêncio que se seguiu, segurando a mão dele com firmeza, ela rezou para que Deus a fizesse uma boa esposa para ele.

– E o que vai dizer Sr. Perrott? – perguntou ela no fim.

– Bom velho – disse Arthur que, passado o primeiro choque, relaxava numa enorme sensação de prazer e satisfação. – Temos de ser muito bons com ele, Susan.

Ele lhe contou como fora a vida de Perrott e como era absurdamente devotado ao próprio Arthur. Passou a falar-lhe sobre sua mãe, uma viúva de caráter forte. Susan, em contrapartida, esboçou os retratos de sua própria família – Edith em especial, sua irmã mais moça, a quem amava mais do que a qualquer outra pessoa.

– Exceto você, Arthur... – prosseguiu. – Arthur, qual a primeira coisa de que você gostou em mim?

– Uma fivela que usou certa noite no mar – disse Arthur depois de pensar devidamente. – Lembro-me de ter notado... é uma coisa absurda de se notar!... que você não comeu ervilhas porque eu também não as comi.

A partir dali passaram a comparar seus gostos mais sérios, ou antes Susan quis saber do que Arthur gostava, e dizia gostar imensamente da mesma coisa. Viveriam em Londres, talvez tivessem um *cottage* no campo perto da família de Susan, pois achariam estranho sem ela no começo. Sua mente, a princípio paralisada, agora voava para as várias mudanças que seu noivado traria. Como seria delicioso partilhar das fileiras das mulheres casadas; não ter mais de andar com mocinhas muito mais novas que ela; escapar da longa solidão de uma vida de solteirona. Vez por outra ficava dominada pela sua boa sorte e virava-se para Arthur com uma exclamação de amor.

Deitaram-se um nos braços do outro e não tiveram noção de estarem sendo observados. Mas de repente apareceram duas figuras entre as árvores acima deles.

– Aqui há sombra – começou Hewet, quando Rachel de repente parou, imobilizada. Viram um homem e uma mulher deitados no chão abaixo deles, rolando de leve de um lado para o outro à medida que o braço se apertava ou relaxava. O homem então sentou-se e a mulher, que agora parecia ser Susan Warrington, deitava-se de costas no solo, olhos fechados e um ar absorto no rosto, como se não estivesse inteiramente consciente.

Nem se podia ver, pela sua expressão, se estava feliz ou se sofrera alguma coisa. Quando Arthur se virou para ela outra vez, dando cabeçadinhas nela como um cordeirinho numa ovelha, Hewet e Rachel recuaram sem dizer nada. Hewet sentia-se desconfortavelmente tímido.

– Não gosto disso – disse Rachel um instante depois.

– Também não lembro de gostar disso – disse Hewet. – Recordo... – mas mudou de ideia e continuou num tom de voz comum: – Bem, acho que podemos acreditar que estão noivos. Acha que ele vai embora ou que ela vai pôr um fim nisso?

Mas Rachel ainda estava agitada; não conseguia desviar-se do que acabara de ver. Em vez de responder a Hewet, ela persistia:

– O amor é uma coisa esquisita, não é? Faz o coração da gente disparar.

– É tão imensamente importante, você sabe – respondeu Hewet. – Agora as vidas deles mudaram para sempre.

– E a gente também fica com pena deles – continuou Rachel, como se estivesse seguindo o curso de suas emoções. – Não conheço nenhum deles, mas estou quase chorando. Coisa boba, não é?

– Só porque estão apaixonados – disse Hewet. – Sim – acrescentou depois de refletir um momento –, há alguma coisa terrivelmente patética nisso tudo, concordo.

E agora, quando tinham caminhado um trajeto do bosquezinho chegando a uma concavidade arredondada e convidativa, sentaram-se, e a visão dos namorados foi perdendo sua intensidade, embora continuassem enxergando tudo de maneira muito forte, talvez ainda resultado do que tinham visto. Como um dia no qual se reprimiu muita emoção é diferente de outros dias, aquele dia agora era diferente, apenas porque tinham visto outras pessoas numa crise de suas vidas.

– Podiam ser um grande acampamento de tendas – disse Hewet, olhando em frente, para as montanhas. – Também é como numa aquarela... sabe como a aquarela seca em riachinhos por todo o papel... andei pensando em como seriam.

Seus olhos ficaram sonhadores, como se estivessem comparando coisas, e sua cor recordou a Rachel a carne verde de uma lesma. Ela sentava-se ao lado dele, olhando as montanhas também. Quando se tornou doloroso continuar olhando a grande vastidão da paisagem parecendo aumentar os olhos dela além do limite natural, ela fitou o chão; gostava de perscrutar cada polegada do solo da América do Sul, tão minuciosamente que notava cada grão de terra e o transformava num mundo no qual ela tinha o poder supremo. Dobrou uma folha de capim, empurrou um inseto até a sua extremidade, ficou imaginando se o inseto entendia sua estranha aventura e pensou como era estranho ter dobrado essa folha de capim em vez de qualquer outra dos milhões de folhas que existiam.

– Você não me disse seu nome – disse Hewet de repente. – Srta. Alguém Vinrace... Gosto de saber os nomes das pessoas.

– Rachel – respondeu ela.

– Rachel. Tenho uma tia Rachel que pôs em verso a vida do padre Damião. Ela é uma fanática religiosa... resultado do modo como foi criada em Northamptonshire, sem jamais ver ninguém. Você tem tias?

– Eu moro com elas – disse Rachel.

– O que estarão fazendo agora? – perguntou Hewet.

– Provavelmente comprando lã – determinou Rachel, e tentou descrevê-las. – São mulheres pequenas, bastante pálidas, muito limpas. Moramos em Richmond. Elas também têm um cachorro velho que come só tutano de ossos... Estão sempre indo à igreja. E arrumam um bocado suas gavetas. – Mas nisso ela foi dominada pela dificuldade de descrever pessoas. – É impossível acreditar que tudo isso ainda continue! – exclamou ela.

O sol estava atrás deles e duas longas sombras de repente jaziam na terra à frente deles, uma agitada porque era formada por uma saia, a outra quieta porque lançada por um par de pernas em calças.

– Vocês parecem estar muito confortáveis aí! – disse a voz de Helen acima deles.

— Hirst — disse Hewet, apontando a sombra em forma de tesoura; então aproximou-se e ergueu os olhos para eles. — Aqui há lugar para todos nós.

Quando Hirst estava sentado confortavelmente, perguntou:

— Vocês parabenizaram o jovem casal?

Parecia que, vindos do mesmo lugar poucos minutos depois de Hewet e Rachel, Helen e Hirst tinham visto exatamente a mesma coisa.

— Não, não os parabenizamos — disse Hewet. — Pareciam muito felizes.

— Bem — disse Hirst torcendo os lábios —, desde que eu não precise me casar com nenhum deles...

— Ficamos muito comovidos — disse Hewet.

— Imaginei que ficariam — disse Hirst. — Qual foi, Monge? A ideia das paixões imortais ou a ideia de machos recém-nascidos para manterem afastados os católicos romanos? Acredite — disse ele a Helen —, ele é capaz de comover-se com qualquer uma das duas coisas.

Rachel ficou bastante chocada com a troça dele, que sentiu estar dirigida igualmente aos dois, mas não conseguiu pensar em nenhuma resposta.

— Nada comove Hirst — riu Hewet; não parecia aborrecido. — A não ser que fosse um número transfinito apaixonando-se por um finito... acho que essas coisas acontecem, mesmo na matemática.

— Ao contrário — disse Hirst com um toque de desgosto —, eu me considero uma pessoa de paixões muito intensas. — Estava claro, pelo seu jeito de falar, que falava sério; naturalmente por causa das damas.

— Por falar nisso, Hirst — disse Hewet depois de uma pausa —, tenho de fazer uma terrível confissão. Seu livro, os poemas de Wordsworth, que peguei em sua mesa quando estávamos partindo e certamente botei no meu bolso...

— Perdeu-se — concluiu Hirst em lugar dele.

— Acho que ainda há uma chance — disse Hewet, batendo no próprio corpo à direita e à esquerda — de que afinal eu nem o tenha pegado.

— Não — disse Hirst. — Está aqui. — Apontou para o peito.

— Graças a Deus — exclamou Hewet. — Não me sinto mais como se tivesse assassinado uma criança!

— Imagino que viva perdendo suas coisas — comentou Helen, fitando-o pensativamente.

— Não perco as coisas — disse Hewet. — Eu as coloco fora do lugar. Por isso Hirst se recusou a partilhar a minha cabine na viagem.

— Vocês vieram juntos? — indagou Helen.

— Proponho que cada membro deste grupo agora dê um breve esboço autobiográfico de si mesmo ou de si mesma — disse Hirst, sentando-se ereto. — Srta. Vinrace, a senhorita primeiro; comece.

Rachel disse que tinha 24 anos, era filha de um dono de navios, nunca recebera instruções adequadas; tocava piano, não tinha irmãos nem irmãs e vivia em Richmond com tias, pois sua mãe morrera.

— Seguinte — disse Hirst depois de ouvir esses fatos; apontou para Hewet.

— Sou filho de um cavalheiro inglês. Tenho 27 anos — começou Hewet. — Meu pai era um nobre rural que caçava raposas. Morreu quando eu tinha dez anos. Lembro-me de trazerem seu corpo para casa, acho que numa maca, exatamente quando eu estava descendo para o chá, e de notar que havia geleia para o chá e de imaginar se me permitiriam...

— Sim; mas queremos os fatos — interrompeu Hirst.

— Fui educado em Winchester e Cambridge, que tive de abandonar depois de algum tempo. Desde então fiz muitas coisas...

— Profissão?

— Nenhuma. Pelo menos...

— Gostos?

— Literário. Estou escrevendo um romance.

– Irmãos e irmãs?

– Três irmãs, nenhum irmão, e a mãe.

– É só isso que vamos saber a seu respeito? – disse Helen. Ela revelou que era muito velha, fez 40 em outubro passado, e que seu pai fora advogado na cidade, mas falira, por isso ela nunca recebera muita instrução... viviam num lugar, depois noutro... mas seu irmão mais velho costumava emprestar-lhe livros.

– Se eu fosse lhes contar tudo... – ela parou e sorriu. – Levaria tempo demais – concluiu. – Casei-me com 30 anos e tenho dois filhos. Meu marido é um intelectual. E agora... é sua vez – ela acenou com a cabeça para Hirst.

– A senhora deixou muita coisa de fora – censurou ele. – Meu nome é St. John Alaric Hirst – começou num tom de voz animado. – Tenho 24 anos, sou filho do Reverendo Sidney Hirst, vigário do Great Wappyng em Norfolk. Ah, recebi bolsas de estudo por toda parte, Westminster, King's. Agora sou bolsista na King's. Não sou terrível? Ambos os pais vivos (que pena). Dois irmãos e uma irmã. Sou um jovem muito distinto – acrescentou.

– Um dos três, ou serão cinco, homens mais distintos da Inglaterra – comentou Hewet.

– Correto – disse Hirst.

– Tudo isso é muito interessante – disse Helen depois de uma pausa. – Mas naturalmente deixamos de fora as únicas questões importantes. Por exemplo, somos cristãos?

– Eu não sou – responderam os dois rapazes.

– Eu sou – declarou Rachel.

– E acredita num Deus pessoal? – perguntou Hirst, virando-se e fitando-a com seus óculos.

– Eu acredito... eu acredito... – gaguejou Rachel. – Acredito que há coisas que não sabemos e que o mundo poderia mudar num minuto e aparecer alguma coisa.

Helen riu sinceramente disso.

– Bobagem – disse ela. – Você não é cristã. Nunca pensou no que é. E há muitas outras perguntas, embora talvez não se possa fazê-las ainda. – Embora tivessem falado tão livremente, todos estavam desconfortavelmente conscientes de que realmente nada sabiam uns dos outros.

– As questões importantes – ponderou Hewet –, as realmente interessantes. Duvido de que a gente jamais as faça.

Rachel, que aceitava lentamente o fato de que só muito poucas coisas podem ser ditas mesmo por pessoas que se conhecem bem, insistiu em saber o que ele queria dizer com aquilo...

– Se estamos apaixonados? – perguntou ela. – É esse o tipo de pergunta a que se refere?

Helen riu dela novamente, jogando-lhe brandamente punhados daquele capim de talos longos, por ser tão corajosa e tão tola.

– Ah, Rachel – gritou ela –, ter você conosco é como ter um cachorrinho na casa... um cachorrinho que traz as nossas roupas de baixo para a sala.

Mas novamente a terra ensolarada diante deles foi varada de fantásticas figuras ondulantes, sombras de homens e mulheres.

– Aí estão eles! – exclamou Sra. Elliot. Havia um toque de mau humor na sua voz. – E procuramos tanto por vocês. Sabem que horas são?

Sra. Elliot e Sr. e Sra. Thornbury os enfrentaram. Sra. Elliot estendia seu relógio e tamborilava com os dedos jocosamente o mostrador. Hewet lembrou que era responsável por aquele passeio e imediatamente os conduziu de volta à torre de vigia, onde tomariam chá antes de voltarem para casa. Um lenço vermelho brilhante flutuava no topo do muro; Sr. Perrott e Evelyn o estavam amarrando numa pedra quando os outros apareceram. O calor mudara a ponto de se sentarem ao sol em vez de se fixarem à sombra, e ainda estava quente o suficiente para pintar seus rostos de vermelho e amarelo, e colorir grandes fatias de terra lá embaixo.

– Não há nada tão bom quanto uma xícara de chá! – disse Sra. Thornbury, pegando sua taça.

– Nada – disse Helen. – Recorda-se de quando criança ter mastigado feno – ela falava bem mais depressa do que de costume e mantinha os olhos fixos em Sra. Thornbury –, fingindo que era chá, e ter sido censurada pelas babás? Não posso imaginar por quê, exceto que babás são brutas, não permitem pimenta em vez de sal, embora não haja o menor mal nisso. Suas babás não eram exatamente a mesma coisa?

Durante esse discurso, Susan chegou ao grupo e se sentou junto de Helen. Poucos minutos depois Sr. Venning veio andando do lado oposto. Estava um pouco corado, disposto a responder jocosamente a qualquer coisa que lhe dissessem.

– O que andou fazendo na tumba daquele velho? – perguntou, apontando a bandeira vermelha que flutuava no topo das pedras.

– Tentando fazê-lo esquecer seu infortúnio de ter morrido há 300 anos – disse Sr. Perrott.

– Seria terrível... estar morta! – exclamou Evelyn M.

– Morta! – disse Hewet. – Não acho que seria horrível. É bastante fácil de imaginar. Quando for para a cama à noite, cruze as mãos assim... respire devagar... e mais devagar... – Ele deitou-se para trás com as mãos cruzadas no peito, olhos cerrados. – Agora, eu nunca, nunca, nunca mais vou me mexer. – Seu corpo, estendido no meio deles, por um instante pareceu morto.

– Mas que espetáculo horrível, Sr. Hewet! – gritou Sra. Thornbury.

– Queremos mais bolo! – disse Arthur.

– Asseguro-lhe que não há nada de horrível – disse Hewet, soerguendo-se e pegando o bolo. – É tão natural. As pessoas deveriam fazer esse exercício com os filhos todas as noites... Não que eu deseje morrer.

– E quando fala em sepultura – disse Sr. Thornbury, que falava praticamente pela primeira vez –, tem alguma autoridade para chamar essa ruína de sepultura? Estou do seu lado, negando-me a aceitar a interpretação comum que declara que são restos de uma torre de vigia elisabetana... assim como não acredito que os montinhos ou outeiros que encontramos no topo de nossos planaltos tenham sido acampamentos. Os antiquários chamam tudo de acampamento. Estou sempre lhes perguntando. Bem, então onde acham que nossos antepassados guardavam o gado? Metade dos acampamentos na Inglaterra são apenas um antigo curral ou cercado, como chamamos na minha parte do mundo. O argumento de que ninguém guardaria seu gado em locais tão expostos e inacessíveis não tem nenhum valor, se pensarmos que naqueles dias o gado de um homem era o seu capital, seu mercado de capitais, o dote de sua filha. Sem gado ele era um servo, homem de outro homem... – Seus olhos perderam lentamente a intensidade e ele murmurou algumas palavras de conclusão, a meia-voz, parecendo estranhamente velho e desamparado.

Hughling Elliot, de quem talvez se esperasse entrar em discussão com o velho cavalheiro, estava ausente no momento. Agora aproximava-se, segurando no alto um grande quadrado de algodão, sobre o qual se imprimia em agradáveis cores fortes um belo desenho, que fazia sua mão parecer muito branca.

– Uma pechincha – anunciou, largando no chão o tecido. Comprei daquele homem grande com brincos. Bonito, não? Naturalmente não vai combinar com ninguém, mas é exatamente a coisa... não é, Hilda?... que combina com Sra. Raymond Parry.

– Sra. Raymond Parry! – gritaram Helen e Sra. Thornbury ao mesmo tempo.

Encararam-se como se um nevoeiro que até então obscurecia seus rostos de repente se tivesse desfeito.

– Ah... vocês também iam àquelas maravilhosas festas? – perguntou Sra. Elliot interessada.

A sala de estar de Sra. Parry, embora a milhares de quilômetros de distância, atrás de uma vastidão de água, sobre um minúsculo pedaço de terra, apareceu diante de seus olhos. Eles, que não haviam tido solidez nem âncora, pareceram de algum modo ligados a ela, e de repente haviam se tornado mais substanciais. Talvez tenham estado naquela sala ao mesmo tempo: talvez tenham passado uns pelos outros nas escadas; fosse como fosse, conheciam algumas das mesmas pessoas. Examinaram-se mutuamente com novo interesse. Mas não podiam mais do que se encarar, pois não havia tempo para saborear os frutos daquela descoberta. Os burricos estavam chegando, e era aconselhável começar a descida imediatamente, pois a noite caía tão depressa que estaria escuro antes de estarem novamente em casa.

Montando ordenadamente, desceram pela encosta do morro. Fragmentos de conversas chegavam flutuando de uns aos outros. Havia piadas e risos; alguns caminharam parte do trajeto apanhando flores e jogando pedras que ricocheteavam à sua frente.

– Quem escreve os melhores versos em latim na sua universidade, Hirst? – retomou Elliot de um jeito incongruente, e Sr. Hirst respondeu que não fazia ideia.

O nevoeiro caiu tão subitamente quanto haviam prevenido os nativos, as gargantas das montanhas dos dois lados encheram-se de escuridão e a trilha tornava-se tão sombria que era surpreendente escutar os cascos dos burricos ainda batendo na rocha dura. O silêncio caiu sobre um deles, depois sobre outros, finalmente todos estavam calados, e o pensamento girando no profundo ar azul. O caminho parecia mais curto na escuridão do que de dia; em breve as luzes da cidade apareceram na planície distante abaixo deles.

De repente alguém gritou:

– Ah!

Por um momento, a vagarosa gota amarela apareceu novamente na planície embaixo; ergueu-se, parou, abriu-se como uma flor e caiu numa chuva de gotas.

– Fogos de artifício – gritaram.

Outro subiu mais depressa; depois outro; quase podiam ouvi-los girando e bramindo.

– Deve ser festa de algum santo – disse uma voz.

A disparada e o enlace dos foguetes enquanto se erguiam no ar pareciam amantes fogosos erguendo-se para se unir, deixando a multidão lá embaixo olhando para cima com tensos rostos brancos. Mas Susan e Arthur, cavalgando morro abaixo, não trocaram uma palavra, mantendo-se cuidadosamente afastados.

Depois os fogos de artifício ficaram irregulares e logo desapareceram totalmente; o resto da jornada foi feito quase na escuridão, a montanha como uma grande sombra atrás deles, arbustos e árvores como sombras pequenas lançando treva sobre a estrada. Entre os plátanos, separaram-se, enfiando-se em carruagens e partindo sem dizer boa-noite, ou dizendo apenas de um jeito meio abafado.

Era tão tarde que não havia tempo para conversas normais entre a chegada no hotel e a ida para a cama. Mas Hirst entrou no quarto de Hewet com um colarinho na mão.

– Bem, Hewet – comentou, no meio de um bocejo gigantesco –, acho que foi um grande sucesso. – Ele bocejou. – Mas cuidado para não se meter com aquela moça... Não gosto de moças...

Hewet estava inebriado demais pelas horas ao ar livre para dar qualquer resposta. Na verdade, todos os membros da excursão dormiam profundamente depois de dez minutos, exceto Susan Warrington. Ela ficou durante um tempo considerável olhando sem ver a parede em frente, mãos crispadas sobre o coração, a lâmpada da cabeceira acesa ao lado. Todo o pensamento articulado há muito a abandonara; seu coração parecia do tamanho do sol, iluminando seu corpo inteiro, espalhando, como o sol, uma torrente constante de calor.

– Eu estou feliz, estou feliz, estou feliz – repetia ela. – Amo todo mundo. Estou feliz.

12

Quando o noivado de Susan foi aprovado em casa e participado a todos os que se interessassem por isso no hotel – a essa altura a sociedade do hotel estava dividida a ponto de se darem notas em giz invisível, como descrevera Sr. Hirst –, a notícia justificava uma comemoração. Uma excursão? Já tinham feito uma. Então um baile. A vantagem do baile era que abolia uma daquelas noites compridas que facilmente se tornavam tediosas e faziam todo mundo dormir absurdamente cedo, apesar do *bridge*.

Duas ou três pessoas paradas debaixo do rígido leopardo empalhado no saguão logo decidiram a questão. Evelyn deslizou um passo ou dois para lá e para cá e disse que o chão estava excelente. Signor Rodriguez informou que um velho espanhol tocava violino em casamentos – tocava de um modo que faria até uma tartaruga valsar. E sua filha, de olhos negros como carvão, tinha o mesmo dom ao piano. Se houvesse alguém doente ou rabugento o bastante para preferir ocupações sedentárias na noite em questão, em vez de girar com os outros, teria à sua disposição a sala de estar e o salão de bilhar. Hewet tratou de integrar o máximo possível os que estavam de fora. Não ligou para a teoria de Hirst a respeito das notas a giz invisível. Recebeu uma reprimenda ou duas, mas, em compensação, alguns obscuros cavalheiros solitários ficaram com essa oportunidade de falar com seus pares, e a dama de caráter duvidoso mostrou todos os sintomas de que num futuro próximo devia confiar a ele seu caso. Na verdade, ficou claro que as duas ou três horas entre o jantar e a cama traziam boa porção de infelicidade, o que era realmente lamentável, pois tanta gente não conseguira fazer amizades.

Acertaram que o baile seria na sexta-feira, uma semana depois do noivado, e no jantar Hewet se declarou satisfeito.

– Virão todos! – disse a Hirst. – Pepper! – chamou, vendo William Pepper esgueirar-se por ele, esperando a sopa, com um panfleto debaixo do braço. – Estamos contando com você para abrir o baile.

– Você certamente não permitirá que alguém diga que vai dormir – retrucou Pepper.

– Você deve abrir o baile com Srta. Allan – continuou Hewet, consultando uma folha de papel com notas a lápis.

Pepper parou e começou um discurso sobre danças em ciranda, danças rurais, danças folclóricas e quadrilhas, todas absolutamente superiores à bastarda valsa e à polca espúria que as sobrepujaram injustamente na popularidade contemporânea, quando os garçons gentilmente o conduziram para sua mesa no canto.

Nesse momento, a sala de jantar tinha certa semelhança fantástica com um pátio de granja coberto de cereais sobre o qual baixavam coloridos pombos. Quase todas as damas usavam vestidos que não tinham exibido ainda, e seus cabelos erguiam-se em ondas e cachos, parecendo madeira esculpida nas igrejas góticas. O jantar foi mais breve e menos formal do que de costume; até os garçons pareciam afetados pela excitação geral. Dez minutos antes de o relógio bater nove horas, o comitê fez uma turnê pelo salão de baile. O saguão, removidos os móveis, brilhantemente iluminado, tinha uma maravilhosa aparência de alegria etérea.

– É como um céu estrelado numa noite totalmente limpa – murmurou Hewet, olhando em torno no aposento vazio e gracioso.

– De qualquer modo, um assoalho celestial – acrescentou Evelyn, dando uma corridinha e escorregando num trecho.

– E que tal essas cortinas? – perguntou Hirst. As cortinas vermelhas estavam abaixadas nas altas janelas. – Lá fora está uma noite perfeita.

– Sim, mas cortinas inspiram confiança – decidiu Srta. Allan. Quando o baile estiver no auge, sempre haverá tempo de abri-las. Até podermos abrir um pouco as janelas... se fizermos isso agora, pessoas de mais idade vão imaginar que há corrente de ar.

Sua sabedoria foi reconhecida e respeitada. Enquanto ficavam parados conversando, os músicos desembrulhavam seus instrumentos, e o violino repetia e repetia uma nota tocada no piano. Tudo estava pronto para começar.

Depois de alguns poucos minutos de pausa, o pai, a filha e o genro, que tocava trompete, tocaram um acorde florido. Como ratos seguindo o flautista, imediatamente apareceram cabeças no umbral. Houve outro floreio, depois o trio iniciou espontaneamente o triunfante ímpeto da valsa. Foi como se o aposento tivesse sido instantaneamente inundado de água. Depois de um momento de hesitação, primeiro um casal, depois outro saltaram no meio da torrente e giraram e giraram em redemoinhos. O zunido rítmico dos bailarinos soava como um torvelinho de água. Aos poucos o salão foi ficando mais quente. O cheiro de luvas de pelica misturava-se com o forte aroma de flores. Os redemoinhos pareciam girar mais e mais depressa, até que a música se encaminhou para um estrondo, cessou, e os círculos se desfizeram em pedacinhos separados. Os pares partiram em diferentes direções, deixando uma tênue fileira de pessoas mais idosas junto das paredes, e aqui e ali um enfeite, um lenço ou uma flor jazia no chão. Houve um intervalo, então a música recomeçou, os redemoinhos giraram, os casais circulavam dentro deles até haver estrondo, e os círculos se rompiam em fragmentos.

Quando isso acontecera umas cinco vezes, Hirst, que se encostava num parapeito de janela como uma estranha gárgula, notou que Helen Ambrose e Rachel estavam paradas no umbral. A multidão estava tão apinhada que não se podiam mexer, mas ele as reconheceu por um pedaço do ombro de Helen e um vislumbre da cabeça de Rachel virando-se. Abriu caminho até elas, que o saudaram com alívio.

– Estamos sofrendo as torturas dos condenados – disse Helen.

– Essa é a minha ideia do inferno – disse Rachel.

Os olhos dela estavam iluminados e parecia aturdida.

Hewet e Srta. Allan, que valsavam com algum esforço, pararam e saudaram os recém-chegados.

– Isso é muito agradável – disse Hewet. – Mas onde está Sr. Ambrose?

– Píndaro – disse Helen. – Uma mulher casada que completou 40 anos em outubro pode dançar? Eu nem consigo ficar parada. – Ela pareceu diluir-se em Hewet, e os dois se dissolveram na multidão.

– Temos de ir atrás – disse Hirst a Rachel, pegando-a resolutamente pelo cotovelo. Rachel, sem ser perita, dançava bem, por ter bom ouvido para ritmo, mas Hirst não tinha gosto por música, e umas poucas lições de dança em Cambridge só o tinham posto a par da anatomia da valsa, sem lhe transmitirem nada do seu espírito. Uma só volta provou-lhes que seus métodos eram incompatíveis; em vez de combinarem uns com os outros, seus ossos pareciam saltar em ângulos, impossibilitando volteios suaves e, mais que isso, impedindo o avanço circular dos outros bailarinos.

– Vamos parar? – disse Hirst. Rachel percebeu pela sua expressão que ele estava aborrecido.

Cambalearam até as cadeiras no canto, de onde tinham vista do salão, que ainda estava tumultuado, ondas de azul e amarelo com listras dos trajes pretos de noite dos cavalheiros.

– Espetáculo espantoso – comentou Hirst. – A senhorita dança muito em Londres? – Os dois respiravam depressa, ambos um pouco excitados, embora cada um estivesse determinado a não mostrar excitação alguma.

– Quase nunca. E o senhor?

– Meu pessoal realiza um baile todos os Natais.

– Esse assoalho não é nada mau – disse Rachel. Hirst não tentou responder à sua banalidade. Ficou sentado, bastante quieto, olhando os bailarinos. Depois de três minutos, o silêncio tornou-se tão insuportável para Rachel que ela foi impelida a arriscar outro comentário sobre a beleza da noite. Hirst interrompeu-a rudemente.

– O que foi toda aquela bobagem que a senhorita disse outro dia sobre ser cristã e não ter instrução? – perguntou ele.

– Era praticamente verdade – respondeu ela. – Mas eu toco bem piano, melhor do que qualquer outra pessoa nesta sala, espero. O senhor é o homem mais distinto da Inglaterra, não é? – perguntou timidamente.

– Um dos três mais – corrigiu ele.

Nisso, Helen, que passava rodopiando, jogou um leque no colo de Rachel.

– Ela é muito bonita – comentou Hirst.

Ficaram calados de novo. Rachel imaginava se ele também a acharia bonita; St. John ponderava sobre a imensa dificuldade de falar com mocinhas que não tinham experiência da vida. Obviamente, Rachel jamais pensara nem sentira nem vira nada. Mas a mente dele ainda remoía o insulto de Hewet – "Você não sabe lidar com mulheres" –, e estava determinado a aproveitar essa oportunidade. O traje de festa dela conferia-lhe um toque de irrealidade e distinção, o que tornava romântico falar com ela e despertava o desejo de conversar, o que o irritava porque não sabia como começar. Lançou-lhe um olhar, e ela lhe pareceu muito distante, inexplicável, muito jovem e casta. Ele suspirou e começou:

– Então, a respeito de livros... o que foi que a senhorita leu? Só Shakespeare e a Bíblia?

– Não li muitos clássicos – declarou Rachel. Estava levemente aborrecida com o jeito desembaraçado e pouco natural dele, enquanto as suas aptidões masculinas a induziam a uma visão muito modesta de seu próprio poder.

– Quer dizer que realmente chegou aos 24 anos sem ler Gibbon? – perguntou ele imperiosamente.

– Sim...

– *Mon Dieu!* – exclamou Hirst levantando as mãos. – Precisa começar amanhã mesmo. Vou lhe mandar meu exemplar. O que quero saber é – ele a encarou criticamente –, sabe, o problema é: pode-se realmente conversar com a senhorita? Tem uma mente, ou é como o resto do seu sexo? A mim, parece absurdamente jovem, comparada com os homens de sua idade.

Rachel encarou-o, mas não disse nada.

– Quanto a Gibbon – continuou ele –, pensa que será capaz de apreciá-lo? Naturalmente ele é o teste. É terrivelmente difícil falar de mulheres... Quero dizer, o quanto se deve à falta de treinamento e o quanto se deve à incapacidade inata. Não vejo por que a senhorita não entenderia... apenas acho que até aqui levou uma vida absurda... acho que acaba de topar com um crocodilo e com seu cabelo caindo pelas costas.

A música começava outra vez. O olho de Hirst vagou pela sala procurando Sra. Ambrose. Mesmo com a melhor boa vontade do mundo, estava consciente de que não progrediam muito bem.

– Eu gostaria muitíssimo de lhe emprestar livros – disse ele, abotoando as luvas e levantando-se de sua cadeira. – Vamos nos encontrar de novo. Agora vou deixá-la.

Ele se levantou e se afastou.

Rachel olhou em torno. Sentia-se rodeada, como uma criança numa festa, pelos rostos de estranhos, todos hostis, com narizes levantados e olhos indiferentes e arrogantes. Estava junto de uma janela. Abriu-a com um gesto brusco e saiu para o jardim. Seus olhos estavam inundados de lágrimas de indignação.

– Aquela droga de homem! – exclamou, tendo aprendido algumas das palavras de Helen. – Droga de insolência!

Ficou parada no meio do pálido retângulo de luz lançado na relva pela janela que abrira. As grandes árvores escuras erguiam-se maciças na frente dela. Ficou quieta, olhando-as, tremendo levemente de raiva e excitação. Ouvia os passos dos dançarinos que rodopiavam atrás de si e o ritmo da valsa.

– Aí estão as árvores – disse em voz alta. Elas a compensariam de St. John Hirst? Ela seria uma princesa persa longe da civilização, cavalgando seu cavalo nas montanhas, sozinha, fazendo suas aias cantarem ao anoitecer, longe de tudo aquilo, longe da hostilidade e de homens e mulheres... então um vulto saiu da sombra; uma luzinha vermelha acendeu-se na treva.

– Srta. Vinrace? – disse Hewet, encarando-a. – Estava dançando com Hirst?

– Ele me deixou furiosa! – exclamou ela, veemente. – Ninguém tem o direito de ser insolente!

– Insolente? – Hewet repetiu a palavra, tirando o charuto da boca, surpreso. – Hirst... insolente?

– Ele é tão insolente... – Rachel disse e parou. Não sabia bem por que ficara tão furiosa. Recompôs-se com grande esforço.

– Bem – disse, tendo diante dos olhos a visão de Helen e de sua zombaria –, acho que sou uma boba. – Fez menção de voltar para a sala de baile, mas Hewet a deteve.

– Por favor, explique-me – disse ele. – Tenho certeza de que Hirst não quis ofendê-la.

Quando tentou explicar, Rachel achou muito difícil. Não podia dizer que achava especialmente injusta e horrível a visão de si mesma topando com um crocodilo com o cabelo solto nas costas; nem podia explicar por que Hirst presumia que sua natureza e experiência eram superiores lhe tinha parecido não apenas ofensivo, mas terrível, como se alguém tivesse batido uma porta na sua cara. Caminhando pelo terraço ao lado de Hewet, ela disse, amargurada:

– Não adianta; devemos viver separados; não podemos nos entender; apenas provocamos o que há de pior em nós.

Hewet rejeitou sua generalização quanto à natureza dos dois sexos, pois essas generalizações o aborreciam e pareciam-lhe normalmente falsas. Mas, conhecendo Hirst, sabia bem o que tinha acontecido, e embora secretamente se divertisse muito, não queria que Rachel guardasse aquele incidente em sua memória, mudando sua visão da vida.

– Agora a senhorita vai odiá-lo – disse ele –, o que está errado. Pobre do velho Hirst... ele não consegue mudar seu método. Realmente, Srta. Vinrace, ele estava fazendo o melhor que podia; estava lhe dando um elogio... estava tentando... tentando... – não pôde concluir, pois caiu na risada.

De repente Rachel girou nos calcanhares e também começou a rir. Viu que havia algo de ridículo em Hirst, e talvez em si mesma.

– Acho que é o jeito dele de fazer amigos – riu ela. – Bem... vou fazer a minha parte. Vou começar... "Feio de corpo e repulsivo de mente como o senhor é, Sr. Hirst..."

– Isso, isso! – exclamou Hewet. – É assim que tem de tratá-lo. Sabe, Srta. Vinrace, tem de ter certa complacência com Hirst. Ele passou toda a sua vida na frente de um espelho, por assim dizer, num magnífico aposento com lambris, cheio de pinturas japonesas e lindas cadeiras e mesas antigas, apenas um toque de cor no lugar certo, sabe... entre as janelas, acho... e lá ele fica sentado horas e horas com os dedos dos pés sobre o guarda-fogo da lareira, falando sobre filosofia, e Deus, e o seu próprio fígado, e seu coração, e os corações de seus amigos. São todos falidos. Não pode esperar que ele seja ótimo num salão de baile. Ele quer um lugar aconchegante, enfumaçado, masculino, onde possa esticar as pernas e só falar quando tiver alguma coisa a dizer. De minha parte, acho isso bastante sem graça. Mas respeito. Eles levam isso tão a sério. Levam muito a sério as coisas sérias.

A descrição do modo de vida de Hirst interessou tanto a Rachel que ela quase esqueceu sua mágoa pessoal contra ele, e seu respeito reacendeu-se.

– Então eles são realmente todos muito inteligentes? – perguntou.

– Claro que são. No que diz respeito a cérebros, acho que é verdade o que ele disse outro dia: são as pessoas mais inteligentes da Inglaterra. Mas... a senhorita deveria observá-lo um pouco – acrescentou. – Há muito mais dentro dele do que alguém jamais imaginou. Ele quer alguém que ria dele... Hirst dizendo-lhe que a senhorita não teve experiências! Pobre velho Hirst!

Caminhavam pelo terraço enquanto falavam; então uma a uma as janelas escuras foram desveladas por uma mão invisível, e facetas de luz caíram regularmente sobre a relva, em intervalos iguais. Pararam de falar diante da sala de estar e perceberam Sr. Pepper escrevendo sozinho numa mesa.

– Lá está Pepper escrevendo para sua tia – disse Hewet. – Deve ser uma senhora idosa muito notável, 83 anos, ele disse, que ele leva para caminhadas na New Forest... Pepper! – ele chamou batendo na janela. – Vá cumprir o seu dever. Srta. Allan o está aguardando.

Quando chegaram às janelas do salão de baile, o ritmo dos bailarinos e a cadência da música foram irresistíveis.

– Vamos? – disse Hewet, e deram-se as mãos e saíram deslizando magnificamente para dentro do grande redemoinho. Era apenas a segunda vez que se encontravam, tendo sido a primeira quando avistaram um homem e uma mulher se beijando, e na segunda vez Sr. Hewet achava que uma jovem zangada se parecia muito com uma criança. Assim que se deram as mãos na dança, sentiram-se mais à vontade do que as pessoas de costume se sentem.

Era meia-noite, e o baile estava agora no auge. Criados espiavam as janelas; o jardim estava respingando de vultos alvos de casais sentados lá fora. Sra. Thornbury e Sra. Elliot sentavam-se lado a lado debaixo de uma palmeira, segurando leques, lenços e broches depositados em seus regaços por mocinhas coradas. De vez em quando trocavam comentários.

– Srta. Warrington parece feliz de verdade – disse Sra. Elliot; as duas sorriram; as duas suspiraram.

– Ele tem muito caráter – disse Sra. Thornbury, aludindo a Arthur.

– E caráter é o que se quer – disse Sra. Elliot. – Agora, aquele rapaz é bastante inteligente – acrescentou, fazendo um sinal de cabeça na direção de Hirst, que passava conduzindo Srta. Allan.

– Espero que estejam se divertindo! – disse Hewet para as damas.

– Esta é uma posição muito familiar para mim! – sorriu Sra. Thornbury. – Criei cinco filhas... e todas adoravam dançar! A senhorita também gosta, Srta. Vinrace? – perguntou, olhando para Rachel com olhos maternais. – Eu adorava, quando tinha a sua idade. Como suplicava à minha mãe que me deixasse ficar... e agora simpatizo com as pobres mães... mas também simpatizo com as filhas.

Ela deu um sorriso compreensivo, ao mesmo tempo encarando Rachel de um jeito bastante penetrante.

– Parece que têm muito a conversar – disse Sra. Elliot, olhando significativamente as costas do par quando se afastaram. – Notou isso no piquenique? Ele foi a única pessoa que conseguiu fazê-la falar.

– O pai dela é um homem muito interessante – disse Sra. Thornbury. – Tem uma das maiores companhias de navegação em Hull. Na última eleição, lembra, ele deu uma resposta bastante hábil a Sr. Asquith. É tão interessante ver que um homem da experiência dele é um protecionista convicto.

Ela teria gostado de discutir política, o que a interessava mais do que pessoas, mas Sra. Elliot só queria falar do Império numa forma menos abstrata.

– Ouvi dizer que há histórias horríveis da Inglaterra quanto aos ratos – disse ela. – Uma cunhada minha que mora em Norwich me disse que não é muito seguro pedir aves. A peste... sabe. Ela ataca os ratos, e através deles outras criaturas...

– E as autoridades locais não estão tomando medidas adequadas? – perguntou Sra. Thornbury.

– Isso ela não contou. Mas diz que a atitude das pessoas cultas, que deviam estar bem mais orientadas, é muito rude. Naturalmente minha cunhada é uma dessas mulheres modernas, ativas, que sempre criticam as coisas, sabe... o tipo de mulher que admiramos embora não sintamos, pelos menos eu não sinto... mas ela tem uma constituição de ferro.

Nisso, trazendo o tema de volta por delicadeza, Sra. Elliot suspirou.

– Um rosto muito animado – disse Sra. Thornbury, olhando para Evelyn M., que parara perto delas para prender melhor uma flor vermelha no peito. Ela não queria ficar presa, e com um engraçado gesto de impaciência, Evelyn a enfiou na lapela do seu parceiro. Era um rapaz alto e melancólico, que recebeu o presente como um cavalheiro antigo receberia a prenda de sua dama.

– Muito tentador para os olhos – disse então Sra. Elliot, depois de observar por alguns minutos o redemoinho amarelo em que tão poucos dos que rodopiavam tinham nome ou personalidade para ela. Emergindo da multidão, Helen aproximou-se delas e pegou uma cadeira vazia.

– Posso me sentar com vocês? – disse, sorrindo e arfando. – Acho que devia estar envergonhada – continuou, sentando-se –, na minha idade.

Agora que estava corada e animada, sua beleza era mais aparente do que de costume, e as duas senhoras sentiram o mesmo desejo de tocá-la.

– Eu *estou* me divertindo – arquejou ela. – Movimentar-se... não é uma coisa incrível?

– Sempre ouvi dizer que dançar é a melhor coisa do mundo, para quem sabe – disse Sra. Thornbury, olhando-a com um sorriso.

Helen balançava o corpo de leve como se estivesse sentada sobre arames.

– Eu podia ficar dançando para sempre! – disse. – Deviam se soltar mais! Deviam saltar e se balançar. Olhem! Como são afetados!

– A senhora viu aqueles maravilhosos bailarinos russos? – começou Sra. Elliot. Mas Helen viu seu parceiro aproximar-se e ergueu-se como se ergue a lua. Antes de tirarem os olhos dela, já fizera quase meia volta na sala, e não podiam deixar de admirá-la, embora achassem um pouquinho esquisito que uma mulher da idade dela gostasse tanto de dançar.

No instante em que ficou sozinha, Helen teve a companhia de St. John Hirst, que estivera esperando uma oportunidade.

– A senhora se importaria de se sentar lá fora comigo? – perguntou ele. – Eu não sei dançar. – Ele a conduziu até um canto onde havia duas poltronas e assim saborearam a vantagem de uma meia privacidade. Sentaram-se por alguns minutos, Helen estava ainda demasiado influenciada pela dança para poder falar.

– É espantoso! – exclamou ela por fim. – Como é que ela pensa que é seu corpo? – Esse comentário fora provocado por uma dama que passava por eles, antes bamboleando do que caminhando, apoiada no braço de um senhor gordo com olhos verdes redondos num rosto branco e gordo. Era preciso algum apoio, porque ela era muito gorda e tão comprida que a parte superior do seu corpo avançava consideravelmente à frente dos pés, que só podiam dar miúdos passinhos devido à estreiteza da saia sobre os tornozelos. O vestido consistia em um pedaço de cetim amarelo lustroso, adornado aqui e ali, indiscriminadamente com círculos de contas azuis e verdes para imitar o desenho de um peito de pavão. No topo de um castelo de cabelo, uma pluma roxa erguia-se reta, enquanto o pescoço curto era rodeado de uma fita de veludo preto com pedras; braceletes de ouro estavam metidos à força na carne de seus gordos braços enluvados. Ela tinha o rosto de um porquinho impertinente, mas cômico, com manchinhas vermelhas debaixo da grossa camada de pó.

St. John não pôde partilhar do riso de Helen.

– Fico doente com isso – declarou. – Tudo isso me deixa doente... Pense nas mentes dessas pessoas... seus sentimentos. Não concorda?

– Sempre juro nunca mais ir a nenhuma festa desse mundo – respondeu Helen –, e sempre quebro o juramento.

Ela reclinou-se para trás na cadeira e contemplou o rapaz, risonha. Podia ver que estava realmente aborrecido, embora ao mesmo tempo um pouco animado.

– Mas – disse ele, retomando seu tom de censura – acho que é preciso entender uma coisa.

– Qual?

– Nunca haverá no mundo mais do que cinco pessoas com quem valha a pena falar.

Lentamente, a cor e o brilho no rosto de Helen foram sumindo, e ela pareceu tão quieta e atenta como de costume.

– Cinco pessoas? – comentou. – Eu diria que há mais do que cinco.

– Então a senhora tem muita sorte – disse Hirst. – Ou talvez eu tenha azar. – E calou-se.

– A senhora diria que sou uma pessoa difícil de lidar? – perguntou-lhe bruscamente.

– A maior parte das pessoas inteligentes o são quando jovens – respondeu Helen.

– E naturalmente eu sou... imensamente inteligente – disse Hirst. – Sou infinitamente mais inteligente do que Hewet. É bem possível – continuou, naquele seu jeito curiosamente impessoal – que eu venha a ser uma das pessoas que realmente importam. Isso é totalmente diferente de ser inteligente, embora não se possa esperar que nossa própria família entenda isso – acrescentou, amargurado.

Helen achou que tinha o direito de perguntar:

– O senhor acha sua família difícil de lidar?

– Insuportável... Eles querem que eu seja um grande vassalo do reino e um membro do conselho privado. Vim até aqui em parte para dar um jeito nesse assunto. Vai ser tudo resolvido. Ou me torno advogado, ou fico em Cambridge. Naturalmente as duas coisas têm óbvias desvantagens, mas certamente para mim os argumentos são favoráveis a Cambridge. É esse tipo de coisa! – Ele acenou a mão para o salão de baile apinhado. – Repulsivo. Também tenho consciência do grande poder do afeto. Naturalmente não sou suscetível a isso como Hewet é. Gosto muito de umas poucas pessoas. Por exemplo, acho que se deve dizer alguma coisa sobre minha mãe, embora em tantas coisas ela seja tão deplorável... Em Cambridge, por exemplo, eu inevitavelmente devo me tornar o homem mais importante do lugar, mas há outros motivos pelos quais tenho horror a Cambridge... – aí ele se calou. – Está me achando terrivelmente chato? – continuou depois. Curiosamente mudara de um amigo confidenciando a uma amiga para um rapaz convencional numa festa.

– Nem de longe – disse Helen. – Estou gostando muito.

– A senhora não pode imaginar – exclamou ele, falando quase com emoção – que diferença faz encontrar alguém com quem falar! Eu vi imediatamente que a senhora podia me compreender. Gosto muito de Hewet, mas ele não tem a mais remota ideia de como eu sou. A senhora é a única mulher que já encontrei que parece ter uma vaguíssima ideia do que quero dizer quando falo alguma coisa.

Começava a dança seguinte; era a *Barcarolle* de Hoffmann, que fez Helen acompanhar o ritmo com a ponta do pé; mas sentiu que depois de tal elogio era impossível levantar-se e ir embora; além de estar se divertindo, ela se sentia realmente lisonjeada, e a sinceridade da vaidade dele a atraía. Suspeitava que ele não era feliz, e era suficientemente feminina para desejar ouvir confidências.

– Sou muito velha – suspirou.

– O mais esquisito de tudo é que não a considero velha – respondeu ele. – Sinto como se tivéssemos exatamente a mesma idade. Mais ainda... – aqui ele hesitou, mas um olhar para o rosto dela lhe deu coragem – sinto que poderia falar com bastante franqueza com a senhora, como um homem... sobre as relações entre os sexos, sobre... e...

Apesar de sua certeza, um leve rubor lhe subiu ao rosto, ao dizer as duas últimas palavras.

Ela o tranquilizou imediatamente com o riso em que exclamou:

– Bem, eu espero que sim!

Ele a fitou com verdadeira cordialidade e as linhas em torno de seu nariz e lábios abrandaram-se pela primeira vez.

– Graças a Deus! – exclamou ele. – Agora podemos agir como seres humanos civilizados.

Certamente, acabava de cair uma barreira que habitualmente existe, e era possível falar sobre assuntos que geralmente são apenas comentados entre homens e mulheres quando há médicos presentes, ou a sombra da morte. Em cinco minutos ele estava contando-lhe a história de sua vida. Era longa, repleta de incidentes extremamente elaborados, que levaram a uma discussão dos princípios sobre os quais repousa a moral, e assim a vários assuntos muito interessantes, que mesmo naquele salão de baile tinham de ser discutidos em sussurros, para que nenhuma daquelas amuadas damas ou daqueles resplandecentes comerciantes os escutassem e mandassem expulsá-los do local. Quando acabaram, ou, para falar mais acuradamente, quando Helen dera a entender com um leve relaxamento de sua atenção que estavam sentados ali tempo suficiente, Hirst levantou-se, exclamando:

– Então não há o menor motivo para todo esse mistério!

– Nenhum, exceto que somos ingleses – respondeu ela, pegando braço dele e atravessando o salão de baile, abrindo caminho com dificuldade entre os casais que giravam e que agora estavam perceptivelmente desalinhados, certamente não muito belos aos olhos de alguém mais crítico. A excitação de iniciar uma amizade e sua longa conversa deram-lhes fome, e foram procurar comida na sala de jantar, que agora estava cheia de gente comendo em mesinhas separadas. No umbral, encontraram Rachel, que ia dançar outra vez com Arthur Venning. Estava corada e parecia muito feliz; Helen ficou surpresa ao ver que nesse estado de espírito ela era com certeza mais atraente do que a maioria das moças. Nunca notara isso tão claramente antes.

— Divertindo-se? — perguntou, quando pararam por um segundo.

— Srta. Vinrace acaba de fazer uma confissão — respondeu Arthur no lugar dela —, que não tinha ideia de que um baile pudesse ser tão delicioso.

— Sim! — exclamou Rachel. — Mudei completamente minha visão sobre a vida!

— Não me diga! — zombou Helen, enquanto seguiam adiante.

— É bem típico de Rachel — disse ela. — Muda sua visão da vida todos os dias. Sabe, acho que o senhor é exatamente a pessoa que eu quero — disse quando se sentaram — para me ajudar a completar a instrução dela. Foi criada praticamente num convento. O pai dela é absurdo. Tenho feito o que posso... mas sou velha demais, e sou mulher. Por que o senhor... não poderia falar com ela... explicar-lhe coisas... falar com ela, quero dizer, como fala comigo?

— Já fiz uma tentativa esta tarde — disse St. John. — Não creio que tenha sido muito bem-sucedida. Ela me parece tão jovem e inexperiente. Prometi que lhe emprestaria Gibbon.

— Não é exatamente Gibbon — considerou Helen. — Acho que são as verdades da vida... sabe o que quero dizer? O que realmente acontece, o que as pessoas sentem, embora geralmente tentem esconder isso. Não há nada para se ter medo. É tão mais belo do que os fingimentos... sempre mais interessante... sempre melhor, eu acho, do que *aquele* tipo de coisa.

Ela indicou com sua cabeça uma mesa próxima onde duas mocinhas e dois rapazes estavam brincando uns com os outros, num diálogo insinuante antiquíssimo, repassado de carinhos, provavelmente a respeito de um par de meias ou de pernas. Uma das moças manejava um leque, fingindo estar chocada, e a visão era muito desagradável, pois era óbvio que secretamente as moças hostilizavam-se entre si.

— Mas, na minha idade avançada — suspirou Helen —, começo a pensar que a longo prazo não importa muito o que fazemos; as pessoas sempre fazem o que querem... nada jamais influenciará ninguém. — Ela indicou com a cabeça o grupo que ceava.

Mas St. John não concordou. Pensava que os pontos de vista de cada um podiam realmente fazer grande diferença, os livros, e assim por diante, e acrescentou umas poucas coisas que no momento importavam mais do que esclarecer mulheres. Às vezes pensava que quase tudo dependia da instrução.

Enquanto isso, no salão de baile, os dançarinos formavam filas para a dança dos lanceiros. Arthur e Rachel, Susan e Hewet, Srta. Allan e Hughling Elliot estavam juntos.

Srta. Allan olhou o relógio.

– Uma e meia – disse. – E amanhã preciso despachar Alexander Pope.

– Pope! – ironizou Sr. Elliot. – Eu gostaria de saber quem lê Pope! Ler a respeito dele... Não, não, Srta. Allan; acredite, dançar vai lhe dar mais vantagens do que a literatura. – Era uma das simulações de Sr. Elliot, que nada no mundo se comparava aos encantos da dança, nada no mundo era tão tedioso quanto literatura. Assim, ele procurava pateticamente agradar aos jovens e provar-lhes que, sem dúvida, embora casado com uma esposa idiota, e mesmo sendo pálido, encurvado e consumido pela sua instrução, era tão animado quanto os mais jovens.

– É uma questão de gosto – respondeu Srta. Allan. – Mas parece que estão esperando por mim. – Ela assumiu o seu lugar e esticou uma ponta de pé preta e quadrada.

– Sr. Hewet, o senhor faz mesura para mim. – Ficou evidente de imediato que Srta. Allan era a única pessoa entre eles com sólido conhecimento dos movimentos da dança.

Depois dos lanceiros houve uma valsa; depois da valsa uma polca; e depois aconteceu uma coisa terrível: a música que estivera tocando com pausas regulares de cinco minutos parou inesperadamente. A dama de grandes olhos negros começou a enrolar seu violino em seda, o cavalheiro colocou seu trompete cuidadosamente no estojo. Foram rodeados por casais que lhes imploravam em inglês, francês e espanhol que tocassem mais uma dança, uma só; ainda era cedo. Mas o velho no piano só exibia seu relógio e sacudia a cabeça. Levantou o colarinho do casaco e pegou uma manta de seda vermelha, que desfez completamente sua aparência festiva. Por estranho que parecesse, os músicos eram pálidos e de pálpebras pesadas; pareciam prosaicos e entediados, como se o máximo de seus desejos fosse carne fria e cerveja, seguidos imediatamente de cama.

Rachel era uma das pessoas que lhes suplicaram que continuassem. Quando se recusaram, ela começou a virar as folhas da música de dança sobre o piano. Em geral as peças eram cobertas de capas coloridas, com figuras de cenas românticas – gondoleiros sobre o crescente da lua, freiras espreitando através de grades de uma janela de convento ou jovens com cabelo solto, apontando uma arma para as estrelas. Ela lembrou que o tom geral da música que tinham dançado tão alegremente era de arrependimento apaixonado pelo amor perdido e pelos inocentes anos de juventude; tristezas horríveis que sempre tinham separado os dançarinos de sua felicidade passada.

– Não me admira que enjoem de tocar uns troços desses – comentou ela lendo um compasso ou dois. – São realmente hinos, tocados bem depressa, com pedaços de Wagner e Beethoven.

– A senhorita toca? Tocaria para nós? Qualquer coisa, desde que possamos dançar! – De todos os lados insistiam no seu talento para o piano, e ela teve de consentir. Assim que tocara as únicas peças de música de dança que lembrava, passou a uma ária de uma sonata de Mozart.

– Mas isso não é dança – disse alguém parado junto ao piano.

– É sim – respondeu ela, balançando a cabeça. – Inventem os passos. – Certa de sua melodia, ela marcava rudemente o ritmo, para simplificar. Helen entendeu a ideia; pegou Srta. Allan pelo braço e girou pela sala, ora fazendo mesuras, ora girando, ora dando corridinhas para um lado e outro como uma criança correndo por um campo.

– Essa é a dança para gente que não sabe dançar! – gritou ela. – A melodia agora era um minueto; St. John saltitava com incrível agilidade, ora sobre a perna esquerda, ora sobre a direita; a melodia fluía; Hewet, acenando os braços e segurando as pontas da cauda de seu casaco, flutuava pelo aposento, imitando a voluptuosa dança sonhadora de uma donzela indiana dançando diante do seu rajá. A melodia era de marcha; Srta. Allan avançou de saias infladas e fez uma profunda mesura para o casal de noivos. Uma vez que seus pés caíam no ritmo, eles exibiam uma total falta de pudor. De Mozart, Rachel passou sem parar a velhas canções de caça inglesas, cantos natalinos e hinos religiosos, pois, como observara, qualquer boa melodia com um pouco de arranjo podia ser dançada. Aos poucos, todos no salão estavam dando passinhos e girando aos pares ou sozinhos. Sr. Pepper executava um engenhoso passo derivado de manobras de patinação, pelas quais outrora recebera algum prêmio, enquanto Sra. Thornbury tentava lembrar uma velha dança rural que vira os empregados de seu pai dançarem em Dorsetshire, nos velhos tempos. Quanto a Sr. e Sra. Elliot, galopavam ao redor da sala com tamanha impetuosidade que os outros dançarinos remiam quando se aproximavam. Algumas pessoas criticaram essa performance como uma travessura; outras acharam tudo aquilo a parte mais divertida da noite.

– Agora, a grande roda! – gritou Hewet. Imediatamente formou-se um círculo gigantesco, os dançarinos de mãos dadas gritando: "Você conhece John Peel" enquanto giravam mais e mais depressa, até que a tensão ficou forte demais, um elo da cadeia – Sra. Thornbury – cedeu, e o resto voou pela sala em todas as direções, acabando no chão ou sobre as cadeiras, ou uns nos braços dos outros, conforme parecesse mais conveniente.

Erguendo-se dessas posições, arquejantes e descabelados, pareceu-lhes pela primeira vez que as lâmpadas elétricas estivessem muito pálidas, e instintivamente muitos olhos voltaram-se para as janelas. Sim... estava amanhecendo. A noite passara enquanto dançavam, e chegara a madrugada. Lá fora, as montanhas apareciam muito remotas e puras; o orvalho cintilava na relva, o céu estava pintado de azul, exceto pelo pálido amarelo e rosa no leste. Os dançarinos apinharam-se nas janelas, abriram-nas, e aqui e ali arriscaram um passo na grama.

– Como parecem bobas as pobres lâmpadas! – disse Evelyn M. num tom de voz curiosamente abafado. – E nós mesmos; não fica bem. – Era verdade; o cabelo desgrenhado e as pedras preciosas verdes e amarelas, que pareciam tão festivas meia hora atrás, agora pareciam baratas e vulgares. A pele das senhoras mais idosas sofrera terrivelmente e, como se tivessem consciência de um olho frio fixado nelas, começavam a dizer boa-noite e ir para a cama.

Rachel, embora privada de sua plateia, continuara tocando para si mesma. De John Peel passou a Bach, que era então objeto de grande entusiasmo seu, e um a um alguns dos jovens dançarinos voltaram do jardim e sentaram-se nas cadeiras douradas abandonadas em torno do piano; a sala agora estava tão clara que as luzes foram apagadas. Sentaram-se e ficaram à escuta, e seus nervos foram se aquietando; o calor e a irritação de seus lábios, resultado de incessante riso e fala, desapareceram. Sentavam-se muito quietos, como se vissem um edifício com espaços e colunas sucedendo-se no vazio. Depois começaram a ver a si próprios e as suas vidas, e toda a vida humana avançando muito nobremente sob orientação da música. Sentiram-se enobrecidos, e quando Rachel parou de tocar só queriam dormir.

Susan levantou-se.

– Acho que esta foi a noite mais feliz da minha vida! – exclamou. – Eu realmente adoro música – disse, quando agradeceu a Rachel. – Parece dizer todas as coisas que nós mesmos não conseguimos dizer. – Deu uma risadinha nervosa e olhou cada um com grande benignidade, como se quisesse dizer alguma coisa, mas não encontrasse palavras. – Todos têm sido tão bondosos... tão bondosos – disse, e também foi para a cama.

Depois de a festa terminar daquele modo bem abrupto em que as festas terminam, Helen e Rachel pararam junto da porta com seus mantos, procurando uma carruagem.

– Acho que as senhoras perceberam que não há mais carruagens – disse St. John, que saíra para olhar. – Terão de dormir aqui.

– Ah, não – disse Helen. – Vamos andar.

– Podemos ir também? – perguntou Hewet. – Não podemos ir para a cama. Imagine deitar-se entre travesseiros, olhando para o lavatório numa manhã como esta... É ali que moram?

Tinham começado a descer a avenida, quando Hewet se virou e apontou a *villa* verde e branca na encosta do morro, que parecia estar de olhos fechados.

– Aquilo não é uma luz acesa, é? – perguntou Helen ansiosa.

– É o sol – disse St. John. As janelas de cima tinham manchas de ouro.

– Tive receio de que fosse meu marido, ainda lendo grego – disse ela. – Todo esse tempo ele está editando *Píndaro*.

Passaram pela cidadezinha e subiram por um caminho íngreme, perfeitamente claro, embora ainda beirado de sombras. Em parte por estarem cansados, em parte porque a luz da manhã os vencia, quase não falavam, mas respiravam o delicioso ar fresco, que parecia pertencer a uma vida diferente do ar do meio-dia. Quando chegaram ao alto muro amarelo onde a trilha se desviava da estrada, Helen quis despachar os dois rapazes.

– Já vieram longe o bastante – disse ela. – Voltem e vão para a cama.

Mas eles pareciam não querer ir.

– Vamos nos sentar por um momento – disse Hewet. Ele estendeu seu casaco no chão. – Vamos nos sentar e pensar. – Sentaram-se e olharam a baía; estava muito quieta, o mar vagamente enrugado, linhas de verde e azul começavam a cruzá-lo. Não havia ainda barcos à vela, mas um vapor estava ancorado na baía, fantasmagórico no nevoeiro; ele soltou um grito desumano, e depois tudo ficou silencioso.

Rachel ocupava-se, pegando uma pedra cinzenta atrás da outra e construindo um pequeno marco; fazia isso com muita calma e cuidado.

– Então você mudou sua visão da vida, Rachel? – disse Helen.

Rachel acrescentou outra pedrinha e bocejou.

– Não me lembro – disse. – Sinto-me como um peixe no fundo do mar. – Bocejou de novo. Nenhuma daquelas pessoas tinham qualquer poder de assustá-la ali fora ao amanhecer, e ela sentia uma perfeita familiaridade até com Sr. Hirst.

– Meu cérebro, ao contrário – disse Hirst –, está numa atividade anormal. – Sentava-se na sua posição favorita com os braços prendendo as pernas e o queixo pousado nos joelhos. – Vejo através de tudo... absolutamente tudo. A vida não tem mais mistérios para mim – falava com convicção, mas não parecia querer resposta. Embora se sentassem próximos e se sentissem familiarizados, pareciam meras sombras uns para os outros.

– E toda aquela gente ali embaixo vai dormir – Hewet começou a devanear – pensando coisas tão diferentes... Srta. Warrington, eu acho, agora está ajoelhada; os Elliot estão um pouco espantados, não é sempre que se agitam e só querem dormir depressa; há aquele pobre moço magro que dançou a noite toda com Evelyn; está pondo a sua flor na água e perguntando-se: "Isso será amor?"... e o pobre velho Sr. Perrott, atrevo-me a dizer que não consegue dormir e está lendo seu livro grego favorito para consolar-se... e os outros... não, Hirst – rematou ele –, não acho isso nada simples.

– Eu tenho a chave – disse Hirst enigmaticamente. Seu queixo ainda estava sobre os joelhos, os olhos fixos em frente.

Seguiu-se um silêncio. Então Helen levantou-se e deu-lhes boa noite.

– Mas – disse ela –, lembrem-se de que têm de vir nos visitar. – Acenaram dando boa-noite e separaram-se, mas os dois rapazes não voltaram ao hotel, foram dar uma caminhada durante a qual pouco falaram e não mencionaram os nomes das duas mulheres que, em grande parte, eram objetos de seus pensamentos. Não queriam partilhar suas impressões. Voltaram ao hotel a tempo de tomarem o café da manhã.

13

Havia muitos aposentados na *villa*, mas um possuía um caráter próprio porque a porta estava sempre fechada, nenhum som de música ou riso jamais saía dele. Todo mundo na casa sabia vagamente que algo acontecia atrás da porta e, sem saber do que se tratava, seus próprios pensamentos eram influenciados por saberem que, se passassem por ela, aquela porta estaria fechada e, se fizessem ruído, Sr. Ambrose lá dentro seria perturbado. Por isso certos atos tinham mérito e outros eram ruins, assim a vida se tornava mais harmoniosa e menos desconectada do que teria sido se Sr. Ambrose tivesse desistido de editar o *Píndaro* e assumido uma existência nômade, entrando e saindo de todas as peças da casa. Na verdade, todo mundo estava consciente de que observando certas regras, como pontualidade e silêncio, cozinhando bem, realizando outras pequenas tarefas, uma ode após a outra, seria satisfatoriamente devolvida ao mundo, e assim partilhavam da continuidade da vida do erudito. Infelizmente, assim como a idade ergue uma barreira entre seres humanos, e a instrução outra, e o sexo uma terceira, Sr. Ambrose em seu estúdio ficava alguns milhares de quilômetros de distância do seu mais próximo ser humano, que nessa casa era inevitavelmente uma mulher. Ele sentava-se agora após horas entre livros de folhas brancas, sozinho como um ídolo numa igreja vazia, quieto, exceto pela passagem de sua mão de um lado para outro da folha, silencioso pelo eventual risinho contido que o levava a estender o cachimbo no ar por um momento. Enquanto seguia trabalhando e penetrando mais e mais no coração do poeta, sua cadeira ficava rodeada por uma parede cada vez mais alta de livros abertos no chão, que só podia ser ultrapassada com um cuidadoso processo de passos, tão delicado que seus visitantes em geral paravam e lhe falavam de fora dela.

Na manhã seguinte ao baile, entretanto, Rachel entrou no aposento do tio e o chamou duas vezes, "Tio Ridley", antes que ele lhe desse atenção.

Finalmente ele olhou por cima dos óculos.

– Sim? – perguntou.

– Eu quero um livro – respondeu ela. – *A História do Império Romano* de Gibbon. Posso?

Ela observou as linhas no rosto do tio reorganizarem-se gradualmente diante de sua pergunta. Antes de ela ter falado, o rosto era liso como uma máscara.

– Por favor, diga isso de novo – disse seu tio, ou porque não ouvira, ou porque não entendera.

Ela repetiu as mesmas palavras e corou levemente.

– Gibbon! Mas por que você haveria de querer esse livro? – indagou ele.

– Alguém me aconselhou a ler – gaguejou Rachel.

– Mas eu não viajo por aí com uma coleção variada de historiadores do século xviii! – exclamou seu tio. – Gibbon! Pelo menos dez grandes volumes.

Rachel disse que sentia muito ter interrompido e se virou para sair.

– Pare! – gritou seu tio. Ele largou o cachimbo, pôs de lado o livro, ergueu-se e a levou lentamente pelo aposento, segurando-a pelo braço. – Platão! – disse, colocando um dedo no primeiro de uma fila de livrinhos pretos – e Jorrocks ao lado, o que está errado. Sófocles, Swift. Acho que você não se interessa por comentaristas alemães. Então, franceses. Você lê francês? Devia ler Balzac. Depois chegamos a Wordsworth e Coleridge. Pope, Johnson, Addison, Wordsworth, Shelley, Keats. Uma coisa leva a outra. Por que Marlowe está aqui? Sra. Chailey, imagino. Mas de que adianta a leitura se você não lê grego? Afinal, se lesse grego, jamais precisaria ler nada além disso, pura perda de tempo... pura perda de tempo – e assim falava quase num monólogo, movimentando as mãos rapidamente; voltaram ao círculo de livros no chão, e isso interrompeu seu avanço.

– Bem – disse ele –, qual será?

– Balzac – disse Rachel –, ou tem o *Discurso Sobre a Revolução Americana*, tio Ridley?

– O *Discurso Sobre a Revolução Americana*? – perguntou ele. Encarou-a novamente de forma muito penetrante. – Outro rapaz no baile?

– Não, foi Sr. Dalloway – confessou ela.

– Santo Deus! – ele jogou a cabeça para trás, lembrando-se de Sr. Dalloway.

Ela escolheu por si mesma um volume ao acaso, apresentou-o ao tio, que, vendo que se tratava de *La Cousine Bette*, mandou que o jogasse fora se o achasse horrível demais; ela já ia deixá-lo quando ele indagou se gostara do seu baile.

Depois quis saber o que as pessoas faziam em bailes, pois só fora a um baile há 35 anos, quando nada lhe parecera mais sem sentido e mais idiota. Gostavam de girar e girar enquanto o violino arranhava? Falavam, diziam coisas bonitas, e, se faziam isso, por que não o faziam em situação mais sensata?

Quanto a ele próprio – suspirou e apontou os sinais de trabalho espalhados ao seu redor, o que, apesar do suspiro, encheu seu rosto de um súbito contentamento, a ponto de sua sobrinha achar melhor sair. Depois de um beijo, ela teve permissão de ir, mas não antes de ter prometido aprender o alfabeto grego e devolver seu romance francês quando terminasse, depois do que encontrariam algo mais adequado para ela.

Como os aposentos em que as pessoas vivem podem provocar em parte o mesmo choque que seus rostos vistos pela primeira vez, Rachel desceu as escadas muito devagar, perdida em pensamentos sobre seu tio, seus livros, o fato de ele nunca ir a bailes e sua visão esquisita da vida, totalmente inexplicável, mas aparentemente satisfatória, quando seu olho foi atraído por um bilhete com seu nome no saguão. O endereço estava escrito numa letra pequena e forte, desconhecida, e o bilhete, sem começo, dizia:

"Estou enviando o primeiro volume de Gibbon, como prometi. Pessoalmente, tenho pouco a dizer sobre os modernos, mas vou lhe mandar Wedekind quando o tiver concluído. Donne? A senhorita leu Webster e todo aquele grupo? Invejo-a, porque vai lê-los pela primeira vez. Completamente exausto depois da noite passada. E a senhorita?"

O floreio de iniciais, que ela imaginou serem St. J.A.H., encerrava a carta. Ficou muito lisonjeada com o fato de Sr. Hirst ter se lembrado dela e de ter cumprido sua promessa tão rapidamente.

Ainda faltava uma hora para o almoço, e com Gibbon em uma mão e Balzac na outra ela saiu pelo portão e desceu a trilhazinha de barro batido entre oliveiras na encosta do morro. Estava quente demais para subir os morros, mas no vale havia árvores e uma vereda de relva ao longo do leito do rio. Naquele país onde a população se centralizava nas cidades era possível afastar-se da civilização em pouco tempo, passando só por eventuais granjas onde as mulheres lidavam com raízes vermelhas no pátio, ou por um menininho deitado sobre os cotovelos na encosta rodeado por um rebanho de cabras de cheiro forte. Exceto por um fio de água no fundo, o rio era meramente um fundo canal de pedras amarelas secas. Na margem cresciam aquelas árvores que Helen dissera valerem toda a viagem. Abril fizera desabrocharem seus botões, e grandes flores ostentavam entre suas lustrosas folhas verdes, com pétalas de uma grossa substância parecida com cera em belas cores: creme, rosa ou vermelho profundo.

Mas cheia de uma daquelas exaltações irracionais, que geralmente começam sem causa conhecida e arrebatam em seu braço países e céus inteiros, ela caminhava sem nada ver. A noite ultrapassava os limites do dia. Seus ouvidos pulsavam com as melodias que tocara na noite anterior; ela cantou, e cantar a fazia caminhar mais e mais depressa. Não via distintamente o lugar aonde estava indo, as árvores e a paisagem aparecendo apenas como montes de verde e azul, com eventual esboço de céu de várias cores. Rostos de pessoas que vira na noite anterior apareceram à sua frente; ouviu suas vozes; parou de cantar e começou a repetir coisas ou dizê-las de jeito diferente, ou inventar coisas que poderiam ter sido ditas. O constrangimento de estar entre estranhos num vestido de seda comprido tornava inusitadamente excitante caminhar assim sozinha. Hewet, Hirst, Sr. Venning, Srta. Allan, a música, a luz, as árvores escuras no jardim, o amanhecer – enquanto ela andava, continuavam girando dentro de sua cabeça, um fundo tumultuado do qual o presente momento, com sua oportunidade de fazer exatamente o que queria, destacava-se maravilhosamente, mais vivo do que na noite anterior.

Assim ela poderia ter caminhado até perder toda a noção do seu caminho não fosse uma árvore que, embora não crescesse no meio da trilha, impediu-a, como se os galhos lhe tivessem batido no rosto. Era uma árvore comum, mas pareceu-lhe tão estranha como se fosse a única árvore do mundo. O tronco era escuro no meio, e os ramos saltavam aqui e ali, deixando intervalos recortados de luz, tão nítidos como se tivessem brotado do chão naquele momento. Depois de uma visão que ficara com ela a vida toda, e ela preservaria aquele momento, a árvore mergulhou mais uma vez na fileira comum de árvores, e ela foi capaz de sentar-se à sua sombra apanhando as flores vermelhas com finas folhas verdes que cresciam debaixo dela. Colocou-as lado a lado, flor com flor e caule com caule, acariciando-as, porque, caminhando sozinha, flores e até pedrinhas na terra tinham sua própria vida e disposição, evocando as sensações de uma criança para quem tinham servido de companheiras. Erguendo os olhos, sua visão foi atraída pela linha das montanhas lançada energicamente através do céu como o laço de uma chibata retorcida. Ela fitou o distante céu pálido e os locais altos e nus sobre os topos das montanhas expostos ao sol. Quando se sentou, largou os livros na terra a seus pés e baixou os olhos para eles, ali deitados, tão quadrados sobre a relva, um talo alto, inclinando-se e acariciando a macia capa marrom de Gibbon, enquanto o Balzac de um azul salpicado jazia despido ao sol. Sentindo que abrir e ler seria certamente uma experiência surpreendente, ela virou a página do historiador e leu que:

"*Seus generais, na primeira parte de seu reinado, tentaram reduzir a Etiópia e a Arábia Felix. Marcharam quase 1500 quilômetros ao sul do trópico; mas o calor do clima logo repeliu os invasores e protegeu os pacíficos nativos daquelas regiões sequestradas... Os países do norte da Europa dificilmente mereceriam os custos e os trabalhos da conquista. As florestas e pantanais da Germânia eram povoados por uma raça intrépida de bárbaros, que desprezavam a vida quando privada da liberdade.*"

Nunca palavras lhe tinham parecido tão vivas e belas – Arábia Felix... Etiópia. Mas não eram mais nobres do que as outras, bárbaros intrépidos, florestas e pantanais. Pareciam abrir estradas até os primórdios do mundo em cujos lados os povos de todos os tempos e países se postavam em avenidas; passando por elas, todo o conhecimento seria dela; e o livro do mundo voltaria atrás, até a primeira de todas as páginas. Estava tão excitada com as possibilidades do conhecimento que agora se abriam diante dela, que deixou de ler; e uma brisa virando a página fez a capa do Gibbon farfalhar docemente, fechando-se. Então ela se levantou de novo e continuou andando. Devagar, sua cabeça ficou menos confusa e procurou as origens de sua exaltação, que eram duas e podiam ser limitadas com algum esforço às pessoas de Sr. Hirst e de Sr. Hewet. Qualquer análise clara deles era impossível, devido à aura de assombro na qual estavam envolvidos. Ela não podia raciocinar sobre eles como sobre pessoas cujas emoções seguiam as mesmas regras que as dela, e sua mente detinha-se sobre eles com uma espécie de prazer físico, como o que é causado pela contemplação de coisas brilhantes penduradas ao sol. Delas parecia irradiar-se toda a vida; as palavras dos livros estavam envoltas em brilho. Assim, ela começou a ser perseguida por uma suspeita de que ela estava tão relutante em enfrentar que gostou de ter tropeçado sobre o capim, pois assim sua atenção se dispersava, mas num segundo concentrara-se outra vez. Inconscientemente, ela caminhara mais e mais depressa, seu corpo tentando correr mais que a mente; mas agora estava no topo de um pequeno outeiro que se erguia acima do rio e expunha o vale. Não conseguia mais jogar com várias ideias, mas precisava lidar com a mais persistente, e uma espécie de melancolia substituiu sua excitação. Sentou-se na terra, agarrando os dois joelhos juntos, e olhou em frente sem ver. Por algum tempo observou uma grande borboleta amarela que abria e fechava suas asas muito lentamente sobre uma pedra chata.

– O que é estar apaixonada? – perguntou depois de um longo silêncio; cada palavra, ao surgir, lançava-se num mar desconhecido. Hipnotizada pelas asas da borboleta, e aterrorizada pela descoberta de uma terrível possibilidade na vida, ela ficou sentada mais algum tempo. Quando a borboleta voou, afastando-se, ela se ergueu, e com seus dois livros debaixo do braço voltou para casa novamente, como um soldado preparado para uma batalha.

14

O sol daquele mesmo dia foi baixando, a penumbra foi saudada, como sempre no hotel, com um instantâneo brilho de lâmpadas elétricas. As horas entre o jantar e a cama eram sempre difíceis de passar, e na noite seguinte ao baile continuavam disfarçadas pela impaciência da dissipação. Certamente, na opinião de Hirst e de Hewet, que se deitavam em longas poltronas no meio do saguão com xícaras de café ao lado e cigarros nas mãos, a noite era inusitadamente enfadonha, as mulheres estavam inusitadamente malvestidas, os homens inusitadamente enfatuados. Mais que isso, quando fora distribuída a correspondência meia hora atrás, não houvera cartas para nenhum dos dois jovens. Como praticamente todo mundo recebera duas ou três gordas cartas da Inglaterra, que agora estavam lendo, aquilo pareceu duro de suportar, e levou Hirst a fazer o comentário cáustico de que os animais tinham sido alimentados. Disse que o silêncio deles lhe recordava o silêncio da jaula dos leões quando cada fera segura um naco de carne crua entre as patas. Estimulado por essa comparação, ele prosseguiu, comparando alguns a hipopótamos, outros a canários, outros a porcos, alguns a papagaios e alguns a repulsivos répteis enroscados em torno de corpos semiapodrecidos de ovelhas. Os sons intermitentes – ora uma tosse, ora um horrível pigarro, ora um fragmento de diálogo – são exatamente o que se escuta ao se parar junto da jaula dos leões quando estão mastigando os ossos, disse ele. Mas essas comparações não instigaram Hewet, que, depois de um olhar desinteressado pelo aposento, fixou os olhos num feixe de lanças nativas tão habilmente arranjado que apontava para a gente, não importando por que lado alguém se aproximasse. Era claro que ele se esquecera do ambiente; e Hirst, percebendo que a mente de Hewet estava totalmente vazia, fixou melhor sua atenção sobre as outras criaturas na sala. Estava longe demais para escutar o que diziam, porém divertiu-se, construindo pequenas teorias a respeito delas, extraídas de seus gestos e aparência.

Sra. Thornbury recebera muitas cartas. Estava totalmente concentrada nelas. Quando terminava uma página, passava-a ao marido, ou lhe dava o sentido do que estava lendo, numa série de breves citações unidas por um som no fundo da garganta.

– Evie escreve que George foi a Glasgow. "Ele acha Sr. Chadbourne uma pessoa muito simpática para se trabalhar, e esperamos passar o Natal juntos, mas eu não gostaria de levar Betty e Alfred para muito longe (não, é certo), embora seja difícil imaginar tempo frio neste calor... Eleanor e Roger vieram na sua nova carruagem... Eleanor parecia mais ela mesma do que quando a vi no inverno. Ela agora passou Baby para três mamadeiras, o que, tenho certeza, é uma coisa sábia. (Eu também tenho certeza), e assim consegue noites melhores... Meu cabelo ainda está caindo. Encontro cabelo no travesseiro! Mas fico contente com notícias de Tottie Hall Green... Muriel está em Torquay, divertindo-se enormemente em bailes. Afinal ela *vai* mostrar o seu *pug* preto"... Uma linha de Herbert – tão ocupado, coitado! Ah, Margaret diz: "A pobre Sra. Fairbanks morreu no dia oito, de repente, na estufa, só uma criada na casa, que não teve presença de espírito para levantá-la, o que as pessoas pensam que poderia tê-la salvo, mas o médico diz que a morte poderia ter vindo a qualquer momento, e apenas se pode agradecer por ter sido na

sua casa e não na rua (eu também acho!). Os pombos aumentaram terrivelmente, exatamente como os coelhos há cinco anos...
– Enquanto ela lia, seu marido ficava balançando a cabeça bem de leve, mas regularmente, em sinal de aprovação.

Perto dali, Srta. Allan estava também lendo suas cartas. Não eram todas agradáveis, como se podia ver pela vaga rigidez que cobrira seu grande e bonito rosto quando terminou de ler e as recolocou cuidadosamente nos envelopes. Linhas de preocupação e responsabilidade faziam-na parecer antes um homem idoso do que uma mulher. As cartas lhe traziam notícias do fracasso da colheita de frutas do ano passado na Nova Zelândia, o que era um assunto sério, pois Hubert, seu único irmão, vivia de uma granja de frutas, e se fracassasse de novo, naturalmente ele jogaria tudo para o alto e voltaria para a Inglaterra, e o que fariam com ele desta vez? A viagem até ali, que significava a perda de um semestre de trabalho, tornava-se uma extravagância, e não as justas e maravilhosas férias que lhe eram devidas depois de 15 anos dando aulas e corrigindo trabalhos sobre literatura inglesa. Emily, sua irmã, que também era professora, escrevera: "Devíamos estar preparadas, embora eu não tenha dúvida de que desta vez Hubert vai ser mais razoável". Depois continuava no seu jeito sensato a dizer que estava tendo um período muito alegre nos Lagos. "Estão extraordinariamente bonitos agora. Raramente vi as árvores tão adiantadas nesta época do ano. Almoçamos fora vários dias. A velha Alice está tão jovem quanto antes, pergunta afetuosamente por todo mundo. Os dias passam muito depressa, e em breve recomeçarão as aulas. As perspectivas políticas não são boas, eu acho, mas não gosto de abafar o entusiasmo de Ellen. Lloyd George defendeu o projeto de lei, mas tantos fizeram isso antes dele, e veja onde estamos; espero estar enganada. Seja como for, temos nosso trabalho planejado... Certamente Meredith não tem o toque humano que a gente aprecia em W.W." concluía ela, e passava a discutir algumas questões de literatura inglesa que Srta. Allan propusera em sua última carta.

A pouca distância de Srta. Allan, numa cadeira sombreada e semioculta por um grosso tufo de palmeiras, Arthur e Susan estavam lendo as cartas um do outro. Os grandes manuscritos floreados de jovens jogadoras de hóquei em Wiltshire estavam sobre os joelhos de Arthur, enquanto Susan decifrava pequenas letras apertadas, que raramente enchiam mais que uma página, sempre dando a mesma impressão de uma benevolência animada e jocosa.

– Espero realmente que Sr. Hutchinson goste de mim, Arthur – disse ela erguendo os olhos.

– Quem é a sua afetuosa Flo? – perguntou Arthur.

– Flo Graves... a moça de quem lhe falei, que estava noiva daquele medonho Sr. Vincent – disse Susan. – Sr. Hutchinson é casado? – perguntou.

Sua mente já se ocupava com planos benevolentes para suas amigas, ou melhor, um plano magnífico que também era simples – todas iriam se casar de uma vez assim que ela voltasse. Casamento, casamento, era a coisa certa a se fazer, a única coisa, a solução exigida para todos os que ela conhecia, e grande parte de suas meditações dedicava-se a lembrar as circunstâncias de desconforto, solidão, doença, ambição não satisfeita, inquietação, excentricidade, pegando coisas e largando-as de novo, falar em público, atividade filantrópica da parte dos homens, e especialmente das mulheres, porque queriam se casar, estavam tentando se casar e não conseguiam se casar. Se, como ela tendia a acreditar, esses sintomas às vezes persistem depois do casamento, ela só podia atribuí-los a uma lei infeliz da natureza, que decretava que havia só um Arthur Venning e só uma Susan para se casar com ele. Naturalmente, sua teoria tinha o mérito de ser plenamente apoiada por seu próprio caso. Ela estivera vagamente desconfortável em casa por um ou dois anos, e uma viagem como aquela com sua velha tia egoísta que pagava sua passagem, mas a tratava como criada e companheira, era um exemplo do tipo de coisa que as pessoas esperavam dela. Assim que ficou noiva, Sra. Paley se portou com instintivo respeito, protestou até quando Susan se ajoelhou como sempre para amarrar seus sapatos, parecia realmente grata por uma hora da companhia de Susan, quando estivera habituada a exigir duas ou três como um direito seu. Por isso, ela previa uma vida de muito mais conforto do que aquela a que estava acostumada, e a mudança tornava muito mais cálidos seus sentimentos para com outras pessoas.

Fazia agora quase 20 anos que Sra. Paley não conseguia amarrar seus sapatos, nem ao menos enxergá-los, tendo o desaparecimento de seus pés coincidido mais ou menos com a morte de seu marido, homem de negócios. Pouco depois de sua morte, Sra. Paley começou a engordar. Era uma velha egoísta, independente, tinha ganhos consideráveis, que gastava cuidando de uma casa que precisava de sete criadas e uma faxineira em Lancaster Gate, e outra casa com jardim e cavalos de carruagem em Surrey. O noivado de Susan a aliviava da grande inquietação de sua vida – que seu filho Christopher se "enrolasse" com a prima. Agora que essa fonte familiar de interesse fora removida, ela se sentia um pouco deprimida e inclinava-se a ver em Susan mais do que costumara ver. Decidira dar-lhe um belo presente de casamento, um cheque de 200, 250, ou possivelmente, provavelmente – dependia da conta do ajudante de jardineiro e de Huth pela reforma da sala de estar –, até 300 libras esterlinas.

Ela pensava exatamente nessa questão, calculando as cifras, sentada na sua cadeira de rodas com uma mesa coberta de cartas ao lado. O baralho de paciência estava bastante misturado, e ela não queria chamar Susan para ajudar, pois Susan parecia ocupada com Arthur.

"Ela tem todo o direito de esperar um belo presente de mim, claro", pensava Sra. Paley, olhando vagamente o leopardo empalhado nas patas traseiras, "e não tenho dúvida de que espera mesmo! Todo mundo gosta de dinheiro. Os jovens são muito egoístas. Se eu fosse morrer, ninguém sentiria minha falta, só Dakyns, e ela se consolaria com meu testamento! Mas não tenho motivos para me queixar... Ainda posso me divertir. Não sou fardo para ninguém... Gosto bastante de muitas coisas, apesar das minhas pernas."

Mas, estando um pouquinho deprimida, passou a pensar nas únicas pessoas que conhecera que não lhe tinham parecido egoístas nem ávidas por dinheiro, que lhe tinham parecido de alguma forma mais refinadas do que o geral; pessoas, reconheceu de boa vontade, que eram mais finas do que ela mesma. Havia somente duas. Uma era seu irmão, que se afogara diante de seus olhos, outra uma mocinha, sua maior amiga, que morrera dando à luz o primeiro filho. Essas coisas tinham acontecido há uns 50 anos.

Eles não deviam ter morrido, pensou. Mas morreram, e nós, velhas criaturas egoístas, continuamos aqui. As lágrimas lhe vieram aos olhos; sentia uma verdadeira saudade deles, uma espécie de respeito por sua juventude e beleza, e uma espécie de vergonha de si mesma; mas as lágrimas não caíram; ela abriu um daqueles inumeráveis romances que costumava julgar bons ou ruins, ou bastante medíocres ou realmente maravilhosos. "Não sei como é que as pessoas imaginam coisas assim", costumava dizer, tirando seus óculos e erguendo seus velhos olhos desbotados, que começavam a adquirir círculos esbranquiçados.

Logo atrás do leopardo empalhado, Sr. Elliot jogava xadrez com Sr. Pepper. Naturalmente estava sendo derrotado, pois Sr. Pepper quase não tirava os olhos do tabuleiro, e Sr. Elliot ficava recostado para trás na cadeira fazendo comentários com um cavalheiro que chegara na noite anterior, um homem alto e bonito, a cabeça parecendo a de um intelectual. Depois de alguns poucos comentários de natureza geral, estavam descobrindo que conheciam algumas pessoas em comum, o que ficara óbvio desde que se tinham visto, pela sua própria aparência.

– Ah, sim, o velho Truefit – disse Sr. Elliot. – Tem um filho em Oxford. Muitas vezes me hospedei com eles. Uma linda velha casa no estilo jacobino. Uns Greuzes muito bonitos... uma ou duas pinturas holandesas que o velho guardava nos porões. Também havia pilhas e mais pilhas de gravuras. Ah, a sujeira daquela casa! Ele era um avarento, você sabe. O rapaz casou-se com uma filha de Lorde Pinwells. Também os conheço. A mania de colecionar tende a repetir-se nas famílias. Esse homem coleciona fivelas... devem ser fivelas de sapatos masculinos, usados entre 1580 e 1660; as datas podem não ser exatas, mas o fato é como eu disse. O verdadeiro colecionador sempre tem uma excentricidade desse tipo. Noutros pontos ele é tão comum quanto um criador de vacas, o que por acaso é sua profissão. Então, os Pinwells, como você provavelmente sabe, também têm suas excentricidades. Lady Maud, por exemplo... – aqui ele foi interrompido pela necessidade de analisar sua jogada – Lady Maud tem horror a gatos, sacerdotes e pessoas com dentes frontais grandes. Eu a escutei gritar do outro lado da mesa. "Fique de boca fechada, Srta. Smith; eles são amarelos como cenouras!". Isso à mesa, imagine. Comigo ela sempre foi educadíssima. Mexe com literatura, gosta de reunir alguns de nós na sua sala de estar, mas mencione um padre, um bispo, até o próprio arcebispo, e ela começa a gorgolejar como um peru. Disseram-me que é uma briga de família... algo ligado a um antepassado no reinado de Carlos I. Sim – continuou ele, sofrendo um xeque depois do outro –, eu gosto de saber coisas sobre as avós dos nossos elegantes jovens. Na minha opinião, eles preservam tudo o que admiramos no século XVIII, com a vantagem, na maioria dos casos, de serem pessoalmente asseados. Não que se fosse insultar Lady Barborough, dizendo que é asseada. Hilda – chamou sua esposa –, quantas vezes Sua Senhoria toma banho?

– Eu não gostaria de dizer, Hugh – respondeu Sra. Elliot com um risinho abafado. – Mas, usando veludo roxo mesmo nos mais quentes dias de agosto, não se nota.

– Pepper, você me venceu - disse Sr. Elliot. – Meu xadrez é pior do que eu lembrava. – Ele aceitou sua derrota com grande equanimidade, porque o que realmente queria era falar.

Depois empurrou sua cadeira ao lado de Sr. Wilfrid Flushing, o recém-chegado.

– O senhor vende tudo isso? – perguntou, apontando para um estojo na frente deles, onde crucifixos, joias altamente polidas, peças de bordado e obras de nativos estavam expostos.

– Tudo falsificado – disse Sr. Flushing, lacônico. – Mas essa manta não está nada ruim. – Ele inclinou-se e pegou uma parte da manta a seus pés. – Não é antiga, claro, mas o desenho está conforme a tradição. Alice, empreste-me seu broche. Vejam a diferença entre trabalho antigo e novo.

Uma senhora que lia muito concentrada soltou o seu broche e deu-o ao marido sem olhar para ele nem para a tentativa de mesura que Sr. Elliot queria lhe fazer. Se ela tivesse escutado, poderia ter se divertido com a referência à velha Lady Barborough, sua tia-avó, mas, esquecida de onde estava, continuou lendo.

O relógio que há alguns minutos sibilava como um velho preparando-se para tossir, bateu nove horas. O som perturbou de leve alguns sonolentos homens de negócios, pessoal do governo e homens de posses recostados em suas poltronas, conversando, fumando, ruminando sobre seus assuntos, olhos semicerrados; eles levantaram suas pálpebras um instante, ouvindo as batidas, e as fecharam de novo. Pareciam crocodilos tão repletos por sua última refeição que o futuro do mundo não lhes dava a menor ansiedade. A única perturbação na sala plácida e iluminada foi uma grande mariposa que disparava de lâmpada em lâmpada, zumbindo por cima de penteados elaborados, fazendo várias jovens erguerem as mãos nervosas, exclamando:

– Alguém tem de matá-la!

Absorvidos em seus próprios pensamentos, Hewet e Hirst não falavam há bastante tempo.

Quando o relógio bateu, Hirst disse:

– Ah, as criaturas começam a mover-se... – Observou-as se levantando de seus lugares, olhando em torno e sentando-se de novo. – O que eu mais detesto – concluiu – é o seio feminino. Imagine ser Venning e ter de ir para a cama com Susan! Mas a coisa realmente repulsiva é que elas não sentem absolutamente nada... mais ou menos o que sinto quando tomo um banho quente. São grosseiras, são absurdas, são absolutamente insuportáveis!

Dizendo isso, sem obter resposta de Hewet, ele continuou pensando em si mesmo, na ciência, em Cambridge, no Tribunal, em Helen e no que ela pensaria dele, até que, muito cansado, começou a cabecear e cochilar.

De repente, Hewet despertou-o.
– Como é que você sabe o que sente, Hirst?
– Você está apaixonado? – perguntou Hirst colocando o monóculo.
– Não seja bobo – respondeu Hewet.
– Bem, vou pensar nisso – disse Hirst. – Nós realmente devíamos. Se ao menos essas pessoas aí pensassem, o mundo seria um lugar bem melhor para se viver. Está tentando pensar?

Era exatamente isso que Hewet estivera fazendo na última meia hora, mas naquele momento não achou que Hirst estivesse sendo compreensivo.

– Vou dar um passeio – disse Hewet.
– Lembre-se de que ontem à noite não fomos dormir – disse Hirst com um bocejo prodigioso.

Hewet levantou-se e esticou o corpo.
– Quero caminhar e respirar um pouco – disse.

Um sentimento inusitado o estivera incomodando a noite toda, impedindo-o de seguir qualquer linha de pensamento. Era exatamente como se estivesse no meio de uma conversa que lhe interessasse profundamente e alguém viesse interrompê-la. Não conseguia terminar a conversa, e, quanto mais ficava ali sentado, mais queria concluí-la. Como o diálogo interrompido tivesse sido com Rachel, indagava-se por que sentia isso e por que queria continuar falando com ela. Hirst teria dito apenas que estava apaixonado por ela. Mas não estava. Amor começava assim, com o desejo de continuar conversando? Não. No caso dele, sempre começava com sensações físicas definidas, que não aconteciam desta vez. Havia alguma coisa, inusitada, claro, em relação a ela – era jovem, inexperiente, indagadora, tinham sido mais francos um com o outro do que era possível habitualmente. Ele sempre achava interessante falar com moças, e essa era uma boa razão para querer continuar falando com ela; e na noite passada, com a multidão e a confusão, ele apenas conseguira começar um diálogo. O que estaria ela fazendo agora? Deitada num sofá olhando o teto, quem sabe? Podia imaginá-la fazendo isso, Helen numa poltrona com as mãos no braço da poltrona, assim – olhando em frente com aqueles olhos enormes –, não, não, estariam conversando, claro, sobre o baile. Mas e se Rachel partisse por um dia ou dois, e se fosse o fim de sua visita, e seu pai tivesse chegado num dos vapores ancorados na baía? – Era insuportável saber tão pouco sobre ela. Por isso, Hewet exclamou:

– Como é que você sabe o que sente, Hirst? – para impedir-se de pensar.

Mas Hirst não o ajudou, e as outras pessoas, com seus movimentos despropositados e suas vidas desconhecidas, eram perturbadoras, de modo que ansiava por uma escuridão vazia. A primeira coisa que buscou quando saiu da porta do salão foi a luz da *villa* dos Ambrose. Quando decidiu finalmente que uma luz apartada das outras mais acima no morro era a luz deles, ficou bem mais tranquilo. Parecia haver de repente um pouco de estabilidade em sua incoerência. Sem qualquer plano definido na mente, ele dobrou à direita e atravessou a cidade, chegando até o muro onde as estradas se encontravam, e parou. Ouvia-se o bramido do mar. A massa azul escura das montanhas erguia-se diante do azul mais pálido do céu. Não havia lua, mas miríades de estrelas e luzes ancoradas acima e abaixo das escuras ondas de terra ao seu redor. Ele quis voltar, mas a luz isolada da *villa* dos Ambrose se transformara em três luzes separadas, e ficou tentado a prosseguir. Podia verificar se Rachel ainda estava lá. Caminhando depressa, logo chegou junto do portão de ferro do jardim deles e empurrou-o; o contorno da casa subitamente apareceu nítido diante de seus olhos, com a fina coluna da varanda atravessando o cascalho palidamente iluminado do terraço. Ele hesitou. Alguém fazia ruído com latas nos fundos da casa. Aproximou-se da frente; a luz no terraço mostrava que as salas de estar ficavam daquele lado. Parou o mais próximo da luz que podia, no canto da casa, as folhas de uma hera roçando seu rosto. Depois de um momento ouviu uma voz. A voz prosseguiu firme; não era uma conversa, mas, pela continuidade do som, era uma voz lendo em voz alta. Ele esgueirou-se um pouco mais perto; juntou as folhas para que não farfalhassem em torno de suas orelhas. Podia ser a voz de Rachel. Saiu da sombra e entrou nos raios de luz; então ouviu uma frase nitidamente pronunciada:

– E lá vivemos do ano de 1860 a 1895, os anos mais felizes da vida de meus pais, e lá, em 1862, meu irmão Maurice nasceu, para encanto de seus pais, e estava destinado a ser o encanto de todos os que o conhecessem.

A voz corria e o tom tornou-se conclusivo, erguendo-se de leve, como se as palavras fossem o fim de um capítulo. Hewet recuou para a sombra. Houve um silêncio prolongado. Ele ouviu cadeiras sendo empurradas lá dentro. Quase decidiu voltar, quando de repente duas figuras apareceram na janela, a menos de dois metros de onde ele estava.

– Foi de Maurice Fielding, é claro, que sua mãe esteve noiva – disse a voz de Helen. Falava em tom pensativo, olhando para o jardim escuro, evidentemente pensando tanto na aparência da noite quanto no que dizia.

– Mamãe? – disse Rachel. O coração de Hewet saltou, e ele notou isso. A voz dela, embora baixa, estava cheia de surpresa.

– Você não sabia? – disse Helen.

– Eu nem sabia que tinha havido outra pessoa – disse Rachel. Sua surpresa era evidente, mas tudo o que diziam era baixo e inexpressivo, porque estavam falando na fria noite escura.

– Ela teve mais apaixonados do que qualquer outra pessoa que conheci – afirmou Helen. – Tinha... esse poder, ela saboreava as coisas. Não era linda, mas... pensei nela ontem à noite durante o baile. Ela sabia lidar com todo tipo de pessoas e tornava tudo tão surpreendentemente... divertido.

Parecia que Helen ia voltar ao passado, escolhendo palavras deliberadamente, comparando Theresa com as pessoas que conhecera depois que ela morrera.

– Não sei como ela fazia isso – prosseguiu e calou-se; houve uma longa pausa, em que uma corujinha gritou, primeiro aqui, depois ali, movendo-se de árvore em árvore no jardim.

– É bem típico de tia Lucy e de tia Katie – disse Rachel por fim. Elas sempre me disseram que ela era muito triste e muito boa.

– Mas então por que, pelo amor de Deus, elas sempre a criticavam quando era viva? – disse Helen. Suas vozes soavam muito docemente, como se atravessassem as ondas do mar.

– Se eu fosse morrer amanhã... – começou ela.

As frases interrompidas tinham uma extraordinária beleza e distanciamento aos ouvidos de Hewet, e uma espécie de mistério também, como se estivessem falando no sono.

– Não, Rachel – exclamou a voz de Helen. – Não vou caminhar no jardim; está úmido... certamente está úmido; além disso, vi pelo menos uma dúzia de sapos.

– Sapos? São pedras, Helen. Venha. Está mais bonito fora. As flores estão perfumadas – respondeu Rachel.

Hewet recuou ainda mais. Seu coração pulsava muito depressa. Aparentemente, Rachel tentava puxar Helen para o terraço, e Helen resistia. Houve uma porção de ruídos de insistência, resistência e risadas das duas. Então apareceu o vulto de um homem. Hewet não conseguia ouvir o que todos diziam. Logo entraram; ele pôde ouvir ferrolhos trancando portas; depois baixou um silêncio mortal, e todas as luzes se apagaram.

Ele afastou-se, ainda amassando e desamassando um punhado de folhas que arrancara da parede. Um delicado sentimento de prazer e alívio o dominou; era tudo tão sólido e pacífico depois do baile no hotel, quer ele estivesse apaixonado por elas ou não, e não estava apaixonado por elas; não, mas era bom estarem vivas.

Depois de ficar quieto um minuto ou dois, ele virou-se e começou a andar em direção ao portão. Com o movimento do seu corpo, a excitação, o romance e a riqueza da vida torvelinhavam em seu cérebro. Gritou um verso, mas as palavras lhe escapavam, e tropeçou entre versos e fragmentos de versos que não tinham nenhum significado senão a beleza das palavras. Fechou o portão e correu cambaleando de um lado a outro morro abaixo, gritando qualquer insensatez que lhe ocorresse.

– Aqui estou! – gritava ritmicamente, enquanto seus pés batiam no chão à esquerda e à direita. – Avançando como um elefante na seiva, arrancando galhos enquanto sigo (ele apanhava galhinhos de um arbusto à beira do caminho), berrando incontroláveis palavras, correndo morro abaixo e falando bobagens alto para mim mesmo a respeito de estradas e folhas e luzes e mulheres saindo para a escuridão... sobre mulheres... sobre Rachel, sobre Rachel.

Ele parou e respirou fundo. A noite parecia imensa e acolhedora, e, embora estivesse tão escuro, parecia haver coisas movendo-se lá embaixo no porto e no mar lá fora. Ele ficou olhando até a escuridão o deixar embotado; então seguiu andando rapidamente, ainda murmurando para si mesmo:

– E eu devia estar na cama, roncando e sonhando, sonhando, sonhando. Sonhos e realidades, sonhos e realidades, sonhos e realidades – repetiu todo o caminho subindo a avenida, quase sem saber o que dizia, até chegar à porta da frente. Lá parou por um segundo e controlou-se antes de abrir a porta.

Seus olhos estavam aturdidos, as mãos muito frias, seu cérebro excitado e mesmo assim semiadormecido. Dentro de casa tudo estava como deixara, exceto o saguão, que estava vazio. Havia cadeiras voltadas umas para as outras onde as pessoas tinham se sentado conversando, copos vazios sobre mesinhas e jornais espalhados no chão. Quando fechou a porta, sentiu-se aprisionado numa caixa quadrada e imediatamente murchou. Era tudo muito pequeno e muito claro. Parou por um minuto junto da mesa comprida para procurar um jornal que andara querendo ler, mas ainda estava demasiado influenciado pela escuridão e pelo ar puro para refletir exatamente qual era o jornal e onde o vira.

Enquanto remexia vagamente os jornais, viu com o rabo do olho uma figura passar, descendo as escadas. Ouviu um farfalhar de saias, e, para sua grande surpresa, Evelyn M. veio até ele, pousou a mão na mesa como para evitar que ele apanhasse um jornal, e disse:

— O senhor é exatamente a pessoa com quem eu queria falar. — Sua voz era um pouquinho desagradável e metálica, seus olhos muito brilhantes, e ela os mantinha fixos em Hewet.

— Falar comigo? — repetiu ele. — Mas estou quase dormindo.

— Mas acho que o senhor entende melhor que a maioria das pessoas — respondeu ela e sentou-se numa cadeirinha junto de uma grande poltrona de couro, de modo que Hewet teve de sentar-se ao lado dela.

— Então? — disse ele, bocejando abertamente, acendendo um cigarro. Não podia acreditar que aquilo estava realmente lhe acontecendo. — Do que se trata?

— O senhor realmente está interessado, ou é só pose? — indagou ela.

— A senhora é que vai dizer — respondeu ele. — Acho que estou interessado. — Ainda se sentia embotado e parecia-lhe que ela estava próxima demais.

— Qualquer um pode estar interessado! — exclamou ela. — Seu amigo Sr. Hirst está interessado, suponho. Mas acredito no senhor. Tem cara de ter uma irmã simpática.

Ela fez uma pausa, apanhando umas lantejoulas em seu regaço, e então, como se tivesse tomado uma decisão, começou:

— Seja como for, vou lhe pedir um conselho. O senhor alguma vez entrou num estado em que não entende mais sua própria mente? Estou me sentindo assim. Sabe, na noite passada, no baile, Raymond Oliver, o rapaz alto e moreno que parece ter sangue índio... bem, estávamos sentados juntos lá fora e ele me contou realmente tudo a respeito de si mesmo, de como é infeliz em casa e como odeia estar aqui. Colocaram-no num trabalho horrível, de minas. Ele diz que é horrível... Sei que eu gostaria, mas isso não é nem aqui nem lá. E tive muita pena dele, não se podia deixar de ter pena, e quando ele me perguntou se podia me beijar, eu deixei. Não vejo nenhum mal nisso, e o senhor? E então esta manhã ele disse que achava que eu queria dizer mais alguma coisa e que eu não era o tipo de mulher que deixa qualquer um lhe dar um beijo. E falamos muito. Atrevo-me a dizer que fui muito boba, mas não dá para evitar de gostar de pessoas quando se tem pena delas. Eu gosto terrivelmente dele... – Ela fez uma pausa. – Então lhe fiz uma meia promessa, e depois, sabe, existe Alfred Perrott.

– Ah, o Perrott – disse Hewet.

– Ficamos nos conhecendo no piquenique outro dia – continuou ela. – Parecia tão solitário, especialmente quando Arthur se afastou com Susan, e não se podia deixar de adivinhar o que se passava em sua mente. Então tivemos uma conversa bastante longa quando vocês estavam olhando as ruínas, e ele me contou tudo sobre sua vida, suas lutas e de como tudo fora terrivelmente difícil. Sabe, ele foi mensageiro numa mercearia e carregava os embrulhos das pessoas para a casa delas num cesto. Isso me interessou sobremaneira, pois sempre digo que não importa como se nasce, desde que se tenha material bom por dentro. Ele me falou da irmã paralítica, pobre mocinha, pode-se ver que é uma grande provação, embora ele evidentemente lhe seja muito devotado. Devo dizer que admiro pessoas assim! Não espero que admire, pois o senhor é tão culto... Bem, na noite passada nos sentamos juntos lá fora no jardim, e não pude deixar de ver o que ele queria dizer, de consolá-lo um pouquinho, dizendo-lhe que me importava com ele... e realmente me importo... só que agora existe Raymond Oliver. O que quero que o senhor me diga é: pode-se estar apaixonada por duas pessoas ao mesmo tempo, ou não?

Ficou calada, sentada com o queixo nas mãos, parecendo muito concentrada, como se enfrentasse um problema real que tivessem de discutir.

– Acho que depende do tipo de pessoa que se é – disse Hewet, e encarou-a. Era pequena e bonita, talvez com 28 ou 29 anos, mas, embora belas e bem feitas, suas feições não expressavam nada muito claramente, exceto uma grande dose de animação e boa saúde.

– Quem é a senhorita, o que é a senhorita? Veja, não sei nada a seu respeito – continuou ele.

– Bem, era disso que eu ia falar – disse Evelyn M. ainda com o queixo apoiado nas mãos e olhando em frente com atenção.

– Sou filha de mãe solteira, se isso lhe interessa. Não é uma coisa muito boa. Acontece sempre no interior. Ela era filha de um fazendeiro, e ele era um bonitão... o rapaz da casa grande. Nunca fez as coisas direito... nunca se casou com ela... embora nos desse bastante dinheiro. Sua família não deixava. Pobre papai! Não posso deixar de gostar dele. Mas mamãe não era mesmo o tipo de pessoa que pudesse satisfazê-lo. Foi morto na guerra. Acho que seus homens o adoravam. Dizem que no campo de batalha alguns de seus comandados, homens enormes, choraram sobre seu corpo. Eu queria tê-lo conhecido. Mamãe perdeu toda a vontade de viver. O mundo... – Ela fechou o punho. – Ah, as pessoas podem ser horríveis com uma mulher dessas! – Virou-se para Hewet. – Bem, quer saber mais a meu respeito?

– Mas, e a senhorita? – perguntou ele. – Quem tomava conta da senhorita?

– Em geral eu cuido de mim mesma – riu ela. – Tive amigos esplêndidos. Eu gosto de gente! Esse é o problema. O que faria o senhor se gostasse tremendamente de duas pessoas ao mesmo tempo e não pudesse dizer de qual gosta mais?

– Eu continuaria gostando delas... e esperaria para ver o que ia acontecer. Por que não?

– Mas é preciso decidir-se – disse Evelyn. – Ou o senhor é uma dessas pessoas que não acreditam em casamento e tudo isso? Olhe... isso não é justo, eu conto tudo, e o senhor não me conta nada. Quem sabe o senhor é igual ao seu amigo... – Ela olhou-o, cheia de suspeitas. – Talvez não goste de mim.

– Eu não a conheço – disse Hewet.

– Eu sei quando gosto de uma pessoa no primeiro instante! Na primeira noite no jantar soube que gostava do senhor. Ah, meu Deus – continuou impaciente –, quanto aborrecimento seria poupado se as pessoas dissessem francamente as coisas que pensam. Eu sou assim. Não posso fazer nada.

– Mas não acha que isso causa problemas? – perguntou Hewet.

– Isso é um erro dos homens – respondeu ela. – Eles sempre forçam isso... no amor, quero dizer.

– E assim a senhorita teve uma proposta atrás da outra – disse Hewet.

– Acho que não recebi mais propostas do que a maioria das mulheres – disse Evelyn, mas sem convicção.

– Cinco, seis, dez? – arriscou Hewet.

Evelyn pareceu calcular que dez talvez fosse a cifra certa, mas que isso não era realmente grande coisa.

– Acho que está me julgando uma flertadora sem coração – protestou ela. – Mas não me importa. Não me importo com o que os outros pensem de mim. Só porque a gente se interessa, quer ser amiga dos homens e fala com eles como se fala com mulheres, já nos chamam de flertadoras.

– Mas, Srta. Murgatroyd...

– Queria que me chamasse de Evelyn – interrompeu ela.

– Depois de dez propostas, sinceramente ainda pensa que os homens são iguais às mulheres?

– Sinceramente, sinceramente... como odeio essa palavra! Sempre é usada por grandes pedantes – exclamou Evelyn. – Sinceramente, acho que deviam ser. É isso que é tão decepcionante. Sempre se pensa que não vai acontecer, e sempre acontece.

– A busca da amizade – disse Hewet. – Título de uma comédia.

– O senhor é terrível – gritou ela. – Não se importa com nada. O senhor parece Sr. Hirst.

– Bem – disse Hewet –, vamos pensar. Vamos pensar... – Ele fez uma pausa, pois no momento não podia lembrar sobre o que é que deviam pensar. Estava bem mais interessado nela do que na sua história, pois, enquanto ela falava, o embotamento dele desaparecia, consciente de uma mistura de afeto, piedade e desconfiança. – A senhorita prometeu se casar com os dois, Oliver e Perrott? – concluiu ele.

– Não exatamente – disse Evelyn. – Não posso decidir sobre qual realmente gosto mais. Ah, como detesto a vida moderna! – disparou ela. – Deve ter sido tão mais fácil para os elisabetanos! Outro dia, na montanha, pensei em como gostaria de ter sido um desses colonizadores, derrubando árvores, fazendo leis e tudo isso, em vez de ficar me fazendo de boba com essa gente que só pensa que eu sou apenas uma moça bonitinha. Embora eu não seja. Eu realmente poderia realizar alguma coisa. – Ela refletiu em silêncio por um minuto, depois disse: – Bem no fundo do coração tenho medo de que Alfred Perrott não sirva. Ele não é forte, é?

– Talvez ele não conseguisse derrubar uma árvore – disse Hewet. – A senhorita nunca gostou de ninguém?

– Gostei de montes de pessoas, mas não para me casar – disse ela. – Acho que sou exigente demais. Toda a vida eu quis alguém que pudesse admirar, alguém grande, alto, esplêndido. Os homens em geral são tão pequenos.

– O que quer dizer com esplêndido? – perguntou Hewet. – As pessoas são o que são... nada mais.

Evelyn ficou perplexa.

– Nós não gostamos das pessoas pelas suas qualidades – tentou explicar Hewet. – Gostamos apenas delas – ele acendeu um fósforo –, só isso – concluiu apontando para as chamas.

– Entendo o que quer dizer – disse ela –, mas não concordo. Eu sei por que gosto das pessoas, e acho que dificilmente me engano. Vejo imediatamente o que há dentro delas. Acho que o senhor deve ser esplêndido; mas não Sr. Hirst.

Hewet sacudiu a cabeça.

– Ele não é nem de longe tão altruísta, tão simpático, tão grande ou tão compreensivo – continuou Evelyn.

Hewet ficou sentado, quieto, fumando seu cigarro.

– Eu odiaria derrubar árvores – comentou.

– Não estou tentando flertar com o senhor, embora ache que pensa que estou! – disparou Evelyn. – Nunca o teria procurado se soubesse que apenas pensa coisas odiosas a meu respeito! – Seus olhos encheram-se de lágrimas.

– A senhorita nunca flerta? – perguntou ele.

– Claro que não – protestou ela. – Eu não lhe disse? Quero amizade; quero gostar de alguém maior e mais nobre do que eu;

se se apaixonam por mim não é culpa minha; não quero isso; odeio isso, na verdade.

Hewet viu que adiantava pouco continuar com aquele diálogo, pois era óbvio que Evelyn não queria dizer nada em particular, mas impor-lhe uma imagem de si mesma, por estar, por algum motivo que não revelava, infeliz ou insegura. Ele estava muito cansado, e um garçom pálido ficava caminhando ostensivamente até o centro da sala, olhando significativamente para eles.

– Estão querendo fechar – disse Hewet. – Meu conselho é que a senhorita conte a Oliver e Perrott, amanhã, que decidiu não se casar com nenhum dos dois. Estou certo de que não quer mesmo. Se mudar de ideia, sempre poderá lhes dizer isso. Os dois são homens sensatos; vão compreender. E então todo esse seu aborrecimento vai passar. – E levantou-se.

Mas Evelyn não se mexeu. Ficou sentada, erguendo para ele seus olhos brilhantes e ansiosos, no fundo dos quais ele pensou detectar um pouco de decepção ou insatisfação.

– Boa noite – disse ele.

– Ainda há montes de coisas que eu queria lhe dizer – disse ela. – E um dia vou dizer. Imagino que o senhor tenha de ir para a cama agora?

– Sim – disse Hewet. – Estou quase dormindo... – Deixou-a ainda sentada sozinha no saguão vazio. – Por que será que elas não querem ser honestas? – resmungava, subindo as escadas. Por que relações entre pessoas diferentes eram tão insatisfatórias, fragmentárias, tão arriscadas, e as palavras tão perigosas que o instinto de simpatizar com outro ser humano devia ser cuidadosamente examinado e provavelmente esmagado? O que Evelyn realmente desejava dizer-lhe? O que sentia agora, sozinha no saguão vazio? O mistério da vida e a irrealidade de nossas próprias sensações o dominaram quando ele descia pelo corredor que levava ao seu quarto. Estava mal iluminado, mas o suficiente para ver uma figura num robe colorido passar rapidamente à sua frente, o vulto de uma mulher passando de um quarto a outro.

15

Sejam frágeis demais ou muito vagos, os laços que unem as pessoas que se encontram por acaso num hotel à meia-noite possuem uma vantagem, pelo menos, em relação aos laços que unem os mais velhos, que, uma vez juntos, têm de viver juntos a vida inteira. Podem ser frágeis, mas são vivos e genuínos, meramente porque o poder de rompê-los está ao alcance de todos, e não há motivo para continuar, exceto um verdadeiro desejo de que continuem. Quando duas pessoas estão casadas há anos, parecem tornar-se inconscientes da presença corporal uma da outra, de modo que se movem como se estivessem sozinhas, falam alto coisas que não esperam resposta, e em geral parecem experimentar todo o conforto do isolamento sem a solidão. As vidas unidas de Ridley e Helen haviam chegado a esse estágio de comunhão, e muitas vezes era necessário que um ou outro lembrasse com esforço se uma coisa fora pronunciada ou apenas pensada, partilhada ou sonhada em particular. Às quatro da tarde, dois ou três dias depois, Sra. Ambrose estava escovando seu cabelo enquanto o marido estava no quarto de vestir contíguo ao quarto dela; eventualmente, através do cascatear da água – ele lavava o rosto – ela ouvia exclamações:

– É assim, ano após ano; eu queria, queria poder acabar com isso – mas ela não dava atenção.

– É branco? Ou só castanho? – ela murmurava examinando um fio de cabelo que brilhava de modo suspeito entre os castanhos. Ela o arrancou e depositou no toucador. Criticava sua própria aparência, ou antes a aprovava, afastando-se um pouco do espelho e olhando seu rosto com majestoso orgulho e melancolia, quando seu marido apareceu na soleira, em mangas de camisa, rosto meio coberto por uma toalha.

– Muitas vezes você me diz que não noto as coisas – comentou ele.

– Então me diga, isto é um cabelo branco? – respondeu ela, e botou o cabelo na mão dele.

– Não há um só cabelo branco em sua cabeça – exclamou ele.

– Ah, Ridley, começo a duvidar – suspirou ela e inclinou sua cabeça debaixo dos olhos dele para que pudesse avaliar, mas a inspeção apenas produziu um beijo na linha divisória dos cabelos, e marido e mulher passaram a mover-se pelo quarto com murmúrios casuais.

– O que é que você estava dizendo? – comentou Helen depois de um intervalo do diálogo que nenhuma terceira pessoa teria entendido.

– Rachel... você devia ficar de olho em Rachel – comentou ele enfaticamente, e Helen, embora continuasse a escovar os cabelos, o encarou. Em geral os comentários dele eram verdadeiros.

– Jovens cavalheiros não se interessam pela instrução de jovens damas sem um motivo – comentou ele.

– Ah, Hirst – disse Helen.

– Hirst e Hewet, para mim é tudo a mesma coisa... todos muito suspeitos – respondeu ele. – Ele a aconselha a ler Gibbon, você sabia disso?

Helen não sabia, mas não admitiu ser inferior ao marido em poder de observação.

Então apenas disse:

– Nada me surpreenderia, mesmo aquele horrível homem voador que encontramos no baile... até Sr. Dalloway... até...

– Aconselho-a a ser circunspecta – disse Ridley. – Existe Willoughby, lembre-se... Willoughby – ele apontou para uma carta.

Helen olhou com um suspiro para um envelope sobre seu toucador. Sim, lá estava Willoughby, lacônico, inexpressivo, eternamente jocoso, retirando o mistério de todo um continente, perguntando pelas maneiras e moral de sua filha – esperando que ela não os aborrecesse, pedindo que a despachassem de volta a bordo do primeiro navio se os estivesse aborrecendo – e depois, grato e afetuoso, com emoção contida, e depois meia página sobre seus próprios triunfos sobre miseráveis pequenos nativos que tinham feito uma greve se recusando a carregar seus navios, até ele berrar em inglês "metendo a cabeça fora da janela bem como estava, em mangas de camisa. Os mendigos tiveram juízo bastante para se dispersarem".

– Se Theresa se casou com Willoughby – comentou ela, virando a página com um grampo de cabelo –, não vejo o que impediria Rachel...

Mas Ridley agora entregava-se a seus próprios aborrecimentos quanto à lavagem de suas camisas, o que o levou a comentar as frequentes visitas de Hughling Elliot, que era chato, pedante, um homem sem graça, mas Ridley não podia simplesmente apontar a porta da rua e mandá-lo embora. A verdade era que viam gente demais. E assim por diante, e assim por diante, mais conversa conjugal mansa e ininteligível, até estarem os dois prontos para descerem para o chá.

A primeira coisa que chamou a atenção de Helen quando desceu a escada foi uma carruagem na porta, cheia de saias e plumas balouçando em cima de chapéus. Teve apenas tempo de entrar na sala de estar antes de dois nomes serem terrivelmente mal pronunciados pela criada espanhola, e Sra. Thornbury entrou um pouco à frente de Sra. Wilfrid Flushing.

– Sra. Wilfrid Flushing – disse Sra. Thornbury com um aceno. – Amiga de nossa amiga comum, Sra. Raymond Parry.

Sra. Flushing apertou a mão de Helen energicamente. Era uma mulher de talvez 40 anos, muito bem posta e ereta, de uma esplêndida robustez, embora não tão alta como fazia parecer sua postura ereta.

Fitou Helen diretamente no rosto e disse:

– A senhora tem uma casa encantadora.

Tinha um rosto bem marcado, os olhos fitavam os outros abertamente, e, embora fosse naturalmente imperiosa, era nervosa ao mesmo tempo. Sra. Thornbury agiu como intérprete, suavizando as coisas com uma série de encantadores comentários banais.

– Sr. Ambrose – disse ela –, tomei a liberdade de prometer que o senhor teria a bondade de dar a Sra. Flushing o benefício de sua experiência. Tenho certeza de que ninguém conhece este país tão bem quanto o senhor. Ninguém dá essas longas caminhadas maravilhosas. Tenho certeza de que ninguém tem o seu conhecimento enciclopédico de todos os temas. Sr. Wilfrid Flushing é um colecionador. Já descobriu coisas realmente belíssimas. Eu não tinha ideia de que os camponeses fossem tão artísticos... embora naturalmente, no passado...

– Não coisas velhas... coisas novas – interrompeu Sra. Flushing laconicamente. – Isto é, quando ele aceita meu conselho.

Os Ambrose conheciam muita gente, pelo menos de nome, por terem vivido tantos anos em Londres, e Helen lembrou-se de ter ouvido falar nos Flushing. Sr. Flushing tinha uma loja de móveis antigos, ele sempre dissera que nunca se casaria porque a maioria das mulheres tinha faces vermelhas e que não compraria uma casa porque casas em geral têm escadas estreitas, que não comia carne porque a maioria dos animais sangra ao serem mortos; depois casou-se com uma excêntrica aristocrata, que certamente não era lívida, que tinha ar de quem come carne e que o forçara a fazer todas as coisas que ele mais detestava – e era essa a dama. Helen contemplou-a com interesse. Tinham saído para o jardim, onde o chá era servido sob uma árvore, e Sra. Flushing se servia de geleia de cerejas. Quando falava, seu corpo dava um singular movimento brusco, que fazia a pluma amarelo-canário em seu chapéu saltar também. Suas feições pequenas, mas firmemente modeladas e vigorosas, com o vermelho profundo de lábios e faces, indicavam muitas gerações de ancestrais bem treinados e bem nutridos antes dela.

– Não me interesso por nada que tenha mais de 20 anos – continuou ela. – Velhos quadros embolorados, velhos livros sujos, ficam em museus onde só servem para serem queimados.

– Eu concordo – riu Helen. – Mas meu marido passa a vida desenterrando manuscritos que ninguém quer. – Ela se diverte com a expressão de perplexa reprovação de Ridley.

– Mas há um homem inteligente em Londres, chamado John, que pinta muito melhor do que os velhos mestres – prosseguiu Sra. Flushing. – Seus quadros me excitam... nada que seja velho me excita.

– Mas também os quadros dele serão velhos um dia – interveio Sra. Thornbury.

– Pois então vou mandar que os queimem, vou botar isso no meu testamento – disse Sra. Flushing.

– E Sra. Flushing vivia numa das mais belas casas antigas da Inglaterra... Chillingley – explicou Sra. Thornbury aos demais.

– Se eu pudesse fazer como quero, mandaria queimá-la amanhã – riu Sra. Flushing. Seu riso era como o pequeno grito de um papagaio, surpreendente e sem alegria. – O que é que uma pessoa sensata quer com uma dessas casas enormes? – perguntou. – Se se desce ao térreo depois de escurecer, fica-se coberto de besouros pretos, e a luz elétrica está sempre apagando. O que fariam se saíssem aranhas da torneira quando abrissem a água quente? – perguntou imperiosa, fixando o olhar em Helen.

Sra. Ambrose deu de ombros, sorrindo.

– É disso que eu gosto – disse Sra. Flushing, entortando a cabeça em direção à *villa*. – Uma casinha num jardim. Uma vez

tive uma, na Irlanda. A gente podia ficar deitado na cama de manhã e apanhar rosas na janela com os dedos dos pés.

– E os jardineiros não ficavam espantados? – indagou Sra. Thornbury.

– Não havia jardineiros – disse Sra. Flushing com uma risadinha. – Ninguém senão eu e uma velha desdentada. Vocês sabem que na Irlanda os pobres perdem seus dentes depois dos 20 anos. Mas não se pode esperar que um político entenda isso... Arthur Balfour não entenderia.

Ridley suspirou, dizendo que nunca esperava que ninguém entendesse nada, muito menos os políticos.

– Porém – concluiu ele –, há uma vantagem em ser muito, muito velho: nada mais importa senão comida e digestão. Tudo o que peço é que me deixem ficar mofando na solidão. É obvio que o mundo está indo o mais depressa que pode para o fundo do poço, e tudo o que posso fazer é sentar-me quieto e consumir o máximo possível minha própria fumaça. – Ele deu um gemido e, com um olhar melancólico, espalhou geleia no pão, pois achava claramente pouco simpática a atmosfera daquela dama tão brusca...

– Sempre contradigo meu marido quando ele diz isso – disse docemente Sra. Thornbury. – Vocês homens! Onde estariam se não fossem as mulheres?

– Leia o *Symposium* – disse Ridley, carrancudo.

– *Symposium*? – exclamou Sra. Flushing. – Isso é latim ou grego? Diga-me, existe uma boa tradução?

– Não – disse Ridley. – A senhora terá de aprender grego.

Sra. Flushing exclamou:

– Ha, ha, ha! Prefiro quebrar pedras na estrada. Sempre invejo os homens que quebram pedra e se sentam o dia todo naqueles belos montinhos usando óculos. Preferiria infinitamente quebrar pedras a limpar galinheiros ou dar comida para as vacas, ou...

Nisso, Rachel subiu da parte inferior do jardim com um livro na mão.

– Que livro é esse? – disse Ridley após os cumprimentos.

— É Gibbon — disse Rachel sentando-se.
— *Declínio e queda do Império Romano*? — disse Sra. Thornbury. — Um livro maravilhoso, eu sei. O meu querido pai estava sempre citando o livro para a gente, e por isso resolvemos nunca ler uma linha.
— Gibbon, o historiador? — indagou Sra. Flushing. — Eu o ligo a algumas das horas mais felizes da minha vida. Costumávamos ficar deitados na cama lendo Gibbon... sobre os massacres dos cristãos, lembro-me disso... quando devíamos estar dormindo. Não é brincadeira, acreditem, ler um livro enorme daqueles em duas colunas com um lampião e a claridade que entra por uma fresta na porta. E havia as mariposas... mariposas-tigre, mariposas amarelas e horrendos besouros grandes. Louisa, minha irmã, queria ficar de janela aberta. Eu queria fechá-la. Brigávamos terrivelmente todas as noites por causa daquela janela. Já viram uma mariposa morrendo num lampião? — perguntou ela.

Novamente uma interrupção. Hewet e Hirst apareceram na janela da sala de estar e aproximaram-se da mesa de chá.

O coração de Rachel bateu mais depressa. Percebia uma extraordinária intensidade em todas as coisas, como se a presença deles removesse alguma cobertura da superfície das coisas; mas os cumprimentos foram notavelmente triviais.

— Com licença — disse Hirst, erguendo-se de sua cadeira assim que se sentara. Foi até a sala de estar e voltou com uma almofada, que colocou cuidadosamente sobre sua cadeira.

— Reumatismo — comentou, quando se sentou pela segunda vez.

— Resultou do baile? — perguntou Helen.

— Sempre que fico muito cansado tenho reumatismo — afirmou Hirst e dobrou seu pulso bem para trás. — Escuto pedacinhos de giz moendo-se uns aos outros!

Rachel encarou-o. Achava engraçado, mas sentia respeito; se isso era possível, a parte superior de seu rosto parecia rir, e a inferior parecia contestar esse riso.

Hewet apanhou o livro que estava no chão.

– Gosta disso? – perguntou com um tom velado.

– Não, não gosto – respondeu ela. Andara realmente tentando toda a tarde ler o livro, e por algum motivo a glória que percebera no início se fora; por mais que lesse, não conseguia apanhar o sentido.

– Ele gira e gira e gira como um rolo de oleado – arriscou. Evidentemente queria que só Hewet ouvisse suas palavras, mas Hirst indagou:

– O que quer dizer com isso?

Ela ficou imediatamente envergonhada por sua figura de linguagem, pois não podia explicá-la numa crítica sóbria.

– Certamente é o mais perfeito estilo que já foi inventado – continuou ele. – Toda frase é praticamente perfeita, e a graça...

Feio de corpo, repulsivo de mente, pensou ela, em vez de pensar no estilo de Gibbon. Sim, mas de mente forte, perquiridora, obstinada. Ela encarou sua cabeça grande, com a testa ocupando uma parte desproporcional, e os olhos severos e diretos.

– Desisto da senhorita, por desespero – disse ele. Falava sem gravidade, mas ela o levou a sério e acreditou que seu valor como ser humano diminuíra porque não admirava o estilo de Gibbon. Os outros agora falavam num grupo sobre as aldeias nativas que Sra. Flushing devia visitar.

– Eu também me desespero – disse ela, impetuosamente. – Como pode julgar pessoas apenas pelas suas mentes?

– Espero que a senhorita concorde com minha tia solteirona – disse St. John naquela sua maneira animada que era sempre irritante porque fazia a outra pessoa parecer indevidamente desajeitada e grave. – "Seja boa, doce donzela"... pensei que Sr. Kingsley e minha tia estivessem obsoletos hoje em dia.

– Pode-se ser muito agradável sem se ter lido um livro – afirmou ela. Suas palavras soaram muito tolas e simplórias e a expunham ao ridículo.

– Eu alguma vez neguei isso? – inquiriu Hirst arqueando as sobrancelhas.

Muito inesperadamente, Sra. Thornbury interveio nesse momento, ou por ser sua missão manter as coisas andando suavemente, ou porque há muito desejava falar com Sr. Hirst, sentindo como sentia que rapazes eram sempre seus filhos.

– Eu vivi minha vida toda com pessoas como sua tia, Sr. Hirst – disse ela, inclinando-se para frente em sua cadeira. Seus olhos castanhos brilhavam mais que de costume. – Elas nunca ouviram falar de Gibbon. Só se importam com seus faisões e seus camponeses. São grandes homens, que ficam muito bem no lombo de um cavalo, como, imagino, os homens no tempo das grandes guerras. Diga o que quiser contra eles... são animais, não são intelectuais; não leem e não querem que outros leiam, mas são das melhores e mais bondosas pessoas da terra! O senhor ficaria surpreso com algumas das histórias que eu poderia contar. Talvez nunca tenha pensado em todos os romances que acontecem no interior. Sinto que lá estão as pessoas entre as quais Shakespeare renascerá, se nascer de novo. Naquelas casas bizarras, lá em cima, nos Downs...

– Minha tia – interrompeu Hirst – passa sua vida em East Lambeth entre os pobres degradados. Eu só a citei porque ela se inclina a perseguir pessoas que chama de "intelectuais", o que suspeito que Srta. Vinrace esteja fazendo. Está na moda agora. Se você é inteligente, sempre pensam que não tem simpatia, compreensão, afeto... todas as coisas que realmente importam. Ah, vocês, cristãos! São o grupo mais convencido, condescendente e hipócrita de velhos impostores! Claro – continuou ele –, sou o primeiro a admitir que seus nobres rurais têm grandes méritos. De um lado, provavelmente são bem francos a respeito de suas paixões, o que nós não somos. Meu pai, clérigo em Norfolk, diz que dificilmente existe um nobre rural que não seja...

– Mas, e Gibbon? – interrompeu Hewet. O ar de tensão nervosa que cobrira todos os rostos relaxou com essa interrupção.

– Acho que você o considera monótono. Mas, sabe... – Ele abriu o livro e começou a procurar trechos para ler em voz alta; em pouco tempo encontrou um que considerou adequado. Mas não havia nada no mundo que entediasse Ridley mais do que alguém lendo em voz alta. Além disso, ele era escrupulosamente crítico quanto a trajes e comportamento de senhoras. Em 15 minutos já fizera um julgamento negativo em relação a Sra. Flushing, pois uma pluma laranja não combinava com sua pele, ela falava alto demais, cruzava as pernas e, finalmente, quando a viu aceitar um cigarro que Hewet lhe oferecia, saltou de pé exclamando alguma coisa sobre "defensores de salão" e afastou-se. Sra. Flushing ficou evidentemente aliviada com sua partida. Tirando baforadas de seu cigarro, esticou as pernas e interrogou Helen melhor sobre o caráter e reputação de sua amiga comum, Sra. Raymond Parry. Por uma série de pequenos estratagemas, levou-a a definir Sra. Parry como um tanto idosa, nada bonita, muito maquiada... uma velha bruxa insolente, em suma, cujas festas eram muito divertidas porque nela se encontravam pessoas esquisitas, mas Helen tinha pena do pobre Sr. Parry, que se dizia ficar trancado no andar de cima com caixas de pedras preciosas, enquanto sua esposa se divertia na sala de visitas.

– Não que eu acredite no que as pessoas falam contra ela... embora naturalmente ela faça insinuações...

E Sra. Flushing gritou, deliciada:

– Ela é minha prima-irmã... continue, continue!

Quando se levantou para sair, Sra. Flushing estava obviamente encantada com seus novos conhecidos. Fez três ou quatro planos diferentes de encontros ou passeios, ou de mostrar a Helen coisas que tinham comprado, enquanto se dirigia para sua carruagem. Incluiu-os todos num convite vago mas pomposo.

Quando Helen voltou ao seu jardim, as palavras de aviso de Ridley voltaram à sua mente e ela hesitou um momento, olhando para Rachel sentada entre Hewet e Hirst. Mas não conseguiu tirar conclusões, pois Hewet ainda lia Gibbon em voz alta, e Rachel, pela sua expressão, podia ser uma concha; as palavras dele, água roçando em seus ouvidos, como a água batendo numa concha na superfície de uma rocha.

A voz de Hewet era muito agradável. Quando chegava ao fim da frase, parava, e ninguém oferecia qualquer crítica.

– Eu realmente adoro a aristocracia! – exclamou Hirst depois de um momento. – São tão espantosamente inescrupulosos. Nenhum de nós se atreveria a portar-se como aquela mulher se portou.

– O que gosto neles – disse Helen quando se sentou – é que têm tão bela postura. Nua, Sra. Flushing seria soberba. Vestida do jeito que se veste, naturalmente é um absurdo.

– Sim – disse Hirst, e uma sombra de depressão cruzou seu rosto.

– Eu nunca pesei mais do que 63 quilos na vida, o que é ridículo considerando minha altura; na verdade, perdi peso desde que cheguei aqui. Atrevo-me a dizer que isso explica o reumatismo. – Ele dobrou novamente o pulso bem para trás, de modo que Helen pudesse ouvir o moer dos pedaços de giz. Ela não pôde evitar um sorriso.

– Acredite, para mim não é coisa de se rir – protestou ele. – Minha mãe é uma inválida crônica, e estou sempre esperando que me digam que também tenho uma doença cardíaca. No final, reumatismo sempre ataca o coração.

– Pelo amor de Deus, Hirst – protestou Hewet –, alguém poderia pensar que você é um velho aleijado de 80 anos. Se for assim, tenho uma tia que morreu de câncer, mas não ligo para isso. – Ele endireitou-se e começou a balançar a cadeira para a frente e para trás sobre as pernas traseiras. – Alguém aqui tem vontade de dar uma caminhada? Há um passeio magnífico subindo atrás da casa. A gente chega a um penhasco e vê o mar lá embaixo. Os rochedos são vermelhos; pode-se vê-los embaixo da água. Outro dia vi uma coisa que me deixou quase sem respirar... cerca de 20 medusas, semitransparentes, rosadas, com longos filamentos, flutuando sobre as ondas.

– Tem certeza de que não eram sereias? – disse Hirst. – Está quente demais para subir o morro. – Ele olhou para Helen, que mostrava sinais de mexer-se.

– Sim, está quente demais – decidiu ela.
Houve um breve silêncio.
– Eu gostaria de ir – disse Rachel.
Mas ela podia de qualquer jeito ter dito isso, pensou Helen quando Hewet e Rachel se afastaram juntos, e ela ficou sozinha com St. John, para evidente satisfação deste.

Ele podia estar satisfeito, mas sua habitual dificuldade em decidir qual assunto merecia ser abordado o impediu de falar por algum tempo. Sentava-se, olhando fixamente a cabeça de um fósforo apagado, enquanto Helen meditava – assim parecia pela expressão de seus olhos – sobre algo não intimamente ligado ao momento presente.

Finalmente St. John exclamou:
– Droga! Tudo é uma droga! Todo mundo é uma droga! – acrescentou. – Em Cambridge há gente com quem se pode falar.
– Em Cambridge há gente com quem se pode falar – ecoou Helen rítmica e distraidamente. Então despertou. – Por falar nisso, o senhor já resolveu o que vai fazer... vai a Cambridge ou fará Direito?

Ele torceu os lábios, mas não respondeu logo, pois Helen ainda estava um pouco desatenta. Ela estivera pensando em Rachel e por qual dos dois rapazes ela provavelmente se apaixonaria, e, agora, sentada diante de Hirst, pensava: "Ele é feio. Uma pena que sejam tão feios".

Não incluiu Hewet nessa crítica; pensava nos rapazes cultos, honestos e interessantes que conhecia, dos quais Hirst era um bom exemplo, e imaginava se era necessário que pensamento e erudição sempre maltratassem assim seus corpos e elevassem suas mentes a uma torre muito alta, da qual a raça humana lhes parecia ratos e camundongos contorcendo-se no chão.

"E o futuro?", refletiu ela, divisando vagamente uma raça de homens que se tornariam cada vez mais parecidos com Hirst e uma raça de mulheres cada vez mais parecida com Rachel. "Ah, não", concluiu, lançando-lhe um olhar, "ninguém se casaria com você. Portanto, o futuro da raça está nas mãos de Susan e

Arthur, não... isso é terrível. De agricultores; não... não dos ingleses, mas de russos e chineses". Essa linha de pensamento não a satisfez, e foi interrompida por St. John, que recomeçava:

– Eu gostaria que a senhora conhecesse Bennett. É o maior homem do mundo.

– Bennett? – perguntou ela. Ficando mais à vontade, St. John deixou aquela rispidez concentrada e explicou que Bennett morava num velho moinho a dez quilômetros de Cambridge. Vivia uma vida perfeita, segundo St. John, muito solitário, muito simples, interessando-se apenas pela verdade das coisas, sempre disposto a conversar, extraordinariamente modesto, embora sua mente fosse uma das maiores.

– A senhora não acha – disse St. John depois de descrevê-lo – que esse tipo de coisa faz aquele tipo de coisa parecer frívola? A senhora notou no chá como o pobre velho Hewet teve de mudar de assunto? Como estavam todos dispostos a me malhar porque achavam que eu ia dizer alguma coisa imprópria? E realmente não era nada. Se Bennett estivesse aqui, teria dito exatamente o que queria dizer, ou teria se levantado e ido embora. Mas é muito ruim para a personalidade, quero dizer, quando não se tem a personalidade de Bennett. Tende a deixar a gente amargo. A senhora acha que sou amargo?

Helen não respondeu e ele prosseguiu:

– Naturalmente, sou amargo, repulsivamente amargo, e é uma coisa abominável ser assim. Mas o pior em mim é que sou muito invejoso. Invejo todo mundo. Não suporto gente que saiba fazer coisa melhor do que eu... coisas perfeitamente absurdas também... garçons equilibrando pilhas de pratos... até Arthur, porque Susan está apaixonada por ele. Quero que as pessoas gostem de mim, e não gostam. Espero que seja em parte minha aparência, embora seja uma mentira dizer que tenho sangue judeu... na verdade, estamos em Norfolk, Hirst de Hirstbourne Hall, pelo menos há três séculos. Deve ser terrivelmente reconfortante ser como a senhora... todo mundo gostando da senhora imediatamente.

– Asseguro-lhe que não é assim – Helen riu.

– É, sim – disse Hirst com convicção. – Em primeiro lugar, a senhora é a mais bela mulher que já vi; em segundo, tem uma natureza excepcionalmente encantadora.

Se Hirst olhasse para ela em vez de olhar intensamente para a xícara de chá, teria visto Helen corar, em parte por prazer, em parte por um impulsivo afeto pelo jovem que parecera e voltaria a parecer tão feio e tão limitado. Ela sentia pena dele, pois suspeitava de que sofria, interessava-se por ele, pois muitas das coisas que ele dizia lhe pareciam verdadeiras; admirava a ética da juventude, e, mesmo assim, sentia-se prisioneira. Como se o seu instinto fosse escapar para algo vivamente colorido e impessoal que pudesse segurar nas mãos, ela entrou na casa e voltou com seu bordado. Mas Hirst não estava interessado no bordado dela; nem lhe lançou um só olhar.

– Sobre Srta. Vinrace – começou ele. – Ah, olhe aqui, vamos ser St. John e Helen, e Rachel e Terence... que tal é ela? Ela raciocina, sente, ou é apenas uma espécie de banquinho para os pés?

– Ah, não – disse Helen, muito decidida. Por suas observações durante o chá, duvidava que Hirst seria a pessoa certa para instruir Rachel. Aos poucos começara a interessar-se pela sobrinha e a gostar dela; algumas coisas nela a aborreciam muito, outras a divertiam; mas de modo geral sentia-a como um ser humano vivo, embora informe, experimental, e nem sempre feliz em seus experimentos, mas com poderes de algum tipo e capacidade de sentir. Em algum lugar lá no fundo, Helen estava ligada a Rachel pelos indestrutíveis, embora inexplicáveis, laços do seu sexo.

– Ela parece vaga, mas tem vontade própria – disse ela, como se no intervalo tivesse avaliado suas qualidades.

O bordado, que exigia seu pensamento pelo desenho difícil e pelas cores que precisavam de alguma análise, causava lapsos no diálogo quando ela parecia concentrada em seus novelos de seda ou, quando com a cabeça um pouco recuada e os olhos estreitados, analisava o efeito geral. Por isso, ela apenas disse "Hum-hum" ao comentário seguinte de St. John:

– Vou convidá-la para um passeio comigo.

Talvez ele se ressentisse da atenção parcial dela. Sentou-se calado, observando Helen mais de perto.

– Você é absolutamente feliz – proclamou ele finalmente.

– O quê? – indagou Helen, enfiando a agulha.

– Suponho que seja o casamento – disse St. John.

– Sim – disse Helen, suavemente retirando a agulha.

– Filhos? – perguntou St. John.

– Sim – disse Helen, enfiando novamente a agulha. – Não sei por que sou feliz – de repente ela riu, olhando direto nos seus olhos. Houve um considerável intervalo.

– Há um abismo entre nós – disse St. John. Sua voz soou como se viesse das profundezas de uma caverna nos penhascos. – Você é infinitamente mais simples do que eu. Naturalmente, as mulheres sempre são. Esse é o problema. Nunca se sabe como uma mulher chega lá. Achamos que o tempo todo vocês estão pensando: "Ah, mas que rapaz mórbido!".

Helen ficou sentada, olhando para ele com a agulha na mão. De sua posição via a cabeça dele diante da pirâmide escura de uma magnólia. Com um pé erguido sobre a trave de uma cadeira e o cotovelo curvado na postura de quem costura, ela tinha a sublimidade de uma mulher do mundo antigo tecendo o fio do destino – a sublimidade de muitas mulheres da atualidade que assumem a postura exigida para esfregar ou costurar. St. John fitou-a.

– Acho que a senhora nunca fez um elogio em sua vida – disse ele superficialmente.

– Eu costumo mimar Ridley – ponderou Helen.

– Vou lhe fazer uma pergunta bem franca, você gosta de mim?

Depois de uma pausa ela respondeu:

– Sim, sem dúvida.

— Graças a Deus! — exclamou ele. — Já é uma graça. Sabe — continuou emocionado —, prefiro o seu afeto ao de qualquer outra pessoa que já conheci.

— E quanto aos cinco filósofos? — disse Helen com uma risada, bordando firme e rapidamente a sua tela. — Eu gostaria que os descrevesse para mim.

Hirst não tinha muita vontade de descrevê-los, mas quando começou a pensar neles sentiu-se mais apaziguado e mais forte. Longe como estavam, no outro lado do mundo, em aposentos enfumaçados e tribunais medievais cinzentos, pareciam figuras notáveis, homens francos com quem podia sentir-se à vontade; incomparavelmente mais sutis nas emoções do que as pessoas ali. Certamente lhe davam o que mulher alguma podia lhe dar, nem mesmo Helen. Aquecendo-se à lembrança deles, continuou a expor seu próprio caso diante de Sra. Ambrose. Deveria ficar em Cambridge ou ir ao Tribunal? Um dia ele pensava uma coisa; noutro dia, outra. Helen escutava atentamente. Por fim, sem nenhuma preferência, ela deu sua decisão.

— Deixe Cambridge e vá ao Tribunal — disse. Ele quis saber os motivos. — Acho que você gostaria mais de Londres.

Não parecia um motivo muito sutil, mas ela parecia julgá-lo suficiente. Helen encarou-o diante do fundo da magnólia em flor. Havia algo de curioso nessa visão. Talvez fosse pelas pesadas flores parecendo cera, tão macias e inarticuladas, e seu rosto — ele jogara longe o chapéu, seu cabelo estava desgrenhado, segurava os óculos na mão de modo que aparecia a marca vermelha dos dois lados do nariz — estava bem preocupado e falante. Era um lindo arbusto estendendo-se muito amplamente, e todo o tempo que passara ali sentada conversando notara as manchas de sombra, a forma das folhas e como as grandes flores brancas estavam instaladas no meio do verde. Notara isso meio inconscientemente, mas, mesmo assim, esse padrão tornara-se parte da sua conversa. Largou o bordado e começou a andar de um lado para o outro do jardim, e Hirst também se levantou e caminhou ao lado dela. Estava bastante perturbado e pensativo. Nenhum deles falava.

O sol começava a se pôr, e as montanhas estavam mudando, como se lhes tivessem roubado sua substância terrena e fossem compostas apenas de uma imensa névoa azul. Longas e tênues nuvens cor de flamingo, com beiradas como as de penas de avestruz, enroscadas pelo céu em várias altitudes. Os telhados da cidade pareciam mais baixos do que de costume, os ciprestes pareciam muito negros entre os telhados, e estes estavam castanhos e brancos. Como sempre ao anoitecer, gritos e toques de sinos isolados chegavam bem nítidos lá de baixo.

De repente St. John parou:

– Bem, você tem de assumir a responsabilidade – disse ele.
– Eu decidi: vou trabalhar no Tribunal.

Suas palavras eram muito sérias, quase comovidas; depois de um segundo de hesitação, Helen lembrou-se.

– Tenho certeza de que você está fazendo o que é certo – disse afetuosamente, e apertou a mão que ele estendia. – Você vai ser um grande homem, estou certa disso.

Então, como para fazê-lo olhar o cenário, ela fez um gesto com a mão por toda a imensa circunferência da paisagem. Do mar, sobre os telhados da cidade, através da crista de montanhas, sobre o rio e a planície, e novamente sobre a crista das montanhas, a mão deslizou até chegar à *villa*, o jardim, a magnólia, os vultos de Hirst e ela mesma parados juntos, e depois descaiu ao lado do próprio corpo.

16

Há muito tempo Hewet e Rachel haviam chegado ao lugar na beira do penhasco onde, olhando para o mar abaixo, avistaram-se medusas e delfins. Olhando para o outro lado, a vasta extensão de terra dava-lhes uma sensação que nenhuma paisagem na Inglaterra oferecia, por mais vasta que fosse; lá, as aldeias e os morros com nomes, e o mais distante horizonte de morros quase sempre mergulhados e mostrando uma linha nevoenta que era o mar; aqui, a paisagem era de uma infinita terra ressequida de sol, terra em pináculos pontudos, amontoada em vastas barreiras, terra alargando-se mais e mais como o imenso assoalho do mar, terra contrastada pelo dia e pela noite, partida em diversos países, onde se fundavam cidades famosas e as raças de homens mudavam de selvagens escuros para brancos civilizados e novamente para selvagens escuros. Talvez seu sangue inglês tornasse essa perspectiva desconfortavelmente impessoal e hostil, pois, tendo uma vez voltado o rosto para aquele lado, logo o voltaram para o mar, e ficaram o resto do tempo sentados olhando para ele. O mar, embora fosse ali uma água fina e cintilante, parecendo incapaz de rompantes de ira, eventualmente estreitava-se, nublava o seu azul puro com cinza, escorria por estreitos canais e disparava num tremor de águas fragmentadas contra as maciças rochas de granito. Era esse mar que corria até a boca do Tâmisa; e o Tâmisa lavava as raízes da cidade de Londres.

Os pensamentos de Hewet tinham seguido mais ou menos esse curso, pois a primeira coisa que disse quando se postaram na beira do penhasco foi:

– Eu gostaria de estar na Inglaterra!

Rachel deitou-se apoiada no cotovelo e partiu os talos de capim altos que cresciam na beira para poder ter a vista desimpedida. A água estava muito calma, balançava na base do rochedo, tão clara que se podia ver o vermelho das pedras no fundo. Assim fora no nascimento do mundo, e assim continuava desde então. Provavelmente nenhum ser humano jamais rompera essas águas com barco ou com seu corpo. Obedecendo a um impulso, ela decidiu quebrar aquela eternidade de paz e jogou a maior pedra que pôde encontrar. Ela bateu na água, e as ondulações se espalharam mais e mais. Hewet também olhou para baixo.

– É maravilhoso – ele disse, enquanto as ondulações se espraiavam e cessavam. O frescor e a novidade pareceram maravilhosos. Ele jogou também uma pedra. Quase não se ouviu nenhum som.

– Mas a Inglaterra – murmurou Rachel no tom absorto de alguém cujos olhos se concentravam numa paisagem. – O que quer com a Inglaterra?

– Principalmente meus amigos – disse ele –, e todas as coisas que se fazem lá.

Hewet podia olhar para Rachel sem que ela notasse. Ainda estava absorvida pela água e pelas sensações extremamente agradáveis que o mar pouco profundo banhando as pedras sugere. Percebeu que ela estava usando um vestido azul-escuro, de fino tecido de algodão, que se prendia às formas do seu corpo. Era um corpo com ângulos e cavidades de um corpo de mulher jovem, ainda não desenvolvido, mas também não distorcido, e por isso interessante e até adorável. Erguendo os olhos, Hewet observou sua cabeça; ela tirara o chapéu, e o rosto pousava em sua mão. Quando ela olhava para o mar lá embaixo, seus lábios estavam levemente entreabertos. A expressão era de concentração infantil, como se esperasse que um peixe passasse nadando sobre as claras rochas vermelhas. Mesmo assim, seus 24 anos de vida tinham lhe dado uma aparência reservada. Sua mão, que pousava no solo, os dedos levemente recurvados, era bem formada e competente; os dedos nervosos e de pontas quadradas eram dedos de pianista. Com uma sensação semelhante a angústia, Hewet percebeu que, longe de ser pouco atraente, seu corpo o atraía muito. Os olhos dela estavam cheios de interesse e animação.

– Você escreve romances? – perguntou ela.

Naquele instante ele não conseguiu pensar no que dizia. Estava dominado pelo desejo de segurá-la nos braços.

– Ah, sim. Quero dizer, desejo escrever romances.

Ela não tirava os olhos cinzentos do rosto dele.

– Romances – repetiu ela. – Por que escreve romances? Devia escrever música. Música, sabe – ela desviou os olhos e tornou-se menos agradável quando seu cérebro começou a agir, provocando certa mudança em seu rosto –, a música vai direto até as coisas. Diz de uma vez tudo o que há para dizer. Ao escrevê-la, parece-me que há tanto... – Ela fez uma pausa procurando uma expressão e esfregou os dedos na terra, esfregando-os depois numa caixa de fósforo. – Na maior parte do tempo quando estava lendo Gibbon esta tarde, eu estava terrivelmente, ah, infernalmente, abominavelmente entediada! – Ela sacudiu-se ao rir olhando para Hewet, que também riu.

– Eu não vou lhe emprestar livros – comentou ele.

– Por que posso rir do Sr. Hirst com você, mas não na cara dele? No chá eu estava completamente esmagada, não pela feiura, mas pela mente dele. – Ela fez um círculo no ar com as mãos. Percebeu com grande sensação de conforto como era fácil falar com Hewet, sem aqueles espinhos ou arestas que rasgam a superfície de algumas relações.

– Notei isso – disse Hewet. – Isso é uma coisa que nunca deixa de me surpreender. – Recuperara sua compostura a ponto de conseguir acender e fumar um cigarro, e vendo-a tranquila, ficou feliz e à vontade.

– O respeito que as mulheres, mesmo as instruídas, mulheres muito capazes, sentem pelos homens – prosseguiu ele – deve ser o tipo de poder que dizem que temos sobre cavalos. Eles nos enxergam três vezes maiores do que somos, senão nunca nos obedeceriam. Por isso mesmo tendo a duvidar de que vocês mulheres jamais venham a fazer qualquer coisa quando tiverem direito ao voto. – Ele a fitou pensativamente. Ela parecia muito calma, sensível e jovem. – Vai levar pelo menos seis gerações antes de terem a pele suficientemente grossa para ingressarem nos tribunais ou escritórios de empresas. Pense no valentão que é um homem comum, no advogado ou homem de negócios comum que trabalha duro, é bastante ambicioso, com família para sustentar e certa posição a manter. E depois, naturalmente, as filhas terão de ceder lugar aos filhos; os filhos terão de ser instruídos; terão de fanfarronear e de labutar pelas suas esposas e famílias e tudo vai recomeçar. Enquanto isso, lá estão as mulheres, ao fundo... A senhorita realmente acha que o voto vai favorecê-las?

– O voto? – repetiu Rachel. Teve de visualizá-lo como um papelzinho que se jogava numa caixa antes de entender a questão; encarando-se, sorriram de alguma coisa absurda na pergunta.

– Para mim não – disse ela. – Mas eu toco piano... Os homens são realmente assim? – perguntou voltando à questão que a interessava. – Não tenho medo do senhor. – Ela o fitou bem à vontade.

– Ah, eu sou diferente – respondeu Hewet. – Tenho por ano 600 ou 700 libras só minhas. E ninguém leva um romancista a sério, graças a Deus. Não há dúvida de que isso ajuda a compensar a parte enfadonha da profissão, se um homem é levado muito, muito a sério por todo mundo... tem compromissos, escritórios, um título, montes de cartas endereçadas a seu nome e pedaços de fita e diplomas. Não tenho ressentimentos por isso, embora às vezes me domine... que espantosa trama! Que milagre é a concepção masculina da vida... juízes, funcionários públicos, exército, marinha, Casas do Parlamento, prefeitos...

que mundo fazemos com isso! Veja Hirst agora. Eu lhe asseguro, não se passou um dia desde que chegamos sem uma discussão acerca de ele ficar em Cambridge ou ir ao Tribunal. É sua carreira... sua sagrada carreira. E se eu o escutei 20 vezes, tenho certeza de que a irmã e a mãe dele o escutaram 500 vezes. Pode imaginar as reuniões de família, a irmã mandada para o pátio dar comida aos coelhos porque St. John tem de ficar com a sala de estudos só para ele? "St. John está trabalhando", "St. John quer que lhe leve o seu chá". Você nunca pensa nesse tipo de coisa? Não me admira que St. John julgue ser da maior importância. E é mesmo. Ele tem de ganhar a vida. Mas a irmã de St. John – Hewet deu uma baforada em silêncio. – Ninguém a leva a sério, coitadinha. Ela dá comida aos coelhos.

– Sim – disse Rachel –, eu dei comida aos coelhos durante 24 anos; agora, parece tão esquisito. – Ela parecia pensativa, e Hewet, que falava bastante a esmo, adotando instintivamente o ponto de vista feminino, viu que agora ela ia falar de si mesma, e era o que ele queria, pois assim talvez se conhecessem.

Ela encarava com ar meditativo a sua vida passada.

– Como passa os seus dias? – perguntou ele.

Ela ainda meditava. Quando pensava no seu dia, parecia-lhe que era cortado em quatro partes pelas refeições. Essas divisões eram absolutamente rígidas, os conteúdos do dia tendo de acomodar-se dentro de quatro rígidas partes. Olhando sua vida, era isso que via.

– Café da manhã às nove; almoço à uma; chá às cinco; jantar às oito – disse ela.

– Bem – disse Hewet –, o que faz de manhã?

– Eu costumava ficar tocando piano horas e horas.

– E depois do almoço?

– Eu ia fazer compras com uma de minhas tias. Ou íamos visitar alguém, ou recebíamos uma mensagem, ou fazíamos alguma coisa que tinha de ser feita... as torneiras talvez estivessem pingando. Elas visitam bastante os pobres... velhas faxineiras doentes das pernas, mulheres que querem cartões de atendimento em hospitais. Eu costumava andar no parque sozinha. E depois do chá, às vezes fazia uma visita; no verão nos sentávamos no jardim ou jogávamos *croqué*, no inverno eu lia em voz alta enquanto elas trabalhavam; depois do jantar eu tocava piano e elas escreviam cartas. Se papai estivesse em casa, vinham amigos para o jantar, e uma vez ao mês mais ou menos íamos ao teatro. De vez em quando jantávamos fora; às vezes eu ia a um baile em Londres, mas era difícil por causa da volta. As pessoas que víamos eram velhos amigos da família e parentes, não víamos muita gente. Havia um clérigo, Sr. Pepper e os Hunt. Papai em geral gostava de ficar quieto quando estava em casa, porque em Hull ele trabalha muito. E também minhas tias não eram pessoas muito fortes. Uma casa consome muito tempo se você cuida dela direito. Nossas criadas sempre eram ruins, de modo que tia Lucy passava muito tempo na cozinha, e tia Clara, eu acho, passava a maior parte da manhã tirando pó da sala de visitas e cuidando das roupas de cama e pratarias. E havia os cachorros. Tinham de ser levados para caminhar, além de serem banhados e escovados. Sandy morreu, mas tia Clara tem uma cacatua muito velha que veio da Índia. Tudo na nossa casa – exclamou ela – vem de alguma parte! Está cheia de móveis velhos, não realmente velhos, mas vitorianos, coisas da família de minha mãe ou de meu pai, de que não quiseram se livrar embora não haja realmente lugar para elas. É uma casa bastante bonita, mas um pouco sombria... sem graça, eu diria. – Ela evocou a visão da sala de visitas em casa; era um grande aposento retangular com uma janela quadrada abrindo para o jardim. Havia cadeiras de veludo verde postadas diante da parede; também um armário de livros pesado e esculpido, com portas de vidro, e uma impressão geral de estofamentos desbotados, grandes espaços de verde-claro, e o cesto com trabalhos de tricô caindo para fora. Fotos de velhas obras-primas italianas penduradas nas paredes e paisagens de pontes de Veneza e cascatas da Suécia que membros da família tinham visto anos atrás. Havia também os dois retratos pintados de pais e avós e uma gravura de John Stuart Mill, reprodução do quadro de Watts. Era um aposento sem caráter definido, nem típica e obviamente medonho, nem muito artístico, nem realmente confortável. Rachel despertou da contemplação dessa imagem familiar. — Mas isso não é muito interessante para você — disse, erguendo o olhar.

— Santo Deus! — exclamou Hewet. — Nunca na vida estive tão interessado. — Então ela percebeu que, enquanto estivera pensando em Richmond, os olhos dele permaneceram grudados em seu rosto. Notar isso a animou.

— Prossiga, por favor, prossiga — insistiu ele. — Vamos imaginar que é quarta-feira. Vocês estão todas almoçando. A senhorita sentada ali, tia Lucy ali e tia Clara aqui. — Ele arranjou três pedrinhas sobre a relva entre eles.

— Tia Clara corta o pescoço do cordeiro — prosseguiu Rachel. Fixava seu olhar nas pedrinhas. — Há um velho suporte de porcelana amarelo muito feio à minha frente, chamado criado-mudo, sobre o qual há três travessas, uma para biscoitos, outra para manteiga, outra para queijo. Há um pote de samambaias. E há Blanche, a criada, que é fanhosa. Conversamos... ah sim, é a tarde de tia Lucy em Walworth, de modo que almoçamos bem depressa. Ela sai, tem uma sacola roxa e um caderno preto. Tia Clara tem a sua chamada reunião de G.F.S. na sala de visitas nas quartas, de modo que eu levo os cachorros para passear. Vou para Richmond Hill, ao longo do casario, e entro no parque. É 18 de abril... mesmo dia que aqui. Na Inglaterra é primavera. O chão está bastante úmido. Mesmo assim eu atravesso a estrada, chego até a relva e caminhamos, e eu canto como sempre faço quando estou sozinha, até chegarmos a um lugar aberto de onde se pode ver Londres inteira lá embaixo num dia claro. A torre da Hampstead Church aqui, a Catedral de Westminster ali e chaminés de fábrica acolá. Em geral, há nevoeiro sobre as partes mais baixas de Londres; mas muitas vezes está azul sobre o parque quando Londres está nevoenta. É o local aberto onde os balões passam vindos de Hurlingham. São de um amarelo pálido. Bem, há um cheiro muito bom, especialmente quando queimam madeira na cabana do zelador que fica ali. Agora eu poderia lhe dizer como ir de um lugar a outro, exatamente por que árvores você passa e onde se deve atravessar a estrada. Sabe, eu brincava ali quando criança. A primavera é boa, mas é melhor no outono quando os cervos balem; então começa a escurecer e volto pelas ruas; não se enxergam direito as pessoas; elas passam muito depressa; mal se veem seus rostos e já somem... disso que eu gosto... e ninguém tem ideia do que se está fazendo...

– Mas imagino que você tenha de estar de volta para o chá – conferiu Hewet.

– Chá? Ah, sim. Cinco horas. Então conto o que andei fazendo, e minhas tias contam o que andaram fazendo, e talvez alguém apareça: digamos, Sra. Hunt. É uma velha senhora com perna manca. Tem ou teve oito filhos; então perguntamos por eles. Estão todos espalhados pelo mundo; então perguntamos onde estão, e às vezes estão doentes ou numa região que tem cólera, ou algum lugar onde só chove durante cinco meses. Sra. Hunt – disse ela com um sorriso – teve um filho que morreu com um abraço de urso.

Aqui ela parou e olhou para Hewet, para ver se ele se divertia com as mesmas coisas que a divertiam. Ficou tranquilizada. Mas achou que devia pedir desculpas novamente; falara demais.

– A senhorita não imagina como isso me interessa – disse ele.

Com efeito, seu cigarro apagara e ele teve de acender outro.

– Por que lhe interessa? – perguntou ela.

– Em parte porque você é uma mulher – respondeu ele. Quando disse isso, Rachel, que se esquecera de tudo, voltando a um estado infantil de interesse e prazer, perdeu sua liberdade e tornou-se consciente de si mesma. Sentiu-se a um tempo estranha e observada, como se sentia com St. John Hirst. Estava por começar uma discussão que os teria deixado amargurados um com o outro e a definir sensações que não tinham a importância que as palavras costumavam conferir-lhes, quando Hewet levou os pensamentos dela em outra direção.

– Muitas vezes caminhei por essas ruas onde as pessoas vivem em casas enfileiradas, onde cada casa é exatamente igual à outra, e ficava imaginando o que será que as mulheres estariam fazendo lá dentro – disse ele. – Pense bem: estamos no começo do século xx, e até poucos anos atrás nenhuma mulher jamais se manifestava por si mesma nem dizia coisa alguma. E essa estranha vida não representada continuava acontecendo ao fundo, há milhares de anos. Naturalmente sempre escrevemos sobre mulheres... insultando-as, adorando-as ou desdenhando-as; mas nada jamais veio das próprias mulheres. Acredito que ainda não sabemos nem ao menos como elas vivem, ou o que sentem, ou o que exatamente elas fazem. Quando se é homem, as únicas confidências que se escutam de mulheres jovens dizem respeito aos seus casos de amor. Mas as vidas de mulheres de 40, de mulheres descasadas, de trabalhadoras, de mulheres que têm lojas e criam filhos, de mulheres como suas tias ou Sra. Thornbury ou Srta. Allan... não sabemos absolutamente nada a respeito delas. Não nos contam nada. Elas têm medo, ou então descobriram uma maneira de tratar os homens. Sabe, é o ponto de vista masculino o que se manifesta sempre. Pense num trem: 15 vagões para homens que querem fumar. Isso não faz seu sangue ferver? Se eu fosse uma mulher, explodiria a cabeça de alguém. Vocês não riem um tanto de nós? Não acham tudo isso uma grande farsa? Vocês, quero dizer... como é que tudo isso lhes parece?

Aquela determinação de saber, embora desse sentido ao diálogo deles, deixava-a inibida; ele parecia pressionar mais e mais, e fazia tudo parecer muito importante. Ela demorou a responder, e nesse meio-tempo repassou e repassou o curso de seus 24 anos de vida, iluminando um ponto aqui, outro ali – suas tias, sua mãe, seu pai; finalmente sua mente fixou-se nas tias e no pai; e tentou descrevê-los como lhe apareciam naquela distância.

As tias tinham muito medo do pai dela. Ele era uma grande força obscura naquela casa, pela qual se agarravam ao grande mundo representado diariamente pelo *Times*. Mas a verdadeira vida da casa era algo bem diferente disso. Prosseguia independente de Sr. Vinrace e tendia a esconder-se dele. Ele era bem-humorado em relação a elas, mas desdenhoso. Rachel sempre teve certeza de que o ponto de vista dele era justo e fundado em alguma escala social de coisas, onde a vida de uma pessoa era absolutamente mais importante do que a vida de outra, e que nessa escala elas eram muito menos importantes do que ele. Mas realmente acreditava? As palavras de Hewet faziam-na refletir. Sempre se submetera a seu pai, exatamente como suas tias, mas eram elas que a influenciavam, na verdade; suas tias teciam aquela apertada trama de suas vidas em casa. Eram menos esplêndidas, mas mais naturais do que o pai dela. Todas as iras de Rachel tinham sido contra elas; era o seu mundo de quatro refeições, sua personalidade, as criadas nas escadas às dez e meia que ela analisava bem de perto e queria muito veementemente esmigalhar em átomos. Seguindo tais pensamentos, ela ergueu os olhos e disse:

– E há uma espécie de beleza nisso... elas estão neste preciso instante em Richmond, construindo as coisas. Estão todas erradas, talvez, mas há nisso uma espécie de beleza – repetiu ela. – É tão inconsciente, tão modesto. E, mesmo assim, elas sentem as coisas. Sofrem quando pessoas morrem. Velhas solteironas estão sempre fazendo coisas. Não sei direito o que fazem. Mas sei que era isso que eu sentia quando vivia com elas. Era muito real.

Recordou as pequenas jornadas delas de um lado para outro, para Walworth, para faxineiras paralíticas, para reuniões disso e daquilo, seus diminutos atos de caridade e altruísmo que fluíam pontualmente de uma visão definida do que deviam fazer, suas amizades, seus gostos e costumes; viu todas essas coisas como grãos de areia caindo, caindo através de incontáveis dias, formando uma atmosfera e criando uma massa sólida, um pano de fundo. Hewet a observava enquanto ela ponderava essas coisas.

– A senhorita era feliz? – interrogou ele.

Ela estava novamente absorvida por outra coisa, e ele a chamou de volta a uma consciência inusitadamente viva de si mesma.

– Eu era as duas coisas – respondeu Rachel. – Era feliz e triste. O senhor não tem ideia de como é ser uma jovem. – Ela o encarou abertamente. – Existem os terrores e as agonias – disse, continuando a fitá-lo como se quisesse detectar o mais leve sinal de riso.

— Acredito — disse ele, devolvendo seu olhar com total sinceridade.

— As mulheres que se veem nas ruas — disse ela.

— Prostitutas?

— Os homens beijando. — Ele balançou a cabeça. — Coisas que a gente adivinha.

— Nunca lhe contaram nada.

Ela sacudiu a cabeça.

— E depois — começou ela, e parou. Aqui estava o grande espaço de vida no qual nunca ninguém penetrava. Tudo o que estivera dizendo sobre seu pai, suas tias, caminhadas no Richmond Park e o que faziam de hora em hora, era apenas a superfície. Hewet a observàva. Queria que ela descrevesse aquilo também? Por que se sentava tão perto dela e a fitava assim? Por que não acabava com aquela busca e agonia? Por que não se beijavam simplesmente? Ela queria beijá-lo. Mas o tempo todo ficava tecendo palavras.

— Uma menina é mais solitária do que um menino. Ninguém se importa absolutamente com o que ela faz. Nada se espera dela. A não ser que seja muito bonita, as pessoas nem escutam o que ela diz... E é disso que eu gosto — acrescentou ela energicamente, como se a lembrança fosse muito feliz. — Gosto de caminhar no Richmond Park, cantar sozinha e saber que ninguém está ligando a mínima. Gosto de ver as coisas acontecerem... quando observamos vocês a outra noite, e não nos viram... adoro essa liberdade... é como estar no vento, ou no mar. — Ela virou-se com um curioso gesto e fitou o mar. Ainda estava muito azul, dançando até onde seu olho conseguia chegar, mas a luz sobre ele agora era mais amarela, e as nuvens tingiam-se de um vermelho-flamingo.

Uma depressão forte varou a mente de Hewet enquanto ela falava. Parecia óbvio que ela nunca se importaria mais com uma pessoa do que com outra; evidentemente, ela era bastante indiferente a ele; pareciam estar bem próximos, e logo estavam novamente mais afastados do que nunca; o gesto dela, ao afastar--se para outro lado, fora de uma estranha beleza.

— Bobagem — disse ele, bruscamente. — A senhorita gosta das pessoas. Gosta de ser admirada. Sua verdadeira mágoa contra Hirst é que ele não a admira.

Por algum tempo ela não respondeu. Depois disse:

— Provavelmente seja verdade. Naturalmente gosto de gente... gosto de quase todas as pessoas que conheço.

Ela virou-se de costas para o mar e contemplou Hewet com olhos amigáveis, embora críticos. Ele era bonito no sentido de que sempre tivera suficiente carne para comer e ar puro para respirar. Sua cabeça era grande; os olhos também; embora geralmente vagos, podiam ser penetrantes; e os lábios eram sensíveis. Podia ser julgado um homem de considerável paixão e energia, provavelmente sujeito a estados de espírito que tinham pouca relação com os fatos; ao mesmo tempo tolerante e minucioso. A largura de sua fronte revelava capacidade de reflexão. O interesse com que Rachel o contemplava transpareceu em sua voz.

— Que romances o senhor escreve? — perguntou.

— Eu quero escrever um romance sobre o silêncio — disse ele —, as coisas que as pessoas não dizem. Mas a dificuldade é imensa. — Ele suspirou. — Porém a senhorita não se importa — continuou ele. Olhava-a quase com severidade. — Ninguém se importa. Só se lê um romance para ver que tipo de pessoa é o escritor e, se é conhecido, para ver quais de seus amigos ele colocou no livro. Quanto ao romance em si, toda a concepção, a maneira como se vê a coisa, como se sente, como se relaciona com outras coisas nem uma pessoa em um milhão se interessa por isso. Mas às vezes fico imaginando se há alguma coisa no mundo inteiro que valha tanto a pena ser feita. Essas outras pessoas — ele apontou o hotel — estão sempre querendo algo que não conseguem ter. Mas há uma extraordinária satisfação em escrever, mesmo em tentar escrever. O que a senhorita acaba de dizer é verdade: não queremos ser coisas; queremos apenas poder vê-las.

Parte da satisfação da qual ele falava apareceu em seu rosto quando ele fitou o mar.

Agora, foi a vez de Rachel sentir-se deprimida. Enquanto ele falava em escrever, tornara-se de repente impessoal. Talvez nunca gostasse de ninguém; todo o desejo de conhecê-la e de aproximar-se dela, que a pressionara quase dolorosamente, desaparecera por completo.

– O senhor é um bom escritor? – perguntou ela.

– Sim – disse ele. – Claro que não sou de primeira linha; sou um bom escritor de segunda linha; acho que tão bom quanto Thackeray.

Rachel ficou surpresa. Por um lado, surpreendia-a ouvir chamarem Thackeray de segunda linha; ela não conseguia acreditar que existissem grandes escritores na atualidade, nem que, se existissem, ela pudesse conhecer algum deles; a confiança de Hewet a deixava atônita, e ele ficava cada vez mais distante.

– Meu outro romance – prosseguiu Hewet – é sobre um jovem obcecado por uma ideia: a ideia de ser um cavalheiro. Ele consegue viver em Cambridge com 100 libras ao ano. Ele tem um casaco; um dia foi um casaco muito bom. Mas as calças... não são tão boas assim. Bem, ele vai até Londres, entra na boa sociedade devido a uma aventura de madrugada nas margens de Serpentina. É levado a dizer mentiras... minha ideia, sabe, é mostrar a gradual corrupção da alma... finge ser filho de um grande proprietário em Devonshire. Enquanto isso o casaco vai ficando cada vez mais velho, e ele quase nem se atreve a usar as calças. Pode imaginar o infeliz, depois de uma esplêndida noitada de orgia, contemplando essas roupas... pendurando-as ao pé da cama, arranjando-as ora em plena luz, ora na sombra, e imaginando se vão sobreviver a ele, ou se ele é que vai sobreviver a elas? Ideias de suicídio cruzam sua mente. Ele também tem um amigo, um homem que subsiste de alguma forma vendendo passarinhos, armando alçapões nos campos abertos de Uxbridge. Os dois são intelectuais. Conheço uma ou duas dessas criaturas infelizes e mortas de fome, que citam Aristóteles diante de um arenque frito e um caneco de cerveja. Vida elegante, também, preciso apresentar isso até certo ponto, para mostrar meu herói em todas as circunstâncias. Lady Theo

Bingham Bingley, cuja égua assustada ele tivera a sorte de fazer parar, é filha de um excelente velho membro do partido conservador. Vou descrever o tipo de festas que uma vez frequentei... os intelectuais elegantes, você sabe, que gostam de ter em sua mesa os livros mais recentes. Eles dão festas, festas à margem do rio, festas em que se realizam jogos. Não é difícil conceber os incidentes, a dificuldade é dar-lhes forma... não se deslumbrar com as coisas como Lady Theo se deslumbrava. O fim dela foi desastroso, coitada, pois o livro, como o planejei, terminaria numa profunda e sórdida respeitabilidade. Rejeitada pelo pai, ela se casa com o meu herói, e moram numa confortável e pequena *villa* nos subúrbios de Croydon, cidadezinha onde ele se instala como corretor de imóveis. Jamais consegue tornar-se um verdadeiro cavalheiro. Essa é a parte interessante. Parece-lhe o tipo de livro que a senhorita iria gostar de ler? Ou talvez preferisse minha tragédia Stuart – prosseguiu sem esperar a resposta dela. – Minha ideia é que há uma qualidade de beleza no passado, que o romancista histórico comum arruína com suas convenções absurdas. A lua torna-se a Rainha do Céu. Pessoas enfiam esporas em seus cavalos e coisas assim. Vou tratar as pessoas como se fossem exatamente iguais a nós. A vantagem é que, esquivando-se das condições modernas, pode-se torná-las mais intensas e mais abstratas do que as pessoas que vivem como nós.

Rachel escutara tudo com atenção, mas com certa perplexidade. Ambos mergulhavam em seus próprios pensamentos.

– Eu não sou como Hirst – disse Hewet depois de uma pausa; falava em tom pensativo –, não vejo círculos de giz entre os pés das pessoas. Às vezes gostaria de ver. Parece-me tão complicado e confuso. Não se pode tomar decisão alguma; e somos cada vez menos capazes de fazer um julgamento. Você acha isso? E depois, nunca sabemos o que sentimos. Estamos todos no escuro. Tentamos descobrir, mas pode imaginar algo mais ridículo do que a opinião de uma pessoa acerca de outra pessoa? Achamos que sabemos, mas na verdade não sabemos.

Dizendo isso, ele se apoiava no cotovelo, arranjando e rearranjando na relva as pedras que tinham representado Rachel e as tias no almoço. Falava tanto para si mesmo quanto para Rachel. Raciocinava contra o desejo que voltara, intenso, de pegá-la nos braços, de ser franco, de explicar exatamente o que sentia. O que dizia era contra sua crença; todas as coisas importantes a respeito dela, ele sabia; sentia-as no ar ao redor deles; mas não dizia nada; continuava ordenando as pedras.

– Eu gosto do senhor; o senhor gosta de mim? – comentou Rachel subitamente.

– Gosto imensamente – respondeu Hewet falando com o alívio de uma pessoa a quem de repente se dá a oportunidade de dizer o que quer dizer. Ele parou de mexer as pedras.

– Não podemos nos chamar de Rachel e Terence? – perguntou ele.

– Terence – repetiu Rachel. – Terence... é como o pio de uma coruja.

Ela ergueu os olhos com um súbito acesso de encantamento e, olhando para Terence com olhos arregalados de prazer, ficou chocada com a mudança no céu atrás deles. O substancioso dia azul apagara-se num azul mais pálido e etéreo; as nuvens eram rosadas; distantes e bem unidas; e a paz do anoitecer substituíra o calor da tarde sulina em que tinham começado sua caminhada.

– Deve ser tarde! – exclamou. Eram quase oito horas.

– Mas oito horas aqui não contam, contam? – perguntou Terence enquanto se levantavam e se viravam para o interior. Começaram a caminhar depressa morro abaixo na pequena trilha entre as oliveiras.

Sentiam-se mais íntimos porque tinham partilhado o que significava oito horas em Richmond. Terence caminhava na frente, pois não havia espaço para ambos lado a lado.

– O que quero fazer escrevendo romances é bastante parecido com o que você quer quando toca piano, eu acho – começou ele. – Queremos descobrir o que há por trás das coisas, não?... Olhe as luzes lá embaixo espalhadas por toda parte. As coisas que sinto me vêm como luzes... Quero combiná-las... Você já viu aqueles fogos de artifício que formam figuras? Eu quero fazer as figuras... É isso que você quer fazer?

Agora estavam na estrada e podiam andar juntos.

– Quando toco piano? Música é diferente... mas entendo o que quer dizer. – Tentaram inventar teorias e fazer suas teorias concordarem entre si. Como Hewet não conhecesse música, Rachel pegou sua bengala e desenhou figuras na fina poeira branca para explicar como Bach escrevera suas fugas.

– Meu talento musical foi arruinado – explicou ele enquanto andavam depois de uma dessas demonstrações – pelo organista do povoado, que inventara um sistema de notação, com que tentava me ensinar, e assim nunca consegui tocar nada. Minha mãe achava que música não era coisa de meninos; queria que eu matasse ratos e pássaros... isso é o pior de viver no interior. Moramos em Devonshire. É o lugar mais adorável do mundo. Mas... é sempre difícil em casa quando se é adulto. Eu gostaria que você conhecesse uma de minhas irmãs... Ah, aqui está o seu portão. – Ele o empurrou e abriu. Pararam por um momento. Ela não podia convidá-lo a entrar. Não podia dizer que esperava que se encontrassem de novo. Não havia nada a ser dito; e assim, sem uma palavra, ela atravessou o portão e logo ficou invisível. Assim que a perdeu de vista, Hewet sentiu voltar o velho desconforto, até mais forte do que antes. A conversa deles fora interrompida no meio, quando ele começava a dizer as coisas que queria dizer. Afinal, o que tinham conseguido dizer? Ele repensou as coisas que tinham dito, as coisas eventuais e desnecessárias que tinham girado ao redor e consumido todo o tempo, impelindo-os tão para perto um do outro e separando-os tanto, deixando-o no fim insatisfeito, ainda sem saber o que ela sentia ou como ela era. De que adianta falar, falar, apenas falar?

17

Era alta estação, e cada navio que vinha da Inglaterra deixava algumas pessoas nas praias de Santa Marina, que subiam para o hotel. O fato de os Ambrose terem uma casa onde se podia escapar por um momento da atmosfera levemente desumana de um hotel era fonte de genuíno prazer, não só para Hirst e Hewet, mas para os Elliot, os Thornbury, os Flushing, Srta. Allan, Evelyn M., além de pessoas cuja identidade era tão pouco desenvolvida que os Ambrose nem sabiam que tinham nomes. Estabeleceu-se ali, paulatinamente, uma espécie de correspondência entre as duas casas, a grande e a pequena, de modo que a maior parte das horas do dia uma casa podia adivinhar o que acontecia no outra, e as palavras "a *villa*" e "o hotel"' evocavam a ideia de dois sistemas de vida separados. Conhecidos mostravam sinais de se transformarem em amigos, por isso uma ligação com a sala de visitas de Sra. Parry se dividira inevitavelmente em muitas outras, conectadas com diferentes partes da Inglaterra, e às vezes essas alianças pareciam cinicamente frágeis, às vezes dolorosamente agudas, pois faltava-lhes o fundo sólido da organizada vida inglesa que as apoiasse. Uma noite, quando a luz estava inteira entre as árvores, Evelyn M. contou a Helen a história de sua vida e afirmou sua amizade duradoura; noutra ocasião, apenas por causa de um suspiro, ou pausa, ou uma palavra impensada, a pobre Sra. Elliot deixou a *villa* quase em prantos, jurando nunca mais encontrar a mulher fria e sarcástica que a insultara, e na verdade nunca mais se encontraram. Não parecia valer a pena consertar uma amizade tão tênue.

    Hewet deve ter encontrado excelente material desta vez na *villa* para alguns capítulos do romance que se chamaria "Silêncio, ou as coisas que as pessoas não dizem". Helen e Rachel tinham se tornado muito silenciosas. Tendo detectado, como pensava, um segredo, e julgando que Rachel queria escondê-lo dela, Sra. Ambrose respeitava isso cuidadosamente, mas por isso, embora não intencionalmente, cresceu entre elas uma estranha atmosfera de reserva. Em vez de partilharem seus pontos de vista sobre todos os temas e mergulhar numa ideia até onde ela poderia levar, falavam principalmente sobre as pessoas que tinham visto, e o segredo entre elas se manifestava no que diziam até sobre os Thornbury e os Elliot. Sempre calma e não emotiva em seus julgamentos, Sra. Ambrose agora inclinava-se a um definitivo pessimismo. Não era tão severa com indivíduos quanto incrédula com a bondade do destino, a sorte, o que acontece a longo prazo, e era capaz de insistir que isso era em geral adverso às pessoas na proporção em que mereciam. Mesmo essa teoria ela rejeitaria em favor de uma que fazia o caos triunfar, coisas acontecerem sem motivo algum, todo mundo andando às cegas na ilusão e na ignorância. Com certo prazer, ela passou esses pontos de vista à sobrinha, pegando como pretexto uma carta de casa, que dava boas notícias, mas podia ter dado notícias ruins. Como é que ela sabia que naquele mesmo instante seus filhos não estavam mortos, esmagados por um ônibus? "Está acontecendo com alguém: por que não aconteceria comigo?", argumentava ela, o rosto assumindo a expressão estoica da dor antecipada. Por mais sinceras que fossem essas opiniões, sem dúvida eram provocadas pelo estágio irracional da mente de sua sobrinha, que era tão flutuante e passava tão depressa de alegria a desespero, que parecia necessário confrontá-la com alguma opinião estável, que naturalmente se tornava tão sombria quanto estável. Talvez Sra. Ambrose tivesse alguma ideia de que, conduzindo a conversa para esse território, poderia descobrir o que se passava na mente de Rachel, mas era difícil julgar, pois às vezes ela concordava com a coisa mais melancólica que se dissesse; noutras, recusava-se a escutar e recebia as teorias de Helen com risadas, tagarelice, ridicularizando-as ao máximo, ou com ferozes acessos de ira, mesmo diante do que chamava "o grasnar de um corvo na lama".

– As coisas já são bastante difíceis sem isso – afirmou ela.
– O que é difícil? – indagou Helen.
– A vida – respondeu, e as duas ficaram em silêncio.

Helen podia tirar suas próprias conclusões do porquê de a vida ser difícil, ou do porquê de uma hora depois talvez a vida ser tão maravilhosa e viva que os olhos de Rachel, contemplando-a, tornavam-se realmente engraçados para um espectador. Fiel ao seu credo, ela não tentou interferir, embora houvesse vários desses momentos de depressão que tornariam fácil para uma pessoa menos escrupulosa pressionar e descobrir tudo; talvez Rachel lamentasse que sua tia não fizesse isso. Todos esses estados de ânimo fundiam-se num efeito geral, que Helen comparava ao fluir de um rio, rápido, mais rápido, mais ainda, quando dispara para uma cachoeira. Seu instinto era gritar "Pare!", mas, mesmo que adiantasse gritar "Pare!", ela teria se contido, pensando ser melhor que as coisas seguissem seu curso, com a água disparando, porque a terra era feita de modo que corresse assim.

A própria Rachel parecia não suspeitar de que estava sendo observada ou de que houvesse em seu comportamento algo que pudesse chamar atenção. Não sabia o que lhe tinha acontecido. Sua mente estava na mesma situação que a água em disparada com a qual Helen a comparava. Queria ver Terence; desejava constantemente vê-lo quando ele não estava ali; era uma agonia não o ver; seu dia estava repleto de agonias por causa dele, mas ela jamais se indagava de onde vinha essa força que agora perpassava sua vida. Não pensava em resultados, como uma árvore dobrada pelo vento não analisa o resultado de estar sendo curvada pelo vento.

Durante as duas ou três semanas que passaram desde aquele passeio, meia dúzia de bilhetes dele acumulava-se na gaveta. Ela os lia e passava a manhã inteira num aturdimento de felicidade; a paisagem ensolarada diante da janela não conseguindo analisar sua própria cor e calor mais do que ela era capaz de analisar suas cartas. Nesse estado de ânimo ela achava impossível ler ou tocar piano, até mexer-se um pouco que fosse além da sua natural inclinação no momento. O tempo passava sem que ela percebesse. Quando estava escuro, era atraída para a janela pelas luzes do hotel. Uma luz que acendia e apagava era a luz da janela de Terence; lá estava ele sentado, talvez lendo, ou caminhando pelo quarto pegando um livro ou outro; agora ele estava sentado na sua cadeira outra vez; e ela tentava imaginar o que estaria pensando. As luzes estáveis marcavam os quartos em que Terence se sentava com pessoas movendo-se ao seu redor. Cada pessoa que se hospedava no hotel tinha um romantismo ou interesse. Não eram gente comum. Ela atribuía sabedoria a Sra. Elliot, beleza a Susan Warrington, uma vitalidade esplêndida a Evelyn M., pois Terence falava com elas. Tão impensados e difusos eram seus estados de depressão. Sua mente era como a paisagem lá fora quando o escuro sob as nuvens dava açoites de vento e granizo. Mais uma vez ela se sentava passiva na sua cadeira, exposta ao sofrimento, e as palavras fantásticas ou tristes de Helen eram como setas, fazendo-a chorar a dureza da vida. O melhor de tudo eram os estados de ânimo, quando por nenhuma razão essa ênfase de sentimento afrouxava e a vida prosseguia como de costume, apenas com uma alegria e uma cor antes desconhecidas; tinham um significado parecido com o que vira na árvore: as noites eram grades escuras separando-a dos dias; teria gostado de fazer fluir os dias todos numa longa sensação contínua.

Embora esses estados de alma fossem causados direta ou indiretamente pela presença de Terence, ou a lembrança dele, ela nunca dizia a si mesma que estava apaixonada por ele, nem imaginava o que aconteceria se continuasse a sentir tais coisas, de modo que a imagem de Helen, o rio deslizando para uma cachoeira, era muito semelhante aos fatos, e o alarma que Helen por vezes sentia era justificado.

No seu estranho estado de sensações não analisadas, ela era incapaz de fazer um plano que tivesse qualquer efeito sobre sua disposição mental. Abandonava-se ao acaso, um dia sentindo falta de Terence; no outro, encontrando-se com ele, recebendo suas cartas sempre com um movimento de surpresa. Qualquer mulher experiente no curso dessa corte teria extraído de tudo isso ao menos uma opinião que a ajudasse a elaborar uma teoria a seguir; mas ninguém jamais estivera apaixonado por Rachel, nem ela se apaixonara por ninguém. Mais que isso, nenhum dos livros que lia, de *O Morro dos Ventos Uivantes* a *Homem e Super-homem*, e as peças de Ibsen, sugeria, na sua análise do amor, que o que suas heroínas sentiam era o que ela agora estava sentindo. Parecia-lhe que suas sensações não tinham nome.

Rachel via Terence frequentemente. Quando não se encontravam, ele conseguia mandar um bilhete com um livro ou acerca de um livro, pois não conseguira negligenciar esse tipo de intimidade. Mas às vezes ele não vinha nem escrevia por vários dias seguidos. E quando se encontravam, seu encontro podia ser de grande alegria ou de um desespero aniquilador. Por sobre as suas despedidas pairava a sensação de interrupção, deixando-os insatisfeitos, embora sem saberem que o outro partilhava da mesma sensação.

Se Rachel ignorava seus próprios sentimentos, ignorava mais ainda os dele. No começo, ele se movia como um deus; quando o conheceu melhor, ele ainda era centro de luz, mas combinava com essa beleza um maravilhoso poder de deixá-la audaciosa e confiante. Ela tinha consciência de emoções e poderes que jamais suspeitaria ter, e de uma profundidade até então desconhecida no mundo. Quando pensava em sua relação, ela antes via do que raciocinava, representando sua visão do que Terence sentia com a imagem dele arrastado pela sala para ficar ao seu lado. Essa passagem pelo aposento era um sensação física, mas ela não sabia o que significava.

Assim passava-se o tempo com uma aparência calma e luminosa na superfície. Chegavam cartas da Inglaterra, cartas de Willoughby, e os dias acumulavam seus pequenos acontecimentos que formavam o ano. Superficialmente, três odes de Píndaro foram corrigidas, Helen fez cerca de cinco polegadas de seu bordado, e St. John completou os dois primeiros atos de uma peça. Ele e Rachel eram agora bons amigos, e ele lia em voz alta para ela, que ficava tão impressionada pela habilidade dos seus ritmos e a variedade de seus adjetivos, além do fato de ele ser amigo de Terence, que ele começava a imaginar se seu destino não seria literatura em vez de direito. Foi uma época de reflexões profundas e súbitas revelações para mais de um casal e para várias pessoas isoladas.

Chegou um domingo, coisa que ninguém na *villa*, exceto Rachel e a criada espanhola, queria reconhecer. Rachel ainda ia à igreja, porque, segundo Helen, nunca se dera ao trabalho de pensar sobre isso. Já que celebravam missa no hotel, ela foi até lá, esperando ter alguma alegria ao atravessar o jardim e o saguão, embora fosse difícil ver Terence e ter oportunidade de lhe falar.

Como a maior parte dos visitantes do hotel eram ingleses, havia quase tanta diferença ali entre quarta-feira e domingo quanto na Inglaterra, e domingo ali parecia, como lá, o mudo espectro escuro ou espírito penitente do mais ocupado dia da semana. Os ingleses não conseguiam empalidecer o sol, mas de alguma forma milagrosa podiam dar às horas um curso mais lento, tornar os incidentes mais sem graça, prolongar as refeições e fazer até criadas e pajens assumirem uma expressão de tédio e compostura. As melhores roupas que todo mundo vestia ajudavam naquele efeito geral; parecia que nenhuma dama se sentaria sem dobrar uma anágua limpa e engomada, e nenhum cavalheiro poderia respirar sem um súbito estalar de seu peito de camisa rijo.

Quando os ponteiros do relógio se aproximaram das onze naquele domingo especial, várias pessoas começaram a reunir-se no saguão, segurando livrinhos de páginas vermelhas. O relógio marcava minutos antes da hora quando passou uma robusta figura preta, atravessou o saguão com ar preocupado, como se preferisse não notar os cumprimentos, embora tivesse consciência deles, e desapareceu pelo corredor que partia de lá.

– Sr. Bax – sussurrou Sra. Thornbury.

O grupinho de pessoas começou então a afastar-se na mesma direção em que fora a robusta figura negra. Encaradas com estranheza pelas pessoas que não faziam menção de se reunir a elas, moveram-se, com uma exceção, lenta e conscientemente até as escadarias. Sra. Flushing era a exceção. Desceu as escadas correndo, passou pelo saguão, juntou-se ofegante ao cortejo, perguntando a Sra. Thornbury num sussurro agitado:

– Onde, onde?

– Estamos todos indo – disse Sra. Thornbury, e logo desciam as escadas dois a dois. Rachel foi uma das primeiras a descer. Não viu que Terence e Hirst entravam pelos fundos carregando não um volume preto, mas um livro fino encapado com tecido azul-claro, que St. John trazia sob o braço.

A capela era a velha capela dos monges. Era um local fresco e profundo onde se celebrava a missa há centenas de anos, penitenciava-se ao luar frio e se adoravam velhas pinturas marrons e santos esculpidos com mãos erguidas em bênção nos nichos das paredes. A transição de culto católico a protestante fora feita durante um período de desuso, quando não havia cerimônias e o lugar era usado para guardar jarras de azeite, licor e cadeiras espreguiçadeiras; o hotel florescendo, alguma corporação religiosa tomara conta do lugar e agora ele era provido de uma série de bancos amarelos lustrosos e genuflexórios de cor púrpura; tinha um pequeno púlpito, uma águia de latão sustentando nas costas uma Bíblia, enquanto a piedade de várias mulheres fornecera feios retângulos de tapeçaria e longas tiras de bordado pesadamente ornamentais com monogramas dourados.

Enquanto os fiéis entravam, eram recebidos por suaves acordes de um harmônio tocado por Srta. Willett, escondida por uma cortina de baeta. O som espalhou-se pela capela como círculos de água provocados por uma pedra caída. As 20 ou 25 pessoas que compunham os fiéis baixaram as cabeças, e depois sentaram-se eretas olhando em torno. Estava muito quieto, e a luz ali embaixo parecia mais pálida do que a luz de cima. Não trocavam os habituais cumprimentos e sorrisos, mas reconheciam-se mutuamente. O pai-nosso foi lido. Quando se ouviu o balbucio infantil de vozes, os fiéis, muitos dos quais só tinham se encontrado na escadaria, sentiam-se pateticamente unidos e bem dispostos uns em relação aos outros. Como se a oração fosse uma tacha aplicada a um combustível, uma fumaça parecia erguer-se automaticamente e encher o lugar com os fantasmas de incontáveis cerimônias em incontáveis manhãs de domingo em casa. Susan Warrington, em particular, tinha consciência da mais doce fraternidade quando cobriu o rosto com as mãos e viu faixas de costas curvadas através das frestas entre os dedos. Suas emoções intensificavam-se calma e regularmente, e ela ao mesmo tempo aprovava a si mesma e à vida. Tudo estava tão quieto e tão bom. Mas, tendo criado essa atmosfera pacífica, Sr. Bax de repente virou a página e leu um salmo. Embora lesse sem mudar a voz, o estado de espírito desfizera-se.

– Tende misericórdia de mim, oh... Deus – leu ele –, pois o homem está prestes a me devorar, ele está diariamente combatendo-me e perturbando-me... Diariamente, interpretam mal minhas palavras: tudo o que imaginam é causar-me mal. Unem-se e ficam unidos... Quebrai os dentes deles, ó Deus, em suas bocas; esmagai os maxilares dos leões, ó Senhor: fazei com que se desmanchem como água que corre depressa; e quando dispararem suas setas, fazei com que sejam exterminados.

Nada na experiência de Susan correspondia a isso; e como ela não apreciava a linguagem, há muito cessara de prestar atenção em tais comentários, embora os seguisse com a mesma espécie de respeito mecânico com que ouvira muitas das falas de Lear pronunciando alto. Sua mente ainda era serena e realmente ocupava-se com o louvor à própria natureza e o louvor a Deus... isto é, à solene e satisfatória ordem do mundo.

Mas podia-se ver por uma olhada em seus rostos que a maior parte dos outros, especialmente homens, sentia a inconveniência da súbita intrusão daquele velho selvagem. Pareciam mais seculares e críticos enquanto escutavam as iras daquele velho de preto com um pano em torno dos rins, amaldiçoando com gestos veementes junto de uma fogueira no deserto. Depois disso, ouviu-se o ruído generalizado de páginas sendo viradas, como se estivessem numa sala de aula; então foi lido um pouco do Velho Testamento, a respeito da construção de um poço, tudo bem parecido com meninos de colégio traduzindo uma passagem fácil do *Anábasis* depois de fecharem sua gramática francesa. Voltaram então ao Novo Testamento e à triste e bela figura de Cristo. Enquanto Cristo falava, faziam outro esforço de adaptarem sua interpretação da vida às vidas que viviam, mas, como fossem todos diferentes, uns práticos, uns ambiciosos, uns tolos, outros tumultuados e experimentais, alguns apaixonados e outros já há muito tendo superado qualquer emoção, exceto a sensação de conforto, faziam coisas bem diversas com as palavras de Cristo.

Pelas suas feições, parecia que a maior parte deles não fazia esforço algum e, por ser mais cômodo, aceitavam ideias transmitidas pelas palavras como sendo palavras de bondade, assim como as industriosas bordadeiras tinham aceitado como bonito o feio colorido de sua esteira.

Fosse qual fosse o motivo, pela primeira vez na sua vida, em vez de deslizar de uma vez para dentro de alguma curiosa e agradável nuvem de emoção, familiar demais para ser levada em conta, Rachel escutava criticamente o que se dizia. Depois de passada a forma irregular de uma oração a um salmo, do salmo à história, da história à poesia, e Sr. Bax estava dizendo seu texto, ela ficou num estado de desconforto intenso. O desconforto era igual ao que sentia quando forçada a escutar uma peça de música ruim e mal tocada. Torturada, enfurecida pela grosseira insensibilidade do regente, que acentuava nos lugares errados, e aborrecida com o vasto rebanho da plateia elogiando e concordando sem saber nem se importar com nada, ela agora estava torturada e enfurecida, só que ali, com olhos semicerrados e lábios apertados, a atmosfera de forçada solenidade aumentava sua raiva. Ao seu redor havia gente fingindo sentir o que não sentia, enquanto flutuava acima dela a ideia de que nenhum deles podia entender o que fingiam entender, sempre inalcançável, uma bela ideia, uma ideia que parecia uma borboleta. Uma depois da outra, vastas, e hirtas, e frias lhe apareceram todas as igrejas do mundo, onde esse esforço desajeitado e esse mal-entendido aconteciam perpetuamente, em grandes edificações repletas de incontáveis homens e mulheres que não enxergam direito, que finalmente desistiam do esforço de enxergar, caindo obedientemente em louvor e concordância, olhos semicerrados e lábios apertados. O pensamento causava a mesma espécie de desconforto provocado por uma névoa que se interpusesse constantemente entre olhos e página impressa. Ela esforçou-se ao máximo para remover a névoa e conceber algo que pudesse ser venerado enquanto a cerimônia prosseguia; mas não conseguiu, sempre desviada pela voz de Sr. Bax dizendo coisas que deformavam a ideia e pelo murmúrio de vozes humanas inexpressivas balindo e caindo ao seu redor como folhas molhadas. O esforço era cansativo e desanimador. Ela cessou de escutar e fixou os olhos na face de uma mulher próxima, uma enfermeira de hospital, cuja expressão de atenção devota parecia provar que de alguma forma tinha satisfação. Mas, olhando atentamente para ela, Rachel concluiu que a enfermeira estava apenas concordando com tudo aquilo de modo servil e que a expressão de satisfação não vinha de nenhuma esplêndida concepção de Deus em seu interior. Como, aliás, poderia conceber algo tão fora de sua própria experiência, uma mulher com aquele rosto banal, um rostinho corado e redondo, sobre o qual deveres banais e ódios banais tinham traçado linhas, cujos fracos olhos azuis olhavam sem intensidade nem individualidade, cujas feições eram borradas, insensíveis e duras? Ela estava adorando algo frívolo e presunçoso, agarrando-se àquilo, conforme testemunhava a boca obstinada, com a tenacidade de um marisco; nada a arrancaria de sua crença séria em sua própria virtude e nas virtudes de sua religião. Era um marisco com seu lado sensível preso na rocha, morto para sempre para a torrente de coisas frescas e belas que passavam junto dele. O rosto dessa única adoradora imprimiu-se na mente de Rachel com uma impressão de puro horror; de repente ela teve a revelação do que Helen e St. John queriam dizer quando proclamavam seu ódio ao cristianismo. Com a violência que agora marcava suas sensações, ela rejeitou tudo aquilo em que implicitamente acreditara.

Enquanto isso, Sr. Bax estava na metade da segunda lição. Ela o contemplava. Era um homem do mundo com lábios flexíveis e modos agradáveis, era na verdade um homem de muita bondade e simplicidade, embora nada inteligente, mas ela não estava disposta a dar qualquer crédito a essas qualidades, e o examinava como se fosse a síntese de todos os vícios do seu culto.

Bem nos fundos da capela, Sra. Flushing, Hirst e Hewet sentavam-se numa fila, em estados de espírito bem diferentes. Hewet fixava o teto com as pernas estendidas à frente, pois, como jamais tentara adequar a cerimônia a qualquer sentimento ou ideia sua, era capaz de apreciar a beleza da linguagem sem impedimento. Sua mente ocupou-se primeiro com coisas acidentais, como o cabelo das mulheres à sua frente, e a luz sobre os rostos, depois com palavras que lhe pareceram magníficas, e depois, mais vagamente, com as personagens dos outros fiéis. Mas quando subitamente percebeu Rachel, todos esses pensamentos foram expulsos de sua mente, e pensou somente nela. Os salmos, as orações, a ladainha e o sermão reduziram-se todos a um único som de cântico que parava e depois se renovava, um pouco mais alto, um pouco mais baixo. Ele fitava alternadamente Rachel e o teto, e sua expressão agora não nascia do que estava vendo, mas de algo em sua mente. Estava quase tão dolorosamente perturbado por seus pensamentos quanto Rachel pelos dela.

No começo da cerimônia, Sra. Flushing descobriu que pegara uma Bíblia em vez de um livro de orações e, sentada perto de Hirst, deu uma olhada por cima do ombro dele. Ele estava lendo firmemente um volume azul-claro. Incapaz de compreender, ela espiou mais de perto, e Hirst educadamente colocou o livro à frente dela, apontando o primeiro verso de um poema grego, e depois a tradução na outra página.

– O que é isso? – sussurrou ela.

– Safo – respondeu ele. – A tradução de Swinburne, a melhor coisa já escrita.

Sra. Flushing não resistiu a tal oportunidade. Engoliu a Ode a Afrodite durante a ladainha, contendo-se com dificuldade para não perguntar quando Safo vivera e o que mais escrevera que fosse digno de ser lido, e conseguindo com certa pontualidade no fim pronunciar "o perdão dos pecados, a ressurreição da carne e a vida eterna. Amém".

Enquanto isso, Hirst pegava um envelope e começava a rabiscar no verso. Quando Sr. Bax subiu ao púlpito, ele fechou Safo com o envelope entre as páginas, ajeitou os óculos e fixou seu olhar intensamente sobre o clérigo. Parado no púlpito, este parecia muito grande e gordo; a luz vindo das janelas esverdeadas fazia seu rosto parecer liso e branco como um enorme ovo.

Ele olhou em torno para todos os rostos que o fixavam brandamente lá de baixo, embora alguns fossem rostos de homens e mulheres com idade para serem seus avós, e disse seu texto com grande imponência. O tema do sermão era que visitantes naquele lindo país, embora de férias, tinham dever para com os nativos. Na verdade, não diferia muito de um artigo sobre assuntos de interesse geral nos seminários. Divagava de um ponto a outro com uma espécie de verborragia cordial, sugerindo que todos os seres humanos são bastante parecidos debaixo de sua pele, ilustrando isso com a semelhança das brincadeiras dos menininhos espanhóis e dos menininhos de Londres, observando que coisas muito pequenas influenciam as pessoas, especialmente nativos; de fato, um amigo muito querido de Sr. Bax dissera-lhe que o sucesso de nossa lei na Índia, aquele vasto país, dependia grandemente do estrito código de polidez adotado pelos ingleses para com os nativos, o que levou ao comentário de que as pequenas coisas não são necessariamente pequenas, e, de alguma forma, da virtude da simpatia, virtude mais necessária hoje em dia do que nunca, quando vivemos numa época de experimentação e mudança – veja-se o aeroplano e o telegrama sem fio, além de outros problemas que dificilmente se apresentariam aos nossos pais, mas que hoje nenhum homem que se considera homem poderia deixar sem solução. Aqui Sr. Bax tornou-se mais claramente clerical, se é que era possível, parecendo falar com uma certa inocente astúcia ao apontar que tudo isso impunha um dever especial aos cristãos sérios. O que os homens se inclinavam a dizer era "Ah, aquele sujeito... é um pároco". O que queremos que digam é "Ele é um bom sujeito", em outras palavras, "Ele é meu irmão". Exortou-os a manterem-se em contato com homens do tipo moderno; precisavam simpatizar com seus múltiplos interesses a fim de compreender sempre que, não importa que descobertas se fizessem, havia uma que não podia ser superada, tão necessária ao mais brilhante e bem-sucedido entre eles quanto fora aos seus pais. O mais humilde podia ajudar; as coisas menos importantes influenciavam (aqui ele tornou-se decididamente sacerdotal, seus comentários parecendo destinados às mulheres, pois os fiéis de Bax eram, em sua maioria, mulheres, e estava habituado a mostrar-lhes seus deveres em suas inocentes campanhas clericais). Deixando de lado as instruções mais definidas, ele passou adiante, e seu tema ampliou-se numa peroração para a qual respirou fundo e se postou muito ereto.

– Assim como uma gota d'água, isolada, sozinha, apartada de outras, caindo da nuvem e entrando no grande oceano, se altera, os cientistas assim nos contam, não apenas o ponto no oceano onde ela cai se altera, mas toda a miríade de gotas que, juntas, compõem o grande universo das águas, alterando assim a configuração do globo, as vidas de milhões de criaturas no oceano e, finalmente, as vidas dos homens e mulheres que ganham a vida nas praias... Tudo isso está na dimensão de uma única gota d'água, como qualquer chuvarada envia milhões para que se percam na terra... para que se percam na terra, nós dizemos, mas sabemos muito bem que os frutos da terra não podem brotar sem elas... uma maravilha comparável ao que está ao alcance de qualquer um de nós, que, soltando uma pequena palavra ou uma pequena ação no grande universo, altera-o; sim, é uma ideia solene, altera-o, para o bem ou para o mal, não por um instante ou num pequeno ambiente, mas através de toda a raça e por toda a eternidade.

Virando-se de um lado a outro como para impedir aplauso, ele prosseguiu no mesmo fôlego, mas num tom de voz diferente:

— E agora, ao Senhor nosso Pai...

Ele deu sua bênção e, então, enquanto os acordes solenes brotavam mais uma vez do harmônio atrás da cortina, as diferentes pessoas começaram a remexer-se, e talvez a mover-se muito desajeitada e conscientemente na direção da porta. A meio caminho da escada, num ponto em que luzes e sons do mundo superior conflitavam com a penumbra e a melodia moribunda dos hinos do mundo inferior, Rachel sentiu uma mão sobre seu ombro.

— Srta. Vinrace — sussurrou imperiosamente Sra. Flushing —, fique para o almoço. Está um dia tão melancólico. Eles não dão nem um bife no almoço. Fique, por favor.

Saíram então para o saguão, onde mais uma vez o pequeno bando foi saudado com curiosos olhares respeitosos pelas pessoas que não tinham ido à igreja, embora suas roupas deixassem claro que aprovavam o domingo quase a ponto de irem à igreja. Rachel sentiu-se incapaz de aguentar mais aquela atmosfera particular, e estava por dizer que tinha de voltar quando Terence passou por elas, arrastado numa conversa com Evelyn M. Rachel então contentou-se em dizer que as pessoas pareciam muito respeitáveis, comentário negativo que Sra. Flushing interpretou como afirmação de que Rachel ficaria.

— Ingleses no exterior! — disse com um vivo tom de malícia. — Não são medonhos? Mas não vamos ficar aqui — continuou, puxando o braço de Rachel. — Venha até meu quarto.

Ela a empurrou passando por Hewet, Evelyn, os Thornbury e os Elliot. Hewet adiantou-se.

— Almoço...

— Srta. Vinrace prometeu almoçar comigo — disse Sra. Flushing, começando a subir energicamente as escadas, como se a classe média da Inglaterra a estivesse perseguindo. Não parou até bater atrás delas a porta do seu quarto.

— Bem, o que achou? — perguntou, ofegando um pouco.

Toda a repulsa e horror que Rachel andara acumulando explodiram descontroladamente.

— Achei a exibição mais odiosa que já vi! — disse num rompante. — Como podem... como se atrevem... o que querem dizer com isso... Sr. Bax, enfermeiras, velhos, prostitutas, repulsivos...

Ela atacou o mais depressa que podia os pontos que lembrava, mas estava indignada demais para parar e analisar seus sentimentos. Sra. Flushing observava com ávido prazer sua fala abrupta, acompanhada de movimentos enfáticos de cabeça e mãos.

— Prossiga, prossiga, prossiga! — ria ela, batendo palmas. — É delicioso escutar você!

— Mas então por que a senhora vai? — perguntou Rachel.

— Tenho ido todos os domingos de minha vida desde que me lembro — Sra. Flushing ria satisfeita, como se isso por si só já fosse motivo.

Rachel virou-se bruscamente para a janela. Não sabia o que a deixara naquele estado tão passional; a visão de Terence no saguão confundira seus pensamentos, deixando-a apenas indignada. Olhou direto para a sua própria *villa*, a meio caminho na encosta da montanha. A vista mais conhecida, olhada através do vidro, tem uma certa distinção não familiar; enquanto olhava, ela foi se acalmando. Então lembrou que estava na presença de alguém a quem nem conhecia direito, virou-se e olhou Sra. Flushing, que ainda estava sentada na beira da cama olhando para o alto, os lábios entreabertos mostrando duas fileiras de fortes dentes brancos.

– Diga-me, de quem gosta mais, de Sr. Hewet ou de Sr. Hirst?

– De Sr. Hewet – respondeu Rachel, mas sua voz não soava natural.

– Qual dos dois é o que lê grego na igreja? – indagou Sra. Flushing. Podia ter sido qualquer um deles e, enquanto Sra. Flushing passava a descrevê-los e a dizer que os dois a assustavam, embora um a assustasse mais, Rachel procurava uma cadeira. Naturalmente o quarto era o maior e mais luxuoso do hotel. Havia muitas poltronas e banquetas cobertas de linho marrom, mas cada uma dessas peças estava ocupada por um grande pedaço de papelão amarelo quadrado, e em todas as peças de papelão havia pontinhos ou linhas de tinta a óleo.

– Não olhe para aquilo – disse Sra. Flushing vendo o olho de Rachel vagar por ali. Saltou e virou todos os papelões que pôde no assoalho. Mas Rachel conseguiu apoderar-se de um deles e, com a vaidade de uma artista, Sra. Flushing perguntou, ansiosa:

– Então, então?

– É uma colina – respondeu Rachel. Não havia dúvida de que Sra. Flushing representou um vigoroso e abrupto lance de terra erguendo-se no ar; quase se podiam ver os torrões voando enquanto a terra rodopiava.

Rachel passou de um a outro. Estavam todos marcados com algo da determinação e energia de quem os fizera; eram todos golpes perfeitamente destreinados do pincel sobre uma ideia semirrealizada, sugerida por um morro ou árvore; de certa forma, todos eram bem característicos de Sra. Flushing.

– Eu vejo as coisas se movendo – explicou Sra. Flushing. – Assim – ela varreu o ar com a mão. Depois pegou um dos papelões que Rachel pusera de lado, sentou-se numa banqueta e começou a fazer floreios com um pedaço de carvão. Enquanto se ocupava em traços que pareciam servir-lhe como a fala serve a outras pessoas, Rachel, muito inquieta, olhava ao redor.

– Abra o armário – disse Sra. Flushing depois de algum tempo, falando indistintamente porque estava com um pincel na boca – e olhe as coisas.

Como Rachel hesitasse, Sra. Flushing aproximou-se, ainda com um pincel na boca, abriu com ímpeto as portas do guarda-roupa e jogou na cama uma quantidade de xales, mantos, panos e bordados; Rachel começou a apalpá-los. Sra. Flushing chegou mais uma vez e largou uma quantidade de contas, broches, brincos, braceletes, enfeites e pentes entre os tecidos. Depois voltou para sua banqueta e começou a pintar em silêncio. Os tecidos eram coloridos, escuros e pálidos; formavam uma curiosa torrente de linhas e cores sobre a colcha, com os montinhos vermelhos de pedra, e penas de pavão, e cor de casco de tartaruga dos pentes no meio de tudo.

– As mulheres os usavam há centenas de anos, e ainda os usam – comentou Sra. Flushing. – Meu marido sai por aí e os encontra; ninguém sabe o que valem, de modo que os compramos barato. E vamos vendê-los para os elegantes de Londres – disse ela numa risadinha, como se a ideia dessas damas e sua absurda aparência a divertisse. Depois de pintar alguns minutos, ela de repente largou o pincel e fixou os olhos em Rachel.

– Vou lhe dizer o que quero fazer. Quero ir até ali em cima e ver as coisas por mim mesma. É besteira ficar aqui com um bando de velhas solteironas como se estivéssemos numa praia da Inglaterra. Quero ir rio acima e ver os nativos em seus acampamentos. É só uma questão de uns dez dias em tendas de lona. Meu marido fez isso. A gente ficaria deitada debaixo de árvores à noite e de dia desceria o rio; se víssemos alguma coisa bonita, gritaríamos para que parassem. – Ela levantou-se e começou a enfiar na cama repetidamente um longo alfinete dourado, enquanto olhava para ver o efeito de sua sugestão em Rachel.

– Temos de organizar um grupo – prosseguiu ela. – Dez pessoas poderiam alugar uma lancha. Agora, você virá e Sra. Ambrose também, e Sr. Hirst e aquele outro cavalheiro, virão? Onde há um lápis?

Ela ficava cada vez mais decidida e animada à medida que desenvolvia seu plano. Sentou-se na beira da cama e anotou uma lista de sobrenomes, que invariavelmente escrevia errado. Rachel ficou entusiasmada, pois, na verdade, a ideia era incrivelmente deliciosa. Sempre tivera muita vontade de ver o rio, e o nome de Terence lançava um brilho sobre essa perspectiva, tornando-a quase boa demais para ser verdade. Fez o que podia para ajudar Sra. Flushing, sugerindo nomes, ajudando-a a soletrá-los direito e calculando os dias da semana nos dedos. Como Sra. Flushing queria saber tudo o que Rachel podia dizer sobre a origem e a ocupação de cada pessoa sugerida, e ela inventava loucas histórias sobre o temperamento e os hábitos de artistas e pessoas do mesmo nome que costumavam vir a Chillingley nos velhos tempos, mas que sem dúvida não eram as mesmas pessoas, embora fossem também aqui homens inteligentes, interessados em egiptologia, essa atividade consumiu algum tempo. Finalmente Sra. Flushing buscou ajuda em seu diário, pois o método de adivinhar datas nos dedos não era eficaz. Abriu e fechou cada gaveta de sua escrivaninha e então gritou, furiosa:

– Yarmouth! Yarmouth! Maldita mulher! Sempre ausente quando preciso dela!

Nesse momento soou no frenesi do meio-dia o gongo do almoço.

Sra. Flushing tocou violentamente a sineta. A porta abriu-se e uma criada bonita, quase tão ereta quanto sua patroa, entrou.

– Ah, Yarmouth – disse Sra. Flushing –, encontre meu diário e veja quando é dez dias daqui para a frente, e indague ao porteiro do saguão quantos homens seriam necessários para levar a remo oito pessoas rio acima por uma semana, quanto isso custaria, ponha num pedaço de papel e deixe no meu toucador. Agora... – ela apontou a porta com um indicador imperioso de modo que Rachel teve de ir à frente. – Ah, Yarmouth – Sra. Flushing chamou. – Guarde essas coisas e pendure-as em seus lugares, boa menina, ou Sr. Flushing fica furioso.

E a tudo isso Yarmouth apenas respondia:

– Sim, senhora.

Quando entraram na longa sala de jantar, era óbvio que o dia ainda era domingo, embora o estado de ânimo lentamente decaísse. A mesa dos Flushing estava posta junto da janela, de modo que Sra. Flushing podia ver cada pessoa que entrasse, e sua curiosidade parecia intensa.

– A velha Sra. Paley – sussurrou quando uma cadeira de rodas passou lentamente pela porta, com Arthur atrás, empurrando. – Os Thornbury – chegaram depois. – Aquela simpática mulher – ela fez Rachel olhar para Srta. Allan. – Como é o nome dela? – A senhora maquiada que sempre chegava tarde, entrando na sala com passinhos pequenos e um sorriso preparado como se entrasse num palco, quase se intimidou sob o olhar de Sra. Flushing, que expressava a sua férrea hostilidade para com toda a tribo de damas maquiadas. Depois entraram os dois rapazes a quem Sra. Flushing chamava coletivamente "os Hirst". Sentaram-se do outro lado do corredor.

Sr. Flushing tratava sua esposa com um misto de admiração e indulgência, compensando com a suavidade e fluência de sua fala a rudeza das maneiras dela. Enquanto ela disparava seus comentários, ele dava a Rachel um esboço da história da arte sul-americana, atendia a uma das exclamações da esposa, e depois voltava suavemente, como sempre, ao seu tema. Sabia muito bem tornar um almoço agradável sem ser chato ou íntimo demais. Formara a opinião, contou a Rachel, de que havia tesouros maravilhosos escondidos no interior do país; as coisas que Rachel vira eram apenas quinquilharias apanhadas durante uma breve jornada. Ele achava que devia haver deuses gigantes esculpidos na pedra da encosta da montanha; e figuras colossais engastadas no meio de vastas pastagens verdes, onde ninguém jamais estivera, senão nativos. Antes do amanhecer da arte europeia, ele acreditava que os caçadores e sacerdotes antigos haviam construído templos de pedras maciças, formando, com as rochas escuras e grandes cedros, figuras majestosas de deuses e feras, e de símbolos das grandes forças, a água, o ar e a floresta, entre as quais viviam. Podia haver cidades pré-históricas, em clareiras, como aquelas na Grécia e na Ásia, cheias de obras daquela antiga raça. Ninguém jamais estivera lá; quase nada se sabia a respeito. Falando assim, e expondo a mais pitoresca de suas teorias, ele atraía a atenção de Rachel.

Ela não via que Hewet ficava olhando para ela do outro lado do corredor, entre as figuras dos garçons correndo com pratos. Ele não prestava atenção em nada, e Hirst também o achava mal-humorado e desagradável. Os dois haviam tocado em todos os assuntos – política e literatura, mexericos e cristianismo. Haviam discutido a respeito da cerimônia que, segundo Hewet, era em tudo tão boa quanto Safo, de modo que o paganismo de Hirst era mera ostentação. Por que ir à igreja, perguntou ele, só para ler Safo? Hirst comentou que escutara cada palavra do sermão, o que poderia provar se Hewet quisesse uma repetição; e foi à igreja para entender a natureza do seu criador, o que fizera muito intensamente naquela manhã graças a Sr. Bax, que o inspirara a escrever três das mais soberbas linhas da literatura inglesa, uma invocação à Divindade.

– Eu as escrevi no verso do envelope da última carta de minha tia – disse ele, tirando-o das páginas de Safo.

– Bem, vamos ouvi-las – disse Hewet, um pouco abrandado pela perspectiva de uma discussão literária.

– Meu caro Hewet, você quer que nós dois sejamos postos para fora do hotel pela turba enfurecida dos Thornbury e dos Elliot? – indagou Hirst. – Um mero sussurro seria suficiente para me incriminar para sempre. Meu Deus! De que adianta tentar escrever quando o mundo está habitado por idiotas malditos como esses? Sério, Hewet, aconselho-o a desistir da literatura. De que adianta? Eis a sua plateia.

Ele fez um sinal de cabeça na direção das mesas onde uma coleção muito variada de europeus estava agora entretida comendo, em alguns casos mascando, aquelas fibrosas aves estrangeiras. Hewet olhou e ficou mais irritado do que nunca. Hirst também olhou. Seus olhos caíram sobre Rachel e ele lhe fez uma mesura.

– Acho que Rachel está apaixonada por mim – comentou ele quando seus olhos voltaram ao prato. – Isso é o pior nas amizades com jovens... elas tendem a se apaixonar por nós.

Hewet não respondeu nada e sentava-se estranhamente quieto.

Hirst parecia não se importar por não obter resposta, pois voltou àquele Sr. Bax, citando a peroração sobre a gota d'água; Hewet mal respondeu a esses comentários, e Hirst apenas apertou os lábios, escolheu um figo e concentrou-se bastante satisfeito em seus próprios pensamentos, dos quais sempre tinha um grande suprimento. Quando o almoço acabou, separaram-se, levando suas xícaras de café para diferentes partes do saguão.

De sua cadeira sob uma palmeira Hewet viu Rachel sair da sala de jantar com os Flushing; viu-os olhar em torno procurando cadeiras e escolher três num canto onde podiam continuar falando em particular. Sr. Flushing discursava a pleno vapor. Exibiu uma folha de papel na qual fazia desenhos enquanto conversava. Viu Rachel inclinar-se e apontar aqui e ali com o dedo. Hewet comparou pouco bondosamente Sr. Flushing, que estava extremamente bem-vestido para um clima quente e tinha maneiras bastante elaboradas, como um dono de loja persuasivo. Nesse meio-tempo, enquanto olhava para eles, viu-se enredado com os Thornbury e Srta. Allan, que, depois de hesitarem um minuto ou dois, instalaram-se em cadeiras ao redor dele, segurando as xícaras nas mãos. Quiseram saber se podia-lhes contar alguma coisa sobre Sr. Bax. Sr. Thornbury, como de costume, sentava-se sem dizer nada, olhando vagamente em frente, às vezes erguendo seus óculos como se os quisesse colocar no rosto, mas sempre mudando de ideia no último momento e deixando-os cair de novo. Depois de alguma discussão, as senhoras decidiram que Sr. Bax não era filho de William Bax. Houve uma pausa. Então Sra. Thornbury comentou que ainda tinha o hábito de dizer rainha em vez de rei no Hino Nacional. Houve outra pausa. Então Srta. Allan disse pensativamente que ir à igreja no estrangeiro sempre a fazia sentir que estivera no enterro de um marinheiro. Houve então uma pausa bastante longa, que ameaçava ser derradeira, quando, misericordiosamente, um pássaro mais ou menos do tamanho de um pintassilgo, mas de cor azul metálico, apareceu na parte do terraço que podia ser vista de onde estavam sentados. Sra. Thornbury perguntou se devíamos querer que todas as nossas gralhas fossem azuis:

– O que você acha, William? – perguntou ela, tocando o joelho do marido.

– Se todas as nossas gralhas fossem azuis – ele levantou os óculos e realmente os botou no nariz –, não viveriam muito tempo em Wiltshire – concluiu, tirando novamente os óculos. Os três mais velhos agora contemplavam meditativos o pássaro que fez o obséquio de ficar no meio da paisagem por um tempo considerável, dispensando-os de falarem novamente. Hewet começava a imaginar se não poderia ir até o canto dos Flushing, quando Hirst apareceu do fundo, enfiou-se numa cadeira ao lado de Rachel e começou a falar com ela com todo o ar de familiaridade. Hewet não pôde mais suportar. Levantou-se, pegou seu chapéu e disparou porta afora.

18

Tudo o que ele via lhe desagradava. Odiava o azul e o branco, a intensidade e a nitidez, os ruídos e o calor do sol; a paisagem lhe parecia tão dura e romântica quanto um cenário de papelão no palco, e a montanha era apenas um biombo de madeira diante de um lençol tingido de azul. Ele caminhava depressa, apesar do calor do sol.

Dois caminhos saíam da cidade do lado leste; um levava na direção da *villa* dos Ambrose, o outro entrava pelo interior, chegando a uma aldeia na planície, mas muitas trilhas, feitas em terra úmida, brotavam dele, atravessando grandes campos ressequidos, conduzindo a fazendas esparsas e *villas* de nativos ricos. Hewet saiu do caminho numa dessas trilhas para evitar a dureza do calor da estrada principal, cuja poeira era sempre erguida em nuvenzinhas pelas carroças e cabriolés desengonçados que transportavam grupos de camponeses festivos, ou perus avolumando-se irregularmente como um monte de balões sob uma rede ou caixas de presentes e a cabeceira de cama de latão de algum par de recém-casados.

O exercício serviu, na verdade, para remover as irritações superficiais da manhã, mas ele continuava infeliz. Parecia fora de dúvida que Rachel não ligava para ele, pois quase nem olhara, e conversara com Sr. Flushing com o mesmo interesse com que falara com ele. Finalmente, as odiosas palavras de Hirst golpearam sua mente como uma chibata, e recordou que a deixara conversando com ele. Naquele momento, dialogava com ele, e podia ser verdade que estivesse apaixonada por Hirst, como este dissera. Hewet examinou todas as provas dessa suposição – o súbito interesse dela pelos escritos de Hirst, seu jeito de citar respeitosamente ou com apenas meio sorriso as opiniões dele; o apelido que lhe dera, "o grande Homem", podia conter algum significado sério. Supondo que houvesse algum entendimento entre eles, o que isso significaria?

– Que droga tudo isso! – disse. – Estou apaixonado por ela? – E só podia dar-se uma única resposta. Certamente estaria apaixonado por ela, se soubesse o que era amor. Desde que a vira, ficara interessado e atraído, cada vez mais interessado e atraído, até quase nem poder pensar em nada exceto em Rachel. Mas enquanto deslizava para uma daquelas longas meditações sobre ambos, ele se testou perguntando-se: queria casar-se com ela? Esse era o problema real, pois essas misérias e agonias não podiam ser suportadas, e era preciso decidir-se. Decidiu imediatamente que não queria se casar com ninguém. Em parte porque estava irritado com Rachel, a ideia de casamento o irritava. Sugeria-lhe imediatamente a imagem de duas pessoas sentadas sozinhas diante de uma lareira; o homem estava lendo, a mulher costurando. Havia uma segunda imagem. Ele via um homem saltar de pé, dizer boa-noite, deixar o grupo e afastar-se depressa com o secreto olhar de quem está fugindo para uma certa felicidade. Esses dois quadros eram desagradáveis, e mais ainda um terceiro quadro, de marido e mulher e amigo; e os casados olhando-se como se ficassem satisfeitos em deixar passar alguma coisa não abordada, pois eles próprios possuíam uma verdade mais profunda. Outras imagens – ele caminhava muito depressa na sua irritação e elas lhe surgiam sem esforço consciente, como imagens num lençol – sucederam-se. Aqui estavam o marido exausto e a esposa, sentados com os filhos ao redor, muito pacientes, tolerantes e sábios. Mas isso também era uma imagem desagradável. Ele tentou toda a sorte de quadros tirados das vidas de amigos seus, pois conhecia vários casais diferentes, mas sempre os via fechados numa sala iluminada por um fogo de lareira. Quando de outro lado começava a pensar em pessoas solteiras, via-as ativas num mundo ilimitado; sobretudo no mesmo nível que os demais, sem abrigo ou vantagem. Os mais individuais e humanos de seus amigos eram solteirões e solteironas; na verdade, estava surpreso ao ver que as mulheres que mais admirava e conhecia melhor eram solteiras. O casamento parecia pior para as mulheres do que para os homens. Deixando de lado esses quadros gerais, analisou as pessoas que andara observando ultimamente no hotel. Muitas vezes resolvera essas questões em sua mente observando Susan e Arthur, ou Sr. e Sra. Thornbury, ou Sr. e Sra. Elliot. Observara como a tímida felicidade e surpresa dos casais foram gradualmente substituídas por um estado de espírito confortável e tolerante, como se já tivessem liquidado a aventura da intimidade e estivessem assumindo seus papéis. Susan costumava perseguir Arthur com um suéter porque um dia ele revelara que um irmão seu morrera de pneumonia. A visão disso o divertia, mas não era agradável quando se punha Terence e Rachel no lugar de Arthur e Susan; e Arthur estava bem menos desejoso de pegar as pessoas num canto e falar sobre voar e os mecanismos de aeroplanos. Iriam se dar bem. Depois ele olhou os casais que estavam casados há vários anos. Era verdade que Sra. Thornbury tinha um marido e que na maior parte do tempo conseguia maravilhosamente metê-lo na conversa, mas não se podia imaginar o que diziam quando estavam sozinhos. Havia dificuldade com relação aos Elliot, exceto que provavelmente discutiam francamente em particular. Às vezes discutiam em público, embora esses desacordos fossem minuciosamente recobertos pelas pequenas insinceridades da parte da esposa, que era mais burra que o marido e tinha dificuldades em acompanhá-lo. Não podia haver dúvida de que teria sido melhor para o mundo se aqueles casais se separassem. Até os Ambrose, a quem admirava e respeitava profundamente, apesar de todo o amor entre eles, o seu casamento não era, sobretudo, uma acomodação? Ela cedia a ele; ela o mimava; ela arranjava as coisas para ele; ela, que era toda verdade com os outros, não era verdadeira com seu marido, nem era leal com os amigos quando entravam em conflito com o marido dela. Era uma nódoa estranha e lastimável no caráter dela. Talvez Rachel estivesse certa quando disse naquela noite no jardim: "Nós provocamos o que há de pior um no outro... devíamos viver separados".

Não, Rachel estava totalmente errada! Todos os argumentos pareciam ser contra assumir a carga de um casamento, até chegar ao argumento de Rachel, que era manifestamente absurdo. De perseguido ele passava a perseguidor. Deixando de lado o caso contra o casamento, começou a analisar as peculiaridades de caráter que a tinham levado a dizer aquilo. Falara sério? Certamente se devia conhecer o caráter da pessoa com quem se pretendesse passar a vida inteira; sendo romancista, ele que tentasse descobrir que tipo de pessoa ela era. Quando estava com ela, não conseguia analisar suas qualidades porque parecia conhecê-las por instinto, mas quando estava afastado, às vezes lhe parecia que não a conhecia. Era jovem, mas também velha; tinha pouca confiança em si mesma, mas também era boa em julgar outras pessoas. Era feliz, mas o que a fazia feliz? Se estivessem sozinhos, e a excitação tivesse passado, e tivessem de lidar com os fatos banais do dia, o que aconteceria? Lançando um olhar em seu próprio caráter, duas coisas apareciam: era muito impontual e não gostava de responder a bilhetes. Até onde sabia, Rachel inclinava-se a ser pontual, mas ele não se lembrava de jamais tê-la visto com uma caneta na mão. Depois ele imaginava um jantar, digamos no Croom, e Wilson, que a levara até lá, falando sobre a situação do partido liberal. Ela diria que naturalmente não sabia nada de política. Mesmo assim, era com certeza inteligente e também honesta. Seu temperamento era incerto – ele notara isso –, e não era doméstica, não era fácil e não era quieta, nem bela, exceto em algumas roupas com algumas luzes. Mas o seu grande talento era compreender o que lhe diziam; nunca houve ninguém igual a ela para se falar. Podia-se dizer qualquer coisa – podia dizer tudo, e ela jamais era servil. Aqui ele se sobressaltou, pois de repente lhe pareceu que sabia menos sobre ela do que sobre qualquer pessoa. Todos esses pensamentos já lhe haviam ocorrido muitas vezes; muitas vezes ele tentara argumentar e discutir; e novamente chegara ao velho estado de dúvida. Não a conhecia e não sabia o que ela sentia, nem se podiam viver juntos, ou se queria se casar com ela, mas estava apaixonado por ela.

E se fosse até ela e lhe dissesse (ele diminuiu o passo e começou a falar alto como se falasse com Rachel):

– Eu adoro você, mas odeio o casamento, odeio sua presunção, sua segurança, suas concessões, e a ideia de você interferir no meu trabalho, impedindo-me; o que você responderia?

Ele parou, recostou-se no tronco de uma árvore e ficou olhando sem ver algumas pedras espalhadas na margem do leito seco do rio. Via claramente o rosto de Rachel, os olhos cinzentos, o cabelo, a boca; o rosto que podia ser tantas coisas – liso, vazio, quase insignificante, ou louco, apaixonado, quase belo, mas aos olhos dele sempre o mesmo por causa da extraordinária liberdade com que ela o encarava e dizia o que sentia. O que ela haveria de responder? O que sentia? Amava-o ou não sentia nada nem por ele nem por outro homem, sendo, como ela dissera naquela tarde, livre como o vento ou o mar?

– Ah, você é livre! – exclamou ele exultante ao pensar nela. – E eu a manterei livre. Seremos livres juntos. Vamos partilhar tudo juntos. Nenhuma felicidade seria como a nossa. Vida alguma poderia comparar-se às nossas. – Ele abriu bem os braços, como se quisesse encerrar num só abraço a ela e ao mundo.

Já não conseguindo analisar o casamento ou avaliar friamente como era a natureza dela, nem como seria viverem juntos, ele caiu no chão e ficou sentado absorvido na lembrança dela, logo atormentando-se com o desejo de estar novamente em sua presença.

19

Mas Hewet não precisava ter aumentado seus tormentos imaginando que Hirst ainda falava com Rachel. O grupo logo se desfizera, os Flushing indo numa direção, Hirst em outra, e Rachel ficando no saguão, remexendo nas revistas, passando de uma a outra, movimentos expressando o desejo inquieto e informe na sua mente. Não sabia se devia ir ou ficar, embora Sra. Flushing lhe tivesse ordenado que aparecesse para o chá. O saguão estava vazio, exceto por Srta. Willett, que tocava escalas numa folha de música sacra, e pelos Carter, um casal opulento que não gostava da moça, porque os cadarços de seus sapatos estavam desarrumados e ela não parecia suficientemente alegre, o que por algum processo indireto de pensamento os fazia pensar que não gostava deles. Rachel não teria gostado deles se os tivesse visto, pelo excelente motivo de que Sr. Carter cofiava seu bigode, e Sra. Carter usava braceletes; eram evidentemente o tipo de pessoas que não gostariam dela; mas estava absorvida demais em sua própria inquietação para pensar ou olhar.

Ela virava as páginas escorregadias de uma revista americana quando a porta do saguão se abriu num ímpeto, uma beira de luz caiu sobre o chão, e uma figura pequena e branca, sobre a qual a luz parecia facada, atravessou o salão diretamente até ela.

– O quê? Você está aqui? – exclamou Evelyn. – Eu a vi rapidamente no almoço; mas você não teve a bondade de olhar para mim!

Era parte do caráter de Evelyn que, apesar de muitas afrontas que recebia, jamais desistisse de buscar as pessoas que queria conhecer, e a longo prazo geralmente conseguia conhecê-las e até fazê-las gostarem dela.

Evelyn olhou em torno.

– Odeio este lugar, odeio essa gente. Queria que subisse comigo ao meu quarto. Quero conversar com você.

Como Rachel não quisesse nem ir nem ficar, Evelyn pegou-a pelo pulso e puxou-a para fora do saguão, escada acima. Enquanto subiam dois degraus de cada vez, Evelyn, que ainda segurava a mão de Rachel, soltava frases fragmentadas sobre não dar a mínima para o que as pessoas diziam.

– Por que se deveria, sabendo-se que se está certa? Eles que se danem! É o que eu acho!

Estava muito excitada, e os músculos de seus braços repuxavam-se nervosamente. Era óbvio que estava apenas esperando que a porta se fechasse para contar tudo a Rachel. Na verdade, assim que chegaram ao quarto, ela se sentou na beira da cama e disse:

– Acho que você pensa que sou louca.

Rachel não estava em condições de pensar claramente sobre o estado mental de ninguém. Mas estava em condições de dizer diretamente o que lhe ocorresse, sem medo das consequências.

– Alguém a pediu em casamento – comentou.

– Como foi que você adivinhou? – exclamou Evelyn, prazer misturando-se com sua surpresa. – Eu pareço que acabo de ser pedida em casamento?

– Você parece que é pedida todos os dias – respondeu Rachel.

– Mas acho que não fui pedida mais do que você – riu Evelyn, não muito sincera.

– Nunca fui pedida.

– Mas vai ser... montes... é a coisa mais fácil do mundo... Mas não foi bem isso que aconteceu esta tarde. É... ah, é uma confusão, uma confusão nojenta, horrível, detestável!

Ela foi até a pia e começou a passar a esponja nas faces, com água fria, pois estavam queimando. Ainda molhando-as e tremendo um pouco, virou-se e explicou com voz aguda de nervosismo:

– Alfred Perrott diz que prometi me casar com ele, mas eu nunca fiz isso. Sinclair diz que vai se matar com um tiro se eu não me casar com ele, e eu digo "Então, mate-se!", mas naturalmente ele não vai se matar... eles nunca se matam. E Sinclair me agarrou esta tarde e começou a me aborrecer para eu lhe responder, acusando-me de flertar com Alfred Perrott, disse que não tenho coração, que sou apenas uma sereia, ah, e quantidades de coisas agradáveis desse tipo. Então finalmente eu lhe disse "Bem, Sinclair, agora você já disse o bastante. Pode me largar". E aí ele me agarrou e me beijou... aquele bruto nojento... e ainda posso sentir seu repulsivo rosto cabeludo bem aqui... como se ele tivesse algum direito, depois de tudo o que disse!

Ela esfregou energicamente uma pinta em sua face esquerda.

– Nunca conheci um homem que pudesse se comparar a uma mulher! – gritou ela. – Eles não têm dignidade, não têm coragem, não têm nada senão suas paixões bestiais e sua força bruta! Alguma mulher teria se portado daquele jeito se um homem tivesse dito que não a quer? Nós temos muita dignidade; somos infinitamente melhores que eles.

Evelyn caminhou pelo quarto limpando as faces molhadas com uma toalha. Agora corriam lágrimas com as gotas de água fria.

– Isso me deixa furiosa – explicou secando os olhos.

Rachel sentou-se, contemplando-a. Não pensava na posição de Evelyn; apenas pensava que o mundo estava cheio de gente atormentada.

– Aqui há só um homem de quem eu realmente goste – continuou Evelyn –, Terence Hewet. Sente-se que se pode confiar nele.

Essas palavras provocaram um frio indescritível em Rachel; seu coração parecia estar sendo apertado entre mãos geladas.

– Por quê? – perguntou. – Por que se pode confiar nele?

– Não sei – disse Evelyn. – Você não tem sensações com relação às pessoas? Sensações que tem absoluta certeza de que estão corretas? Tive uma longa conversa com Terence outra noite. Senti que depois disso ficamos realmente amigos. Há dentro dele algo de uma mulher... – Ela parou como se estivesse pensando em coisas muito íntimas que Terence lhe tivesse contado, ou pelo menos foi assim que Rachel interpretou aquele olhar.

Tentou forçar-se a dizer: "Ele a pediu em casamento?", mas a questão era inusitada demais, e em outro momento Evelyn estava dizendo que os melhores homens eram como mulheres, e que as mulheres eram mais nobres do que os homens... por exemplo, não se podia imaginar uma mulher como Lillah Harrison pensando uma coisa má ou tendo qualquer coisa falsa.

– Como eu gostaria que você a conhecesse! – exclamou.

Estava ficando bem mais calma, e suas faces já estavam bastante secas. Seus olhos tinham recuperado a habitual expressão de vitalidade ousada, e ela parecia ter esquecido Alfred e Sinclair e sua emoção.

– Lillah mantém uma casa para mulheres alcoolizadas na Deptford Road – prosseguiu. – Fundou-a, administrou-a e fez tudo por sua própria conta, e agora é a maior do seu tipo na Inglaterra. Você não pode imaginar como são essas mulheres... e seus lares. Mas ela anda entre elas todas as horas do dia e da noite. Estive com ela várias vezes... É isso que acontece conosco... Nós não fazemos coisas. O que é que você faz? – perguntou ela, olhando para Rachel com um sorriso levemente irônico. Rachel quase não escutara nada daquilo, e sua expressão era vaga e infeliz. Sentia tanta antipatia por Lillah Harrison e seu trabalho na Deptford Road quanto por Evelyn M. e sua profusão de casos de amor.

– Eu toco – disse ela com uma afetação de fria serenidade.

– Mas é isso! – riu Evelyn. – Nenhuma de nós faz outra coisa senão tocar piano. E é por isso que mulheres como Lillah Harrison, que valem por vinte de nós, têm de se matar trabalhando. Mas eu estou cansada de tocar – ela continuou, estendendo-se na cama, erguendo os braços acima da cabeça. Assim esticada, parecia menor que nunca.

– Eu vou dizer alguma coisa. Tive uma ideia esplêndida. Olhe aqui, você tem de participar. Estou certa de que tem bastante material dentro de si, embora pareça... bem, como se tivesse passado a vida toda num jardim. – Ela soergueu-se na cama, sentou-se e começou a explicar animadamente. – Pertenço a um clube em Londres. Nós nos reunimos todos os sábados, de modo que se chama Saturday Club. Devemos falar sobre arte, mas estou enjoada de falar em arte... de que adianta? Com tanto tipo de coisas reais acontecendo por aí? E elas nem têm nada a dizer sobre arte. Então o que vou lhes dizer é que já falamos demais sobre arte, e que é melhor, para variar, falarmos sobre a vida. Questões que realmente importam na vida das pessoas, o tráfico de escravas brancas, o voto feminino, o projeto de previdência etc. E quando tivermos decidido o que queremos fazer, podemos nos arriscar para o fazermos... Estou certa de que se pessoas como nós tomassem as rédeas nas mãos em vez de deixá-las a cargo de policiais e magistrados, poderíamos parar com... – ela baixou a voz para pronunciar a feia palavra – a prostituição em seis meses. Minha ideia é que homens e mulheres deveriam unir-se nesses assuntos. Devíamos ir a Piccadilly e interpelar uma dessas pobres infelizes e dizer: "Olhe aqui, eu não sou melhor que você, nem finjo ser melhor, mas você está fazendo uma coisa que sabe ser abominável, e não quero que faça coisas abomináveis porque debaixo de nossa pele somos todas iguais... por isso, se você faz uma coisa abominável, isso me importa". É o que Sr. Bax estava dizendo esta manhã, e é verdade, embora vocês, gente inteligente... você é inteligente, não é?... não acredite.

Quando Evelyn começava a falar – fato de que logo se arrependia –, seus pensamentos vinham tão depressa que nunca tinha tempo de escutar os pensamentos de outras pessoas. Continuou parando apenas o tempo necessário para tomar fôlego.

– Não vejo por que o Saturday Club não pudesse fazer um grande trabalho dessa maneira – prosseguiu. – Naturalmente isso exigiria organização, alguém que desse a vida por essa causa, mas estou disposta a fazer isso. Minha ideia é pensar em seres humanos primeiro e deixar ideias abstratas a cargo de si mesmas. O que está errado com Lillah... se há alguma coisa errada com ela... é que pensa que a moderação vem primeiro e as mulheres depois. Mas há uma coisa que quero dizer a meu respeito, não sou intelectual nem artista nem nada disso, mas sou muito humana. – Ela escorregou da cama e sentou-se no chão, erguendo os olhos para Rachel. Perscrutava o rosto dela como se estivesse tentando ler que tipo de personalidade se escondia por trás daquele rosto. Pôs a mão no joelho de Rachel.

– São seres humanos o que interessa, não é? – prosseguiu ela. – Sermos reais, não importa o que diga Sr. Hirst. Você é real?

Rachel sentiu, assim como Terence sentira, que Evelyn estava demasiado próxima dela e que havia algo de excitante nessa proximidade, embora também fosse algo desagradável. Mas não precisou encontrar resposta porque Evelyn prosseguia:

– Você *acredita* em alguma coisa?

Para acabar com o escrutínio daqueles claros olhos azuis e aliviar sua própria inquietação física, Rachel empurrou sua cadeira para trás e exclamou:

– Em tudo! – e começou a manusear diferentes objetos, os livros na mesa, as fotos, a planta de folhas carnudas com cerdas duras num grande pote de argila na janela. – Acredito na cama, nos retratos, no pote, na sacada, no sol, em Sra. Flushing – comentou ela ainda descuidadamente, com algo no fundo de sua mente forçando-a a dizer coisas que habitualmente não se dizem. – Mas não acredito em Deus. Não acredito em Sr. Bax, não acredito na enfermeira do hospital. Não acredito... – Ela pegou um retrato e, olhando para ele, não concluiu a frase.

– É minha mãe – disse Evelyn, que ficou sentada no chão, abraçando os joelhos com o braço e observando Rachel com curiosidade.

Rachel examinava a foto.

– Bem, não acredito muito nela – comentou algum tempo depois, em voz baixa.

Sra. Murgatroyd na verdade parecia como se a vida tivesse sido espremida para fora dela; ajoelhava-se numa cadeira, espiando comovida atrás do corpo de um cachorro da Pomerânia que ela apertava contra o rosto como se buscasse proteção.

– E esse é o meu papai – disse Evelyn, pois havia duas fotos na moldura. A segunda representava um belo soldado com traços regulares e espesso bigode preto; sua mão pousava no punho da espada; havia uma evidente semelhança entre ele e Evelyn.

– E é por causa deles – disse Evelyn – que vou ajudar as outras mulheres. Você ouviu falar de mim, eu acho? Sabe, eles não eram casados; eu não sou ninguém especial e não tenho nenhuma vergonha disso. Eles se amavam, seja como for, e isso é mais do que a maior parte das pessoas pode dizer de seus pais.

Rachel sentou-se na cama com os dois retratos na mão e comparou-os – o homem e a mulher que, segundo Evelyn, tinham se amado tanto. O fato a interessava mais do que a companhia em favor das mulheres desafortunadas que Evelyn começava a descrever mais uma vez. E novamente olhava de um para o outro.

Quando Evelyn parou de falar por um minuto, Rachel indagou:

– Como você acha que é estar apaixonado?

– Você nunca se apaixonou? – perguntou Evelyn. – Ah, não... basta olhar para você e ver isso – acrescentou e pensou um pouco. – Eu estive apaixonada realmente uma vez – disse, e passou a refletir; seus olhos perderam a brilhante vitalidade, aproximando-se de algo parecido com ternura. – Foi divino!... enquanto durou. O pior é que não dura, não comigo. Esse é que é o problema.

Evelyn passou a analisar a dificuldade com Alfred e Sinclair sobre a qual fingira pedir conselho a Rachel. Mas não queria conselho; queria intimidade. Quando olhava para Rachel, que ainda olhava a foto na cama, não pôde deixar de notar que Rachel não estava pensando nela. Então, em que estava pensando? Evelyn foi atormentada pela pequena centelha de vida nela que sempre tentava abrir caminho até outras pessoas e era sempre rejeitada. Silenciando, contemplou sua visitante, seus sapatos, as meias, os pentes no cabelo, todos os detalhes de sua roupa, enfim, como se, apanhando cada pormenor, pudesse aproximar-se mais da vida ali dentro.

Finalmente Rachel largou os retratos, caminhou até a janela e comentou:

– Esquisito. As pessoas falam de amor tanto quanto falam de religião.

– Eu queria que você se sentasse para conversar – disse Evelyn, impaciente.

Em vez disso, Rachel abriu a janela, que era de duas altas vidraças, e olhou para o jardim lá embaixo.

– Foi lá que nos perdemos a primeira noite – disse ela. – Deve ter sido naqueles arbustos.

– Ali embaixo eles matam galinhas – disse Evelyn. – Cortam as cabeças delas com uma faca... nojento! Mas diga-me... o que...

– Eu gostaria de explorar o hotel – interrompeu Rachel. Recolheu a cabeça para dentro do quarto e olhou para Evelyn, que ainda estava sentada no chão.

– É como todos os outros hotéis – disse Evelyn.

Podia ser, embora cada quarto, corredor e cadeira do lugar tivessem um caráter próprio aos olhos de Rachel; mas ela não conseguia força se ficasse mais tempo no mesmo lugar. Moveu-se lentamente na direção da porta.

– O que você quer? – disse Evelyn. – Você me faz sentir que está sempre pensando em alguma coisa que não diz... Diga!

Mas Rachel não respondeu tampouco a esse convite. Parou com os dedos na maçaneta da porta, como se recordasse que esperavam dela uma espécie de pronunciamento.

– Acho que você vai se casar com um deles – disse, girou a maçaneta e fechou a porta atrás de si. Desceu lentamente pelo corredor, passando a mão pela parede ao lado. Não pensava para onde ia, por isso seguiu por um corredor que levava somente a uma janela e uma sacada. Olhou para baixo, para o pátio da cozinha, o lado errado da vida do hotel, que ficava oculto do lado certo por uma sebe de pequenos arbustos. O chão era nu, velhas latas espalhadas por ali, os arbustos cobertos com toalhas e aventais para secarem. De vez em quando, um garçom saía num avental branco e jogava lixo num monte. Duas mulheres grandes em vestidos de algodão sentavam-se num banco com bacias de alumínio manchadas de sangue à frente e corpos amarelos sobre os joelhos. Estavam depenando as aves e falando enquanto depenavam. De repente uma galinha apareceu ali, estonteada, meio voando, meio correndo, perseguida por uma terceira mulher cuja idade podia ser menos de 80. Embora insegura nas pernas e encarquilhada, ela continuou na sua caçada, estimulada pelo riso das outras; seu rosto expressava uma raiva furiosa, e, enquanto corria, praguejava em espanhol. Assustada por um bater de palmas aqui, um guardanapo ali, a ave corria de um lado para outro em ziguezague, finalmente esvoaçando direto para a velha, que abriu suas leves saias cinzentas para apanhá-la, tropeçou sobre ela como uma trouxa e então, estendendo-a no ar, cortou sua cabeça com uma expressão de energia vingativa e triunfo combinados. O sangue e aquela feia agitação fascinaram Rachel de modo que, embora soubesse que alguém viera por trás e parava ao seu lado, não se virou até que a velha se tivesse instalado no banco junto das outras. Então ela ergueu os olhos bruscamente por causa da feiura do que vira. Era Srta. Allan que estava parada ali.

– Não é uma bela visão, embora eu me atreva a dizer que é mais humana do que o nosso método... Não creio que a senhorita já tenha estado no meu quarto – acrescentou e afastou-se, como se quisesse que Rachel a seguisse. Rachel foi, pois parecia possível que cada pessoa nova removesse o mistério que pesava sobre ela.

Todos os quartos do hotel tinham o mesmo padrão, apenas alguns eram maiores e outros menores; tinham assoalho de lajotas vermelho-escuras; tinham uma cama alta, envolta em mosquiteiros; tinham uma escrivaninha, um toucador e duas poltronas. Mas, assim que se abria uma caixa, os aposentos ficavam muito diferentes, de modo que o quarto de Srta. Allan não se parecia nada com o de Evelyn. Não havia vários alfinetes de chapéus coloridos sobre o toucador; nem frascos de perfumes; nem pares finos e curvados de tesouras; nem grande variedade de botinas e sapatos; nem anáguas de seda sobre cadeiras. O quarto era extremamente arrumado. Parecia haver dois pares de tudo. A escrivaninha, porém, estava coberta de pilhas de manuscritos, e uma mesa fora puxada junto da poltrona, com duas pilhas separadas de livros escuros de biblioteca, com vários pedaços de papel emergindo das páginas, em vários graus de espessura. Srta. Allan convidara Rachel para vir por gentileza, pensando que ela estava por ali esperando sem nada para fazer. Mais que isso, gostava de mulheres jovens, pois dera aulas a muitas delas, e tendo recebido tanta hospitalidade dos Ambrose, ficava contente em retribuir minimamente. Olhou em torno, buscando algo para lhe mostrar. O quarto não fornecia muita distração. Ela tocou seu manuscrito:

– Era de Chaucer; Era de Elizabeth; Era de Dryden – refletiu.
– Alegra-me que não haja muito mais eras. Ainda estou no meio do século. Não quer se sentar, Srta. Vinrace? A cadeira, embora pequena, é firme... Euphues. O germe do romance inglês – continuou, olhando outra página. – Esse tipo de coisa a interessa?

Ela encarava Rachel com grande bondade e simplicidade, como se tivesse feito o máximo para lhe dar o que ela desejava. Essa expressão tinha um notável encanto, num rosto com muitas marcas de preocupações e reflexão.

– Ah, não – exclamou, lembrando-se –, com a senhorita é a música, não é? E eu geralmente acho que não combinam. Às vezes, claro, temos prodígios... – Olhava em torno procurando alguma coisa e viu um pote sobre a lareira, que pegou e deu a Rachel. – Se puser o dedo dentro deste vidro, poderá extrair um pedaço de gengibre em conserva. A senhorita é um prodígio?

Mas o gengibre estava no fundo e não pôde ser tirado.

– Não se incomode – disse Rachel, enquanto Srta. Allan olhava em torno, procurando algum instrumento. – Acho que não vou gostar de gengibre em conserva.

– Você nunca experimentou? – perguntou Srta. Allan. – Então considero um dever seu tentar agora. Ora, pode acrescentar um novo prazer à sua vida, e como ainda é jovem... – Ficou imaginando se um gancho de botão funcionaria. – E tenho como regra experimentar de tudo. Não acha que seria irritante se experimentasse gengibre pela primeira vez no seu leito de morte e achasse que é a melhor coisa do mundo? Eu ficaria tão aborrecida que ficaria boa só por isso.

Ela conseguiu, e um pedaço de gengibre emergiu na ponta do gancho. Enquanto ela limpava o gancho, Rachel mordeu o gengibre e imediatamente gritou:

– Vou ter de cuspi-lo!

– Tem certeza de que o provou de verdade? – interrogou Srta. Allan.

Como resposta, Rachel jogou-o pela janela.

– Seja como for, uma experiência – disse Srta. Allan calmamente. – Vamos ver... não tenho mais nada a lhe oferecer, a não ser que queira saborear isso. – Sobre sua cama estava pendurado um pequeno armário, e dele ela tirou um frasco esguio e elegante, cheio de um líquido verde brilhante. – Crême de Menthe – disse. – Licor, você sabe. Parece até que bebo, não parece? Na verdade, ele está aqui para provar que abstêmia excepcional eu sou. Tenho esse frasco há 26 anos – acrescentou ela, contemplando-o com orgulho, enquanto inclinava o frasco, e pela altura do líquido podia-se ver que ainda estava intocado.

– Vinte e seis anos? – exclamou Rachel.

Srta. Allan ficou contente, porque queria que Rachel ficasse surpresa.

– Quando fui a Dresden, há 26 anos – disse –, certa amiga minha anunciou sua intenção de me dar um presente. Achava que, no caso de um naufrágio ou acidente, um estimulante poderia ser útil. Mas, como não tive ocasião de tomá-lo, devolvi-lhe o presente na minha volta. Na véspera de qualquer viagem, essa mesma garrafinha sempre aparece, com o mesmo bilhete; na volta é sempre devolvida. Considero-a uma espécie de feitiço contra acidente. Embora uma vez tenha ficado 24 horas retida num acidente com o trem na minha frente, eu mesma nunca sofri acidente algum. Sim – prosseguiu ela, agora falando com a garrafa –, vimos juntos muitos climas e armários, não foi? Um desses dias pretendo mandar prender nele um rótulo de prata com uma inscrição. Como pode observar, é um cavalheiro, e seu nome é Oliver... Acho que eu não a perdoaria, Srta. Vinrace, se quebrasse o meu Oliver – disse, tirando com firmeza o frasco das mãos de Rachel e colocando-o novamente no armário.

Rachel estava balançando a garrafinha pelo gargalo. Ficara tão interessada em Srta. Allan que acabara esquecendo o licor.

– Bem – exclamou ela –, acho isso muito esquisito; ter uma amiga há 26 anos, e um frasco, e... ter feito todas aquelas viagens.

– Nada esquisito; eu chamo isso o inverso do esquisito – respondeu Srta. Allan. – Sempre me considero a pessoa mais comum que conheço. Esqueci... você é um prodígio, ou disse que não era prodígio?

Ela sorria muito bondosamente para Rachel. Parecia ter conhecido e experimentado tanta coisa, enquanto se movia desajeitadamente pelo quarto, que certamente devia haver bálsamo para toda a angústia em suas palavras, caso se pudesse induzi-la a fazer sinais de romper a reticência que a recobria há anos. Uma sensação de desconforto fazia Rachel permanecer calada; de um lado, queria extrair uma centelha daquela fria carne rosada, de outro, percebia que não havia nada a fazer senão passarem uma pela outra em silêncio.

– Não sou um prodígio. Acho muito difícil dizer o que quero... – comentou ela finalmente.

– Acho que é uma questão de temperamento – Srta. Allan veio em seu socorro. – Há pessoas que não têm dificuldade; de minha parte, acho que há muitas coisas que não consigo dizer. Mas eu me considero muito lenta. Uma de minhas colegas sabe se gosta de alguém ou não... vamos ver, como é que ela faz isso?... pelo modo como dizemos bom-dia no café da manhã. Eu às vezes levo anos para me decidir. Mas a maioria dos jovens parece achar isso fácil.

– Ah, não – disse Rachel. – É difícil!

Srta. Allan olhou para Rachel, quieta, sem dizer nada; suspeitava de que havia algum tipo de problema. Depois levou a mão à parte de trás da cabeça e descobriu que um dos caracóis grisalhos de seu cabelo se soltara.

– Preciso pedir que me dê licença – disse, levantando-se – para eu arrumar meu cabelo. Nunca encontrei um tipo satisfatório de grampo de cabelo. Preciso mudar de vestido também; e gostaria muito de sua ajuda, porque há uma série de ganchos cansativos que eu posso abrir sozinha, mas às vezes isso leva 15 minutos; mas com sua ajuda...

Ela despiu casaco, saia e blusa, e postou-se diante do espelho, arrumando o cabelo, uma figura familiar e maciça, a anágua tão curta que expunha um par de grossas pernas cinza-azuladas.

– As pessoas dizem que a juventude é agradável; eu pessoalmente acho a meia-idade bem mais agradável – comentou, removendo grampos e pentes, e pegando a escova. Quando caiu, seu cabelo chegava apenas até a nuca.

– Quando eu era jovem – prosseguiu –, as coisas podiam parecer tão sérias quando se era assim... E agora, meu vestido.

Num espaço maravilhosamente breve de tempo, seu cabelo fora reformado na suas ondas habituais. A parte superior do seu corpo tornou-se verde-escura com listras pretas: mas a saia precisava de ganchos em vários ângulos, e Rachel teve de ajoelhar-se no assoalho para ter os olhos à altura dos ganchos.

– Srta. Johnson costumava achar a vida muito pouco satisfatória, lembro-me disso – continuou Srta. Allan, virando as costas para a luz. – Depois ela começou a criar porquinhos-da-índia por causa das manchas e ficou absorvida por isso. Acabo de ouvir dizer que o porquinho-da-índia amarelo teve um bebê preto. Apostamos seis pence a respeito disso. Ela vai ficar triunfante.

A saia estava apertada. Ela contemplou-se no espelho com a curiosa rigidez de seu rosto que geralmente aparece ao olhar-se no espelho.

– Estou adequada para me encontrar com meus semelhantes? – perguntou. – Eu me esqueço de como é, mas dizem que animais pretos muito raramente têm bebês coloridos, ou é o contrário? Já me explicaram isso tantas vezes que é muita estupidez minha ter esquecido novamente.

Moveu-se pelo quarto, pegando objetos com uma energia calma e colocando-os em si mesma – um medalhão, um relógio com corrente, um pesado bracelete de ouro e o botão colorido de uma sociedade sufragista. Por fim, totalmente equipada para o chá dominical, ela se deteve diante de Rachel e sorria-lhe bondosamente. Não era uma mulher impulsiva, e sua vida a treinara para conter a língua. Ao mesmo tempo, tinha grande boa vontade para com os outros, especialmente os jovens, o que muitas vezes a levava a lamentar ser-lhe tão difícil falar.

– Vamos descer? – disse.

Pôs uma mão no ombro de Rachel e, inclinando-se, apanhou com a outra mão um par de sapatos baixos, colocando-os um ao lado do outro escrupulosamente do lado de fora da porta. Quando desceram pelo corredor, passaram por muitos pares de botas e sapatos, alguns pretos, outros marrons, todos lado a lado, e todos diferentes, até na maneira como estavam dispostos.

– Sempre acho que as pessoas são semelhantes às suas botinas – disse Srta. Allan.

– Este par é de Sra. Paley... – mas quando ela falava, a porta abriu-se e Sra. Paley saiu em sua cadeira de rodas, também equipada para o chá.

Ela cumprimentou Srta. Allan e Rachel.

– Eu estava mesmo dizendo que as pessoas são bem parecidas com suas botinas – disse Srta. Allan. Sra. Paley não escutou. Ela repetiu ainda mais alto. Sra. Paley não escutou. Ela repetiu uma terceira vez. Sra. Paley escutou, mas não compreendeu. Aparentemente, Srta. Allan estava por repetir uma quarta vez, quando de repente Rachel disse alguma coisa inarticulada e desapareceu no corredor. O mal-entendido, que incluía um bloqueio total do corredor, parecia-lhe insuportável. Andava rapidamente, às cegas, em direção oposta, e encontrou-se no fim de um *cul de sac*. Havia uma janela, uma mesa e uma cadeira na janela, e sobre a mesa havia um tinteiro enferrujado, um cinzeiro, um velho exemplar de um jornal francês, e uma caneta com ponta quebrada. Rachel sentou-se como se fosse estudar o jornal francês, mas uma lágrima caiu sobre a borrada letra impressa francesa, causando uma mancha suave. Ela levantou a cabeça bruscamente, exclamando alto:

– É insuportável!

Olhando pela janela, com olhos que não veriam mesmo que não estivessem ofuscados pelas lágrimas, ela finalmente permitiu-se criticar o dia todo. Fora uma desgraça do começo ao fim; primeiro, a cerimônia na capela, depois o almoço; depois Evelyn; depois Srta. Allan; depois a velha Sra. Paley bloqueando o corredor. Fora atormentada e irritada o dia todo. Agora chegara a uma daquelas culminâncias, resultado de uma crise, da qual finalmente se enxerga o mundo nas suas verdadeiras proporções. E sentia profunda aversão ao que via – igrejas, políticos, desajustados e grandes impostores, homens como Sr. Dalloway, homens como Sr. Bax, Evelyn e sua tagarelice, Sra. Paley bloqueando o corredor. Enquanto isso, a batida regular do seu próprio pulso representava a quente torrente de emoção que corria ali debaixo; pulsando, lutando, solapando. No momento, seu próprio corpo era fonte de toda a vida no mundo, que tentava explodir aqui... ali... e era reprimida, ora por Sr. Bax, ora por Evelyn, ora pelo imposição de uma pesada estupidez, o peso do mundo inteiro. Atormentada, ela crispava as mãos juntas, pois todas as coisas estavam erradas e todas as pessoas eram estúpidas. Vendo vagamente que havia pessoas no jardim lá embaixo, ela as interpretou como massas de matéria sem objetivo, flutuando para cá e para lá, sem meta senão a de inibi-la. O que estavam fazendo, essas outras pessoas do mundo?

– Ninguém sabe – disse. A força da sua ira começava a desgastar-se, e a visão do mundo, que fora tão viva, tornava-se nebulosa.

– É um sonho – murmurou. Analisou o tinteiro enferrujado, a caneta, o cinzeiro e o velho jornal francês. Aqueles pequenos objetos sem valor pareciam-lhe representar vidas humanas.

– Estamos adormecidos e sonhando – repetiu ela. Mas a possibilidade que agora se insinuava, de que um daqueles vultos poderia ser o de Terence, arrancou-a daquela melancólica letargia. Ficou tão inquieta quanto estivera antes de se sentar. Não conseguia mais ver o mundo como uma cidade espalhada abaixo dela. Em vez disso, ele se recobria com uma febril névoa rubra. Rachel voltara ao estado em que estivera o dia todo. Pensar não era escapatória. O movimento físico era o único refúgio, entrando e saindo de quartos, entrando e saindo das mentes das pessoas, procurando nem ela sabia o quê. Por isso levantou-se, empurrou a mesa para trás e desceu as escadas. Saiu pela porta do saguão e, dobrando a esquina do hotel, encontrou-se entre as pessoas que avistara da janela. Mas, devido ao vasto sol depois dos corredores sombreados e à substância das pessoas vivas depois dos sonhos, o grupo lhe aparecia com espantosa intensidade, como se a superfície poeirenta tivesse sido removida de todas as coisas, deixando apenas a realidade e o instante. Parecia uma imagem imprimida no escuro da noite. Vultos brancos, cinzentos e roxos espalhavam-se no verde; mesas redondas dobráveis; no meio, a chama da chaleira fazia o ar tremer como uma vidraça defeituosa; uma maciça árvore verde pairava sobre todos eles como se fosse uma força móvel cristalizada. Quando se aproximava, ela pôde ouvir a voz de Evelyn repetindo monotonamente.

– Aqui... aqui... cachorrinho, venha cá. – Por um momento nada parecia acontecer; estava tudo parado, imóvel, e então ela percebeu que uma das figuras era Helen Ambrose; e a névoa começou a baixar.

O grupo reunira-se de modo inteiramente aleatório; uma mesa de chá junto de outra mesa de chá, espreguiçadeiras servindo para ligar dois grupos. Mas, mesmo a distância, podia-se ver que Sra. Flushing, ereta e imperiosa, dominava o grupo. Falava com veemência para Helen do outro lado da mesa.

– Dez dias numa tenda de lona – dizia. – Sem conforto. Se quiser conforto, não venha. Mas acredite, se não vier, vai se arrepender pelo resto da vida. A senhora vai?

Nesse momento Sra. Flushing avistou Rachel.

– Ah, aí está a sua sobrinha. Ela prometeu. Você vem, não vem? – Tendo adotado o plano, ela o perseguia com a energia de uma criança.

Rachel tomou seu partido, ansiosamente.

– Claro que vou. E você também, Helen. E Sr. Pepper também. Sentando-se, percebeu que estava rodeada por gente conhecida, mas Terence não estava entre eles. De vários ângulos, pessoas começaram a dizer o que pensavam da excursão proposta. Segundo algumas, seria quente demais, mas as noites seriam frias; segundo outras, as dificuldades estariam em conseguir um barco e falar o idioma. Sra. Flushing rejeitou todas as objeções, devidas ao homem ou à natureza, anunciando que seu marido ajeitaria tudo.

Enquanto isso, Sra. Flushing explicava calmamente a Helen que, na verdade, a excursão era um assunto simples; levava no máximo cinco dias; e o local... uma aldeia nativa... certamente valia a pena ser vista antes de ela voltar à Inglaterra. Helen murmurou alguma coisa ambígua, e não se comprometeu com uma resposta nem outra.

Mas o chá incluía gente diferente demais para que florescesse uma conversa generalizada; do ponto de vista de Rachel, tinha a grande vantagem de que ela quase não precisava falar. Do outro lado, Susan e Arthur estavam explicando a Sra. Paley que tinham sugerido uma excursão; tendo entendido isso, Sra. Paley deu o conselho de uma velha viajante, de que deviam levar legumes em conserva, casacos de pele e pó contra insetos. Ela debruçava-se para Sra. Flushing e sussurrava algo que, pelo piscar de seus olhos, provavelmente se referia a insetos. Helen estava recitando

"Dobre de sino pelo bravo" para St. John Hirst, aparentemente para ganhar uma moeda de seis pence que estava sobre a mesa; enquanto Sr. Hughling Elliot impunha silêncio no seu setor da plateia, com sua fascinante anedota sobre Lorde Curzon e a bicicleta do estudante. Sra. Thornbury tentava lembrar o nome de um homem que poderia ter sido um outro Garibaldi e que escrevera um livro que todos deviam ler; e Sr. Thornbury lembrou que tinha um par de binóculos às ordens de quem quisesse. Enquanto isso, Srta. Allan murmurava, com a curiosa intimidade que solteironas por vezes assumem com cães, ao fox-terrier que Evelyn finalmente induzira a aproximar-se deles. Partículas minúsculas de poeira ou pólen de flores caíam sobre os pratos, sempre que os ramos acima suspiravam. Rachel parecia ver e ouvir um pouco de tudo aquilo quase como um rio sente os raminhos que caem dentro dele e enxerga o céu acima, mas os olhos dela estavam vagos demais para o gosto de Evelyn. Ela foi até lá e sentou-se no chão, aos pés de Rachel.

– Então? – perguntou de repente. – Em que está pensando?

– Em Srta. Warrington – respondeu Rachel impensadamente, porque tinha de dizer alguma coisa. Na verdade, via Susan murmurando a Sra. Elliot, enquanto Arthur a fitava com absoluta confiança no seu próprio amor. Rachel e Evelyn começaram a escutar o que Susan dizia.

– Há as ordens a dar, os cachorros, o jardim e as crianças que chegam para serem ensinadas – sua voz prosseguia ritmicamente, como se conferisse uma lista –, meu tênis, o povoado, cartas a escrever para papai e mil pequenas coisas que não parecem muito; mas nunca tenho um momento para mim, e quando vou para a cama, estou com tanto sono que durmo antes de a cabeça tocar o travesseiro. Além disso, gosto de estar bastante com minhas tias... eu sou uma grande chata, não sou, tia Emma? – Ela sorriu para a velha Sra. Paley, que, de cabeça um pouco inclinada, contemplava o bolo com especial afeto. – E papai tem de ter muito cuidado com o frio no inverno, o que significa muita correria, porque ele não se cuida, e nem você, Arthur! E assim tudo vai se acumulando!

Sua voz também se acumulava, num brando êxtase de satisfação com sua vida e sua própria natureza. De repente, Rachel sentiu uma intensa repulsa por Susan, ignorando tudo o que era bondoso, modesto e até patético nela. Pareceu-lhe insincera e cruel; viu-a ficar gorda e prolífica, os bondosos olhos azuis aguados e desbotados, o rubor das faces congelado numa rede de canais secos.

Helen virou-se para ela:

— Você foi à igreja? — perguntou. Ganhara seus seis pence e parecia aprontar-se para ir embora.

— Sim — disse Rachel. — Pela última vez — acrescentou.

Preparando-se para botar as luvas, Helen deixou cair uma.

— Você não vai? — perguntou Evelyn pegando uma das luvas como se quisesse guardá-la.

— Está mais do que na hora de irmos — disse Helen. — Não vê como todo mundo está ficando calado...?

Um silêncio baixara sobre todos, causado em parte por um desses acidentes na conversa e em parte porque viam alguém se aproximando. Helen não podia ver quem era, mas, mantendo os olhos fixos em Rachel, observou algo que a fez dizer a si mesma: "Então é Hewet". Vestiu as luvas com uma curiosa sensação da importância do momento. Depois levantou-se, pois Sra. Flushing também vira Hewet e estava exigindo informações sobre rios e botes, mostrando que toda a conversa voltaria àquele tema.

Rachel seguiu-a, e caminharam em silêncio pela alameda. Apesar do que Helen vira e entendera, a sensação mais importante em sua mente agora era curiosamente perversa; se fosse naquela excursão, não poderia tomar banho; o esforço lhe parecia grande e desagradável.

— É tão ruim estar junto de pessoas que quase nem se conhece — comentou. — Pessoas que não querem ser vistas nuas.

— Você não pretende ir? — perguntou Rachel.

Sra. Ambrose irritou-se com a intensidade com que Rachel dissera aquilo.

— Não pretendo ir e não pretendo não ir — respondeu. Estava cada vez mais vaga e indiferente.

— Afinal, atrevo-me a dizer que vimos tudo que há para se ver; e há o aborrecimento de ir até lá, e não importa o que digam, provavelmente será terrivelmente desconfortável.

Por algum tempo Rachel não respondeu, mas cada frase que Helen dizia aumentava sua amargura. Finalmente ela explodiu:

— Graças a Deus, não sou como você, Helen! Às vezes acho que você não pensa, nem sente, nem se importa, nem faz nada senão existir! Você é como Sr. Hirst. Vê que as coisas estão ruins e orgulha-se de dizer isso. É o que chama de ser honesta; na verdade, isso é ser preguiçosa, ser chata, ser nada. Você não ajuda; liquida com as coisas.

Helen sorriu como se estivesse gostando do ataque.

— E então? — indagou.

— Para mim, isso parece uma coisa ruim... só isso — respondeu Rachel.

— Possivelmente — disse Helen.

Em qualquer outra época, Rachel provavelmente ficaria calada diante da franqueza de sua tia, mas naquela tarde não estava disposta a ficar quieta por consideração a ninguém. Queria discutir.

— Você só vive pela metade — continuou.

— Foi porque não aceitei o convite de Sra. Flushing? — perguntou Helen. — Ou você sempre acha isso?

Naquele momento, Rachel achou que sempre vira em Helen os mesmos erros, desde a primeira noite a bordo do *Euphrosyne*, apesar de sua beleza e apesar de sua magnanimidade e do amor deles.

— Ah, é só que, o que há com todo mundo? — exclamou. — Ninguém sente nada... ninguém faz nada senão magoar os outros! Acredite, Helen, o mundo é mau. É uma agonia viver, querer...

Nisso ela arrancou um punhado de folhas de um arbusto e as esmagou para poder controlar-se.

— As vidas dessa gente — tentou explicar —, a falta de objetivo, a forma de viverem. Vai-se de uma a outra dessas pessoas, e é sempre a mesma coisa. Nunca se consegue de nenhuma delas o que se quer.

Seu estado emocional e sua confusão teriam feito dela uma presa fácil se Helen quisesse discutir ou arrancar confidências. Mas, em vez de falar, ela caiu num silêncio profundo enquanto seguiam andando. Sem objetivo, trivial, sem sentido, ah não... o que vira no chá tornava impossível acreditar nisso. As pequenas piadas, a tagarelice, as trivialidades da tarde tinham se desenrolado diante de seus olhos. Debaixo dos afetos e rancores, das uniões e das separações, grandes coisas aconteciam, coisas terríveis, porque eram tão grandes. Seu senso de segurança estava abalado, como se debaixo de gravetos e folhas mortas ela tivesse visto o movimento de uma cobra. Parecia-lhe que se permitia um momento de prorrogação, um momento de faz de conta, e depois, novamente, a profunda lei irracional se afirmava, moldando-os todos conforme sua vontade, criando e destruindo.

Ela olhou para Rachel caminhando ao seu lado, ainda amassando as folhas na mão e absorvida em seus próprios pensamentos. A jovem estava apaixonada, e Helen sentiu uma profunda compaixão por ela. Mas controlou-se, arrancou-se desses pensamentos e pediu desculpas.

– Lamento muito, mas, se sou chata, é meu jeito e não tem remédio. – Se era um defeito natural, ela encontrou um remédio fácil, pois disse que achava o esquema de Sr. Flushing muito bom, precisando apenas de um pouco de análise, o que parecia ter sido feito quando chegaram em casa. A essa altura tinham combinado que, se mais alguma coisa fosse dita, aceitariam o convite.

20

Quando analisada minuciosamente por Sr. Flushing e Sra. Ambrose, viu-se que a excursão não era nem perigosa nem difícil. Também viram que nem ao menos era algo inusitado. Todo ano, nessa estação, ingleses formavam grupos que navegavam num vapor um trecho rio acima, atracavam, olhavam a aldeia nativa, compravam várias coisas dos nativos e voltavam sem prejuízo de mente e corpo. Quando descobriram que seis pessoas realmente desejavam a mesma coisa, logo fizeram todos os arranjos.

Desde o tempo de Elizabeth, muito pouca gente vira o rio, e nada fora feito para mudar sua aparência, diferenciando-o daquilo que fora visto pelos viajantes elisabetanos. O tempo de Elizabeth distava do momento presente apenas por um lapso comparado com os séculos que haviam passado desde que as águas corriam entre aquelas margens, e as verdes matas abundavam, e as árvores pequenas cresciam, formando imensas árvores retorcidas e solitárias. Mudando apenas com a mudança do sol e das nuvens, a verde massa ondulante estava ali, século após século, e a água correra entre suas margens incessantemente, às vezes lavando terra, e por vezes carregando ramos de árvores, enquanto em outras partes do mundo uma cidade se erguia das minas de outra cidade, e homens nas cidades se haviam tornado cada vez mais articulados e diferentes entre si. Poucos quilômetros desse rio eram visíveis do topo da montanha, onde algumas semanas antes o grupo do hotel fizera o piquenique. Susan e Arthur tinham-no visto quando se beijavam, e Terence e Rachel quando se sentavam ali falando em Richmond, e Evelyn e Perrott caminhando por ali, imaginando que eram grandes capitães enviados para colonizar o mundo. Tinham visto a ampla massa azul varando a areia onde corria para o mar, e a massa verde de árvores mais acima, finalmente escondendo suas águas. A intervalos, nos primeiros 30 quilômetros mais ou menos, havia casas espalhadas nas margens; aos poucos as casas tornavam-se cabanas, e mais adiante não havia nem cabanas nem casas, mas árvores e capim, vistos unicamente por caçadores, exploradores, ou mercadores marchando ou navegando, mas não se estabelecendo nunca.

Deixando Santa Marina cedo de manhã, rodando 30 quilômetros e cavalgando 13, o grupo, finalmente composto por seis ingleses, chegou à margem do rio quando caía a noite. Avançaram facilmente entre as árvores – Sr. e Sra. Flushing, Helen Ambrose, Rachel, Terence e St. John. Os cavalinhos cansados então pararam automaticamente, e os ingleses desmontaram. Sra. Flushing andou pela margem do rio, eufórica. O dia fora longo e quente, mas ela gostara da velocidade e do ar livre; deixara o hotel que odiava e gostava de companhia. O rio passava redemoinhando na escuridão; podiam apenas distinguir a suave superfície móvel das águas; o ar estava cheio do som do rio. Pararam no espaço vazio entre os enormes troncos, e lá fora uma luz verde movendo-se livremente acima e abaixo mostrava-lhes onde o vapor em que deveriam embarcar os aguardava.

Quando todos estavam no convés, viram que era um barco muito pequeno, que balouçou suavemente embaixo deles por alguns minutos, depois deslizou macio pelas águas. Pareciam estar se dirigindo para o coração da noite, pois as árvores fecharam-se na frente deles e podiam escutar ao redor, por toda parte, o farfalhar de folhas. A grande treva teve o seu efeito habitual, removendo todo desejo de comunicação, fazendo suas palavras soarem pequenas e frágeis; depois de caminhar ao redor do convés três ou quatro vezes, juntaram-se num grupo, com grandes bocejos, olhando o mesmo local de profunda escuridão nas margens. Murmurando muito baixo, no tom rítmico de alguém meio sufocado, Sra. Flushing começou a imaginar onde iriam dormir, pois não podiam dormir no andar inferior, não podiam dormir num buraco cheirando a óleo, nem podiam dormir no convés, não podiam... ela deu um grande bocejo. Era como Helen previra; a questão da nudez já surgira, embora estivessem meio adormecidos e quase invisíveis uns aos outros. Com ajuda de St. John ela estendeu um pano e persuadiu Sra. Flushing de que poderia tirar as roupas atrás dele e que ninguém se importaria se por acaso alguma parte dela, oculta por 45 anos, ficasse exposta ao olho humano. Jogaram colchões no chão, providenciaram mantas, e as três mulheres deitaram-se juntas ao suave relento.

Os cavalheiros, tendo fumado alguns cigarros, jogaram as pontas acesas no rio e contemplaram por algum tempo as ondulações que agitavam a água escura lá embaixo; despiram-se também e deitaram-se na outra extremidade do barco. Estavam muito cansados, e a treva os separava como uma cortina. A luz de um lampião caía sobre algumas cordas, umas poucas tábuas do convés e a amurada do barco, mas além disso havia uma treva única, nenhuma luz atingia os rostos deles, nem as árvores que se erguiam aos montes nas margens do rio.

Logo Wilfrid Flushing dormia, e Hirst também. Só Hewet estava acordado, olhando para o céu. O movimento suave e as formas escuras que passavam incessantes diante de seus olhos não o deixavam pensar. A presença de Rachel tão perto dele ninava seus pensamentos. Estando tão próxima dele, a poucos passos, do outro lado do barco, tornava impossível pensar nela como teria sido impossível vê-la se estivesse parada bem perto dele, cara a cara. De alguma forma estranha, o barco identificava-se com ele, e, assim como teria sido inútil para ele levantar-se e tentar pilotar o barco, era inútil tentar lutar mais contra a força de seus próprios sentimentos. Estava sendo arrastado cada vez mais para longe de tudo o que conhecia, deslizando sobre barreiras, passando de marcos para dentro de águas desconhecidas enquanto o barco deslizava sobre a macia superfície do rio. Numa profunda paz, envolvido numa inconsciência mais profunda do que aquela em que estivera há muitas noites, ele se deitava no convés observando os topos das árvores mudarem de posição rapidamente diante do céu, arqueando-se, baixando e erguendo-se, imensas, até que passou dessas visões para sonhos, onde estava deitado à sombra de vastas árvores, olhando o céu.

    Quando acordaram na manhã seguinte, tinham subido um trecho considerável rio acima; à direita ficava uma alta margem amarela de areia com tufos de árvores, à esquerda, um pântano com longos juncos e altos bambus trêmulos no topo dos quais, balouçando levemente, pousavam pássaros de um verde e um amarelo vivos. A manhã era quente e quieta. Depois do café juntaram cadeiras e sentaram-se na proa num semicírculo irregular. Um toldo sobre suas cabeças protegia-os do calor do sol, e a brisa que o barco provocava roçava-os suavemente. Sra. Flushing já estava colocando manchas e listras na sua tela, a cabeça inclinando-se ora para um lado, ora para outro, como um pássaro nervosamente bicando grãos; os outros tinham livros, folhas de papel ou bordados nos joelhos, para os quais olhavam intermitentemente, voltando a fitar o rio à frente. Num momento Hewet leu alto um trecho de um poema, mas o número de coisas móveis fazia desvanecerem-se por completo suas palavras. Ele parou de ler, e ninguém falava. Moviam-se sob o abrigo das árvores. Ora um bando de pássaros vermelhos alimentava-se numa das ilhotas à esquerda, ora mais uma vez um papagaio azul e verde voava de árvore em árvore, aos gritos. À medida que avançavam, a paisagem ficava mais selvagem. As árvores e a vegetação baixa pareciam estrangular-se mutuamente junto ao chão, numa luta múltipla, enquanto aqui e ali uma árvore magnífica se erguia como uma torre sobre as demais, sacudindo seu tênue guarda-sol verde no ar. Hewet voltou a olhar seu livro. A manhã estava tão pacífica quanto fora a noite, apenas muito estranha porque estava claro e podia ver Rachel, ouvir sua voz, estar perto dela. Sentia que estava à espera, como se estivesse estacionado entre coisas que passavam acima dele, em torno dele, vozes, corpos de pessoas, pássaros, e só Rachel esperava com ele. Olhava para ela às vezes, como se ela devesse saber que esperavam juntos, sendo levados em frente juntos, sem poderem oferecer nenhuma resistência.

Voltou a ler seu livro:

Quem quer que seja você que me segura em sua mão, há uma coisa sem a qual tudo será inútil.

Um pássaro deu um riso selvagem, um macaco ria satisfeito com uma pergunta maliciosa, e as palavras dele bruxulearam e apagaram-se como fogo que sucumbe ao sol escaldante.

Aos poucos, enquanto o rio se estreitava e as altas margens de areia baixavam cobertas de denso arvoredo, podiam-se escutar os sons da floresta. Tudo ecoava como num grande salão. Havia gritos súbitos; depois longos espaços de silêncio, como uma catedral quando a voz de um menino cessou e o eco ainda parece povoar os lugares mais remotos do teto. Uma vez Sr. Flushing levantou-se, falou com um marinheiro e até anunciou que depois do almoço o barco pararia e poderiam andar um pouco pela floresta.

– Há trilhas por toda parte entre as árvores ali – explicou. – Ainda não estamos muito longe da civilização.

Examinou a pintura da esposa. Educado demais para elogiá-la abertamente, contentou-se em cortar metade do quadro com a mão e fazer um floreio no ar com a outra.

– Meus Deus! – exclamou Hirst olhando em frente. – Não acham que é incrivelmente bonito?

– Bonito? – perguntou Helen. Parecia uma estranha e pequena palavra, o próprio Hirst e ela mesma tão pequenos, que ela se esqueceu de responder.

Hewet sentiu que devia falar.

– É daqui que os elisabetanos pegaram seu estilo – meditou ele, olhando fixo a profusão de flores, folhas e prodigiosos frutos.

– Shakespeare? Eu odeio Shakespeare! – exclamou Sra. Flushing; e Wilfrid respondeu admiravelmente:

– Acho que você é a única pessoa que se atreve a dizer isso, Alice. – Mas Sra. Flushing continuou pintando. Não parecia dar muito valor ao elogio do marido e pintava com firmeza, às vezes murmurando um gemido ou uma palavra semiaudível.

A manhã estava muito quente.

– Olhem para Hirst! – sussurrou Sr. Flushing. Sua folha de papel escorregara para o convés, a cabeça dele estava jogada para trás e ele roncava profundamente.

Terence pegou a folha de papel e estendeu-a diante de Rachel. Era uma continuação do poema sobre Deus que ele começara na capela; era tão indecente que Rachel não entendeu a metade, embora visse que era indecente. Hewet começou a preencher palavras onde Hirst deixara lacunas, mas logo parou; seu lápis rolou no convés. Aos poucos, aproximaram-se mais e mais da margem do lado direito, de modo que a luz que os cobria se tornou definitivamente verde, caindo por uma sombra de folhas verdes, e Sra. Flushing deixou de lado seu esboço e ficou em silêncio, olhando em frente. Hirst acordou; depois foram chamados para o almoço, e enquanto comiam o vapor parou, um pouco longe da margem. O bote que vinha a reboque atrás deles foi levado para o lado, e as damas foram auxiliadas para entrar.

Para proteger-se contra o tédio, Helen pôs um livro de memórias debaixo do braço, e Sra. Flushing sua caixa de tintas; assim equipados, foram depositados na praia, na margem da floresta.

Não tinham andado mais do que poucas centenas de jardas ao longo da trilha que corria paralela ao rio, quando Helen disse achar o dia intoleravelmente quente. A brisa do rio cessara, e uma atmosfera quente e úmida, densa de odores, vinha da floresta.

— Vou me sentar aqui – anunciou ela, apontando o tronco de uma árvore que caíra há muito tempo e agora estava coberta de trepadeiras entrelaçadas e cipós parecendo correias. Sentou-se, abriu seu guarda-sol e olhou o rio listrado pelos caules das árvores. Virou-se de costas para as árvores que desapareciam na sombra escura atrás dela.

— Eu até que concordo – disse Sra. Flushing, passando a desmontar sua caixa de tintas. Seu marido ficou vagando por ali, procurando um ângulo interessante para ela. Hirst limpou um espaço no chão ao lado de Helen e sentou-se com grande determinação, como se não tencionasse mexer-se, a não ser depois de falar com ela longo tempo. Terence e Rachel ficaram parados sozinhos, sem ocupação. Terence viu que chegara a hora, como estava predestinado, mas, embora percebesse isso, estava totalmente calmo, e dono de si mesmo. Preferiu ficar alguns momentos falando com Helen, persuadindo-a a levantar-se de seu assento. Rachel uniu-se a ele, aconselhando-a a ir junto.

— De todas as pessoas que já conheci – disse ele –, a senhora é a menos aventureira. Podia estar sentada em um banco no Hyde Park. Vai ficar sentada aqui a tarde toda? Não vai caminhar?

— Ah, não – disse Helen –, a gente só precisa usar os olhos. Está tudo aqui... tudo – repetiu numa voz sonolenta. – O que vai ganhar caminhando?

— Vão estar com calor e intratáveis na hora do chá, e nós estaremos frescos e gentis – objetou Hirst. Nos seus olhos, enquanto os erguia, apareciam reflexos verdes e amarelos do céu e dos ramos, tirando-lhes sua intensidade, e ele parecia pensar coisas que não dizia. Assim conseguiram que Terence e Rachel propusessem caminhar na floresta juntos; lançando um olhar um ao outro, viraram-se e se afastaram.

— Até logo! – gritou Rachel.

— Até logo. Cuidado com as cobras – respondeu Hirst. Ajeitou-se mais confortavelmente sob a sombra da árvore caída e do corpo de Helen. Quando partiram, Sr. Flushing os chamou.

– Temos de partir em uma hora. Hewet, por favor, lembre-se disso. Uma hora.

Quer fosse feito pelo homem ou por algum motivo preservado pela natureza, havia um trilho largo atravessando a floresta em ângulo reto com relação ao rio. Parecia um caminho para veículos numa floresta inglesa, exceto que os arbustos tropicais com suas folhas parecendo espadas cresciam dos lados, e o chão estava coberto de uma massa informe e mole em vez de capim, respingada de florezinhas amarelas. Quando passaram para a profundeza da floresta, a luz ficou mais débil, e os rumores do mundo comum foram substituídos pelos estalos e suspiros que sugerem ao viajante numa floresta que ele está caminhando no fundo do mar. A trilha estreitou-se e dobrou; era beirada por densas trepadeiras, que se enroscavam em nós de árvore em árvore, e arrebentavam aqui e ali em flores vermelhas com formato de estrela. Os suspiros e estalos acima eram rompidos vez por outra pelo grito dissonante de algum animal espantado. A atmosfera era abafada, e o ar lhes chegava em lânguidos bafos de perfume. A vasta luz verde era rompida aqui e ali por um sol redondo de um amarelo puro, que caía numa fenda no imenso guarda-sol verde no alto, e, nesses espaços amarelos, borboletas vermelhas e pretas giravam e pousavam. Terence e Rachel quase não falavam.

Não apenas o silêncio pesava sobre eles, mas ambos estavam incapazes de construir pensamentos. Havia entre eles algo que precisava ser falado. Um deles tinha de começar, mas qual seria? Então Hewet apanhou uma fruta vermelha e jogou-a o mais alto que pôde. Quando caísse, ele falaria. Ouviram o tatalar de grandes asas; ouviram a fruta cair entre as folhas e depois bater com um som abafado. O silêncio voltou a ser profundo.

– Isso assusta você? – perguntou Terence quando o som da fruta caindo morrera totalmente.

– Não – respondeu ela. – Eu gosto. – Ela repetiu: – Eu gosto. – Ela andava rápido, mais ereta do que de costume. Houve uma outra pausa.

– Gosta de estar comigo? – perguntou Terence.

– Sim, com você – respondeu ela.

Ele ficou calado por um momento. O silêncio parecia recobrir o mundo.

– É isso que sinto desde que a conheci – respondeu ele. – Somos felizes juntos. – Ele não parecia estar falando, nem ela ouvindo.

– Muito felizes – respondeu ela.

Continuaram caminhando silenciosos por algum tempo. Seus passos inconscientemente aceleraram.

– Nós nos amamos – disse Terence.

– Nós nos amamos – repetiu ela.

Então o silêncio foi rompido pelas suas vozes fundidas em tons estranhos e pouco familiares, que não formavam palavras. Caminhavam mais e mais depressa; pararam simultaneamente, agarraram-se pelos braços e depois, soltando-se, caíram no chão. Sentaram-se lado a lado. Do fundo vinham sons fazendo uma ponte sobre o silêncio deles; ouviram o farfalhar de árvores e um bicho grasnando num mundo remoto.

– Nós nos amamos – repetiu Terence, procurando o rosto dela.

Seus rostos estavam muito pálidos e quietos, e não disseram nada. Ele teve medo de beijá-la outra vez. Aos poucos ela foi se aproximando e recostou-se nele. Nessa posição ficaram sentados algum tempo. Ela disse uma vez:

– Terence.

E ele respondeu:

– Rachel.

– Terrível... terrível... – murmurou ela depois de outra pausa, mas dizendo isso pensava tanto no persistente chapinhar da água quanto em seu próprio sentimento. Viu que corriam lágrimas pelas faces de Terence.

O movimento seguinte veio da parte dele. Parecia ter passado um tempo muito longo. Ele pegou seu relógio de bolso.

– Flushing disse uma hora. Caminhamos mais do que meia hora.

– E vamos levar isso para voltar – disse Rachel, levantando-se muito devagar. Quando estava de pé, estendeu os braços e respirou fundo, meio suspiro, meio bocejo. Parecia muito cansada. Suas faces estavam brancas.

– Para que lado? – perguntou.

– Lá – disse Terence.

Começaram a voltar pela trilha musgosa. Os estalidos e suspiros prosseguiram lá no alto, além dos gritos desafinados dos animais. As borboletas ainda giravam nas manchas de sol amarelas. No início, Terence teve certeza do caminho, mas quando caminhavam foi tendo dúvidas. Tiveram de parar para refletir e depois voltar e começar mais uma vez, pois, embora ele tivesse certeza da direção do rio, não tinha certeza de atingir o ponto onde deixaram os outros. Rachel o seguia, parando quando ele parava, virando-se quando ele virava, sem saber o caminho, sem saber por que ele parava ou virava.

– Não quero me atrasar porque... – ele pôs uma flor nas mãos dela, e os seus dedos agarraram-na calmamente. – Estamos tão atrasados... tão atrasados... terrivelmente atrasados... – repetia ele como se falasse no sono. – Ah... está certo. Aqui dobramos.

Viram-se novamente na trilha larga, como um caminho numa floresta inglesa, de onde haviam partido quando deixaram os demais. Caminharam em silêncio, como pessoas caminhando no sono, estranhamente conscientes vez por outra do peso de seus corpos. Então de repente Rachel exclamou:

– Helen!

No espaço ensolarado na margem da floresta viram Helen, ainda sentada no tronco de árvore, vestido muito branco ao sol, com Hirst ainda apoiado no cotovelo ao seu lado. Pararam instintivamente. À vista dos outros não conseguiram prosseguir. Pararam de mãos dadas um minuto ou dois, calados. Não suportavam ver outras pessoas.

– Mas temos de prosseguir – insistiu Rachel finalmente, no curioso tom de voz embotado em que ambos estiveram falando;

com grande esforço, obrigaram-se a cobrir a curta distância entre eles e o casal sentado no tronco.

Quando se aproximaram, Helen virou-se e olhou para eles. Olhou-os por algum tempo sem falar, e quando chegaram mais perto disse tranquilamente:

– Encontraram Sr. Flushing? Ele foi procurar vocês. Achou que deviam estar perdidos, embora eu lhe dissesse que não estavam.

Hirst deu meia-volta e jogou a cabeça para trás de modo que olhava os ramos que se entrecruzavam no ar em cima.

– Bem, valeu a pena o esforço? – disse, meio devaneando.

Hewet sentou-se no capim ao lado dele e começou a abanar-se.

– Quente.

Rachel equilibrou-se perto de Helen na ponta do tronco.

– Muito quente.

– Vocês parecem exaustos – disse Hirst.

– Aquelas árvores são assustadoramente fechadas – comentou Helen, apanhando seu livro e agitando-o para limpá-lo de talos de capim seco que caíram entre as páginas. Depois ficaram todos calados, olhando o rio que passava redemoinhando diante deles, até que Sr. Flushing os interrompeu. Irrompeu das árvores a cem metros à esquerda, exclamando bruscamente:

– Ah, afinal encontraram o caminho. Mas é tarde... muito mais tarde do que tínhamos combinado, Hewet.

Estava um pouco aborrecido, e na qualidade de líder da expedição, inclinava-se a ser ditatorial. Falava depressa, usando curiosas palavras ásperas e sem sentido.

– Naturalmente, em circunstâncias anormais, atrasar-se não teria importância – disse –, mas quando se trata de fazer os homens cumprirem o horário...

Ele os reuniu e os fez descer até a margem do rio onde o bote esperava para levá-los até o vapor.

O calor do dia estava diminuindo e, diante de suas xícaras de chá, os Flushing ficaram comunicativos. Terence achou, enquanto os ouvia falar, que a existência prosseguia agora em dois níveis diferentes. Aqui estavam os Flushing falando, falando em algum lugar alto no ar acima dele, e ele e Rachel tinham caído juntos no fundo do mundo. Mas com algo da franqueza de uma criança, Sra. Flushing também tinha o instinto que leva uma criança a suspeitar daquilo que os adultos desejam deixar oculto. Fixava Terence com seus vivos olhos azuis e dirigia-se especialmente a ele. O que faria, quis saber, se o bote batesse numa rocha e afundasse?

– O senhor se interessaria por qualquer coisa além de salvar a própria pele? E eu, me interessaria? Não, não – ela ria – nem um pouquinho... não me diga. Há só duas criaturas pelas quais uma mulher comum se interessa: seu filho e seu cachorro; não creio que sejam sequer duas criaturas. Nós lemos muito sobre o amor... por isso é que a poesia é tão enfadonha. Mas o que acontece na vida real, hein? Isso não é amor! – exclamou ela.

Terence murmurou alguma coisa ininteligível. Sr. Flushing, porém, recuperara sua urbanidade. Fumando um cigarro, respondeu à esposa.

– Alice, você tem de lembrar sempre que teve uma educação muito pouco natural... inusitada, eu diria. Eles não tiveram mãe – explicou abandonando parte da formalidade do seu tom – e pai... ele era um homem muito encantador, não tenho dúvidas, mas só se interessava por cavalos de corrida e estátuas gregas. Conte-lhes sobre o banho, Alice.

– No pátio dos estábulos – disse Sra. Flushing. – Coberto de gelo no inverno. Tínhamos de entrar; se não éramos surrados. Os fortes viveram... os outros morreram. O que se chama sobrevivência dos mais adaptados... um plano excelente, atrevo-me a dizer, quando se tem 13 filhos!

– E tudo isso no coração da Inglaterra, e no século XIX! – exclamou Sr. Flushing, virando-se para Helen.

– Eu trataria meus filhos exatamente da mesma maneira, se os tivesse – disse Sra. Flushing.

Cada palavra soava bem nítida aos ouvidos de Terence; mas o que estavam dizendo, com quem estavam falando e quem eram elas, aquelas pessoas fantásticas, destacadas em algum lugar no alto, no ar? Agora que tinham bebido seu chá, levantaram-se e debruçaram-se na amurada do barco. O sol se punha, e a água estava escura e rubra. O rio alargara-se de novo; estavam passando por uma ilhazinha instalada como uma cunha escura no meio da torrente. Duas grandes aves brancas tingidas por luzes vermelhas postavam-se ali em suas pernas longas, parecendo pernas de pau, e nada se imprimia na praia da ilha, exceto as marcas esqueléticas das patas das aves. Os ramos das árvores na margem pareciam mais retorcidos e angulosos do que nunca, e o verde das folhas era sombrio, mas respingado de ouro. Então Hirst começou a falar, inclinado sobre a amurada.

– A gente se sente terrivelmente esquisito, não acham? – queixou-se. – Essas árvores dão nos nervos... é tudo tão doido. Sem dúvida, Deus é louco. Que pessoa normal poderia ter concebido uma selva dessas, povoando-a de macacos e crocodilos? Eu ficaria louco se vivesse aqui... completamente louco.

Terence tentou responder, mas Sra. Ambrose respondeu em seu lugar. Pediu-lhe que olhasse a maneira como as coisas se aglutinavam – olhar as cores surpreendentes, as formas das árvores. Parecia estar protegendo Terence da abordagem dos outros.

– Sim – disse Sr. Flushing – e, na minha opinião, a ausência de população a que Hirst objeta é exatamente o toque significativo. Você precisa admitir, Hirst, que uma aldeiazinha italiana até vulgarizaria a cena toda, tiraria dela essa sensação de vastidão... senso de grandeza elementar. – Ele fez um gesto em direção à floresta e parou por um momento, contemplando a enorme massa verde que agora se silenciava. – Acho que isso nos faz parecer bastante pequenos... a nós, mas não a eles. – Ele fez um aceno de cabeça na direção do marinheiro que se debruçava ao seu lado, cuspindo no rio. – E isso, eu acho, é o que minha mulher sente, a superioridade essencial do camponês...

Protegido pelas palavras de Sr. Flushing que continuava, argumentando educadamente com St. John, persuadindo-o, Terence puxou Rachel de lado, apontando ostensivamente para um grande tronco de árvore retorcido que caíra e estava metido pela metade na água. Queria de qualquer jeito estar perto de Rachel, mas viu que não conseguia dizer nada. Podiam escutar Sr. Flushing falando, ora sobre sua esposa, ora sobre arte, ora sobre o futuro do país, pequenas palavras sem sentido flutuando alto no ar. Como estava começando a esfriar, ele foi andar no convés com Hirst. Fragmentos de seu diálogo chegavam distintos quando passavam... arte, emoção, verdade, realidade.

– Tudo isto é verdade ou é sonho? – murmurou Rachel quando tinham passado.

– É verdade, é verdade – respondeu Terence.

Mas a brisa ficou mais fresca e houve um desejo geral de movimento. Quando o grupo se reorganizou sob a proteção de mantas e casacos, Terence e Rachel estavam em pontos opostos do círculo e não podiam conversar. Mas quando baixou a escuridão, as palavras dos outros pareciam enroscar-se e sumir como cinzas de papel queimado, deixando-os sentados, perfeitamente quietos, no fundo do mundo. Eram varados de vez em quando por frêmitos de refinada alegria, e depois ficavam apaziguados outra vez.

21

Graças à disciplina de Sr. Flusing, chegaram aos locais certos do rio nas horas certas, e quando na manhã seguinte, depois do café, as cadeiras foram novamente postas num semicírculo na proa, a lancha estava a poucos quilômetros do acampamento nativo que era o limite de sua viagem. Quando se sentou, Sr. Flushing aconselhou-os a ficar de olho na margem esquerda, onde logo passariam por uma clareira onde havia uma cabana em que Mackenzie, o famoso explorador, morrera de febre há uns dez anos, quase dentro da civilização – Mackenzie, repetiu ele, o homem que penetrou no interior mais do que qualquer outra pessoa até agora. Os olhos deles voltaram-se para lá, obedientes. Os olhos de Rachel nada viam. Formas amarelas e verdes, é verdade, desfilavam diante deles, mas ela apenas sabia que uma era grande, outra pequena; não sabia que eram árvores. Essas ordens de olhar para cá e para lá a irritavam, como interrupções irritam uma pessoa absorvida em seus pensamentos, embora ela nem estivesse pensando em nada. Estava aborrecida com tudo o que se dizia e com os movimentos sem objetivo dos corpos das pessoas, pois pareciam interferi-la e impedi-la de falar com Terence. Logo Helen a viu fitando mal-humorada um laço de cordame, sem se esforçar para escutar. Sr. Flushing e St. John estavam metidos numa conversa mais ou menos constante sobre o futuro do país do ponto de vista político e o grau em que já fora explorado; os outros, com pernas esticadas, ou queixos apoiados nas mãos, olhavam tudo em silêncio.

Sra. Ambrose olhava e escutava obedientemente, mas por dentro era vítima de um estado de alma inquietante, difícil de atribuir a alguma causa. Olhando para a praia como Sr. Flushing pedia, ela achava o país belíssimo, mas também alarmante e opressivo. Não gostava de sentir-se vítima de emoções que não sabia classificar, e, certamente, quando a lancha deslizava mais e mais em frente, sob o sol quente da manhã, foi dominada por uma emoção irracional. Não sabia dizer se a causa era a floresta tão pouco familiar, ou algo menos definido. Sua mente deixou o cenário e ocupou-se com ansiedades em relação a Ridley, seus filhos, coisas distantes, como velhice, pobreza e morte. Hirst também estava deprimido. Aguardara essa excursão como a um feriado, pois, uma vez longe do hotel, certamente aconteceriam coisas maravilhosas; em vez disso, nada acontecia, e estavam sofrendo mais desconfortos, restrições e constrangimentos do que nunca. Isso naturalmente se dava porque tiveram expectativas: sempre há desapontamentos. Ele culpava Wilfrid Flushing, tão bem trajado, todo formal; culpava Hewet e Rachel. Por que não falavam? Olhou para eles, sentados, calados e recolhidos em si mesmos, e essa visão o aborreceu. Supôs que estivessem noivos, ou quase noivos, mas em vez de ser pelo menos romântico ou excitante, isso era tão chato quanto tudo o mais; também o aborrecia pensar que estivessem apaixonados. Aproximou-se de Helen e começou a contar-lhe como fora desconfortável sua noite, deitado no convés, ora quente demais, ora frio demais, e as estrelas tão claras que não conseguia dormir. Ficara deitado acordado a noite toda, pensando, e quando a luz fora suficiente para ver, escrevera 20 linhas do seu poema sobre Deus, e o horrível era que praticamente provara que Deus existia. Não notou que a estava provocando e prosseguiu, imaginando o que aconteceria se Deus existisse...

– Um velho senhor de barba e camisola azul comprida, extremamente difícil e desagradável, como deve ser? Pode sugerir uma rima? Deus, meus, hebreus... tudo usado; e outras?

Embora ele falasse de modo bastante habitual, Helen podia ter visto, se o tivesse encarado, que ele estava impaciente e perturbado. Mas não pôde responder porque Sr. Flushing exclamou "Ali!", e eles olharam a cabana na margem, um local desolado com uma grande fenda no telhado, o chão ao redor amarelo, com restos de fogueiras espalhados e latas enferrujadas abertas.

– Foi aqui que encontraram seu cadáver? – exclamou Sra. Flushing, inclinando-se em sua ansiedade por ver o local onde morrera o explorador.

– Acharam seu corpo, suas peles e seu caderno de notas – respondeu o marido. Mas logo a embarcação os levara dali, deixando o lugar para trás.

Estava tão quente que quase nem se mexiam, exceto para apoiar-se no outro pé ou para acender um fósforo. Seus olhos concentravam-se na margem, cheios dos mesmos reflexos verdes, e seus lábios se comprimiam de leve como se as coisas que estivessem vendo provocassem pensamentos; apenas os lábios de Hirst se moviam intermitentes, quando, meio inconscientemente, ele procurava rimas para Deus. Fossem quais fossem os pensamentos dos outros, ninguém disse nada por bastante tempo. Estavam tão acostumados ao paredão de árvores dos dois lados, que olharam para cima, surpresos, quando a luz subitamente se alargou e as árvores acabaram.

– Isso quase lembra um parque inglês – disse Sr. Flushing.

Na verdade, não poderia ter havido maior mudança. Nas duas margens do rio havia um espaço livre, gramado e plantado, pois a doçura e a ordem sugeriam cuidados humanos, com graciosas árvores no topo de outeiros. Até onde conseguiam olhar, aquele gramado erguia-se e baixava com o movimento ondulante de um antigo parque inglês. A mudança de cenário sugeria naturalmente uma mudança de posição, grata a quase todos eles. Levantaram-se e inclinaram-se na amurada.

– Podia ser Arundel ou Windsor – continuou Sr. Flushing – se fosse tirado aquele arbusto de flores amarelas; e, por Deus, olhem só!

Fileiras de flancos marrons pararam por um momento e depois saltaram, desaparecendo da vista com movimento de quem estivesse pulando por cima de ondas.

Por um momento nenhum deles podia acreditar que realmente tivessem visto animais vivos ao ar livre – uma manada de veados silvestres –, e a visão despertou uma excitação infantil neles, dissipando sua melancolia.

– Nunca na vida vi nada maior do que uma lebre! – exclamou Hirst com genuína excitação. – Que burro fui por não trazer minha Kodak!

Pouco depois a lancha foi parando, e o capitão explicou a Sr. Flushing que seria agradável para os passageiros darem um passeio pela praia; se quisessem voltar em uma hora, ele os levaria à aldeia; se preferissem caminhar – era só uns dois quilômetros adiante –, ele os esperaria no atracadouro.

Depois de acertarem isso, foram largados na praia mais uma vez: os marinheiros, pegando passas e tabaco, inclinaram-se sobre a amurada e observaram os seis ingleses de casacos e vestidos tão estranhos naquele verde saírem andando. Uma piada nada adequada provocou risos, então viraram-se e deitaram-se à vontade no convés.

Assim que chegaram em terra, Terence e Rachel reuniram-se, um pouco à frente dos demais.

– Graças a Deus! – exclamou Terence, respirando fundo. – Finalmente estamos sozinhos.

– E se continuarmos na frente podemos conversar – disse Rachel. Mesmo assim, embora sua posição alguns metros à frente dos demais lhes proporcionasse dizer tudo o que quisessem, ficaram em silêncio.

– Você me ama? – disse Terence depois de algum tempo, rompendo penosamente o silêncio. Falar ou ficar calado era um esforço, pois quando estavam quietos tinham uma consciência aguda da presença do outro, mas palavras eram ou muito banais ou muito compridas.

Ela deu um murmúrio inarticulado, que terminava:

– E você?

– Sim, sim – respondeu ele. Mas havia tantas coisas a serem ditas, e agora que estavam sozinhos parecia necessário aproximarem-se ainda mais e superarem uma barreira que crescera desde a última vez em que se falaram. Era difícil, assustador, estranhamente embaraçoso. Num momento ele estava lúcido; no outro, confuso.

– Agora vou começar do começo – disse, resoluto. – Vou dizer-lhe o que já devia ter dito antes. Em primeiro lugar, nunca estive apaixonado por outras mulheres, mas já tive outras mulheres. Além disso, tenho grandes defeitos. Sou muito preguiçoso, temperamental... – Apesar da exclamação dela, ele insistia. – Você precisa conhecer o pior em mim. Sou lascivo. Sou dominado por um senso de futilidade... incompetência. Eu nunca deveria ter pedido você em casamento. Sou bastante esnobe; sou ambicioso...

– Ora, nossos defeitos! – exclamou ela. – Que importam eles? – Depois indagou: – Eu estou apaixonada?... isso é estar apaixonada?... vamos nos casar?

Dominado pelo encanto de sua voz e de sua presença, exclamou:

– Ah, Rachel, você é livre. Para você, o tempo não vai fazer diferença, nem o casamento, nem...

As vozes dos outros atrás deles ficavam flutuando, mais próximas, mais distantes, e o riso de Sra. Flushing ergueu-se, claro.

– Casamento? – repetiu Rachel.

Os gritos renovaram-se atrás, prevenindo-os de que estavam demasiado à esquerda. Melhorando seu curso, ele continuou:

– Sim, casamento. – A sensação de que não podiam se unir antes de que ela soubesse de tudo a seu respeito fez com que voltasse a explicar-se:

– Tudo o que tem sido ruim em mim, as coisas com que tive de lidar... as outras...

Ela murmurou alguma coisa, analisou sua própria vida, mas não conseguiu descrever como via isso agora.

– E a solidão! – prosseguiu ele. Uma visão de estar andando com ela nas ruas de Londres surgiu diante de seus olhos – Vamos dar caminhadas juntos – disse ele. A simplicidade da ideia os aliviou, e pela primeira vez riram. Teriam gostado de atrever-se a andar de mãos dadas, mas a consciência de olhos fixos neles ainda não os deixara.

– Livros, pessoas, paisagens... Sra. Nutt, Greeley, Hutchinson... – murmurou Hewet.

A cada palavra, a névoa que os envolvera, fazendo-os parecer irreais um para o outro, desde a tarde anterior, desfazia-se um pouco mais, e seu contato ficava cada vez mais natural. Através da mormacenta paisagem sulina, viam o mundo que conheciam mais claro e mais vivo do que antes. Como naquela ocasião no hotel em que ela se sentara na janela, o mundo mais uma vez se organizava debaixo do seu olhar, muito nitidamente, e em suas verdadeiras proporções. Lançava um olhar curioso a Terence, de tempos em tempos, observando seu casaco cinza e sua gravata púrpura; observando o homem com quem passaria o resto da vida.

Depois de um desses olhares ela murmurou:

– Sim, eu estou apaixonada. Não há dúvida; estou apaixonada por você.

Mesmo assim continuavam desconfortavelmente separados; tão unidos quando ela falava, que parecia não haver divisão entre eles, e no momento seguinte, separados e distantes outra vez. Sentindo isso dolorosamente, ela exclamou:

– Vai ser uma luta.

Mas olhando para ele percebeu, pela forma de seus olhos, pelas linhas em torno de sua boca e por outras peculiaridades, que ele lhe agradava, e acrescentou:

– Quando eu quiser brigar, tenha compaixão. Você é melhor que eu; muito melhor.

Ele devolveu seu olhar e sorriu, percebendo, como ela fizera, as pequenas particularidades que a tornavam encantadora. Era sua para sempre.

Superada essa barreira, inumeráveis delícias jaziam à frente deles.

– Eu não sou melhor – respondeu ele. – Só sou mais velho, mais preguiçoso; um homem, não uma mulher.

– Um homem – repetiu ela, e um estranho sentimento de posse a dominou; pareceu-lhe que agora podia tocá-lo; estendeu a mão e tocou de leve sua face. Os dedos dele seguiram o caminho dos dela, e o toque da sua mão sobre o próprio rosto trouxe novamente o arrebatador sentimento de irrealidade. Aquele corpo dele era irreal; o mundo todo era irreal.

– O que aconteceu? – começou ele. – Por que lhe pedi que se casasse comigo? O que foi?

– Você me pediu em casamento? – espantou-se ela. Afastaram-se um do outro, e nenhum dos dois podia lembrar o que fora dito.

– Estávamos sentados no chão – lembrou ele.

– Sentados no chão – confirmou ela. A lembrança de sentarem no chão parecia uni-los de novo, e continuaram andando em silêncio, suas mentes às vezes funcionando com dificuldade, às vezes cessando de funcionar, seus olhos somente percebendo as coisas ao redor. Agora ele voltaria a tentar contar-lhe seus defeitos e a dizer por que a amava; e ela descreveria o que sentira num momento ou outro, e juntos interpretariam seu sentimento. Tão belo era o som de suas vozes que aos poucos quase nem ouviam as palavras pronunciadas. Longos silêncios surgiram entre suas palavras, que já não eram silêncios de confusão e luta, mas silêncios repousantes em que pensamentos triviais se moviam com facilidade. Começaram a falar naturalmente de coisas comuns, das flores e das árvores, que cresciam vermelhas como as flores dos jardins lá em casa, e se inclinavam e torciam como o braço de um velho deformado.

Muito suave e tranquilamente, quase como o sangue cantando em suas veias, ou a água da torrente correndo sobre as pedras, Rachel teve consciência de um novo sentimento dentro dela. Imaginou por um instante o que seria, e depois disse a si mesma, com uma pequena surpresa ao reconhecer em sua própria pessoa uma coisa tão famosa:

– Isso é a felicidade, eu acho. – E disse alto para Terence: – Isso é felicidade.

E, na sequência de suas palavras, ele respondeu:

– Isso é felicidade – e acharam que os sentimentos nasceram em ambos ao mesmo tempo. Por isso começaram a descrever como sentiam isso e aquilo, o que era parecido e o que era diferente, pois os dois eram muito diferentes.

Vozes gritando atrás deles não os atingiam nas águas em que agora estavam mergulhados. A repetição do nome de Hewet, em sílabas breves e separadas, foi para eles como o estalo de um galho seco ou o ruído de um pássaro. Com a grama e a brisa soando e murmurando ao seu redor, eles nem repararam que o farfalhar da grama era cada vez mais forte e não cessava quando a brisa parava. Uma mão caiu sobre o ombro de Rachel como ferro; podia ter sido um raio do céu. Ela caiu sob esse golpe, e o capim fustigou seus olhos e encheu sua boca e orelhas. Através dos talos ondulantes viu uma figura grande e informe contra o céu. Era Helen. Rolando de um lado a outro, vendo apenas florestas de verde e depois o alto céu azul, ela estava sem fala e quase sem sentidos. Finalmente ficou quieta, todos os capins tremendo ao seu redor com seus próprios arquejos. Sobre ela apareceram duas grandes cabeças, de um homem e uma mulher, Terence e Helen.

Os dois estavam corados, ambos rindo e movendo os lábios; juntaram-se e beijaram-se no ar acima dela. Fragmentos de palavras desceram até ela no chão. Pensou ouvi-las falar de amor e depois de casamento. Levantando-se e se sentando, ela também percebeu o corpo macio de Helen, seus braços fortes e acolhedores, e a felicidade inchando e diminuindo numa onda vasta. Quando isso acabou e o céu se tornou horizontal, e a terra se abriu plana dos dois lados, e as árvores ficaram eretas, ela foi a primeira a perceber a pequena fileira de figuras humanas parada pacientemente a distância. Por um instante, não conseguiu lembrar quem eram.

– Quem são eles? – perguntou, e depois lembrou-se. Alinhando-se atrás de Sr. Flushing, tiveram o cuidado de deixar pelo menos três metros de distância entre a ponta da bota dele e a beira da saia dela.

Ele os conduziu por um trecho verde junto à margem do rio, depois através de um arvoredo, e pediu-lhes que notassem sinais de habitações humanas, o capim escurecido, os troncos de árvore calcinados, e ali, entre as árvores, estranhos ninhos de madeira unidos em arco, onde as árvores se afastavam, a aldeia que era a meta de sua jornada.

Pisando com cuidado, observaram as mulheres agachadas no chão, movendo as mãos, trançando palha ou amassando alguma coisa em tigelas. Mas depois de olharem por um momento sem serem descobertos, foram avistados, e Sr. Flushing, avançando para o centro da clareira, passou a falar com um homem magro e majestoso, cujos ossos e cavidades imediatamente fizeram as formas do inglês parecerem feias e pouco naturais. As mulheres não deram atenção aos estranhos, mas suas mãos pararam por um instante, e seus longos olhos estreitos deslizaram, fixando-se sobre eles com a imobilidade e inexpressividade dos que estão afastados dos demais muito além do alcance da fala. Suas mãos voltaram a mover-se, mas o olhar fixo continuava. Seguia os estranhos enquanto andavam, espiavam dentro das cabanas onde puderam distinguir armas encostadas no canto, tigelas no chão, varas de bambu; na penumbra, os encaravam os olhos solenes dos bebês; velhas também espiavam. Enquanto andavam por ali, o olhar os seguia, passando por suas pernas, corpos, cabeças curiosamente hostis, como uma mosca rastejando no inverno. Quando abriu seu xale e descobriu o seio para oferecê-lo aos lábios do bebê, os olhos de uma mulher não deixaram o rosto deles, embora se movessem pouco à vontade sob o seu olhar, e finalmente se viraram, não querendo mais ficar ali parados olhando para ela. Quando lhes ofereciam doces, estendiam grandes mãos vermelhas para pegá-los, e os ingleses sentiram-se desajeitados como soldados de casacos justos entre aquelas pessoas suaves e instintivas. Mas logo a vida da aldeia passou a não lhes dar mais atenção; tinham sido absorvidos por ela. As mãos das mulheres voltaram a ocupar-se com palha; seus olhos baixaram. Se se moviam, era para apanhar alguma coisa na cabana, ou para pegar uma criança que se afastava, ou atravessar o lugar equilibrando uma jarra na cabeça; se falavam, era para gritar alguma coisa áspera e ininteligível. Vozes erguiam-se quando se batia numa criança, e morriam de novo; vozes erguiam-se numa canção que deslizava um pouquinho acima, abaixo e voltava à mesma nota, grave e melancólica. Procurando-se, Terence e Rachel reuniram-se debaixo de uma árvore. Pacífica, e até bela no começo, a visão das mulheres que tinham desistido de olhar para eles agora os deixava frios e melancólicos.

– Bem – suspirou Terence por fim –, isso aqui nos faz parecer insignificantes, não é?

Rachel concordou. Assim seria para todo o sempre, disse ela, aquelas mulheres sentadas debaixo de árvores, as árvores e o rio. Viraram-se para outro lado e começaram a andar entre as árvores, apoiando-se um nos braços do outro sem medo de serem descobertos. Não tinham ido longe quando começaram a assegurar-se mais uma vez de que se amavam, eram felizes, estavam contentes; mas por que era tão doloroso estar apaixonado, por que havia tanta dor na felicidade?

A visão da aldeia, na verdade, curiosamente afetara a todos, embora de formas diferentes. St. John deixara os demais e caminhava lentamente para o rio, imerso em seus pensamentos, amargos e infelizes, pois sentia-se sozinho; e Helen, parada sozinha no espaço ensolarado entre as mulheres nativas, tinha pressentimentos de desgraça. Os gritos de animais estranhos soavam aos seus ouvidos, quando disparados dos troncos das árvores para as copas. Como pareciam pequenos aqueles vultos movendo-se entre as árvores! Ela teve uma consciência aguda de pequenos membros, veias finas, a delicada carne de homens e mulheres, que se rompe tão facilmente e deixa a vida escapar, comparada àquelas enormes árvores e profundas águas. Um ramo que cai, um pé que escorrega, e a terra os esmaga ou a água os afoga. Pensando nisso, ela mantinha os olhos ansiosamente sobre os namorados, como se pudesse assim protegê-las de seu destino. Virando-se, viu os Flushing ao seu lado.

Falavam sobre as coisas que tinham comprado e discutiam se eram realmente antigas, e se não havia aqui e ali sinais de influência europeia. Helen também foi interpelada. Fizeram-na olhar um broche e depois um par de brincos. Mas o tempo todo ela os culpava por terem vindo naquela excursão, por terem se aventurado longe demais, expondo-se tanto. Depois, animou-se e tentou falar, mas em poucos minutos estava vendo o quadro de um barco virado num rio da Inglaterra ao meio-dia. Era mórbido, ela sabia, imaginar coisas dessas; mesmo assim, procurava entre as árvores os vultos dos outros, e sempre que os via, mantinha os olhos fixos neles, para protegê-los da desgraça.

Mas quando o sol baixou, e o vapor virou e começou a navegar de volta para a civilização, novamente seus receios se acalmaram. Na semiescuridão, as cadeiras do convés e as pessoas sentadas nelas eram vultos angulosos, a boca indicada por um minúsculo ponto aceso, o braço movendo-se para cima e para baixo com um cigarro ou charuto levado aos lábios e baixado de novo. Palavras cruzavam a escuridão, mas, sem saber onde cairiam, pareciam sem substância e sem energia. Visões profundas aconteciam regularmente, embora com alguma tentativa de suprimi-las, e vinham da grande forma branca que era Sra. Flushing. O dia fora longo e muito quente, e agora que todas as cores estavam apagadas, o frio ar noturno parecia comprimir brandos dedos sobre as pálpebras, fechando-as. Algum comentário filosófico, aparentemente dirigido a St. John Hirst, errou seu destino e ficou suspenso no ar até ser engolfado por um bocejo e ser considerado morto, sinal para mexerem pernas e murmurarem coisas a respeito de sono. A massa branca moveu-se, por fim, estendeu-se e desapareceu; depois de algumas voltas e passos, St. John e Sr. Flushing se retiraram, deixando três cadeiras ainda ocupadas por três corpos silenciosos. A luz que vinha de um lampião alto no mastro e de um céu pálido com estrelas os deixava com forma, mas sem feições; e, mesmo naquela escuridão, o afastamento dos outros fazia com que se sentissem muito próximos uns dos outros, pois pensavam a mesma coisa. Por algum tempo, ninguém falou; então Helen disse com um suspiro:

– Então vocês dois estão muito felizes?

Como se fosse lavada pelo ar, sua voz soou mais espiritual e branda do que de costume. A pouca distância, vozes responderam:

– Sim.

Pela escuridão, ela olhava os dois tentando distingui-las. O que tinha para dizer? Rachel estava agora fora da sua guarda. Sua voz podia atingir os ouvidos dela, mas nunca mais chegaria tão longe como há 24 horas. Mesmo assim, parecia necessário falar antes de ir para a cama. Queria falar, mas sentia-se estranhamente velha e deprimida.

– Você percebe o que está fazendo? – perguntou. – Ela é jovem, vocês dois são jovens, e o casamento... – ela se interrompeu. Mas imploraram que continuasse, com tal seriedade nas vozes como se desejassem ardentemente seu conselho, e ela acrescentou:

– Casamento! Bem, não é fácil.

– É o que queremos saber – responderam, e ela achou que agora estavam se entreolhando.

– Depende de vocês dois – afirmou. Seu rosto estava voltado para Terence; embora ele quase não a pudesse divisar, acreditava que suas palavras realmente mostravam um desejo de conhecê-lo melhor. Ele ergueu-se de sua posição reclinada e passou a contar-lhe o que ela queria saber. Falava tão despreocupadamente quanto podia para remover a depressão dela.

– Tenho 27 anos e ganho cerca de 700 libras ao ano – começou. – Tenho de modo geral um bom temperamento, excelente saúde, embora Hirst detecte uma tendência para gota. Bem, e depois, acho que sou muito inteligente. – Ele fez uma pausa esperando confirmação.

Helen concordou.

– Embora, infelizmente, meio preguiçoso. Pretendo deixar que Rachel faça bobagens se quiser, e... De modo geral, a senhora me acha satisfatório em outros aspectos? – perguntou ele timidamente.

– Sim, gosto do que sei de você – respondeu Helen. – Mas... sabe-se tão pouca coisa.

– Vamos morar em Londres e... – De repente, a uma voz, perguntaram se ela não os achava as pessoas mais felizes que já conhecera.

– Psiu – disse ela. – Lembrem. Sra. Flushing está atrás de nós.

Então ficaram calados, e Terence e Rachel sentiram instintivamente que sua felicidade a deixara triste; embora ansiosos por continuarem falando de si mesmos, não o fizeram.

— Falamos demais de nós mesmos — disse Terence. — Diga-nos...

— Sim, diga-nos... — ecoou Rachel. Estavam querendo acreditar que todo mundo era capaz de dizer alguma coisa muito profunda.

— O que posso lhes dizer? — refletiu Helen, falando mais para si mesma, num estilo tortuoso, do que como profetisa dando uma mensagem. Forçou-se a falar. — Afinal, embora eu ralhe com Rachel, não sou muito mais sábia que ela. Sou mais velha, é claro, estou na metade do caminho, e vocês só começando. É complicado... às vezes, eu acho, decepcionante; as coisas grandes não são talvez tão grandes quanto se esperava... mas é interessante... Ah, sim, vocês certamente vão achar interessante... E é assim por diante. — Perceberam a procissão de árvores escuras para as quais, até onde se conseguia divisar. Helen olhava agora. — E há prazeres onde não se esperava que existissem (você tem de escrever ao seu pai), e vocês vão ser muito felizes, não tenho dúvida. Mas preciso ir para a cama, e se forem espertos vão me seguir em dez minutos, portanto... — Ela levantou-se e postou-se diante deles, quase sem feições e muito grande. — Boa noite. — Ela passou para trás da cortina.

Depois de ficarem sentados em silêncio a maior parte dos dez minutos que ela lhes concedera, levantaram-se e debruçaram-se sobre a amurada. Abaixo deles, as águas macias e pretas deslizavam muito rápidas e silenciosas. A fagulha de um cigarro apagou-se atrás deles.

— Linda voz — murmurou Terence.

Rachel concordou. Helen tinha uma linda voz.

Depois de um silêncio ela perguntou olhando o céu:

— Estamos no convés de um vapor num rio da América do Sul? Eu sou Rachel e você é Terence?

O grande mundo negro jazia ao redor deles. Enquanto iam sendo levados suavemente ao longo dele, ele parecia dotado de imensa densidade e duração. Podiam discernir topos de árvores pontudos e topos de árvores rombudos e redondos. Erguendo os olhos acima delas, fixavam-nos nas estrelas e na borda pálida do céu acima das árvores. Os pontinhos de luz congelada infinitamente distantes atraíram seus olhos e os mantiveram fixos, de modo que parecia que se passava muito tempo, e sentiram-se a uma grande distância, quando mais uma vez perceberam suas mãos agarrando a amurada e seus corpos separados, imóveis, lado a lado.

– Você me esqueceu totalmente – queixou-se Terence pegando o braço dela e começando a caminhar no convés. – E eu nunca me esqueço de você.

– Ah não – sussurrou ela, não esquecera, apenas as estrelas... a noite... a escuridão...

– Você parece um passarinho meio adormecido no ninho, Rachel. Está adormecida. Está falando no sono.

Meio adormecidos e murmurando palavras fragmentadas, pararam no ângulo feito pela proa do barco, que deslizava rio abaixo. Um sino tocou na ponte de comando e ouviram o chapinhar da água que se afastava em ondinhas dos dois lados; um pássaro assustado no sono grasnou, voou para a árvore mais próxima, e tudo ficou calado de novo. A escuridão derramava-se profusamente e os deixava quase sem sentimento de vida, a não ser por estarem parados ali, juntos, na escuridão.

22

A escuridão caía, mas levantava-se de novo, e a cada dia que se espalhava amplamente sobre a terra, separando-os daquele estranho dia na floresta, em que tinham sido forçados a dizer um ao outro o que queriam, esse desejo deles era revelado aos outros, e nesse processo tornou-se um pouquinho estranho para eles próprios. Aparentemente não acontecera nada de inusitado; tinham ficado noivos. O mundo, que consistia em sua maior parte no hotel e na *villa*, demonstrou alegria pelo fato de que duas pessoas fossem se casar e deixou-os saber que não se esperava que participassem do trabalho de fazer o mundo prosseguir, mas que podiam ficar ausentes por algum tempo. Por isso, os deixaram sozinhos até sentirem o silêncio, como se, brincando numa vasta igreja, alguém tivesse fechado uma porta diante deles. Foram levados a caminhar sozinhos, a sentarem-se sozinhos, a visitarem locais secretos onde as flores nunca tinham sido colhidas e as árvores eram solitárias. Na solidão conseguiam expressar aqueles desejos belos, mas excessivamente vastos, que eram tão estranhamente incômodos aos ouvidos de outros homens e mulheres – desejos de um mundo, assim como o seu próprio mundo de duas pessoas lhes parecia ser, onde todos se conhecessem intimamente e julgassem uns aos outros pelo que era bom, jamais brigando porque era perda de tempo.

Falavam sobre esses temas entre os livros, ao sol ou sentados quietos à sombra de uma árvore. Já não ficavam embaraçados nem meio sufocados com significados que não podiam manifestar; não tinham medo um do outro, nem eram mais como viajantes descendo um rio turbulento, deslumbrados com súbitas belezas; acontecera o inesperado, mas ainda assim o comum era amável, e em muitas coisas preferível ao extático e misterioso, pois era agradavelmente sólido e exigia esforço, e naquelas condições, esforço era mero encantamento.

Enquanto Rachel tocava piano, Terence sentava-se junto dela ocupado, o que se mostrava por uma eventual palavra escrita a lápis, em descrever o mundo como lhe aparecia agora que ele e Rachel iam se casar. Era sem dúvida um mundo diferente. O livro chamado *Silêncio* não seria mais o mesmo. Então ele largava o lápis, olhava fixamente em frente, pensando em que aspectos o mundo afinal estava diferente, talvez tivesse mais solidez, mais coerência, mais importância, mais profundidade. Às vezes até a terra lhe parecia muito profunda; não cavada em morros e cidades e campos, mas amontoada em grandes massas. Olhava pela janela, às vezes dez minutos a fio; mas não queria uma terra sem seres humanos. Gostava dos seres humanos – achava que gostava mais deles do que Rachel. Lá estava ela, balançando-se entusiasmada sobre sua música, esquecida dele – mas gostava dessa qualidade nela. Gostava da impessoalidade que provocava nela. Por fim, tendo escrito uma série de breves frases com pontos de interrogação, ele comentou alto:

– Mulheres... sob o título "Mulheres" eu escrevi: "Não mais vaidosas do que os homens realmente; na base dos maiores defeitos está a falta de confiança em si mesmas. Falta de apreço pelo próprio sexo tradicional ou baseada em fatos? Toda mulher de coração não é tanto uma devassa, mas uma otimista, porque elas não pensam". O que acha disso, Rachel? – Ele parou com o lápis na mão e uma folha de papel no joelho.

Rachel não disse nada. Escalava mais e mais a íngreme espiral de uma sonata de Beethoven, como uma pessoa subindo por uma escadaria arruinada, no começo energicamente, depois avançando mais laboriosamente os pés, com esforço, até não poder subir mais e voltar numa corrida para recomeçar novamente, bem embaixo.

– "É moda hoje em dia dizer que mulheres são mais práticas e menos idealistas do que homens, que têm considerável capacidade de organização, mas não senso de honra"... Pergunta: o que significa o termo masculino "honra"?... a que correspondente no seu sexo? Hein?

Atacando novamente a sua escadaria, Rachel negligenciou mais essa oportunidade de revelar os segredos do seu sexo. Na verdade, avançara tanto na busca da sabedoria que permitia que esses segredos repousassem intocados; parecia estar reservado a uma futura geração discuti-los filosoficamente.

Esmagando um acorde final com a mão esquerda, ela exclamou por fim, girando e virando-se para ele:

– Não, Terence, não adianta; aqui estou eu, a melhor música da América do Sul, sem falar em Europa e Ásia, e não posso tocar uma nota porque você está na sala me interrompendo a cada segundo.

– Você não parece entender que é isso que procuro fazer há meia hora – comentou ele. – Não tenho objeção a melodias simples e bonitas... na verdade, acho que ajudam muito minha composição literária, mas esse tipo de coisa aí parece antes um infeliz cachorro velho, girando nas patas traseiras, na chuva.

Ele começou a virar as pequenas folhas de papel espalhadas na mesa, trazendo congratulações dos amigos deles.

– "... todos os votos possíveis de toda a felicidade possível" – leu ele. – Correto, mas não muito vívido, não?

— É pura bobagem! — exclamou Rachel. — Pense em palavras comparadas com sons! — prosseguiu ela. — Pense em romances, peças de teatro e histórias... — Pousada na beira da mesa, ela remexeu desdenhosamente os volumes vermelhos e amarelos. Parecia estar na posição de desprezar todo o saber humano. Terence também os contemplou.

— Meu Deus, Rachel, você lê lixo! — exclamou ele. — E também está atrasada no tempo, minha querida. Hoje em dia ninguém sonha ler essas coisas... peças sobre problemas antiquados, pungentes descrições da vida no Extremo Oriente... ah não, já liquidamos com tudo isso. Leia poesia, Rachel, poesia, poesia, poesia!

Apanhando um dos livros, começou a ler em voz alta, com intenção de satirizar os latidos breves e ásperos do inglês do escritor; mas ela não prestou atenção e, depois de um intervalo em que ficou refletindo, exclamou:

— Terence, você alguma vez achou que o mundo se compõe inteiramente de vastos blocos de matéria e que não somos nada senão manchas de luz... — ela ergueu os olhos para as manchas de sol, agitando-se no tapete e subindo pela parede — como essas?

— Não — disse Terence. — Eu me sinto sólido; imensamente sólido; as pernas de minha cadeira podiam estar enraizadas nas entranhas da terra. Mas em Cambridge, eu me lembro, havia ocasiões em que se caía em ridículos estados de "meio coma" pelas cinco da manhã. Hirst faz isso agora, eu acho... ah não, Hirst não faria isso.

Rachel continuou:

— No dia em que chegou seu bilhete convidando-nos para o piquenique, eu estava sentada onde você está agora, pensando nisso; será que consigo pensar de novo? Será que o mundo mudou? E se tiver mudado, quando vai parar de mudar, e qual é o mundo real?

— A primeira vez que a vi — começou ele — você me pareceu uma criatura que tinha vivido toda a sua vida entre pérolas e ossos velhos. Suas mãos eram úmidas, lembra? E você não disse uma palavra até eu lhe dar um pedaço de pão; então você disse "Seres humanos!".

– E eu achava você... um pedante – recordou ela. – Não, não é bem assim. Havia as formigas que roubavam a língua, e eu achei você e St. John como aquelas formigas... muito grande, muito feio, muito cheio de energia, com todas as suas virtudes nas costas. Mas quando lhe falei, gostei de você...

– Você se apaixonou por mim – corrigiu ele. – Estava apaixonada por mim o tempo todo, só que não sabia.

– Não, eu nunca me apaixonei por você – afirmou ela.

– Rachel... que mentira... você não ficava aqui sentada olhando para a minha janela?... não ficava andando pelo hotel feito uma coruja no sol?

– Não – repetiu ela. – Nunca me apaixonei, apaixonar-se é o que as pessoas dizem que é, é o mundo que mente, e eu que digo a verdade. Ah, que mentira... que mentira!

Ela amassou um punhado de cartas de Evelyn M., de Sr. Pepper, de Sra. Thornbury, de Srta. Allan e de Susan Warrington. Era estranho, pensando em como essas pessoas eram todas diferentes, que tivessem usado quase as mesmas frases ao congratulá-la pelo noivado.

O fato de qualquer dessas pessoas jamais ter sentido o que ela sentia, nem pudesse senti-lo, ou até ter direito de sequer fingir por um instante que era capaz disso, deixava-a tão consternada quanto aquela cerimônia na igreja ou o rosto da enfermeira. E, se não sentiam nada, por que estariam fingindo? A simplicidade e arrogância e dureza da juventude dela, agora concentrada numa só centelha, por causa do seu amor por ele, deixava Terence perplexo; estar noivo não tinha esse efeito sobre ele. O mundo estava diferente, mas não dessa maneira; ele ainda queria as coisas que sempre quisera, em especial queria mais que antes a companhia das outras pessoas. Tirou as cartas da mão dela e protestou:

– Naturalmente são absurdas, Rachel; naturalmente dizem coisas apenas porque outros as dizem, mas, mesmo assim, que mulher simpática é Srta. Allan; não se pode negar isso; e Sra. Thornbury também; ela teve filhos demais, acredite, mas se meia dúzia deles entraram no mau caminho em vez de subirem infalivelmente ao topo... ela não tem uma espécie de beleza?... de simplicidade elementar, como diria Flushing? Ela não parece antes uma grande árvore velha murmurando ao luar, ou um rio correndo e correndo e correndo? Por falar nisso, Ralph foi nomeado governador das Ilhas Carroway... o mais jovem governador; muito bom, não é?

Mas Rachel estava incapacitada de entender que a vasta maioria dos assuntos do mundo prosseguia sem se ligar por um só fio ao destino dela própria.

– Eu não quero ter 11 filhos – afirmou –, não quero ter os olhos de uma velha. Ela olha a gente de cima a baixo, de baixo para cima, como se a gente fosse um cavalo.

– Temos de ter um filho e temos de ter uma filha – disse Terence largando as cartas – porque, sem falar na inestimável vantagem de serem nossos filhos, eles seriam muito bem-educados. – Passaram a fazer um esboço da educação ideal, como sua filha desde a infância seria levada a contemplar um grande cartão quadrado pintado de azul, para sugerir pensamentos de infinitude, pois as mulheres eram criadas práticas demais; e seu filho... seria ensinado a rir dos grandes homens, isto é, de homens naturalmente bem-sucedidos, homens que usavam fitas e chegavam ao topo. Ele não se pareceria de jeito nenhum (acrescentou Rachel) com St. John Hirst.

Terence então professou a maior admiração por St. John Hirst. Detendo-se em suas boas qualidades, convencia-se seriamente delas; tinha uma mente como um torpedo, declarou, dirigido contra a falsidade. Onde estaríamos todos nós sem ele e os iguais a ele? Sufocados entre ervas daninhas; cristãos, fanáticos... ora, a própria Rachel seria escrava com um leque para cantar canções para os homens quando se sentissem sonolentos.

– Mas você nunca vai aceitar isso! – exclamou ele. – Porque, apesar de todas as suas virtudes, você não se importa nem vai se importar nunca, com todas as fibras do seu ser, com a busca da verdade! Não tem respeito pelos fatos, Rachel; você é essencialmente feminina.

Ela não se deu ao trabalho de negar isso, nem achou bom dar aquele único argumento irrespondível contra os méritos que Terence admirava. St. John dissera que ela estava apaixonada por ele; ela jamais perdoaria isso; mas o argumento não teria importância para um homem.

– Mas eu gosto dele – disse ela, e pensou que também tinha pena dele, como se tem pena dessas pessoas infelizes que estão de fora do cálido e misterioso globo cheio de mudanças e milagres em que nós mesmos nos movemos; achava que devia ser muito enfadonho ser St. John Hirst.

Ela resumiu o que sentia por ele, dizendo que não o beijaria se ele quisesse, o que não era nada provável.

Como se devesse alguma desculpa por Hirst, pelo beijo que ela lhe atribuíra, Terence protestou:

– E comparado a Hirst eu sou um perfeito palhaço.

Nisso o relógio bateu doze horas em lugar de onze.

– Estamos desperdiçando a manhã... eu devia estar escrevendo meu livro, e você devia estar respondendo a essas cartas.

– Só nos restam 21 manhãs inteiras – disse Rachel. – E meu pai vai chegar em um ou dois dias.

Mesmo assim ela puxou uma caneta e um papel, e começou a escrever laboriosamente "Minha cara Evelyn..."

Enquanto isso, Terence lia um romance que outra pessoa escrevera, processo que achava essencial para a composição do seu próprio livro. Por um lapso de tempo considerável, nada se escutou senão o tiquetaquear do relógio e o rabiscar intermitente da caneta de Rachel, que produzia frases bastante semelhantes às que ela mesma condenara. Ela própria estava espantada com isso, pois parou de escrever e ergueu os olhos; olhou para Terence, mergulhado na poltrona, olhou as diferentes peças de mobília, sua cama no canto, a vidraça mostrando ramos de uma árvore recheados de céu, escutou o relógio, e espantou-se com o abismo que jazia entre tudo isso e sua folha de papel. Haveria uma época em que o mundo fosse uno e indivisível? Mesmo com Terence – quão distantes podiam estar, como ela sabia pouco do que se passava no cérebro dele naquele instante! Então concluiu sua frase, que era desajeitada e feia, e afirmou que ambos estavam "muito felizes e vamos nos casar provavelmente no outono e esperamos viver em Londres, onde esperamos que nos visite quando voltarmos". Escolhendo "afetuosamente", depois de mais alguma especulação, em vez de "sinceramente", ela assinou a carta e começava outra com obstinação quando Terence comentou, citando de seu livro:

– Escute isso, Rachel. "É provável que Hugh" (é o herói, um literato) "não tivesse percebido na época de seu casamento, não mais do que o jovem de talentos e imaginação geralmente percebe, a natureza do abismo que separa as necessidades e desejos do macho das necessidades e desejos da fêmea... No começo foram muito felizes. A caminhada pela Suíça fora um período de alegre companheirismo e estimulantes revelações para ambos. Betty mostrara ser a camarada ideal... Tinham gritado *Amor no vale* um para o outro sobre as encostas nevadas do Riffelhorn" (e assim por diante... vou saltar as descrições)... "Mas em Londres, depois do nascimento do menino, tudo mudara. Betty era uma mãe admirável; mas não levou muito tempo para descobrir que a maternidade, como as mães da classe média alta entendem essa função, não absorvia todas as suas energias. Ela era jovem e forte, com membros saudáveis e corpo e cérebro precisando urgentemente de exercício..." (Em suma, ela começou a dar chás.)... "Entrando tarde, depois dessa singular conversa com o velho Bob Murphy no seu quarto enfumaçado e recheado de livros, com o som do tráfego zumbindo em seus ouvidos, e o nevoento céu de Londres tragicamente recobrindo sua mente... ele achou chapéus de mulher espalhados sobre seus papéis. Lenços de mulher, absurdos sapatinhos femininos e sombrinhas no vestíbulo... Depois começaram a aparecer as contas... Ele tentou falar-lhe francamente. Encontrou-a deitada na grande pele de urso polar do quarto de dormir dos dois, meio despida, pois iam jantar com os Green em Wilton Crescent, a luz avermelhada da lareira fazendo faiscar e piscar os diamantes nos seus braços nus, e a deliciosa curva do seu seio... visão de adorável feminilidade. E perdoou-lhe tudo." (Bem, isso vai de ruim a pior, e finalmente, cerca de 50 páginas depois, Hugh pega uma passagem de fim de semana para Swanage e "fica andando pelas planícies de Corfe"... Aqui há umas 15 páginas mais ou menos que vamos saltar. A conclusão é ...) "Eram diferentes. Talvez num futuro distante, depois de gerações de homens terem lutado e falhado, como ele agora tinha de lutar e falhar, as mulheres fossem, na verdade, o que ela agora pretendia ser... uma amiga e companheira... não a inimiga e a parasita do homem."

– No final, Hugh volta para sua esposa, coitado dele. Era seu dever, como homem casado. Meu Deus, Rachel – concluiu ele –, será que vai ser assim quando nos casarmos?

Em vez de responder, ela perguntou:

– Por que as pessoas não escrevem sobre o que realmente sentem?

– Ah, essa é a dificuldade! – suspirou ele, empurrando o livro de lado.

– Bem, então, como será quando formos casados? Que coisas as pessoas sentem?

Ela parecia duvidar.

– Sente-se no chão e deixe-me olhar para você – comandou ele. Repousando o queixo no joelho dele, ela o fitava.

Ele examinava, curioso:

– Você não é linda – começou –, mas gosto do seu rosto. Gosto do jeito que seu cabelo cresce até um ponto, e dos seus olhos também... eles nunca veem nada. Sua boca é grande demais, e suas faces seriam melhores se fossem mais coloridas. Mas o que eu gosto no seu rosto é que ele faz imaginar que diabo você está pensando... e me faz querer fazer isso... – ele fechou o punho e sacudiu-o tão perto dela que ela recuou – porque agora você parece ter vontade de estourar meus miolos. Há momentos em que, se estivéssemos parados juntos num rochedo, você me jogaria no mar.

Hipnotizada pela força dos olhos dele nos seus, ela repetiu:

– Se estivéssemos parados juntos num rochedo...

Ser jogada no mar, ser lançada de um lado para o outro e levada pelas raízes do mundo... a ideia era incoerentemente bela. Ela levantou-se de um salto e começou a mover-se pelo quarto, inclinando-se e empurrando de lado cadeiras e mesas como se estivesse singrando as águas. Ele a observava com prazer; Rachel parecia estar abrindo caminho para si mesma e lidando triunfantemente com os obstáculos que impedissem a passagem dos dois pela vida.

– Mas realmente parece possível! – exclamou ele. – Embora eu sempre tenha pensado que era a coisa mais improvável do mundo... vou estar apaixonado por você a vida toda, e o nosso casamento será a coisa mais excitante que já se fez! Nunca teremos um momento de paz... – Ele a pegou nos braços, quando ela passou, e lutaram para ver quem vencia, imaginando uma rocha e o mar em torvelinho abaixo deles. Finalmente ela foi lançada ao chão, onde ficou deitada, arquejando e pedindo misericórdia.

– Eu sou uma sereia! Eu sei nadar! – Então o jogo acabou. O vestido dela se rasgara; estabelecida a paz, ela pegou agulha e linha e começou a remendá-lo.

– E agora – disse ela – fique quieto e fale-me do mundo; fale-me de tudo o que já aconteceu, e eu lhe direi... vamos ver, o que posso lhe dizer?... vou lhe falar de Srta. Montgomerie e a festa no rio. Sabe, ela ficou com um pé na praia e outro no barco.

Tinham já passado muito tempo assim, relatando um para o outro o curso de suas vidas e as personalidades de seus amigos e parentes; logo Terence não apenas sabia o que se esperava que as tias de Rachel dissessem em cada ocasião, mas também como eram decorados seus quartos de dormir e que tipo de toucas usavam. Podia manter um diálogo entre Sra. Hunt e Rachel, e conduzir um chá incluindo o Reverendo William Johnson e Srta. Macquoid, os cientistas cristãos, tudo bem próximo da realidade. Mas conhecera muito mais pessoas e tinha muito mais habilidade narrativa do que Rachel, cujas experiências eram, em geral, curiosamente infantis e engraçadas, de modo que a ela cabia escutar e fazer perguntas.

Ele não apenas lhe relatava o que acontecera, mas o que sentira e pensara, e esboçava retratos do que outros homens e mulheres deveriam pensar e sentir que a fascinavam, de modo que ficou muito ansiosa por voltar à Inglaterra, cheia de gente, onde poderia parar nas ruas e contemplá-las. Segundo ele, também, havia uma ordem, um padrão que tornava a vida razoável, ou se essa palavra era tola, profundamente interessante, pois às vezes parecia possível compreender por que as coisas aconteciam como aconteciam. E nem as pessoas eram tão solitárias e incomunicáveis como ela pensava. Ela devia procurar vaidade – pois vaidade era uma qualidade comum – primeiro em si mesma e depois em Helen, em Ridley, em St. John, todos tinham uma parcela disso... encontraria isso em dez entre cada doze pessoas que conhecesse; e, uma vez ligados por esse laço, ela não os julgaria separados e poderosos, mas praticamente sem notabilidade, e passaria a amá-los quando descobrisse que eram bem parecidos com ela mesma. Se negasse isso, teria de defender sua crença de que seres humanos eram tão variados quanto os animais no zoológico, que tinham listras e crinas, e chifres e cascos; assim, repassando toda a lista dos seus conhecidos e desviando-se para anedota, teoria e especulação, passaram a conhecer-se. As horas corriam depressa, parecendo-lhes cheias até a borda. Depois da solidão de uma noite, estavam sempre prontos a recomeçar.

As virtudes que um dia Sra. Ambrose pensava existirem no diálogo franco entre homens e mulheres, na verdade, existiam para os dois, embora não na medida em que ela prescrevia. Bem mais do que sobre a natureza do sexo, estendiam-se sobre a natureza da poesia, mas um diálogo ilimitado aprofundava e alargava a clara visão singularmente estreita de uma moça. Em troca do que Terence lhe contava, ela aguçava nele uma tal curiosidade e sensibilidade na percepção, que ele chegava a duvidar se o benefício advindo de muita leitura e vivência era ou não igual ao que advinha do prazer e da dor. O que Rachel ganharia com a experiência, exceto uma espécie de ridículo equilíbrio formal, como o de um cachorro treinado na rua? Terence contemplava o rosto dela, imaginando como se pareceria dentro de 20 anos, quando os olhos estivessem mais foscos, e a fronte mostrasse aquelas pequenas rugas persistentes que pareciam mostrar que os de meia-idade encaram algo difícil que os jovens não enxergam. Imaginou o que seria para ambos o difícil. Depois, seus pensamentos voltaram-se para a vida deles na Inglaterra.

A ideia da Inglaterra era encantadora, pois juntos veriam de outro modo as coisas antigas; seria a Inglaterra em junho, e haveria noites de junho no campo; e os rouxinóis cantando nas veredas, para onde poderiam sair quando o quarto ficasse muito quente; e haveria planícies inglesas brilhando de água, repletas de vacas imperturbáveis e nuvens baixas sobre as colinas verdes. Sentado com ela no quarto, ele desejava muitas vezes estar de volta no auge da vida, fazendo coisas com Rachel.

Ele foi até a janela e exclamou:

– Deus, como é bom pensar em trilhas, veredas lamacentas, com cardos e sarças, e verdadeiros campos cobertos de capim, e terreiros com porcos e vacas e homens caminhando ao lado de carroças, com forcados... não há nada que se compare a isso... veja a pedregosa terra vermelha e o claro mar azul, e as resplandecentes casas brancas... como a gente se cansa disso! E o ar sem uma mancha ou ruga. Eu daria tudo por um nevoeiro do mar.

Rachel também estivera pensando no interior inglês: a terra plana desenrolando-se até o mar, as florestas e longas estradas retas, onde se pode caminhar quilômetros sem ver ninguém, as grandes torres de igreja, as curiosas casas apinhadas no vales, as aves, o crepúsculo e a chuva caindo contra as vidraças.

– Mas Londres, o lugar é Londres – continuou Terence. Olharam juntos o tapete, como se a própria Londres pudesse ser vista ali, deitada no chão, com todas as suas torres e pináculos emergindo da fumaça.

– De modo geral, o que eu mais gostaria neste momento – ponderou Terence – seria estar caminhando pela Kingsway, junto daqueles grandes cartazes, você sabe, e dobrar entrando no Strand. Talvez eu fosse olhar a Ponte de Waterloo por um momento. Depois caminharia ao longo do Strand, passando pelas lojas com todos aqueles livros novos e atravessaria a pequena arcada entrando no Temple. Sempre gostei daquela quietude depois da agitação. Você de repente ouve seus próprios passos bastante fortes. O Temple é muito agradável. Acho que eu iria ver se conseguia encontrar o bom velho Hodgkin... o homem que escreve livros sobre Van Eyck, você sabe. Quando deixei a Inglaterra, ele estava muito triste por causa da sua gralha domesticada. Suspeitava de que um homem a envenenara. E, depois, Russel vive no andar seguinte. Acho que você gostaria dele. Tem paixão por Handel. Bem, Rachel – concluiu ele afastando a visão de Londres –, vamos fazer isso juntos dentro de seis semanas, e será então meados de junho... e junho em Londres... meu Deus! Como tudo isso é bom!

– E sabemos que vamos ter tudo isso – disse ela. – Não que esperemos muito... apenas andar por ali e olhar as coisas.

– Apenas mil libras por ano e liberdade total – respondeu ele. – Quantas pessoas em Londres você acha que têm isso?

– E agora você estragou tudo – queixou-se ela. – Agora temos de pensar nas coisas horríveis. Ela olhou de mau humor para o romance que uma vez lhe causara talvez uma hora de desconforto, de modo que nunca mais o abrira, mas o deixara na mesa; eventualmente olhava para ele como algum monge medieval guardava uma caveira ou um crucifixo para lembrá-lo da fragilidade do corpo.

– É verdade, Terence – perguntou ela –, que as mulheres morrem com insetos rastejando sobre seus rostos?

– Acho que é muito provável – disse ele. – Mas você tem de admitir, Rachel, que é tão raro pensarmos em qualquer coisa além de nós mesmos que uma ferroada de vez em quando é até agradável.

Acusando-o de um cinismo que era tão ruim quanto o sentimentalismo, ela deixou sua posição ao lado dele e ajoelhou-se sobre o peitoril da janela, retorcendo as borlas da cortina entre os dedos. Estava dominada por um vago sentimento de insatisfação.

– O que é tão desagradável neste país – exclamou ela – é o azul... céu azul sempre, mar azul. É como uma cortina... todas as coisas que se quer estão do lado de lá. Eu quero saber o que acontece atrás dela. Odeio essas divisões, você não odeia, Terence? Uma pessoa totalmente no escuro a respeito de outra pessoa. Eu gostei dos Dalloway, e eles se foram. Nunca mais irei vê-los. Simplesmente, subindo num navio, nós nos separamos inteiramente do resto do mundo. Quero ver a Inglaterra ali... Londres ali... toda sorte de gente... por que não se poderia? Por que teríamos de nos fechar sozinhos num quarto?

Enquanto falava assim, em parte para si mesma e com crescente vaguidão, pois seu olho fora atraído por um navio que entrava na baía, ela não notou que Terence parara de olhar em frente, satisfeito, e agora a encarava com um olhar penetrante e descontente. Rachel parecia capaz de isolar-se dele e viajar para lugares desconhecidos onde não precisava dele. Essa ideia o deixou enciumado.

– Às vezes acho que você não está apaixonada por mim e nunca estará – disse ele energicamente. Ela virou-se, surpresa, ouvindo suas palavras. – Eu não a satisfaço como você me satisfaz – prosseguiu ele. – Há algo em você que não consigo entender. Você não me quer como eu a quero... está sempre querendo alguma coisa a mais.

Ele começou a caminhar pelo quarto.

– Talvez eu peça demais – continuou. – Talvez não seja realmente possível ter o que eu quero. Homens e mulheres são diferentes demais. Você não pode entender... não entende...

Foi até onde ela estava contemplando-o em silêncio.

Rachel achou o que ele dizia totalmente verdadeiro, ela queria muito mais coisas do que o amor de um ser humano – o mar, o céu. Virou-se novamente e olhou o azul distante, tão liso e sereno onde o céu encontrava o mar. Não era possível querer somente um ser humano.

– Ou é só essa droga de noivado? – prosseguiu ele. – Vamos nos casar aqui, antes de voltarmos... ou é um risco grande demais? Temos certeza de que queremos nos casar um com o outro?

Começaram a caminhar pelo quarto mas, embora se aproximassem muito um do outro, tinham o cuidado de não se tocar. Estavam esmagados pela sua condição sem remédio. Eram impotentes; jamais se amariam o bastante para superar todas essas barreiras e nunca poderiam satisfazer-se com menos. Percebendo isso com intolerável lucidez, ela parou na frente dele e exclamou:

– Então, vamos romper.

As palavras fizeram mais uni-los do que qualquer quantidade de argumentos. Como estivessem à beira de um precipício, se agarraram um ao outro. Sabiam que não podiam se separar; por mais doloroso e terrível que fosse, estavam ligados para sempre. Silenciaram, e algum tempo depois sentaram-se agarrados. Apenas estar tão próximos os acalmava; sentando-se lado a lado, as barreiras desapareciam, e era como se mais uma vez o mundo fosse sólido e inteiro, como se, de algum modo estranho, tivessem ficado mais fortes e maiores.

Passou-se muito tempo até se mexerem e, quando o fizeram, foi com grande relutância. Postaram-se diante do espelho e tentaram assumir, com uma escova, a aparência de quem nada tivesse sentido a manhã toda, nem dor nem felicidade. Mas sentiram calafrios vendo-se no espelho, pois, em vez de grandes e inseparáveis, na verdade, eram bem pequenos e separados, a vastidão do espelho deixando um espaço enorme para refletir outros objetos.

23

Mas escova alguma era capaz de remover totalmente a expressão de felicidade deles, de modo que, quando desceram as escadas, Sra. Ambrose não pôde tratá-los como se tivessem passado a manhã de um modo que se comentasse com naturalidade. Sendo assim, ela juntou-se à conspiração do mundo que os considerava incapacitados para os assuntos da vida, golpeados pela intensidade dos seus sentimentos, indispondo-os com a vida, e quase conseguiu tirá-los do pensamento.

Refletiu que fizera tudo que era preciso nas questões práticas. Escrevera muitas cartas e obtivera o consentimento de Willoughby. Refletira tantas vezes sobre as perspectivas de Sr. Hewet, sua profissão, seu nascimento, sua aparência e temperamento, que quase esquecera como ele era na verdade. Quando se lembrava, ao olhar para ele, imaginava novamente como seria, e depois, concluindo que, fosse como fosse, estavam felizes, não pensou mais naquilo.

Seria mais proveitoso pensar no que aconteceria em três anos, ou no que poderia ter acontecido se Rachel tivesse de conhecer o mundo sob orientação do pai. Ela era sincera o suficiente para saber que o resultado poderia ser melhor...

quem sabia? Ela não escondia de si mesma que Terence tinha defeitos. Achava-o calmo demais, tolerante demais, assim como ele a achava um pouco dura... não, ela não era tolerante. Em algumas coisas preferia St. John; mas naturalmente esse não combinaria com Rachel. Sua amizade com St. John estava estabelecida, pois, embora passasse de irritação a interesse, revelando sua sinceridade, gostava da companhia dele. Levava-a para fora daquele mundinho de emoção e amor. Entendia os fatos. Supondo que a Inglaterra de repente fizesse algum movimento para um desconhecido porto no Marrocos, St. John saberia o que havia por trás disso, e escutá-lo engajado com o marido dela numa discussão sobre as finanças e o equilíbrio do poder dava-lhe um estranho sentimento de estabilidade. Respeitava os argumentos dele sem lhes dar sempre atenção, tanto quanto respeitava uma sólida parede de tijolos, ou um daqueles imensos edifícios da municipalidade que, embora componham a maior parte de nossas cidades, foram construídos dia após dia, ano após ano, por mãos desconhecidas. Gostava de sentar-se e escutar e ficava um pouco aliviada quando o casal de noivos, depois de mostrar sua profunda indiferença, esgueirava-se para fora da sala e era visto despetalando flores no jardim. Não que tivesse ciúme deles, mas invejava o grande futuro desconhecido que estava diante deles. Passando de um pensamento desses a outro, ela agora andava da sala de estar à sala de jantar com frutas nas mãos. Às vezes parava para endireitar uma vela que se entortava com o calor, ou modificava algum arranjo rígido demais das cadeiras. Tinha razões para suspeitar que Chailey andara se equilibrando no topo da escada de mão com um espanador úmido durante a ausência deles; a sala nunca mais fora inteiramente a mesma. Voltando da sala de jantar pela terceira vez, percebeu que uma das poltronas agora estava ocupada por St. John. Ele se deitava para trás, olhos semicerrados, parecendo, como sempre, curiosamente fechado num belo terno cinza e protegido contra a exuberância de um clima estrangeiro, que poderia a qualquer momento tomar certas liberdades com ele. Os olhos dela pousaram nele suavemente e depois passaram sobre sua cabeça. Por fim, ela ocupou a cadeira diante da dele.

– Eu não queria vir aqui – disse ele. – Mas fui realmente levado a isso... Evelyn M. – murmurou.

Então endireitou-se e começou a explicar com irônica solenidade como aquela detestável mulher estava querendo casar-se com ele.

– Ela me persegue pelo hotel. Esta manhã apareceu na sala de fumar. Tudo o que pude fazer foi pegar meu chapéu e fugir. Não queria vir, mas não podia ficar e enfrentar outra refeição com ela.

– Bem, temos de aproveitar isso – respondeu Helen filosoficamente. Estava muito quente, e eram indiferentes a qualquer quantidade de silêncio, de modo que se recostaram em suas poltronas e ficaram esperando que algo acontecesse. Tocou o sino para o almoço, mas não houve som de movimentos na casa. Havia novidades? perguntou Helen; alguma coisa nos jornais? St. John sacudiu a cabeça. Ah sim, recebera uma carta de casa, de sua mãe, descrevendo o suicídio da copeira. Chamava-se Susan Jane; entrara na cozinha certa tarde, dizendo que queria que a cozinheira guardasse seu dinheiro; tinha 20 libras de ouro. Depois foi comprar um chapéu. Voltara às cinco e meia, dizendo que tinha tomado veneno. Apenas tiveram tempo de levá-la para a cama e chamar um médico antes de ela morrer.

– Então? – perguntou Helen.

– Haverá um inquérito – disse St. John.

Por que ela fez aquilo? Ele deu de ombros. Por que as pessoas se matam? Por que as classes inferiores fazem as coisas que fazem? Ninguém sabia. Ficaram sentados em silêncio.

– Faz 15 minutos que o sino tocou e eles não desceram – disse Helen finalmente.

Quando apareceram, St. John explicou por que fora necessário vir almoçar ali. Imitou o tom entusiástico de Evelyn quando o encontrara no salão de fumar.

– Ela acha que nada pode ser tão fascinante quanto matemática, de modo que lhe emprestei um livro grande, em dois volumes. Vai ser interessante ver o que ela vai fazer com isso.

Rachel agora podia permitir-se rir para ele. Lembrou-lhe o Gibbon; ainda tinha o primeiro volume por aí; se ele assumisse a instrução de Evelyn, isso certamente seria um teste; ouvira dizer que Burke, sobre a revolução americana... Evelyn devia ler os dois ao mesmo tempo. Depois que St. John acabou com o argumento dela e satisfez sua fome, passou a contar-lhes que o hotel fervia de escândalos, alguns dos mais espantosos, que tinham acontecido na ausência deles; na verdade, ele estava bastante dedicado a estudar a sua própria espécie.

– Evelyn M., por exemplo... mas isso me foi dito em confiança.

– Bobagem! – objetou Terence.

– Você também ouviu a respeito do pobre Sinclair?

– Ah sim, ouvi a respeito de Sinclair. Ele se retirou para a sua mina com um revólver. Escreve diariamente a Evelyn que está pensando em se matar. Eu lhe afirmei que ele nunca na vida foi tão feliz, e de modo geral ela se inclina a concordar comigo.

– Mas depois ela se enredou com Perrott – continuou St. John. – E tenho motivos para pensar, por algo que vi no corredor, que tudo não é como devia estar sendo entre Arthur e Susan. Há uma moça recém-chegada de Manchester. Seria bom se rompessem, eu acho. A vida de casados será algo horrendo demais para se imaginar. Ah, ouvi claramente a velha Sra. Paley dizendo as mais horríveis pragas quando passei pelo seu quarto de dormir. Dizem que ela tortura a criada... é quase certo que sim. Pode-se ver pela expressão dos seus olhos.

– Quando você tiver 80 anos e a gota atormentar, estará praguejando como um cavalariano – comentou Terence. – Estará muito gordo, muito mal-humorado, muito desagradável. Não podem imaginá-lo... careca como um ovo, com calças frouxas, uma gravatinha de bolinhas e uma pança?

Depois de uma pausa, Hirst comentou que a pior infâmia ainda estava por ser contada. E dirigiu-se a Helen.

– Eles expulsaram a prostituta a pontapés. Uma noite, enquanto estávamos fora, aquele velho idiota do Thornbury estava trotando bem tarde pelos corredores. (Ninguém parece ter-lhe perguntado por que *ele* estava de pé.) Ele viu a Signora Lola Mendoza, como é chamada, atravessar o corredor de camisola. Na manhã seguinte comunicou suas suspeitas a Elliot, e Rodriguez foi até a mulher e deu-lhe 24 horas para deixar o local. Ninguém parece ter investigado a verdade da história, nem perguntado a Thornbury e Elliot o que tinham com isso; fizeram tudo inteiramente como queriam. Proponho que assinemos uma circular e procuremos Rodriguez juntos, insistindo numa investigação completa. Alguma coisa tem de ser feita, não concordam?

Hewet comentou que não podia haver dúvida quanto à profissão da dama.

– Mesmo assim – acrescentou – é uma grande vergonha, pobre mulher; só que não vejo o que se poderia fazer...

– Concordo com você, St. John – explodiu Helen. – É monstruoso. O moralismo hipócrita dos ingleses faz ferver o meu sangue. Um homem que fez fortuna no comércio como Sr. Thornbury deve ser duas vezes pior que uma prostituta.

Ela respeitava a moral de St. John, que levava mais a sério do que qualquer outra pessoa, e entrou numa discussão com ele a respeito dos passos que deviam ser dados para reforçar o ponto de vista de ambos sobre o que era correto. A discussão causou algumas declarações profundamente melancólicas de natureza geral. Afinal, quem eram eles, que autoridade tinham... que poder contra a massa de superstição e ignorância? Eram os ingleses, naturalmente; devia haver algo errado no sangue inglês.

Assim que se conhecia um inglês de classe média, sentia-se uma aversão indefinível; assim que se via a meia-lua marrom de casas sobre Dover, a mesma sensação sobrevinha. Mas infelizmente, acrescentou St. John, não se pode confiar nesses estrangeiros...

Foram interrompidos por sons de discussão na outra ponta da mesa. Rachel apelou para sua tia.

– Terence diz que temos de tomar chá com Sra. Thornbury porque ela foi muito bondosa, mas não vejo por quê; na verdade, eu preferia deixar cortar minha mão em pedaços... imaginem só! Os olhos de todas aquelas mulheres!

– Bobagem, Rachel – respondeu Terence. – Quem quer olhar para você? Você está é consumida de vaidade! Você é um monstro de convencimento! Certamente, Helen, você devia ter lhe ensinado a esta altura que ela não é nenhuma pessoa importante... nem bela, nem bem- vestida, nem conhecida por elegância, intelecto ou postura. Uma visão mais comum do que você – concluiu ele –, exceto pelo rasgo em seu vestido, nunca existiu. Mas, se quiser, fique em casa. Eu vou.

Ela apelou novamente à tia. Não era o fato de ser encarada, explicou, mas as coisas que certamente as pessoas diriam. Especialmente as mulheres. Gostava de mulheres, mas em matéria de emoção eram como moscas no açúcar. Certamente iriam lhe fazer perguntas. Evelyn M. diria "Você está apaixonada? É bom estar apaixonada?" E Sra. Thornbury... seus olhos a examinariam de cima a baixo, de cima a baixo... tinha calafrios, pensando nisso. Na verdade, o isolamento de suas vidas desde o noivado a deixara tão sensível que não estava exagerando seu caso.

Encontrou uma aliada em Helen, que passou a expor-lhe sua visão da raça humana, enquanto contemplava complacente a pirâmide de frutas variadas no centro da mesa. Não que fossem cruéis, ou quisessem machucar, ou que fossem extremamente brutas, mas sempre achava que a pessoa comum tem tão pouca emoção em sua vida que o cheiro dela em vidas alheias é como cheiro de sangue nas narinas de um cão sabujo. Entusiasmando-se pelo tema, continuou:

– Assim que alguma coisa acontece... pode ser um casamento, um nascimento ou morte... de modo geral preferem que seja morte... todo mundo quer nos ver. Insistem em nos ver. Não têm nada a dizer; não dão a mínima para nós; mas temos de ir ao almoço, chá ou jantar, e se não vamos somos condenados. É o cheiro de sangue – continuou. – Não as culpo; apenas, se eu puder evitar, não terão o meu!

Olhou em torno como se tivesse convocado uma legião de seres humanos, todos hostis e desagradáveis, que rodeavam a mesa, bocas abertas querendo sangue e fazendo-a parecer uma ilhazinha de país neutro no meio de um país inimigo.

As palavras dela despertaram seu marido, que estivera murmurando ritmicamente, observando seus convidados, sua comida e sua esposa com olhos ora melancólicos, ora ferozes, segundo o destino da dama na sua balada. Ele interrompeu Helen com um protesto. Odiava até a aparência de cinismo nas mulheres.

– Bobagem, bobagem – comentou abruptamente.

Terence e Rachel olharam-se sobre a mesa, o que significava que, quando fossem casados, não se portariam daquele jeito. A entrada de Ridley na conversa teve um efeito estranho. Ela tornou-se imediatamente formal e polida. Teria sido impossível falar com facilidade sobre qualquer coisa que lhes viesse à cabeça e pronunciar a palavra "prostituta" tão simplesmente quanto qualquer outra palavra. A conversa dirigiu-se para literatura e política, e Ridley contou histórias sobre as pessoas notáveis que conhecera na juventude. Essa conversa tinha a natureza de uma arte, e as personalidades e informalidades dos jovens foram silenciadas. Quando se levantaram para partir, Helen parou por um momento apoiando os cotovelos na mesa.

– Vocês estiveram sentados aqui quase uma hora – disse – e não notaram meus figos, nem minhas flores, nem o jeito como a luz entra aqui, nem nada. Eu não estive escutando porque estava olhando para vocês. E estavam lindos; queria que ficassem aqui sentados para sempre.

Ela os conduziu para a sala de visitas, onde pegou seu bordado, e começou novamente a dissuadir Terence de caminhar até o hotel naquele calor. Mas, quanto mais ela o dissuadia, mais ele estava determinado a ir. Ficou irritado e obstinado. Houve momentos em que quase tiveram raiva um do outro. Ele queria outras pessoas; queria que Rachel as visse com ele. Suspeitava de que Sra. Ambrose não tentaria dissuadi-la de ir. Estava aborrecido com todo aquele espaço, sombra e beleza, e Hirst, reclinado, segurando uma revista.

– Eu vou – repetiu. – Rachel não precisa ir a não ser que queira.

– Se você for, Hewet, eu gostaria que investigasse sobre a prostituta – disse Hirst. – Olhe – acrescentou –, vou andar metade do caminho com você.

Para grande surpresa deles, levantou-se, olhou o relógio de bolso e comentou que, como passava meia hora do almoço, os sucos gástricos tinham tido tempo bastante para funcionar; explicou que estava experimentando um sistema que envolvia breves momentos de exercício intercalados com intervalos mais longos de repouso.

– Estarei de volta às quatro – comentou com Helen –, quando vou me deitar no sofá e relaxar todos os meus músculos completamente.

– Então você vai, Rachel? – perguntou Helen. – Não vai ficar comigo?

Ela sorriu, mas talvez estivesse triste.

Estava triste ou realmente rindo? Rachel não pôde dizer e se virou muito desconfortável entre Helen e Terence. Depois se virou, dizendo apenas que iria com Terence desde que só ele falasse.

Uma faixa estreita de sombra corria ao longo da estrada que era larga o bastante para dois, mas não para três. Por isso St. John ficou um pouco atrás do casal, e a distância entre eles foi aumentando aos poucos. Caminhando com vistas à digestão e com um olho no relógio, ele de tempos em tempos contemplava o par à sua frente. Pareciam tão felizes, tão íntimos, embora caminhassem lado a lado como qualquer pessoa. Viravam-se de leve um para o outro, de vez em quando, e diziam algo que ele pensava ser muito particular. Estavam discutindo o caráter de Helen, e Terence tentava explicar por que ela o aborrecia tanto às vezes. Mas St. John pensou que estavam dizendo coisas que ele não devia escutar, e ficou pensando no seu próprio isolamento. Aquelas pessoas eram felizes; de alguma forma, ele as desprezava por ficarem felizes com tanta simplicidade, e de outra maneira as invejava. Era muito mais notável do que aquelas duas pessoas, mas não era feliz. As pessoas nunca gostavam dele; às vezes até duvidava se Helen gostava dele. Ser simples, capaz de dizer com simplicidade o que sentia, sem a terrível inibição que o dominava, e que lhe mostrava seu próprio rosto e palavras eternamente num espelho, isso valeria quase o mesmo que qualquer outro dom, pois fazia as pessoas felizes. Felicidade, felicidade, o que era felicidade? Ele nunca era feliz. Via claramente demais os pequenos vícios, enganos e imperfeições da vida, e, vendo-os, parecia-lhe honesto comentá-los. Sem dúvida, era por isso que as pessoas em geral não gostavam dele e se queixavam de que era sem coração e amargo. Certamente nunca lhe diziam coisas que ele queria ouvir, que era simpático e bondoso, e que gostavam dele. Mas era verdade que metade das coisas duras que dizia a respeito dos outros eram ditas porque estava infeliz ou magoado. Mas admitia que muito raramente dissera a alguma pessoa que se importava com ela, e quando fora expansivo, geralmente se arrependera depois. Seus sentimentos com relação a Terence e Rachel eram tão complicados que ele jamais conseguira dizer que estava contente porque iriam se casar. Via tão claramente os defeitos deles e a natureza inferior de grande parte de seu sentimento mútuo, e esperava que seu amor não durasse. Olhou-os de novo, e, muito estranhamente, pois estava acostumado a pensar que raramente via alguma coisa, a visão deles o encheu de uma emoção simples de afeto, em que havia alguns traços de compaixão. Afinal, o que importavam as falhas das pessoas, comparadas com o que havia de bom nelas? Resolveu que agora lhes diria o que estava sentindo. Apressou seu passo e alcançou-os exatamente quando chegavam à encruzilhada onde o caminho se reunia à estrada principal. Pararam quietos e começaram a rir para ele, perguntando se seus sucos gástricos... mas ele os interrompeu e começou a falar muito rápido e rígido:

– Lembram aquela manhã depois do baile? – perguntou. – Estávamos sentados aqui, vocês falavam bobagens e Rachel fazia montinhos de pedras. Eu, de minha parte, tive, num lampejo, a revelação de toda a vida. – Ele parou por um segundo, e apertou os lábios fortemente. – O amor parece-me explicar tudo. Assim, de modo geral, estou muito contente que vocês dois vão se casar. – Depois virou-se bruscamente, sem olhar para eles, e caminhou de volta à *villa*. Sentia-se a um tempo exaltado e envergonhado por ter dito assim o que sentia. Provavelmente estavam rindo dele, provavelmente o achavam idiota; e, afinal, realmente teria dito o que sentia?

Era verdade que riram quando ele se fora, mas a discussão sobre Helen, que se tornara bastante áspera, cessou, e tornaram-se apaziguados e amáveis.

24

Chegaram ao hotel no começo da tarde, de modo que a maior parte das pessoas estava deitada ou sentada em seus quartos calada, e Sra. Thornbury, embora os tivesse convidado para o chá, não aparecia em lugar algum. Por isso, sentaram-se no saguão sombrio, quase vazio e repassado dos leves sons farfalhantes de ar soprando num grande espaço desocupado. Sim, aquela poltrona era a mesma em que Rachel se sentara na tarde em que Evelyn aparecera, e era aquela a revista que estivera olhando, aquele o mesmo quadro, o quadro de Nova York à luz dos lampiões. Como era esquisito... nada tinha mudado.

Aos poucos, algumas pessoas começaram a descer as escadas e passar pelo saguão; naquela penumbra, seus vultos tinham uma espécie de graça e beleza, embora fossem todos desconhecidos. Às vezes passavam direto para o jardim, às vezes paravam alguns minutos, inclinavam-se sobre as mesas e começavam a folhear jornais. Terence e Rachel observavam através das pálpebras semicerradas... os Johnson, os Parkey, os Bailey, os Simmon, os Lee, os Morley, os Campbell, os Gardiner. Alguns vestiam roupa branca e traziam raquetes debaixo do braço, uns eram baixos, outros altos, uns apenas crianças, e alguns podiam ser empregados, mas todos tinham sua posição, seu motivo para andarem uns atrás dos outros no saguão, seu dinheiro, seu lugar, fosse qual fosse. Terence desistiu de contemplá-las, pois estava cansado; fechando os olhos, ficou meio adormecido na cadeira. Rachel observou as pessoas mais algum tempo; estava fascinada pela segurança e graça de seus movimentos, pela maneira inevitável como pareciam ir uns atrás dos outros, hesitar, passar e desaparecer. Mas algum tempo depois seus pensamentos começaram a vagar, e pensou no baile que se realizara naquele salão, só que então parecera bem diferente. Olhando em torno, quase não acreditava que fosse o mesmo aposento. Parecera tão despido, tão claro e tão formal aquela noite, quando entraram nele, saindo da escuridão; também estivera apinhado com pequenos rostos excitados sempre em movimento, pessoas vestidas de cores tão brilhantes e tão animadas que nem pareciam pessoas reais, nem se sentia que fosse possível falar com elas. E agora o salão estava penumbroso, quieto, e belas pessoas silenciosas passavam por ele, pessoas a quem se podia dirigir e dizer o que desejasse. Ela sentia-se surpreendentemente segura sentada em sua poltrona, capaz de rever não apenas a noite do baile, mas todo o passado, terna e bem-humorada como se tivesse girado num nevoeiro longo tempo e agora pudesse ver exatamente para onde se dirigira. Pois os métodos pelos quais chegara à sua atual posição lhe pareciam muito estranhos, e a coisa mais estranha neles era ela não ter sabido aonde a estavam levando. Essa era a coisa estranha, que não se sabia aonde se estava indo, ou o que se queria, e se seguia cegamente, sofrendo tanto em segredo, sempre despreparada e espantada e sem saber de nada; uma coisa levava a outra, e aos poucos alguma coisa se formava do nada, e assim se chegava finalmente àquela calma, àquela certeza, e era esse processo que as pessoas chamavam viver. Talvez, então, todo mundo sabia, como ela sabia agora, aonde estavam indo; e as coisas se formavam num padrão, não só para ela, mas para todos, e nesse padrão estavam o contentamento e o sentido de tudo. Olhando para trás, podia ver que algum tipo de sentido aparente existia nas vidas de suas tias, na breve visita dos Dalloway, a quem jamais veria de novo, e na vida do seu pai.

O som de Terence respirando profundamente enquanto cochilava confirmava a calma de Rachel. Não estava sonolenta, embora não visse as coisas muito nitidamente, mas, como as imagens passando pelo saguão se tornassem cada vez mais vagas, achava que todos sabiam exatamente aonde estavam indo, e a sensação da segurança delas a enchia de conforto. Naquele momento, estava muito desligada e desinteressada, como se já não tivesse nenhum destino a cumprir na vida, e achou que agora poderia aceitar qualquer coisa que viesse sem ficar perplexa pela forma como apareceria. O que havia para se temer ou com que se espantar na perspectiva da vida? Por que essa visão das coisas a abandonaria outra vez? O mundo na verdade era tão vasto, tão hospitaleiro e, afinal de contas, tão simples. "O amor", dissera St. John, "parece explicar todas as coisas". Sim, mas não o amor na forma de amor entre homem e mulher, de Terence por Rachel. Embora se sentassem tão juntos, tinham deixado de ser pequenos corpos separados; tinham deixado de lutar e desejar-se. Parecia haver paz entre eles. Podia ser amor, mas não era o amor de homem por mulher.

Através de seus olhos meio fechados, Rachel observava Terence deitado em sua cadeira; sorriu vendo como sua boca era grande, seu queixo pequeno, seu nariz curvado como um escorregador com uma saliência na ponta. Naturalmente, com aquela aparência, era preguiçoso e ambicioso, cheio de caprichos e defeitos. Lembrou-se de suas brigas, especialmente como tinham brigado a respeito de Helen naquela tarde, e pensou em quantas vezes ainda discutiriam nos 30, 40 ou 50 anos em que viveriam juntos na mesma casa, apanhando trens juntos, aborrecendo-se por serem tão diferentes. Mas tudo isso era superficial e nada tinha a ver com a vida que continuava sob os olhos, a boca e o queixo, pois aquela vida era independente dela, e independente de tudo o mais. Assim também, embora fosse se casar com ele e viver com ele por 30, 40 ou 50 anos, e discutir e ficar junto dele, era independente dele; era independente de tudo o mais. Mesmo assim, como dissera St. John, era o amor que a fazia entender isso, pois nunca sentira essa independência, essa calma e essa certeza antes de se apaixonar por ele, e talvez também isso fosse amor. Ela não queria nada mais.

Por talvez dois minutos, Srta. Allan estivera a distância, contemplando o casal reclinado tão pacificamente em suas poltronas. Não conseguia decidir se iria perturbá-las ou não; então, parecendo lembrar-se de alguma coisa, atravessou o saguão. O som de sua aproximação acordou Terence, que se endireitou e esfregou os olhos. Ouviu Srta. Allan falando com Rachel.

– Bem – estava dizendo ela –, isso é muito bom. Muito bom, realmente. Ficar noivo parece estar na moda. Não é toda hora que dois casais que nunca se tinham visto antes decidem se casar. – Fez uma pausa e sorriu, parecendo não ter mais nada a dizer, de modo que Terence se levantou e perguntou se era verdade que ela terminara seu livro. Alguém lhe dissera que ela realmente o terminara. O rosto dela iluminou-se; virou-se para ele com uma expressão mais animada do que o habitual.

– Sim, acho que posso dizer honestamente que terminei – disse. – Isto é, omitindo Swinburne... Beowulf a Browning... eu pessoalmente gosto dos dois 'bês'. Beowulf a Browning – repetiu. – Acho que é o tipo de título que pode chamar atenção numa banca de livros de estação ferroviária.

Estava muito orgulhosa de ter concluído seu livro, pois ninguém sabia quanta determinação fora necessária para fazê-lo. Ela também achava que era um bom trabalho e, levando em conta como estivera ansiosa em relação ao seu irmão quando o escrevera, não pôde resistir a falar-lhes um pouco mais a respeito.

– Devo confessar – prosseguiu – que, se eu soubesse quantos clássicos existem na literatura inglesa e como são prolixos os melhores deles, jamais teria entrado nesse empreendimento. Só se permitem 70 mil palavras, vocês sabem.

– Só 70 mil palavras! – exclamou Terence.

– Sim, e é preciso dizer alguma coisa sobre todos eles – acrescentou Srta. Allan –, é o que acho tão difícil, dizer algo diferente sobre cada um. – Então achou que já falara o bastante sobre si mesma e perguntou se tinham vindo para participar do torneio de tênis. – Os jovens estão muito entusiasmados. Começa em meia hora.

Seu olhar benevolente pousava sobre os dois. Depois de uma pausa breve, comentou, olhando para Rachel como se tivesse lembrado algo que serviria para distingui-la dos outros:

– Você é a pessoa notável que não gosta de gengibre. – Mas a bondade do sorriso no seu rosto bastante gasto e corajoso fez com que sentissem que, embora dificilmente fosse recordá-los como indivíduos, ela depusera sobre eles o ônus da nova geração.

– E nisso eu até concordo bastante com ela – disse uma voz atrás deles. Sra. Thornbury escutara as últimas palavras sobre não gostar de gengibre. – Na minha mente, isso se associa a uma horrenda tia nossa (coitada, ela sofria muitíssimo, por isso não se devia chamá-la de horrenda) que costumava nos dar gengibre quando éramos pequenos, e nunca tínhamos coragem de dizer que não gostávamos. Tínhamos de cuspir tudo nas moitas... ela tinha uma casa grande perto de Bath.

Começaram a atravessar o saguão lentamente, quando pararam sob o impacto de Evelyn, que esbarrou neles como se, correndo escada abaixo para alcançá-los, suas pernas tivessem escapado ao controle.

– Bem – exclamou ela, com seu entusiasmo habitual, pegando Rachel pelo braço –, acho isso uma coisa esplêndida! Adivinhei que ia acontecer, desde o comecinho! Vi que vocês dois eram feitos um para o outro. Agora precisam me contar tudo a respeito... quando vai ser, onde vão morar... vocês dois estão extremamente felizes?

Mas a atenção do grupo passou para Sra. Elliot, que passava por eles com seus movimentos ansiosos mas incertos, carregando nas mãos um prato e uma bolsa de água quente vazia.

Teria passado por eles, mas Sra. Thornbury foi até ela e interpelou-a.

– Obrigada, Hughling está melhor – respondeu à pergunta de Sra. Thornbury –, mas ele não é um doente fácil. Quer saber sua temperatura, fica ansioso, e, se não se conta, começa a desconfiar. Você sabe como são os homens quando estão doentes! E naturalmente aqui não temos os instrumentos adequados, embora ele pareça muito desejoso e ansioso por ajudar – ela baixou a voz num tom misterioso –, o Dr. Rodriguez não é um médico apropriado. Se o senhor viesse visitá-lo, Sr. Hewet, sei que ele se animaria... deitado ali na cama o dia todo... e às moscas... Mas preciso procurar Angelo... a comida aqui... naturalmente, com um doente, a gente quer que tudo saia especialmente bem. – E correu à procura do chefe dos garçons. A preocupação de cuidar do marido impusera uma expressão lamentosa à sua fronte. Estava pálida e parecia infeliz, mais ineficiente do que de costume, e seus olhos passavam mais vagos ainda de um ponto a outro.

– Coitada! – exclamou Sra. Thornbury. Contou-lhes que por alguns dias Hughling Elliot andara doente e que o único médico disponível era irmão do proprietário, pelo menos o proprietário dizia isso, cujo título de médico era suspeito.

– Eu sei como é horrível ficar doente num hotel – comentou Thornbury, mais uma vez conduzindo Rachel ao jardim. – Passei seis semanas de minha lua de mel com tifo em Veneza. Mas mesmo assim ainda as considero algumas das semanas mais felizes de minha vida. Ah, sim – disse pegando o braço de Rachel –, você se julga feliz agora, mas isso não é nada comparado à felicidade que vem depois. E asseguro-lhe que ainda no fundo do coração invejo vocês jovens! Vocês se divertem muito mais que nós, acreditem. Quando lembro, quase nem acredito como as coisas mudaram. Quando éramos noivos, eu não podia nem passear sozinha com William... alguém tinha de estar sempre no mesmo aposento que nós... eu acho que tinha de mostrar todas as cartas dele aos meus pais!... embora também gostassem muito dele. Na verdade, posso dizer que o consideravam um filho. É engraçado pensar como eram severos conosco, quando vejo como mimam os seus netos!

A mesa estava mais uma vez posta debaixo da árvore, e, tomando seu lugar diante das xícaras de chá, Sra. Thornbury convidou e acenou com a cabeça até reunir um bom número de pessoas, Susan, Arthur e Sr. Pepper que estavam passeando por ali, esperando o começo do torneio. Uma árvore murmurejante, um rio brilhando ao luar, as palavras de Terence voltaram à lembrança de Rachel sentada tomando chá e escutando as palavras que fluíam tão leves, tão bondosas e com uma maciez argêntea. Aquela vida longa e todos aqueles filhos tinham-na deixado muito suave; pareciam ter removido marcas de individualidade, deixando apenas o que era velho e maternal.

– E as coisas que vocês moços ainda vão ver! – continuou Sra. Thornbury. Ela incluiu todos eles em sua previsão, ela incluiu todos eles em sua maternidade, embora o grupo incluísse William Pepper e Srta. Allan, dos quais se imaginaria que já haviam visto boa parte do panorama. – Quando vejo como o mundo mudou durante a minha vida, não vejo limite para o que poderá acontecer nos próximos 50 anos. Ah, não, Sr. Pepper, não concordo nada com o senhor – ela riu, interrompendo o comentário melancólico dele, de que as coisas iam sempre de mal a pior. – Eu sei que deveria sentir isso, mas acho que não sinto. Eles serão pessoas muito melhores do que nós. Certamente tudo vai provar isso. Ao meu redor, vejo mulheres, mulheres jovens, mulheres com preocupações domésticas de toda sorte, saindo e fazendo coisas que nós nem pensaríamos serem possíveis.

Sr. Pepper a achava sentimental e irracional como são todas as velhas, mas seu jeito de tratá-lo como se fosse um velho bebê rabugento deixava-o ao mesmo tempo espantado e encantado, e ele apenas pôde responder com uma careta curiosa, que era mais um sorriso do que uma cara feia.

– E continuam sendo mulheres – acrescentou Sra. Thornbury. Dão muito aos seus filhos.

Quando disse isso, ela sorriu para Susan e Rachel. Elas não gostaram de serem incluídas no mesmo grupo, mas ambas sorriram um pouco acanhadas; Arthur e Terence também se entreolharam. Ela os fazia sentir que estavam ambos juntos no mesmo barco, e olharam para as mulheres com quem iam se casar, comparando-as. Era inexplicável que alguém quisesse casar-se com Rachel, incrível que alguém estivesse disposto a passar a vida com Susan; mas, por mais estranho que parecesse a cada um o gosto do outro, nenhum dos dois tinha má vontade para com o outro por esse motivo; na verdade, ambos se estimavam mais ainda por causa de sua escolha excêntrica.

– Preciso realmente dar-lhe os parabéns – comentou Susan, quando se inclinava sobre a mesa para pegar a geleia.

Parecia não haver motivo para o mexerico de St. John sobre Arthur e Susan. Queimados de sol e vigorosos, sentavam-se ali lado a lado com suas raquetes sobre os joelhos, não falando muito, mas dando leves sorrisos o tempo todo. Através de suas finas roupas brancas, era possível ver as linhas de seus corpos e pernas, as lindas curvas de seus músculos, a magreza dele e as carnes dela, e era natural pensar nas crianças fortes e de carnes rijas que teriam. Seus rostos não eram belos, mas tinham olhos claros e aparência de grande saúde e resistência, pois parecia que o sangue jamais deixaria de correr nas veias dele ou de repousar, calmo e profundo, nas faces dela. Os olhos dos dois no momento estavam mais brilhantes do que de costume e tinham a expressão peculiar de prazer e confiança que parece estar nos olhos dos atletas, pois estiveram jogando tênis, e eram ambos excelentes no jogo.

Evelyn não falara, mas estivera olhando de Susan para Rachel. Bem... ambas tinham se decidido muito facilmente, tinham feito em poucas semanas o que por vezes ela pensava jamais poder fazer. Embora fossem tão diferentes, achou que podia ver em cada uma a mesma expressão de contentamento e plenitude, a mesma maneira calma, os mesmos movimentos vagarosos. Era essa lentidão, a confiança e o contentamento que ela odiava, pensou. Moviam-se tão devagar porque não eram isoladas, mas uma dupla, Susan ligada a Arthur, e Rachel a Terence, e por causa daquele único homem tinham renunciado a todos os demais, ao movimento e a todas as coisas reais da vida. Tudo bem com o amor e com aquelas aconchegantes casas com cozinha embaixo e quarto de crianças em cima, tão fechadas e absorvidas em si como ilhazinhas nas torrentes do mundo. Mas as coisas reais eram, sem dúvida, as coisas que aconteciam, as causas, as guerras, os ideais, que sucediam no grande mundo lá fora e continuavam independentes dessas mulheres, que se tornaram tão belas e quietas para seus homens. Ela as examinou acuradamente. Naturalmente estavam felizes e satisfeitas, mas devia haver coisas melhores do que aquilo. Certamente podia se chegar mais perto da vida, podia se divertir mais e sentir mais do que elas jamais sentiriam. Rachel, especialmente, parecia tão jovem... o que poderia saber da vida? Ela ficou inquieta e, levantando-se, foi sentar-se ao lado de Rachel. Lembrou-a de que prometera unir-se ao seu clube.

– O problema é que talvez eu não seja capaz de começar a trabalhar seriamente até outubro. Acabo de receber uma carta de uma amiga, cujo irmão está a serviço em Moscou. Querem que eu fique com eles, e como estão no meio de todas as conspirações e dos anarquistas, estou pensando em parar a caminho de casa. Parece excitante demais. – Ela queria fazer Rachel ver como era excitante. – Minha amiga conhece uma moça de 15 anos que foi mandada para a Sibéria para sempre, apenas porque a apanharam mandando uma carta a um anarquista. E a carta nem era dela. Eu daria tudo que tenho no mundo para ajudar numa revolução contra o governo russo, e isso vai acontecer.

Olhou de Rachel para Terence. Os dois estavam um pouco comovidos ao vê-la, lembrando como ultimamente tinham ouvido palavras más a seu respeito. Terence perguntou-lhe qual era o seu esquema, e ela explicou que ia fundar um clube – um clube para fazer coisas, fazê-las de verdade. Ficou muito animada enquanto falava, pois professou estar certa de que 20 pessoas – não, dez seria o bastante se fossem ousadas – interessadas em fazer coisas, em vez de falar sobre elas, poderiam acabar com quase todo o mal que existia. O que era preciso eram cérebros. Ao menos pessoas com cérebro – naturalmente quereriam uma sala, uma boa sala, de preferência em Bloomsbury, onde pudessem encontrar-se uma vez por semana...

Enquanto ela falava, Terence podia ver os traços de juventude que iam murchando no seu rosto, as linhas que estavam sendo marcadas pela fala e pela excitação em torno de sua boca e olhos, mas não teve pena dela; olhando naqueles olhos brilhantes, um tanto duros e muito corajosos, viu que ela não tinha pena de si mesma, nem sentia qualquer desejo de trocar sua vida pelas vidas mais refinadas e ordenadas de pessoas como ele próprio e St. John, embora, com o passar dos anos, a luta se tornasse cada vez mais dura. Talvez, porém, ela se estabelecesse; talvez, afinal de contas, se casasse com Perrott. Enquanto sua mente estava meio ocupada com o que ela dizia, ele pensou no provável destino dela, as leves nuvens de fumaça escondendo um pouco o seu rosto aos olhos dela.

Terence fumava, Arthur fumava e Evelyn fumava, de modo que o ar estava cheio da névoa e do perfume de bom tabaco. Nos intervalos em que ninguém falava, ouviam bem distante o murmúrio abafado do mar, quando as ondas se quebravam tranquilamente, espalhando na praia uma beirada de água e recuando para quebrarem-se de novo. A fria luz verde caía entre as folhas de árvore, e havia crescentes suaves e diamantes de sol sobre os pratos e a toalha de mesa. Depois de observá-los todos por algum tempo em silêncio, Sra. Thornbury começou a fazer perguntas bondosas a Rachel. Quando iam todos voltar? Ah, estavam esperando o pai dela. Ela devia estar querendo ver o pai – haveria muita coisa a contar-lhe, e (ela olhou com simpatia para Terence) ele ficaria tão feliz, estava certa disso. Anos atrás, prosseguiu, talvez dez ou até vinte anos, lembrava de ter conhecido Sr. Vinrace numa festa e, impressionada com o rosto dele, diferente dos rostos comuns que se veem em festas, perguntara quem ele era; tinham-lhe dito que era Sr. Vinrace, e ela sempre recordava o nome – nome nada comum – e ele estava com uma senhora de aparência muito gentil, mas era uma daquelas terríveis festas apinhadas de gente em Londres, em que ninguém conversa – as pessoas ficam apenas se olhando –, e embora tivesse apertado a mão de Sr. Vinrace, provavelmente não tinham dito nada. Ela suspirou um pouquinho, lembrando o passado.

Então voltou-se para Sr. Pepper, que estava muito dependente dela, de modo que sempre escolhia sentar-se perto dela e escutava o que ela dizia, embora raramente fizesse algum comentário pessoal.

– O senhor que conhece tudo, Sr. Pepper – disse ela –, digamos agora como aquelas maravilhosas damas francesas administram os seus salões? Fazemos algo parecido na Inglaterra, ou o senhor acha que há algum motivo para não podermos fazer?

Sr. Pepper alegrou-se em poder explicar muito detalhadamente por que nunca tinha havido um salão inglês. Havia três motivos, e eram muito bons, disse ele. Quando ia a uma festa, como às vezes era obrigado a fazer para não ofender ninguém – sua sobrinha, por exemplo, casara-se outro dia –, ele caminhava até o meio da sala, dizia "Ha! Ha!" o mais alto que podia, pensava ter cumprido seu dever e ia embora. Sra. Thornbury protestou. Ia dar uma festa assim que voltasse para casa e todos seriam convidados; ela colocaria gente para observar Sr. Pepper e, se o apanhassem dizendo "Há! Há!", ela... ela faria alguma coisa horrível contra ele. Arthur Venning sugeriu que deveria preparar um tipo de surpresa, por exemplo, o retrato de uma simpática velha em gorro de renda escondendo um jato de água fria, que a um sinal seria espirrado contra a cabeça de Pepper; ou então uma cadeira que o dispararia a 20 metros de altura assim que se sentasse nela.

Susan riu. Terminara seu chá; estava muito contente porque jogara tênis brilhantemente e porque todo mundo era tão simpático; começava a achar bem mais fácil conversar e manter diálogo, mesmo com gente bem inteligente, pois pessoas inteligentes não a assustavam mais. Até Sr. Hirst, de quem não gostara quando o conhecera, não era desagradável; e, coitado, sempre parecia tão doente; talvez estivesse apaixonado; talvez tivesse gostado de Rachel – ela não se espantaria se fosse isso; ou talvez Evelyn – naturalmente esta era muito atraente para os homens. Inclinando-se para diante, ela prosseguiu a conversa. Disse achar que festas eram tão aborrecidas principalmente porque os homens não querem se vestir direito; mesmo em Londres, disse, surpreendia-se ao ver como as pessoas não achavam necessário vestir-se para a noite; evidentemente, se não se vestiam em Londres, tampouco o fariam no interior. Era realmente um aborrecimento na época de Natal, quando havia bailes de caçada e os cavalheiros usavam belos casacos vermelhos, mas Arthur não ligava para bailes, de modo que talvez nem fosse ao baile na sua cidadezinha do interior. Ela achava que, em geral, pessoas que gostam de um esporte não ligam para outro, embora seu pai fosse uma exceção. Mas ele era exceção em tudo – um excelente jardineiro, sabia tudo sobre pássaros e animais, e era simplesmente adorado por todas as velhas da aldeia, e ao mesmo tempo o que mais apreciava era um livro. Sempre se sabia onde encontrá-lo; estava no seu estúdio com um livro. Provavelmente seria um livro muito, muito velho, alguma coisa antiga e bolorenta que ninguém mais sonharia ler. Ela costumava dizer-lhe que teria sido um rato de biblioteca se não tivesse família de seis pessoas para sustentar; e seis filhos, acrescentava ela, confiando de um jeito encantador na simpatia universal, não deixavam muito tempo para ninguém se tornar um rato de biblioteca.

Ainda falando em seu pai, de quem se orgulhava muito, ela ergueu-se porque Arthur, olhando o relógio, achou que estava na hora de voltar novamente para a quadra de tênis. Os outros não se mexeram.

– Estão muito felizes! – disse Sra. Thornbury, olhando para eles com ar benevolente. Rachel concordou; pareciam tão seguros de si mesmos; pareciam saber exatamente o que queriam.

– Você acha que eles *estão* felizes? – murmurou Evelyn a Terence num tom cheio de alusões, esperando que ele dissesse que não achava; mas em vez disso ele disse que também tinham de ir... ir para casa, pois andavam sempre atrasados para as refeições, e Sra. Ambrose, que era muito severa e escrupulosa, não gostava disso. Evelyn segurou a saia de Rachel e protestou. Por que tinham de ir? Ainda era cedo, e ela tinha tantas coisas a lhes dizer.

– Não – disse Terence –, temos de ir porque caminhamos devagar. Paramos para olhar as coisas, e conversamos.

– Do que falam? – perguntou Evelyn, ao que ele riu e disse que falavam de tudo.

Sra. Thornbury foi com eles até o portão, atravessando a relva e o cascalho com muita lentidão e graça, falando o tempo todo sobre pássaros e flores. Disse-lhes que, desde que a filha se casara, começara a estudar botânica; era maravilhoso, quantas flores ali e ela nunca vira, embora tivesse vivido no interior a vida toda e ela tivesse 72 anos. Era uma boa coisa ter uma ocupação bastante independente das outras pessoas, disse, quando se ficasse velha. Mas o estranho era que a gente nunca se sentia velha. Ela sempre sentia que tinha 25, nem um dia a mais nem um dia a menos, mas, naturalmente, não se podia esperar que outras pessoas concordassem com isso.

— Deve ser maravilhoso ter 25 e não apenas imaginar que se tem 25 — disse ela, olhando de um para outro com seu olhar suave e claro. — Deve ser muito, muito maravilhoso mesmo. — Ficou parada, falando com eles no portão por um longo tempo; parecia relutar em deixá-los partir.

25

A tarde estava muito quente, tão quente que as ondas quebrando na praia soavam como o repetido suspiro de alguma criatura exausta, e mesmo no terraço debaixo de um toldo as lajes estavam quentes, e o ar dançava perpetuamente sobre o capim curto e seco. As flores vermelhas nas bacias de pedra murchavam de calor, e os botões brancos, que poucas semanas antes eram tão macios e grossos, agora estavam secos e com as pontas retorcidas amarelas. Só as plantas rígidas e hostis do sul, cujas folhas carnudas pareciam crescer em espinhos dorsais, ainda estavam eretas e desafiando o sol para que as dobrasse. Estava quente demais para se falar, e não era fácil encontrar um livro que resistisse ao poder do sol. Muitos tinham sido tentados e largados, e agora Terence estava lendo Milton em voz alta, porque dizia que as palavras de Milton tinham substância e forma, de modo que não era preciso compreender o que ele dizia; bastava escutar as palavras; podia-se quase manipulá-las.

Há uma doce ninfa não longe daqui,

Leu ele.

> *Que com curva úmida faz ondular a doce torrente do Severn.*
> *Sabrina é seu nome, virgem pura;*
> *Era filha de Locrino,*
> *Que recebera o cetro de seu pai Bruto.*

As palavras, apesar do que Terence dissera, pareciam carregadas de significado e talvez por isso fosse doloroso escutá-las; soavam estranhas; significavam coisas diferentes do que usualmente significam. Rachel, pelo menos, não conseguia prestar atenção nelas, mas seguia estranhos desvios de pensamento sugeridos por palavras como "curva", "Locrino" e "Bruto", que traziam visões desagradáveis diante de seus olhos, independentemente de seu sentido. Devido ao calor e ao ar que dançavam, o jardim também parecia esquisito... as árvores próximas ou distantes demais, e sua cabeça quase certamente doía. Ela não estava certa, por isso não sabia se devia dizer a Terence agora ou deixá-lo seguir lendo. Decidiu que esperaria que ele chegasse ao fim de uma estrofe e, se naquela altura ela virasse a cabeça de um lado a outro e doesse indubitavelmente em qualquer posição, diria com muita calma que estava com dor de cabeça.

> *Bela Sabrina,*
> *Ouça de onde está sentada*
> *Sob a onda vítrea, fria e translúcida,*
> *Tecendo em tranças retorcidas de lírios,*
> *Seu cabelo solto cor de âmbar, gotejante,*
> *Ouça pela honra do seu amado*
> *Deusa do lago de prata,*
> *Ouça e salve!*

Mas sua cabeça doía; doía, para qualquer lado que virasse. Sentou-se ereta e disse decidida:

– Estou com dor de cabeça, então vou entrar.

Ele estava na metade do verso seguinte, mas largou o livro na mesma hora.

– Está com dor de cabeça? – repetiu ele.

Por uns momentos, ficaram sentados entreolhando-se em silêncio, de mãos dadas. Durante esse tempo os sentimentos dele de consternação e catástrofe foram quase fisicamente dolorosos; pareceu ouvir ao seu redor um tremor de vidro partido que, ao cair na terra, o deixou sentado em pleno ar. Mas no fim de dois minutos, notando que ela não partilhava de sua consternação, mas estava antes bastante lânguida e de pálpebras mais pesadas do que de costume, ele recuperou-se, chamou Helen e perguntou o que deviam fazer, pois Rachel estava com dor de cabeça.

Sra. Ambrose não se perturbou, mas aconselhou que fosse para a cama e acrescentou que sua cabeça doeria se ficasse sentada o tempo todo sem repousar nem sair do calor, mas que umas poucas horas na cama a curariam totalmente. Terence sentiu um alívio irracional com essas palavras, assim como estivera irracionalmente deprimido momentos antes. O espírito de Helen parecia ter muito em comum com o implacável bom senso da natureza, que vingava a imprudência com uma dor de cabeça e, como o bom senso da natureza, era algo confiável.

Rachel foi para a cama; deitada no escuro por um longo tempo, mas, finalmente, acordando de uma espécie de sono transparente, viu as janelas brancas à sua frente e lembrou que algum tempo atrás fora para a cama com dor de cabeça e que Helen dissera que teria passado quando acordasse. Por isso, achou que estava boa outra vez. Ao mesmo tempo a parede à sua frente era de um branco doloroso e curvava-se de leve em vez de estar reta e plana. Virando os olhos para a janela, não ficou tranquila com o que viu. O movimento da persiana quando se enchia de ar e inflava de leve para fora, arrastando a corda no assoalho com um pequeno som rastejante, pareceu-lhe assustador como um bicho no quarto. Ela fechou os olhos, e o latejar na sua cabeça foi tão forte que cada latejo parecia bater um nervo, fincando uma pequena ferroada de dor na sua testa. Podia não ser a mesma dor de cabeça, mas sua cabeça certamente doía. Virou-se de um lado para outro, esperando que a frieza dos lençóis a curasse, e quando abrisse novamente os olhos o quarto estaria como de costume. Depois de um número considerável de tentativas vãs, ela decidiu resolver o assunto. Saiu da cama e parou ereta, segurando-se numa bola de latão na cabeceira da cama. De início gelada, a cabeceira logo ficou quente como a palma de sua mão, e as dores em sua cabeça e em seu corpo e a instabilidade do chão provaram que seria bem mais insuportável ficar de pé e caminhar do que ficar na cama, e voltou a deitar-se; embora no começo a mudança a refrescasse, o desconforto da cama logo ficou tão grande quanto o de estar de pé. Aceitou a ideia de que teria de ficar na cama o dia todo, e quando deitou a cabeça no travesseiro, renunciou à felicidade do dia.

Quando Helen entrou uma ou duas horas depois, interrompeu de repente as palavras alegres que ia dizendo, pareceu espantar-se um segundo e, depois de assumir uma calma artificial, não teve dúvidas de que Rachel estava enferma. Isso se confirmou quando a casa toda ficou sabendo, quando alguém interrompeu uma canção que cantava no jardim, e quando Maria, trazendo água, passou pela cama calada, olhos baixos. Foi preciso superar toda a manhã e toda a tarde; de vez em quando Rachel fazia um esforço para passar para o mundo comum, mas via que seu calor e desconforto tinham cavado um abismo entre seu mundo e aquele, comum, e que não era possível atravessar. Num momento, a porta abriu-se, e Helen entrou com um homenzinho moreno que tinha – foi a coisa principal que Rachel notou nele – mãos muito peludas. Estava tonta e com um calor insuportável, e como ele parecesse tímido e obsequioso, quase não se deu ao trabalho de responder-lhe, embora entendesse que era um médico. Noutro momento, a porta se abriu, e Terence entrou muito suavemente, sorrindo um sorriso fixo demais para ser natural, conforme ela percebeu. Sentou-se e falou com ela, acariciando suas mãos, até que ficou impossível para ela continuar deitada na mesma posição e se virou; quando olhou de novo, Helen estava ao seu lado e Terence se fora. Não tinha importância; ela o veria no dia seguinte, quando as coisas voltassem ao normal. Sua ocupação principal durante o dia foi tentar lembrar os versos:

> *Sob a onda vítrea, fria e translúcida.*
> *Tecendo em tranças retorcidas de lírios,*
> *Seu cabelo solto cor de âmbar, gotejante,*

e esse esforço a preocupava porque os adjetivos insistiam em colocar-se nos lugares errados.

O segundo dia não foi muito diferente do primeiro, exceto que sua cama se tornara muito importante, e o mundo de fora, quando tentava pensar nele, parecia cada vez mais afastado. A onda vítrea, fria e translúcida estava quase visível diante dela, encrespando-se no pé da cama, e como era de um frio refrescante, Rachel tentava manter o pensamento fixo nela. Helen estava ali, e esteve ali o dia todo; às vezes dizia que era hora do almoço, às vezes que era hora do chá; mas no dia seguinte todos os marcos estavam borrados e o mundo exterior estava tão distante que os diferentes sons, como sons de pessoas passando na escada e de gente caminhando no andar de cima, só podiam ser relacionados com sua causa com grande esforço de memória. Lembrar o que sentira, fizera ou pensara três dias antes era algo muito remoto. Por outro lado, cada objeto no quarto e a própria cama, e seu corpo com seus vários membros e diferentes sensações, eram cada dia mais importantes. Ela estava totalmente isolada, incapaz de comunicar-se com o resto do mundo, isolada e só com seu corpo.

Assim passavam-se horas e horas, sem avançar nada durante a manhã, ou poucos minutos levavam do dia claro às profundezas da noite. Certo dia quando anoitecia e o quarto parecia muito penumbroso, porque era crepúsculo ou porque as cortinas estavam fechadas, Helen lhe disse:

— Há uma pessoa que vai passar a noite sentada aqui com você. Você se importa?

Abrindo os olhos, Rachel não viu Helen, mas uma enfermeira de óculos, cujo rosto lembrava vagamente algo que vira uma vez. Vira-a na capela.

— A enfermeira McInnis — disse Helen. A enfermeira tinha um sorriso fixo como todo mundo e disse que não havia muita gente com medo dela. Depois de esperar um momento, as duas sumiram e, virando-se no travesseiro, Rachel acordou no meio de uma daquelas intermináveis noites que não acabam em 12 horas, mas avançam para outras cifras: 13, 14 e assim por diante até chegarem a 20, a 30 e então 40. Percebeu que não há nada para evitar que as noites façam isso se quiserem. A uma grande distância, uma mulher idosa sentava-se de cabeça inclinada; Rachel soergueu-se de leve e viu consternada que a mulher jogava cartas à luz de uma vela escondida por uma folha de jornal. A visão tinha algo de inexplicavelmente sinistro; ela ficou aterrorizada e gritou; a mulher largou suas cartas e veio atravessando o quarto, protegendo a vela com as mãos. Chegando mais e mais perto através do grande espaço do quarto, ela finalmente parou sobre a cabeça de Rachel e disse:

— Não está dormindo? Deixe-me ajeitá-la mais confortavelmente.

Ela largou a vela e começou a arranjar as roupas de cama. Rachel espantou-se porque a mulher que estivera sentada jogando cartas numa caverna a noite toda tinha mãos muito frias, e encolheu-se quando a tocaram.

— Olha aí — disse a mulher —, tem um dedão ali em embaixo! — e continuou a ajeitar as roupas de cama. Rachel não percebeu que o dedo do pé era seu.

— Você tem de ficar deitada quietinha — continuou a mulher —, porque, se ficar quieta, sentirá menos calor e, se remexer muito, ficará com mais calor, e não queremos que fique ainda mais quente do que já está. Parou olhando para Rachel por um tempo enorme. – E quanto mais quieta ficar, mais cedo estará boa – repetiu ela.

Rachel ficou de olhos fixos na sombra pontiaguda no teto, e toda a sua energia concentrou-se em querer que essa sombra se movesse. Mas a sombra e a mulher pareciam eternamente fixos sobre ela. Rachel fechou os olhos. Quando os abriu de novo, tinham-se passado várias horas, mas a noite continuava, interminável. A mulher ainda jogava cartas, só que agora estava sentada num túnel debaixo de um rio, e a luz estava numa pequena arcada na parede acima dela. Ela gritou "Terence!" e a sombra pontuda mais uma vez moveu-se através do teto, quando a mulher se ergueu com um imenso movimento vagaroso, e ambas se postaram quietas acima dela.

– É tão difícil manter você na cama quanto foi difícil manter Sr. Forrest nela – disse a mulher –, e ele era um cavalheiro tão alto.

Para se livrar daquela terrível visão estacionária, Rachel fechou os olhos de novo e estava caminhando num túnel debaixo do Tâmisa, onde havia mulherezinhas disformes sentadas em arcadas jogando cartas, enquanto os tijolos da parede exsudavam umidade, que se cristalizava em gotas e escorregava pela parede. Mas as velhas mulherezinhas tornaram-se Helen e a enfermeira McInnis, algum tempo depois, paradas juntas na janela sussurrando, sussurrando incessantemente.

Enquanto isso, fora do quarto dela, os sons, os movimentos e as vidas dos outros na casa seguiam na comum luz do sol, através da comum sequência de horas. Quando, no primeiro dia de sua enfermidade, uma terça-feira, ficou claro que ela não ficaria totalmente boa, pois sua temperatura era muito alta, Terence ficou ressentido até sexta-feira, não contra ela, mas contra a força exterior a eles que os estava separando. Contou um número de dias que quase certamente ficariam estragados. Percebeu com uma estranha mistura de prazer e aborrecimento que, pela primeira vez na vida, dependia tanto de outra pessoa, que sua felicidade estava a cargo dela. Os dias eram totalmente desperdiçados com coisas triviais e imateriais, pois, depois de três semanas de tal intensidade e intimidade, todas as ocupações habituais ficavam insuportavelmente sem graça e sem sentido. A ocupação menos intolerável era falar com St. John sobre a enfermidade de Rachel, discutindo cada sintoma e seu significado, e quando esse tema estava exaurido, discutindo toda sorte de doenças, o que as causava ou as curava.

Duas vezes por dia, ele ia sentar-se com Rachel, e duas vezes por dia acontecia a mesma coisa. Ao entrar no quarto, que não era muito escuro, onde partituras se espalhavam como sempre, assim como os seus livros e as cartas, ele imediatamente se animava. Vendo-a, ficava totalmente reassegurado. Ela não parecia muito doente. Sentado ao seu lado, contava-lhe o que andara fazendo, usando sua voz natural para falar-lhe, apenas alguns tons mais baixo do que de costume. Mas depois de sentar-se ali cinco minutos, ficava mergulhado na mais profunda tristeza. Ela não era mais a mesma, ele não conseguia restabelecer a antiga relação; embora soubesse que era uma bobagem, não podia impedir-se de desejar trazê-la de volta, fazê-la recordar, e, quando isso falhava, desesperava-se. Sempre concluía, ao deixar o quarto dela, que era pior vê-la do que não a ver, mas aos poucos, quando o dia prosseguia, o desejo de vê-la voltava e tornava-se quase insuportável.

Na manhã de quinta-feira, quando Terence entrou no quarto dela, sentiu o usual aumento de confiança. Ela se virou e fez um esforço para lembrar certos fatos do mundo que estava a tantos milhares de quilômetros de distância.

– Você veio do hotel? – perguntou ela.

– Não, agora estou hospedado aqui – disse ele. – Acabamos de almoçar e chegou a correspondência. Há um maço de cartas para você... cartas da Inglaterra.

Em vez de dizer que queria vê-las, como ele esperava, ela por algum tempo não disse nada.

– Está vendo, já vão elas rolando do alto do morro para baixo – disse ela de repente.

– Rolando, Rachel? O que você viu rolando? Não há nada rolando.

– A velha com a faca – disse ela, não falando com Terence em especial e olhando algum ponto além dele. Como ela parecia fitar um vaso na prateleira do outro lado do quarto, ele levantou-se e pegou o vaso.

– Agora não podem mais rolar – disse alegremente. Mesmo assim, ela ficou deitada, olhando fixo para o mesmo ponto, não prestando mais atenção nele, embora falasse com ela. Terence ficou tão profundamente infeliz que não suportou ficar sentado junto dela, e saiu caminhando até encontrar St. John, que estava lendo o *Times* na varanda. St. John largou o jornal pacientemente e escutou tudo o que Terence tinha a dizer sobre o delírio. Era muito paciente com Terence. Tratava-o como a uma criança.

Na sexta-feira não se podia negar que a doença não era mais um acesso que passaria em um dia ou dois; era uma enfermidade real e exigia muita organização e atenção de pelo menos cinco pessoas, mas não havia por que ficarem ansiosos. Em vez de cinco dias, a doença duraria dez. Diziam que Rodriguez comentara haver variedades conhecidas dessa enfermidade. Rodriguez parecia pensar que estavam tratando a doença com ansiedade desnecessária. Suas visitas eram sempre marcadas pela mesma demonstração de confiança; nas suas entrevistas com Terence, ele sempre rejeitava as perguntas ansiosas e detalhadas com uma espécie de floreio que parecia dizer que estavam todos levando aquilo a sério demais. Curiosamente, ele não queria sentar-se.

– Febre alta – disse, olhando furtivamente pelo quarto e parecendo mais interessado nos móveis e no bordado de Helen do que em qualquer outra coisa. – Neste clima, espera-se febre alta. Não precisam ficar alarmados com isso. Nós nos guiamos pelo pulso (deu uma batidinha no próprio pulso), e o pulso continua excelente.

Depois disso, fez mesura e desapareceu. A entrevista fora conduzida laboriosamente pelos dois lados em francês, e isso, aliado ao fato de que ele era otimista e de que Terence respeitava a profissão médica, tornava-o menos crítico do que se encontrasse o médico em qualquer outra situação. Inconscientemente, tomava o lado de Rodriguez contra Helen, que parecia ter um preconceito irracional em relação a ele.

Quando chegou sábado, estava evidente que as horas do dia tinham de ser mais bem organizadas. St. John ofereceu seus préstimos; disse que não tinha nada para fazer e podia bem passar o dia na *villa* se pudesse ser útil. Como se estivessem iniciando uma expedição difícil juntos, dividiram entre si as tarefas, escrevendo um esquema elaborado de horas numa grande folha de papel, que foi afixada na porta da sala de estar. A distância da cidade e a dificuldade de conseguir coisas raras, com nomes desconhecidos, dos lugares mais inesperados, tornavam necessário pensar com muito cuidado, e acharam inesperadamente difícil fazer as coisas mais simples, mas práticas, que se exigiam deles, como se, sendo muito altos, tivessem de inclinar-se e arranjar diminutos grãos de areia num desenho no chão.

A tarefa de St. John era apanhar da cidade o que fosse preciso, de modo que Terence ficava sentado as longas horas de calor sozinho na sala de estar, junto da porta aberta, à escuta de qualquer movimento lá em cima, ou de um chamado de Helen. Ele sempre se esquecia de baixar as persianas, de modo que ficava sentado à luz do sol, o que o incomodava sem ele saber direito por quê. O aposento ficava terrivelmente sufocante e desconfortável. Havia chapéus nas cadeiras e frascos de remédios entre livros. Ele tentava ler, mas os livros bons eram bons demais, e os ruins eram ruins demais, e a única coisa que podia suportar era o jornal que, com suas políticas de Londres e atividades das pessoas de verdade que estavam dando jantares festivos e fazendo discursos, parecia um pequeno pano de fundo de realidade para aquilo que de outra forma seria puro pesadelo. Então, bem quando sua atenção estava fixada na letra impressa, vinha um chamado brando de Helen, ou Sra. Chailey trazia algo que era solicitado lá em cima, e ele corria para lá sem ruído, de meias, e punha o jarro na mesinha abarrotada de jarros e xícaras que ficava do lado de fora da porta do quarto de dormir. Ou se pudesse pegar Helen um momento, perguntava:

– Como é que ela está?

– Bastante inquieta... De modo geral, acho que mais calma.

A resposta podia ser uma ou outra.

Como de costume, ela parecia esconder algo que não dizia, e Terence estava consciente de que eles discordavam entre si, e, sem dizer isso em voz alta, discutiam. Mas Helen estava preocupada e apressada demais para conversar.

A tensão de escutar, o esforço de fazer arranjos práticos e ver as coisas funcionarem sem problemas, absorvia toda a energia de Terence. Envolvido em seu longo e terrível pesadelo, ele nem tentava pensar em como aquilo acabaria. Rachel estava doente; era isso; ele precisava cuidar para que houvesse remédios e leite, e que as coisas estivessem a postos quando necessárias. O pensamento cessara; a própria vida estava parada. Domingo foi bem pior do que fora o sábado, simplesmente porque a tensão era cada dia um pouco maior, embora nada mais tivesse mudado. Os sentimentos separados de prazer, interesse e dor, que se combinam para formar o dia comum, estavam mergulhados numa sensação arrastada de sórdida infelicidade e profundo tédio. Ele nunca estivera tão entediado desde que o deixaram fechado sozinho no quarto de criança quando pequeno. A visão de Rachel como estava agora, confusa e indiferente, quase apagara a visão dela como fora um dia, há muito tempo; ele quase nem conseguia acreditar que tinham sido felizes, ou noivos, pois que emoções havia, o que existia para ser sentido? A confusão cobria cada visão e cada pessoa, e ele parecia ver St. John, Ridley e as pessoas que vinham vez por outra do hotel para saber notícias através de uma névoa; as únicas pessoas não escondidas nessa névoa eram Helen e Rodriguez, porque podiam dizer--lhe algo definido sobre Rachel.

Mesmo assim, o dia seguiu da forma habitual. A certas horas, entravam na sala de jantar, e quando se sentavam ao redor da mesa, falavam sobre coisas sem importância. St. John geralmente tratava de começar a conversa e evitar que se esvaísse.

– Descobri um jeito para fazer Sancho passar pela casa branca – disse St. John no almoço de domingo. – É só enfiar um pedaço de papel no seu ouvido, aí ele salta por uns 100 metros, mas depois disso anda bastante bem.

– Sim, mas ele quer milho. Você devia cuidar para que tenha seu milho.

– Não confio muito nesse troço que lhe dão. E Angelo parece um moleque sujo.

Depois houve um longo silêncio. Ridley soprou alguns versos de poesia e comentou, como para esconder que o tinha feito:

– Muito quente, hoje.

– Dois graus mais que ontem – disse St. John. – Fico imaginando de onde vêm essas nozes – disse, tomando uma noz do prato e girando-a nos dedos, contemplando-a com curiosidade.

– Acho que de Londres – disse Terence, também olhando a noz.

– Um homem de negócios competente faria fortuna aqui em pouco tempo – continuou St. John. – Acho que o calor faz alguma coisa esquisita com o cérebro das pessoas. Até os ingleses ficam um pouco esquisitos. Seja como for, são pessoas com quem não dá para lidar. Fizeram-me esperar três quartos de hora na farmácia esta manhã, sem nenhum motivo.

Houve outra pausa longa, depois Ridley perguntou:

– Rodriguez parece satisfeito?

– Bastante – disse Terence com determinação. – A coisa só tem de seguir seu curso.

Ridley deu um suspiro profundo. Tinha realmente pena de todo mundo, mas ao mesmo tempo sentia uma falta enorme de Helen, e estava um pouco irritado com a presença constante daqueles dois rapazes.

Voltaram todos para a sala de estar.

– Olhe aqui, Hirst – disse Terence –, não há nada para fazer durante duas horas. – Ele consultou a folha de papel afixada na porta. – Vá deitar-se. Eu espero aqui. Chailey está sentada com Rachel enquanto Helen almoça.

Era pedir muito a Hirst dizer que saísse sem ter visto Helen. Aqueles rápidos vislumbres de Helen eram as únicas tréguas na tensão e no tédio, e muitas vezes pareciam compensar os desconfortos do dia, embora ela não tivesse muito a lhes dizer. Porém, como estavam juntos numa campanha, decidira obedecer.

Helen desceu muito tarde. Parecia alguém que ficara sentada longo tempo no escuro. Estava pálida, mais magra, e a expressão de seus olhos era atormentada, embora decidida. Almoçou depressa, indiferente ao que estava fazendo. Esquivou-se das perguntas de Terence e finalmente, como se ele nem tivesse falado, encarou-o com a testa um pouco franzida e disse:

– Terence, não podemos continuar assim. Ou você encontra outro médico, ou terá de dizer a Rodriguez que não venha mais e eu mesma dou um jeito. Não adianta ele dizer que Rachel está melhor; ela não está melhor: está pior.

Terence sofreu um choque terrível, como aquele que sentira quando Rachel dissera "Estou com dor de cabeça". Acalmou-se, refletindo que Helen estava esgotada, e ficou firme nessa opinião pelo seu obstinado entendimento de que nessa discussão ela estava do lado oposto ao seu.

– Você acha que ela corre perigo? – indagou.

– Ninguém pode continuar tão doente dia após dia – respondeu.

Helen olhava para ele e falava como se estivesse indignada com alguém.

– Muito bem. Vou falar com Rodriguez esta tarde – disse ele. Helen subiu as escadas imediatamente.

Nada podia abrandar a ansiedade de Terence. Não conseguia ler, nem se sentar quieto, e sua sensação de segurança estava abalada, apesar de ter decidido que Helen exagerara e que Rachel não estava muito doente. Mas queria que uma terceira pessoa continuasse sua crença.

Assim que Rodriguez desceu ele indagou:

– Bem, como está ela? Acha que está pior?

– Não há nenhum motivo para ansiedade, acredite... nenhum – respondeu Rodriguez no seu francês execrável, sorrindo inseguro, e fazendo o tempo todo pequenos movimentos como se quisesse afastar-se.

Hewet postou-se firmemente entre ele e a porta. Estava decidido a verificar que tipo de homem era aquele. Sua confiança nele sumiu quando o contemplou e viu sua insignificância, sua aparência suja, seu jeito evasivo, seu rosto peludo e pouco inteligente. Era estranho que nunca tivesse notado isso antes.

– Naturalmente não vai fazer objeção se pedirmos que consulte outro médico? – perguntou.

O homenzinho ficou abertamente ofendido.

– Ah! – gritou. – Não tem confiança em mim? Tem objeção ao meu tratamento? Quer que eu desista do caso?

– De jeito nenhum – respondeu Terence. – Mas numa doença grave como essa... – Rodriguez deu de ombros.

– Eu lhe asseguro que não é grave. O senhor está ansioso demais. A jovem não está gravemente doente, e eu sou médico. Naturalmente a senhora está apavorada... – disse em tom desdenhoso. – Entendo isso perfeitamente.

– O nome e endereço do outro médico é...? – continuou Terence.

– Não há outro médico – respondeu Rodriguez carrancudo. – Todo mundo tem confiança em mim. Olhe! Vou lhe mostrar.

Ele pegou do bolso um maço de velhas cartas e começou a revirá-las como se procurasse uma que contestasse as suspeitas de Terence. Enquanto procurava, começou a contar uma história sobre um lorde inglês que tinha confiado nele... um grande lorde inglês, cujo nome infelizmente esquecera.

— Não há outro médico no lugar — concluiu ele, ainda revirando as cartas.

— Esqueça — disse Terence lacônico. — Eu mesmo vou investigar. Rodriguez colocou as cartas de volta no bolso e comentou:

— Muito bem. Não faço objeções.

Ele arqueou as sobrancelhas, deu de ombros, como se repetisse que estavam levando aquela doença demasiado a sério, que não havia outro médico, e deslizou para fora da sala, deixando a impressão de que sabia que não confiavam nele e de estar cheio de rancor.

Depois disso Terence não pôde mais ficar no andar térreo. Subiu, bateu na porta de Rachel e perguntou a Helen se podia vê-la alguns minutos. Não a vira no dia anterior. Ela não objetou e foi sentar-se na mesa junto da janela.

Terence sentou-se ao lado da cama. O rosto de Rachel estava mudado. Parecia inteiramente concentrada no esforço de continuar viva. Seus lábios estavam repuxados, as faces encovadas e vermelhas, mas não uma cor de saúde. Seus olhos não estavam inteiramente cerrados, a parte inferior do branco aparecendo, não como se estivesse enxergando, mas como se apenas estivessem abertos por ela estar cansada demais para fechá-los. Quando ele a beijou, os olhos abriram-se totalmente. Mas ela apenas viu uma velha cortando com uma faca a cabeça de um homem.

— Está caindo! — murmurou ela. Depois virou-se para Terence e perguntou, ansiosa, alguma coisa sobre um homem com mulas, que ele não conseguiu entender. — Por que é que ele não vem? Por que ele não vem? — repetiu. Terence ficou consternado, pensando no homenzinho sujo lá embaixo cuidando de uma enfermidade daquelas, e instintivamente virou-se para Helen, que estava lidando com uma mesa junto da janela e parecia não entender como ele estava chocado. Ele levantou-se para sair, pois não aguentava mais escutar; seu coração batia rápida e dolorosamente com ira e infelicidade. Quando passou por Helen, ela lhe pediu na mesma voz triste, pouco natural e determinada, que apanhasse mais gelo e mandasse encher de leite fresco o jarro diante da porta.

Depois de atender a esses pedidos, ele foi procurar Hirst. Exausto e com muito calor, St. John adormecera numa cama, mas Terence o acordou sem escrúpulo.

– Helen acha que ela está pior – disse. – Não há dúvida de que está terrivelmente doente. Rodriguez não adianta nada. Temos de conseguir outro médico.

– Mas não há outro médico – disse Hirst sonolento, sentando-se e esfregando os olhos.

– Não seja idiota! – exclamou Terence. – Claro que há outro médico, e, se não houver, você tem de achar um. Devia ter sido feito dias atrás. Vou descer para selar um cavalo. – Ele não conseguia parar quieto em nenhum lugar.

Em menos de dez minutos, St. John estava indo a cavalo para a cidade, no calor escaldante, para procurar um médico, com ordens de encontrá-lo e trazê-lo para a casa, ainda que tivesse de ser num trem especial.

– Devíamos ter feito isso dias atrás – repetia Hewet, indignado.

Quando voltou para a sala de estar, encontrou Sra. Flushing parada muito ereta no meio da sala, vinda da cozinha ou do jardim sem se anunciar, como as pessoas andavam fazendo naqueles dias.

– Ela está melhor? – perguntou Sra. Flushing bruscamente. Nem tentaram dar-se as mãos.

– Não – disse Terence. – Se mudou, acham que foi para pior.

Sra. Flushing pareceu pensar por um momento ou dois, olhando direto para Terence o tempo todo.

– Escute – disse, falando em movimentos nervosos –, é sempre por volta do sétimo dia que se começa a ficar ansioso. Acho que o senhor andou aqui sentado sozinho preocupando-se. Acha que ela está mal, mas qualquer pessoa entrando com olhar lúcido veria que está melhor. Sr. Elliot teve febre e está bem agora – disse ela num ímpeto. – Não foi nada que ela apanhou na excursão. O que é isso, uns poucos dias de febre? Certa vez meu irmão teve 26 dias de febre. E numa semana estava de novo caminhando. Só lhe dávamos leite e araruta...

Nisso Sra. Chailey entrou com um recado.

– Está vendo... ela vai melhorar – disse Sra. Flushing num arranco quando ele saiu da sala. Sua ansiedade em persuadir Terence era enorme, e quando ele a deixou sem dizer nada, ficou aborrecida e inquieta; não gostava de ficar, mas não podia ir. Andava de sala em sala procurando alguém com quem conversar, mas todos os aposentos estavam vazios.

Terence subiu as escadas, entrou no quarto para receber as ordens de Helen e olhou para Rachel, mas não tentou falar com ela. Parecia vagamente consciente da presença dele, mas isso parecia perturbá-la, e ela virou-se de costas para ele.

Por seis dias, estivera esquecida do mundo lá fora, porque era preciso toda a atenção para seguir as visões quentes, vermelhas e rápidas que passavam incessantemente diante de seus olhos. Sabia que era de enorme importância prestar atenção a essas visões e entender seu sentido, mas estava sempre atrasada para ouvir ou ver algo que explicasse aquilo tudo. Por isso, os rostos – o rosto de Helen, o da enfermeira, o de Terence e o do médico – que eventualmente se impunham muito próximos dela eram preocupantes, porque distraíam sua atenção, e ela podia perder a resposta para tudo aquilo. Mas na quarta tarde, de repente, ela foi incapaz de distinguir o rosto de Helen das próprias visões; seus lábios abriram-se quando ela se inclinou sobre a cama e começou a balbuciar coisas ininteligíveis como o resto. Todas as visões ligavam-se a uma trama, uma aventura qualquer, alguma escapada. A natureza do que estavam fazendo mudava incessantemente, embora houvesse sempre um motivo por trás, que ela desejaria muito entender. Ora estavam entre árvores e selvagens, ora no mar; ora estavam no topo de altas torres; ora saltavam de lá; ora voavam. Mas assim que a crise estava por acontecer, alguma coisa invariavelmente escapava no cérebro dela, de modo que todo o esforço tinha de recomeçar. O calor era sufocante. Por fim, os rostos afastaram-se; ela caiu num profundo poço de água viscosa, que depois fechou-se sobre sua cabeça. Nada via ou ouvia senão um tênue som pulsante, que era o som do mar rolando sobre sua cabeça. Seus atormentadores a julgavam morta, mas não estava morta, e sim enroscada no fundo do mar. Lá jazia, às vezes vendo a escuridão, às vezes a luz, e de vez em quando alguém a virava para o outro lado no fundo do mar.

* * *

Depois que St. John passara algumas horas sob o calor do sol lutando com nativos evasivos e muito falastrões, extraiu a informação de que havia um médico francês que no momento estava em férias nas montanhas. Diziam que era praticamente impossível encontrá-lo. Com sua experiência do país, St. John achou improvável que um telegrama fosse mandado ou recebido; mas tendo reduzido a distância da cidadezinha da montanha, onde o outro estava hospedado, de 160 para 50 quilômetros, e tendo carruagem e cavalos, partiu imediatamente para apanhar o médico. Conseguiu encontrá-lo e forçou o homem contrariado a deixar sua jovem esposa e voltar imediatamente. Chegaram à *villa* na terça ao meio-dia.

Terence saiu para recebê-los, e St. John ficou chocado vendo que no intervalo o outro emagrecera visivelmente; estava pálido também; seus olhos pareciam estranhos. Mas a fala lacônica e as maneiras dominadoras e fechadas do Dr. Lesage os impressionaram favoravelmente, embora fosse óbvio ao mesmo tempo que estava aborrecidíssimo com tudo aquilo. Descendo as escadas, ele deu suas instruções enfaticamente, mas não lhe ocorreu dar-lhes uma opinião, ou pela presença de Rodriguez, que era a um tempo obsequioso e malicioso, ou porque estava certo de que já sabiam o que havia para saber.

– Claro – disse, dando de ombros quando Terence lhe perguntou se ela estava muito doente.

Ambos experimentaram certa sensação de alívio quando o Dr. Lesage se foi, deixando orientações explícitas e prometendo voltar em poucas horas; mas, infelizmente, a animação deles os levou a falar mais do que de costume, e, falando, brigaram. Brigaram por causa da estrada, a Portsmouth Road. St. John disse que era asfaltada onde passa por Hindhead, e Terence sabia tão bem quanto sabia seu próprio nome que não era asfaltada naquele trecho. Durante a briga disseram um ao outro algumas coisas muito ásperas, e o resto do jantar ocorreu em silêncio, rompido apenas por um comentário ocasional meio abafado de Ridley.

Quando escureceu e os lampiões foram trazidos, Terence sentia-se incapaz de controlar por mais tempo sua irritação. St. John foi para a cama numa exaustão completa, dando boa-noite a Terence de um modo mais afetuoso do que o costumeiro por causa da briga, e Ridley retirou-se com seus livros. Sozinho, Terence ficou caminhando pelo quarto e parou diante da janela aberta.

As luzes acendiam-se uma depois da outra na cidade lá embaixo; estava muito pacífico e fresco no jardim, de modo que ele desceu para o terraço. Parado ali na escuridão, podendo ver apenas as formas das árvores na fina luz cinzenta, ele foi dominado por um desejo de escapar dali, de acabar com aquele sofrimento, de esquecer que Rachel estava doente. Permitiu-se esquecer tudo aquilo. Como se um vento que tivesse soprado forte o tempo todo cessasse de repente, a ansiedade, a tensão e a aflição que o tinham pressionado passaram. Parecia plantado num espaço de ar puro, numa ilhazinha, sozinho; estava livre e imune à dor. Não importava se Rachel estava bem ou doente; não importava se estavam separados ou juntos; nada importava... nada importava. As ondas batiam na praia longe dali, e o vento leve passava pelo ramos das árvores, parecendo rodeá-lo de paz e segurança, com trevas e nada. Certamente, o mundo de discórdia, aflição e ansiedade não era o mundo real, mas aquele sim, o mundo abaixo do mundo superficial, de forma que, acontecesse o que acontecesse, estava seguro. A quietude e a paz pareciam enrolar seu corpo num lençol fino e frio, acalmando todos os nervos; sua mente pareceu mais uma vez expandir-se e voltar ao natural.

Mas depois de ficar assim algum tempo, um ruído dentro da casa o despertou; virou-se instintivamente e entrou na sala. A visão do aposento iluminado por lampiões trouxe de volta abruptamente tudo o que ele esquecera, e ficou parado por um instante, incapaz de se mexer. Lembrou tudo, a hora, até o minuto, o ponto a que tinham chegado, e o que estava por vir. Amaldiçoou-se por fazer de conta por um minuto que as coisas eram diferentes do que eram. Agora era mais difícil do que nunca enfrentar a noite.

Incapaz de ficar na sala vazia, saiu e sentou-se nas escadas a meio caminho do quarto de Rachel. Ansiava por alguém com quem falar, mas Hirst estava dormindo e Ridley também; não havia ruído no quarto de Rachel. O único rumor na casa era Chailey mexendo-se na cozinha. Por fim, houve um farfalhar nas escadas mais acima, e a enfermeira McInnis desceu, soltando as abotoaduras de seus punhos, preparando-se para a vigília da noite. Terence ergueu-se e a fez parar. Quase não falara com ela, mas era possível que lhe confirmasse a crença, que ainda persistia na mente dele, de que Rachel não estivesse gravemente enferma. Ele lhe disse num sussurro que o Dr. Lesage estivera ali e o que dissera.

– Então, enfermeira – sussurrou –, por favor, diga-me sua opinião. Acha que ela está muito doente? E corre algum perigo?

– O doutor disse... – começou ela.

– Sim, mas eu quero sua opinião. A senhora tem experiência em muitos casos como esse?

– Sr. Hewet, eu não poderia lhe dizer mais do que o Dr. Lesage – respondeu ela cautelosamente, como se suas palavras pudessem ser usadas contra ela. – O caso é sério, mas pode ter certeza de que estamos fazendo tudo o que podemos por Srta. Vinrace. – Ela falava com uma certa autoaprovação profissional. Mas talvez percebesse que não estava satisfazendo o rapaz, que ainda bloqueava seu caminho, pois moveu-se um pouco mais para cima na escada e olhou pela janela, de onde podiam ver a lua sobre o mar.

– Se o senhor me perguntar – começou ela num estranho tom furtivo –, eu nunca gosto do mês de maio para os meus pacientes.

— Maio? — repetiu Terence.

— Pode ser fantasia minha, mas não gosto de ver ninguém adoecer em maio — continuou ela. — As coisas parecem dar errado em maio. Talvez seja a lua. Dizem que a lua afeta o cérebro, não dizem, senhor?

Ele fitava-a, mas não podia responder. Como todos os outros, quando se olhava para ela, ela parecia encolher-se e tornar-se insignificante, maliciosa e não confiável.

Ela esgueirou-se do lado dele e desapareceu.

Embora tivesse ido para seu quarto, ele não conseguiu nem tirar as roupas. Por longo tempo, caminhou de um lado a outro, e depois, inclinando-se para fora da janela, fitou a terra que jazia tão escura diante do azul mais pálido do céu. Com um misto de medo e ódio, olhou os esguios ciprestes pretos ainda visíveis no jardim e escutou os estalidos e chiados conhecidos que mostram que a terra estava quente. Todas essas visões e ruídos pareciam sinistros, hostis e agourentos; os nativos, a enfermeira, o médico e a terrível força da própria doença pareciam estar conspirando contra ele. Pareciam unir-se no esforço de extrair a maior quantidade de sofrimento possível dele. Terence não conseguia acos-tumar-se com a dor, era uma revelação para ele. Nunca entendera antes que, por trás de toda ação, por trás da vida de todo dia, existe a dor, quieta, mas disposta a devorar; ele parecia capaz de ver o sofrimento como uma fogueira subindo em espirais sobre a borda de toda ação, devorando as vidas de homens e mulheres. Pela primeira vez pensou com compreensão em palavras que antes tinham lhe parecido vazias; a luta pela vida; a dureza da vida. Agora sabia pessoalmente que a vida é dura e cheia de sofrimento. Olhou as luzes espalhadas da cidade lá embaixo e pensou em Arthur e Susan, ou em Evelyn e Perrott aventurando-se inadvertidamente, expondo-se, pela sua felicidade, a um sofrimento como aquele. Como se atreviam a amar, ficou imaginando. Como se atrevera ele próprio a viver como tinha vivido, rapidamente e sem preocupação, passando de uma coisa a outra, amando Rachel como amara? Nunca mais se sentiria seguro; nunca mais acreditaria na estabilidade da vida, nem esqueceria que profundezas de dor jaziam debaixo da pequena felicidade e das sensações de contentamento e segurança. Parecia-lhe, quando recordava, que sua felicidade nunca fora tão grande quanto era agora sua dor. Sempre houvera algo imperfeito na felicidade deles, algo que desejavam sem conseguir. Fora fragmentária e incompleta, porque eram tão jovens e não sabiam o que estavam fazendo.

A luz da sua vela bruxuleou sobre os ramos de uma árvore diante da janela e, quando o ramo balançou na escuridão, apareceu na mente dele a imagem de todo o mundo que jazia fora da janela; pensou no imenso rio e na imensa floresta, nas vastas porções de terra seca e planuras de mar que circundavam a terra; do mar o céu erguia-se íngreme e enorme, e o ar inundava o espaço entre céu e mar. Como devia ser vasta e escura essa noite exposta ao vento; e em todo esse imenso espaço, era estranho pensar como eram poucas as cidades, e como eram pequenos os anéis de luz, ou vaga-lumes que imaginava espalhados aqui e ali, entre as pregas ondulantes e incultas da terra. E, nessas cidades, havia homenzinhos e mulherezinhas, minúsculos. Ah, era absurdo, pensando nisso, sentar-se ali num quartinho, sofrendo e preocupando-se. O que importava qualquer coisa? Rachel, uma criatura minúscula, deitada doente ali, abaixo dele, e ali no seu quartinho ele sofrendo por conta dela. A proximidade e a pequenez de seus corpos nesse vasto universo pareciam-lhe absurdas e ridículas. Nada importa, repetiu ele; não tinham poder nem esperança. Ele debruçou-se no peitoril da janela pensando, até quase esquecer o tempo e o lugar. Mesmo assim, embora estivesse convencido de que era absurdo e ridículo, de que eram pequenos e sem esperança, nunca perdeu a sensação de que de alguma forma esses pensamentos eram parte de uma vida que ele e Rachel viveram juntos.

Talvez devido à mudança de médico, Rachel pareceu estar bastante melhor no dia seguinte. Embora Helen parecesse terrivelmente pálida e consumida, a nuvem que estivera pairando todos aqueles dias sobre os olhos dela parecia erguer-se um pouco.

– Ela falou comigo – disse voluntariamente. – Perguntou que dia da semana era, e estava natural.

Depois, de repente, sem nenhum aviso ou razão aparente, as lágrimas vieram aos seus olhos e rolaram pelas suas faces. Ela chorava quase sem alteração nas feições, sem tentar interromper-se, como se não soubesse que chorava. Apesar do alívio que as palavras dela lhe davam, Terence ficou consternado com a visão; então tudo cedera? Não havia limites para o poder dessa enfermidade? Tudo iria ruir diante dela? Helen sempre lhe parecera forte e decidida, e agora parecia uma criança. Ele a pegou nos braços e ela se agarrou a ele como uma criança, chorando quieta e mansamente sobre seu ombro. Depois controlou-se e enxugou as lágrimas; era uma bobagem portar-se daquele jeito, disse. Muita bobagem, repetiu, quando não podia haver dúvidas de que Rachel estava melhor. Pediu a Terence que perdoasse sua tolice. Parou na porta, voltou e o beijou sem dizer nada.

Nesse dia realmente Rachel estava consciente do que se passava ao seu redor. Chegara à superfície daquele poço escuro e visguento, e uma onda parecia balançá-la para cima e para baixo; ela cessara de ter qualquer vontade própria; deitava-se na crista da onda consciente de alguma dor, mas principalmente de fraqueza. A onda era substituída por uma encosta de montanha. Seu corpo tornou-se um floco de neve derretendo, sobre o qual seus joelhos se erguiam em imensas montanhas nuas de ossos expostos. Era verdade que via Helen e via seu quarto, mas tudo estava muito pálido e semitransparente. Às vezes, podia ver através da parede à sua frente. Às vezes, quando Helen saía, parecia ir tão longe que os olhos de Rachel quase não a podiam seguir. O quarto também tinha um esquisito dom de expandir-se e, embora empurrasse sua voz o mais longe possível, às vezes, ela se tornava um pássaro e fugia, não sabia se jamais atingiria a pessoa com quem estava falando. Havia imensos intervalos ou lacunas, pois as coisas ainda tinham poder de aparecer visíveis em sua frente, entre um momento e outro; às vezes levava uma hora para Helen erguer o braço, parando demoradamente entre cada movimento brusco, e despejar remédio. O vulto de Helen inclinando-se para soerguê-la na cama parecia gigantesco, e baixava sobre ela como um teto que caía. Mas, por um longo espaço de tempo, ela apenas ficava deitada consciente de seu corpo flutuando por cima da cama, e sua mente recolhida num canto remoto do corpo, ou escapando e esvoaçando pelo quarto. Todas as visões eram um esforço, mas a de Terence era o maior de todos, porque forçava Rachel a reunir mente e corpo no desejo de recordar alguma coisa. Não queria lembrar; ficava perturbada quando as pessoas tentavam interferir na sua solidão, queria estar sozinha. Não queria nada mais no mundo.

Embora ela tivesse chorado, Terence observou que Helen tinha mais esperança, e sentiu algo parecido com triunfo; na discordância entre eles, Helen dera o primeiro sinal de que admitia estar errada. Ele esperou que o Dr. Lesage descesse naquela tarde com considerável ansiedade, mas com a mesma certeza no fundo da mente de que logo os forçaria todos a ver que estavam errados.

Como sempre, o Dr. Lesage era severo e muito lacônico em suas respostas. Diante da pergunta de Terence, "Ela parece melhor?", ele respondeu, olhando-o de um jeito peculiar:

– Ela tem uma chance de viver.

A porta fechou-se e Terence caminhou até a janela. Encostou a testa na vidraça.

– Rachel – repetia para si mesmo. – Ela tem uma chance de viver. Rachel.

Como podiam ser ditas essas coisas de Rachel? Alguém ontem seriamente acreditara que Rachel estivesse morrendo? Estavam noivos há quatro semanas. Há 15 dias ela estava perfeitamente bem. O que poderiam ter feito 15 dias para a levarem daquele estado a este? Estava acima da capacidade dele entender o que queriam dizer comentando que ela tinha uma chance de viver, sabendo, como ele sabia, que estavam noivos. Virou-se, ainda envolvido na mesma névoa triste, e caminhou para a porta. De repente, ele viu tudo. Viu o quarto, o jardim e as árvores movendo-se no ar, que podiam continuar sem ela; ela podia morrer. Pela primeira vez desde que ela adoecera, recordou exatamente como ela se parecia e como gostavam um do outro. A intensa felicidade de senti-la perto misturava-se com uma ansiedade mais intensa do que a que já sentira. Não podia deixá-la morrer; não podia viver sem ela. Mas, depois de uma luta momentânea, a cortina caiu de novo, e ele não via nem sentia nada claramente. Tudo continuava, continuava ainda, do mesmo modo que antes. Exceto por uma dor física quando seu coração pulsava, e pelo fato de que seus dedos estavam gelados, ele não percebia que estava ansioso. Dentro de sua mente, parecia não sentir nada por Rachel ou qualquer outra pessoa ou coisa no mundo. Prosseguia dando ordens, combinando coisas com Sra. Chailey, escrevendo listas; de vez em quando subia as escadas e sem ruído botava algo na mesa diante da porta de Rachel. Naquela noite o Dr. Lesage parecia menos severo do que habitualmente. Voluntariamente ficou alguns minutos e, dirigindo-se a St. John e Terence igualmente, como se não recordasse qual dos dois era noivo da moça, disse:

– Acho que esta noite o estado dela é muito grave.

Nenhum deles foi para a cama ou sugeriu que o outro fosse. Sentaram-se na sala, montando guarda com a porta aberta. St. John arrumou uma cama no sofá, e, quando estava pronta, insistiu com Terence para que se deitasse ali. Começaram a discutir a respeito de quem devia deitar-se no sofá ou sobre algumas cadeiras cobertas com mantas. St. John finalmente persuadiu Terence a deitar-se no sofá.

– Não seja idiota, Terence. Se não dormir, você só vai ficar doente. Meu velho... – St. John começou e parou abruptamente, receando ser sentimental. Sentia que estava à beira das lágrimas.

Começou a dizer o que estava querendo dizer há muito tempo, que tinha pena de Terence, que gostava dele, que gostava de Rachel. Ela saberia o quanto gostava dela? Dissera alguma coisa, quem sabe perguntara? Ele estava muito ansioso por dizer isso, mas conteve-se, pensando que afinal era egoísmo; de que adiantava aborrecer Terence, fazendo-o falar nessas coisas? Ele já estava meio adormecido, mas St. John não conseguiu dormir. Pensou, deitado no escuro, se ao menos alguma coisa acontecesse, se ao menos essa tensão acabasse. Não se importava com o que acontecesse, desde que se desfizesse a sucessão daqueles dias difíceis e tristes; não se importaria se ela morresse. Sentia-se desleal por não se importar, mas parecia não ter mais sentimentos.

Durante toda a noite, não houve chamado ou movimento, exceto o abrir e fechar da porta do quarto de dormir lá em cima uma vez. Aos poucos a luz voltou ao aposento desarrumado. Às seis, os criados começaram a mexer-se; às sete, todos arrastaram-se para a cozinha lá embaixo; e meia hora depois, o dia recomeçou mais uma vez.

Mesmo assim, não era igual aos dias que tinham passado antes, embora fosse difícil dizer em que consistia a diferença. Talvez parecessem estar todos esperando alguma coisa. Havia certamente menos coisas a fazer do que de costume. Pessoas passavam pela sala – Sr. Flushing, Sr. e Sra. Thornbury. Falavam em tom baixo, como quem se desculpa, recusavam sentar-se e ficavam de pé um tempo considerável, embora só pudessem dizer, "Há alguma coisa que se possa fazer?", e não havia nada.

Sentindo-se estranhamente desligado de tudo aquilo, Terence recordou que Helen lhe dissera que, não importa o que aconteça com a gente, é assim que as pessoas se portam. Estaria certa ou errada? Ele estava pouco interessado em saber. Punha as coisas de lado em sua mente, como se outro dia fosse pensar nelas, não agora. A névoa da irrealidade ficava mais e mais densa, e, por fim, produziu uma sensação de embotamento em todo o seu corpo. Era o seu corpo? E aquelas eram realmente suas mãos?

Naquela manhã, também pela primeira vez, Ridley achou impossível sentar-se sozinho em seu quarto. Estava muito desconfortável no térreo, e como não soubesse o que estava acontecendo, estava o tempo todo estorvando. Mas não queria sair da sala. Inquieto demais para ler e sem nada a fazer, começou a caminhar pela sala, recitando poesia num tom baixo. Ocupando-se de vários modos, ora desfazendo embrulhos, ora desarrolhando garrafas, ora escrevendo ordens, o som da canção de Ridley e a batida do seu passo entravam na mente de Terence e de St. John a manhã toda como um estribilho mal compreendido.

Lutaram erguendo-se e lutaram abaixando-se,
Lutaram enfurecidos e quietos:
O demônio que cega os olhos dos homens,
Nessa noite fez sua vontade.

Como cervos exauridos, entre as ervas,
Tombaram algum tempo para repousar...

— Ah, é insuportável! — exclamou Hirst, e depois se controlou como se tivesse rompido um acordo. Terence arrastava-se escada acima repetidamente para ver se conseguia notícias de Rachel, mas as únicas notícias eram muito fragmentárias; ela bebera alguma coisa; ela dormira um pouco; parecia mais calma. Da mesma maneira, o Dr. Lesage apegava-se a pormenores, exceto uma vez, quando deu espontaneamente a informação de que acabara de ser chamado para certificar, cortando uma veia no pulso, que uma velha senhora de 85 anos estava morta. Tinha pavor de ser enterrada viva.

— É um pavor — comentou ele — que geralmente vemos nos muito velhos e raramente nos jovens. — Ambos expressaram interesse pelo que estava contando; parecia-lhes muito estranho. Outra coisa estranha naquele dia foi que todos esqueceram o almoço até bem tarde; então Sra. Chailey os serviu, e também parecia estranha, porque usava um vestido estampado engomado, e suas mangas estavam enroladas até acima dos cotovelos. Parecia, porém, tão esquecida de sua aparência, como se tivesse sido acordada por um alarme de incêndio à meia-noite, esquecendo sua reserva e compostura; falava com eles em tom bastante familiar, como se tivesse sido sua babá e os tivesse segurado nus no colo. Ela lhes assegurou várias vezes que precisavam comer.

A tarde, assim encurtada, passou mais depressa do que esperavam. Uma vez Sra. Flushing abriu a porta, mas, vendo-os, fechou-a depressa; outra vez, Helen desceu para apanhar alguma coisa, mas parou quando deixou o quarto para ver uma carta que lhe fora endereçada. Parou por um momento, revirando-a, e a extraordinária e triste beleza de sua postura chocou Terence do modo como as coisas o chocavam agora: como se algo tivesse de ser posto de lado em sua mente, para ser pensado depois. Quase não falavam, a discordância entre eles parecia suspensa ou esquecida.

Agora que o sol da tarde deixara a fachada da casa, Ridley caminhava pelo terraço, repetindo estrofes de um longo poema, numa voz contida, mas subitamente sonora. Fragmentos do poema entravam pela janela aberta sempre que ele passava.

> *Peor and Baalim*
> *Forsake their Temples dim,*
> *With that twice batter'd God of Palestine*
> *And mooned Astaroth...**

O som dessas palavras era estranhamente incômodo para os dois rapazes, mas tinham de suportá-lo. Quando o anoitecer começou e a luz vermelha do crepúsculo rebrilhava longe no mar, a mesma sensação de desespero atacou Terence e St. John, quando pensaram que o dia quase acabara e estava por vir outra noite. Uma luz acendendo-se depois da outra na cidade lá embaixo produziu em Hirst uma repetição do seu terrível e repulsivo desejo de ter um colapso e soluçar. Então Chailey trouxe lampiões. Explicou que Maria, abrindo uma garrafa, fora tão tola que cortara seu braço seriamente, mas que ela pusera uma atadura; era ruim quando havia tanto trabalho a fazer. A própria Chailey estava mancando por causa do reumatismo nos pés, mas parecia-lhe perda de tempo dar atenção à carne indisciplinada de criados. A noite avançava. O Dr. Lesage chegou inesperadamente e ficou lá em cima muito tempo. Desceu uma vez e bebeu uma xícara de café.

– Ela está muito doente – respondeu à pergunta de Ridley. A essa altura não parecia mais aborrecido, estava grave e formal, mas, ao mesmo tempo, cheio de consideração, o que não tinha antes. Subiu outra vez. Os três homens sentaram-se juntos na sala de

---

* Do poema "Ode on the Morning of Christ's Nativity", de John Milton (1608--1674). Em tradução livre: "Peor e Baalim / Esqueçam seus templos escuros / Com este duas vezes maltratado Deus da Palestina / E vagueiem Astaroth".

estar. Ridley agora estava bem quieto, e sua atenção parecia despertada. Exceto por pequenos movimentos meio involuntários e exclamações logo controladas, estavam à espera, em silêncio absoluto. Era como se finalmente estivessem reunidos face a face com algo definitivo.

Eram quase onze horas quando o Dr. Lesage apareceu na sala. Aproximou-se deles muito devagar e não falou logo. Primeiro olhou para Terence, e disse:

– Sr. Hewet, acho que agora o senhor deve subir.

Terence levantou-se imediatamente, deixando os demais sentados com o Dr. Lesage parado entre ambos, imóvel.

Chailey estava no corredor repetindo sem parar:

– É uma maldade, é uma maldade...

Terence não lhe deu atenção; ouvia o que ela estava dizendo, mas não tinha sentido em sua mente. Subindo as escadas, dizia para si mesmo:

– Isso não aconteceu comigo. Não é possível que isso tenha me acontecido.

Olhou curiosamente sua própria mão no corrimão. As escadas eram muito íngremes, e pareceu levar longo tempo para vencê-las. Em vez de sentir pungentemente como devia, não sentia nada. Abrindo a porta, viu Helen sentada ao lado da cama. Havia luzes veladas na mesa, e o quarto, embora parecesse cheio de muitíssimas coisas, estava muito arrumado. Havia um cheiro leve e não desagradável de desinfetantes. Helen ergueu-se e deu-lhe sua cadeira em silêncio. Quando passaram um pelo outro, seus olhos se encontraram num olhar peculiar, e ele espantou-se com a extraordinária clareza dos olhos dela, e a profunda calma e tristeza que vinham deles. Terence sentou-se ao lado da cama e um momento depois ouviu a porta fechar-se suavemente às suas costas. Estava sozinho com Rachel, e um leve reflexo do sentimento de alívio que costumavam sentir quando ficavam juntos sozinhos apoderou-se dele. Olhou para Rachel. Esperava ver nela alguma terrível mudança, mas não havia nenhuma.

Parecia muito magra, até onde ele podia ver muito cansada, mas era a mesma que sempre fora. Mais que isso, ela o via e o conhecia. Sorriu para ele e disse:

– Olá, Terence.

A cortina que fora baixada tanto tempo entre eles desapareceu imediatamente.

– Então, Rachel – respondeu ele na sua voz de sempre, e ela abriu bem os olhos e sorriu com seu sorriso conhecido. Ele a beijou e pegou sua mão.

– Tem sido tudo um terror sem você – disse ele.

Ela ainda o contemplava e sorria, mas logo uma leve expressão de fadiga ou perplexidade apareceu nos seus olhos, e ela os fechou de novo.

– Mas quando estamos juntos, somos perfeitamente felizes – disse ele, ainda segurando a mão dela.

Com a luz fraca era impossível detectar qualquer mudança no rosto de Rachel. Uma imensa sensação de paz dominou Terence, de modo que não queria mexer-se nem falar. A terrível tortura e a irrealidade dos últimos dias tinham passado, e ele agora estava numa perfeita paz e certeza. Sua mente começou a trabalhar naturalmente de novo e com grande leveza. Quanto mais ficava ali sentado, mais profundamente consciente estava da paz que invadia cada canto de sua alma. Uma vez susteve a respiração e escutou atentamente; ela ainda respirava. Ele continuou algum tempo pensando; pareciam estar pensando juntos; ele parecia ser Rachel e ele próprio; depois escutou de novo; não, ela deixara de respirar. Tanto melhor – aquilo era a morte. Não era nada; era deixar de respirar. Era felicidade, era felicidade perfeita. Agora tinham o que sempre quiseram ter, a união que fora impossível enquanto estavam vivos. Inconsciente de estar pensando ou pronunciando alto as palavras, ele disse:

– Nunca houve duas pessoas tão felizes como nós fomos. Ninguém amou como nós amamos.

Pareceu-lhe que sua completa união e felicidade enchiam o quarto com círculos que se ampliavam cada vez mais. Ele não tinha nenhum desejo não realizado no mundo. Ambos possuíam o que não lhes poderia ser tirado.

Ele não percebeu que alguém tinha entrado no quarto, mas sentiu, momentos ou horas depois, um braço atrás dele.

Os braços estavam ao seu redor. Não queria ter braços ao seu redor, e as misteriosas vozes sussurrantes o incomodavam. Largou sobre a colcha a mão de Rachel, agora fria, levantou-se de sua cadeira e foi até a janela. As janelas não tinham cortinas, e mostravam a lua e uma longa trilha prateada na superfície das ondas.

– Ora – disse ele no seu tom de voz normal –, olhem a lua. Há uma auréola ao redor da lua. Amanhã vai chover.

Os braços, fossem de homem ou mulher, estavam novamente ao redor dele; e o empurravam levemente para a porta. Virou-se, caminhou firmemente à frente dos braços, consciente de que se divertia um pouquinho com a forma como as pessoas se portavam só porque alguém tinha morrido. Ele iria, se queriam isso, mas nada que fizessem poderia perturbar a sua felicidade.

Quando viu o corredor diante do quarto, e a mesa com as xícaras e os pratos, de repente entendeu que havia um mundo no qual nunca mais veria Rachel.

– Rachel! Rachel! – gritou ele, tentando empurrá-las e voltar para ela. Mas impediram-no e empurraram-no pelo corredor, para um quarto longe dela. No andar de baixo, puderam ouvir as batidas de seus pés no chão, enquanto lutava por libertar-se; duas vezes ouviram-no gritar:

– Rachel, Rachel!

26

Por mais duas ou três horas, a lua despejou sua luz no ar vazio. Sem nuvens que a impedissem, caía diretamente e jazia quase como geada sobre o mar e a terra. Durante essas horas, o silêncio não foi rompido, e o único movimento era causado pelas árvores e ramos que se mexiam de leve, e depois as sombras, jazendo sobre os espaços brancos de terra, também se mexeram. Nesse profundo silêncio, apenas se ouvia um som, o som de uma respiração leve, mas contínua, que nunca cessava, embora nunca aumentasse nem diminuísse. E continuou depois que os pássaros começaram a voar de ramo em ramo; podia ser ouvido atrás das primeiras notas agudas de suas vozes. E continuou todas as horas, quando o Leste clareou, quando ficou vermelho e quando um azul tênue tingiu o céu, mas quando o sol se levantou, ele cessou, dando lugar a outros sons.

Os primeiros que se ouviram foram gritos inarticulados, parecendo gritos de filhos dos muito pobres, gente que estava muito fraca ou sofrendo. Mas quando o sol subiu acima do horizonte, o ar que estivera fino e pálido ficou cada vez mais rico e quente, e os sons da vida tornaram-se mais fortes, ousados e imperiosos. Aos poucos, a fumaça começou a subir em ondas sobre as casas, adensando-se lentamente até ficarem redondas e retas como colunas, e, em vez de bater em cortinas pálidas e brancas, o sol bateu em janelas escuras, atrás das quais havia profundidade e espaço.

O sol subira há muitas horas, e a grande cúpula de ar estava aquecida, cintilando com os finos fios dourados do sol, antes que qualquer pessoa se movesse no hotel. O hotel postava-se, branco e maciço, na luz da manhã, meio adormecido com as persianas baixadas.

Por volta das nove e meia, Srta. Allan entrou no saguão e muito devagar caminhou até a mesa onde estavam os jornais da manhã, mas não estendeu a mão para apanhar nenhum; ficou parada quieta, pensando, com sua cabeça um pouco inclinada sobre os ombros. Parecia curiosamente velha, e pelo seu jeito, um pouco encolhida e muito sólida, podia-se ver como seria quando fosse realmente velha, como se sentaria dia após dia em sua cadeira, olhando em frente placidamente. Outras pessoas começaram a entrar no saguão e a passar por ela, mas ela não falou com ninguém nem as olhou; finalmente, como se fosse preciso dizer alguma coisa, sentou-se numa cadeira e olhou quieta e fixamente em frente. Sentia-se muito velha essa manhã, e também inútil, como se sua vida tivesse sido um fracasso, dura e trabalhosa, sem motivo algum. Não queria continuar vivendo, mas sabia que continuaria viva. Era muito forte que ficaria muito velha. Provavelmente chegaria aos 80, e ainda tinha 50; portanto tinha mais 30 anos para viver. Revirou as mãos no colo e contemplou-as com interesse, suas velhas mãos, que tinham trabalhado tanto por ela. Não parecia haver muito sentido em tudo aquilo; a gente continuava, claro, a gente continuava... Ergueu os olhos e viu Sra. Thornbury parada ao seu lado com linhas na testa e lábios abertos como se fosse fazer uma pergunta.

Srta. Allan antecipou-se:

– Sim. Ela morreu esta manhã bem cedo, por volta das três.

Sra. Thornbury deu uma pequena exclamação, apertou os lábios, e as lágrimas vieram aos seus olhos. Através deles olhou o saguão, que agora estava cheio de grandes faixas de sol, grupos despreocupados de pessoas paradas ao lado das sólidas cadeiras e mesas. Pareciam-lhe irreais, ou pessoas inconscientes de que irá acontecer uma grande explosão ao seu lado. Mas não houve explosão e continuaram paradas perto das cadeiras e mesas. Sra. Thornbury já não as via, mas, atravessando-as como se não tivessem substância, via a casa, as pessoas na casa, o quarto, a cama no quarto e a figura da morta deitada inerte no escuro debaixo dos lençóis. Quase podia ver a morta. Quase podia escutar as vozes dos enlutados.

– Eles estavam esperando por isso? – perguntou afinal. Srta. Allan apenas pôde sacudir a cabeça.

– Não sei de nada – respondeu –, exceto o que a criada de Sra. Flushing me contou. Ela morreu esta madrugada.

As duas mulheres entreolharam-se com um olhar calmo e significativo; sentindo-se estranhamente atordoada, e procurando não sabia bem o quê, Sra. Thornbury subiu as escadas lentamente e caminhou em silêncio pelos corredores, tocando a parede com os dedos como se precisasse guiar-se. Camareiras passavam bruscas de quarto em quarto, mas Sra. Thornbury as evitou; quase nem as via; pareciam pertencer a outro mundo. Ela nem ergueu os olhos quando Evelyn a interpelou. Era evidente que Evelyn andara chorando e, quando olhou para Sra. Thornbury, começou a chorar de novo. Juntas, meteram-se num nicho de janela e ficaram em silêncio. Finalmente, formaram-se palavras fragmentadas entre os soluços de Evelyn:

– Foi uma coisa tão perversa – soluçava ela –, tão cruel... eles estavam tão felizes.

Sra. Thornbury dava-lhe palmadinhas no ombro.

– Parece duro... muito duro – disse ela, parando e olhando além da colina, para a *villa* dos Ambrose; as janelas estavam faiscando ao sol, e ela pensou em como a alma da morta teria passado por aquelas janelas. Alguma coisa deixara o mundo. Parecia-lhe tão estranhamente vazio.

– Mas ainda assim, quanto mais velha se fica – continuou ela, os olhos recuperando mais do que seu brilho habitual –, mais certa se está de que há um motivo. Como se poderia continuar, se não houvesse um motivo?

Perguntava a alguém que não era Evelyn, cujos soluços estavam se acalmando.

– Tem de haver um motivo – disse ela. – Não pode ser tudo só um acidente. Pois foi um acidente... isso não precisava ter acontecido, nunca.

Sra. Thornbury deu um suspiro profundo.

– Mas não devemos pensar assim – acrescentou –, vamos esperar que eles também não pensem assim. Não importa o que tivessem feito, acabaria assim. Essas doenças horríveis...

– Não há motivo... não acredito que haja motivo algum! – irrompeu Evelyn, baixando a persiana e deixando-a voltar com um pequeno salto. – Por que essas coisas acontecem? Por que as pessoas devem sofrer? Eu acredito sinceramente – continuou ela, baixando um pouco a voz – que Rachel está no céu, mas Terence... De que adianta tudo isso? – perguntou depois.

Sra. Thornbury sacudiu a cabeça um pouco, mas não respondeu, e, apertando a mão de Evelyn, seguiu pelo corredor. Impelida por um forte desejo de escutar alguma coisa, embora não soubesse exatamente o que havia para ouvir, ela ia para o quarto dos Flushing. Quando abriu a porta deles, sentiu que interrompera alguma discussão entre marido e mulher. Sra. Flushing estava sentada de costas para a claridade, e Sr. Flushing estava parado perto dela, discutindo e tentando persuadi-la de alguma coisa.

– Ah, aqui está Sra. Thornbury – começou ele com algum alívio na voz. – Naturalmente a senhora já ouviu. Minha mulher sente-se responsável de alguma forma. Insistiu com a pobre Srta. Vinrace para que fosse à excursão. Tenho certeza de que vai concordar comigo que é muito irracional sentir isso. Nós nem sabemos... na verdade, acho muito improvável... que ela tenha apanhado lá sua enfermidade. Essas doenças... além disso, estava decidida a ir. Teria ido quer você pedisse, quer não, Alice...

— Não diga isso, Wilfrid — disse Sra. Flushing, sem se mexer nem tirar os olhos do ponto no assoalho onde estavam pousados. — De que adianta falar? De que adianta...? — ela calou-se.

— Eu vinha perguntar — disse Sra. Thornbury, dirigindo-se a Wilfrid, pois não adiantava falar com sua mulher. — Há alguma coisa que o senhor acha que se poderia fazer? O pai dela chegou? Alguém poderia ir ver?

Naquele momento, o desejo mais intenso dela era ser capaz ele fazer alguma coisa por aquelas pessoas infelizes — vê-las, tranquilizá-las, ajudá-las. Era horrível estar tão longe delas. Mas Sr. Flushing sacudiu a cabeça; achava que agora não — mais tarde talvez alguém pudesse ajudar. Nisso, Sra. Flushing levantou-se rígida, voltou as costas para eles e caminhou para o quarto de vestir. Enquanto caminhava, podiam ver o peito dela erguendo-se e abaixando-se lentamente. Mas a sua dor era silenciosa. Ela fechou a porta atrás de si.

Sozinha, ela cerrou os punhos e começou a bater com eles no encosto de uma cadeira. Parecia um animal ferido. Odiava a morte; estava furiosa, indignada, ofendida com a morte, como se ela fosse uma criatura viva. Recusava-se a entregar seus amigos à morte. Não se submeteria às trevas e ao nada. Começou a caminhar de um lado para outro, punhos cerrados, sem tentar reter as lágrimas rápidas que corriam pelas suas faces. Sentou-se quieta, por fim, mas não se conformava. Quando parou de chorar, parecia obstinada e forte.

No quarto ao lado, enquanto isso, Wilfrid falava com Sra. Thornbury com mais liberdade, agora que sua esposa não estava ali.

— Isso é o pior nesses lugares — disse ele. — As pessoas se portam como se estivessem na Inglaterra, e não estão. Não duvido de que Srta. Vinrace apanhou essa infecção na própria *villa*. Provavelmente se expunha a muitos riscos que podiam ter-lhe passado essa doença. É absurdo dizer que ficou doente conosco.

Se ele não estivesse sinceramente triste por causa deles, estaria ofendido.

– Pepper me contou – prosseguiu – que saiu da casa porque os achava desleixados. Disse que nunca lavavam direito seus legumes. Pobre gente! É um preço terrível a pagar. Mas é só o que vejo aqui, toda hora, toda hora... as pessoas parecem esquecer que essas coisas acontecem, e quando acontece, ficam surpresas.

Sra. Thornbury concordou com ele que tinham sido muito pouco cuidadosos e que não havia motivo para pensar que a moça apanhara a febre na excursão; depois de falar sobre outras coisas por algum tempo, ela o deixou e continuou tristemente pelo corredor até seu próprio quarto. Devia haver algum motivo para que essas coisas acontecessem, pensou ao fechar a porta. Só que no começo não era fácil entender o que era. Parecia tão esquisito – tão inacreditável. Ora, há apenas três semanas – há apenas quinze dias vira Rachel; quando fechava os olhos, podia quase vê-la agora, a mocinha quieta e tímida que ia se casar. Pensou em tudo o que teria perdido se tivesse morrido com a idade de Rachel, os filhos, a vida de casada, as inimagináveis profundezas e milagres que, olhando para trás, lhe pareciam ter estado com ela dia após dia, ano após ano. A sensação de pasmo, que tornara difícil pensar, aos poucos cedia a uma sensação oposta; ela pensava muito rápida e claramente, considerando todas as suas experiências, tentava conferir-lhes uma espécie de ordem. Havia, sem dúvida, muito sofrimento, muita luta, mas, de modo geral, certamente um equilíbrio de felicidade – certamente a ordem prevalecia. Nem a morte de jovens era a coisa mais triste da vida, realmente – eles eram poupados de tanta coisa; ficavam com tanta coisa intacta. Os mortos – ela evocou os que tinham morrido cedo, por acidente – eram belos; muitas vezes ela sonhava com os mortos. E um dia o próprio Terence passaria a sentir... ela levantou-se e começou a caminhar inquieta pelo quarto.

Para uma mulher de sua idade, era muito inquieta, e para alguém com sua mente clara e rápida, estava inusitadamente perplexa. Não conseguia acalmar-se com nada, de modo que ficou aliviada quando a porta se abriu. Foi até seu marido, pegou-o nos braços, beijou-o com intensidade incomum, e, quando se sentaram juntos, começou a afagá-lo e a interrogá-lo, como se ele fosse um bebê, um bebê velho, cansado e briguento. Não lhe contou sobre a morte de Srta. Vinrace, pois isso apenas o perturbaria, e ele já estava aborrecido. Tentou descobrir por que ele estava tão inseguro. Política novamente? O que estava fazendo aquela gente medonha?

Passou a manhã toda discutindo política com seu marido, e aos poucos ficou profundamente interessada no que estavam dizendo. Mas, volta e meia, o que estavam dizendo parecia-lhe estranhamente vazio de significado.

No almoço várias pessoas comentaram que os visitantes do hotel estavam começando a ir embora: havia cada dia menos gente. Havia só 40 pessoas no almoço, em vez das 60 de antes. Assim julgou a velha Sra. Paley, olhando em torno com seus olhos desbotados, quando se sentou à sua mesa junto da janela. Seu grupo em geral consistia em Sr. Perrott e Arthur e Susan; hoje Evelyn também almoçava com eles.

Estava inusitadamente contida. Tendo notado que seus olhos estavam vermelhos e sabendo a razão, os outros esforçavam-se por manter entre si uma elaborada conversação. Ela tolerou isso por alguns minutos; apoiando os dois cotovelos na mesa e deixando a sopa intocada, exclamou de repente:

– Não sei como vocês se sentem, mas eu simplesmente não consigo pensar em outra coisa!

Os cavalheiros murmuraram, compreensivos, e pareciam graves. Susan respondeu:

– Sim, não é realmente um horror? Quando se pensa em que moça simpática ela era... acabara de ficar noiva. Isso não podia ter acontecido... parece trágico demais.

Ela olhou para Arthur, como se ele pudesse ajudá-la com algo mais adequado.

– Coisa muito dura – disse Arthur laconicamente. – Mas foi uma coisa muito tola de se fazer... subir aquele rio. – Ele balançava a cabeça. – Deviam ter sido mais espertos. Não se pode esperar que damas inglesas andem de barco como nativos aclimatados. Eu pensei vagamente em avisá-los no chá naquele dia, quando estavam discutindo o caso. Mas não adianta dizer esse tipo de coisa... só deixa as pessoas irritadas... e nunca faz diferença.

A velha Sra. Paley, até ali satisfeita com sua sopa, nesse momento, levando a mão ao ouvido, mostrou que queria saber o que estavam dizendo.

– Tia Emma, a senhora ouviu, a pobre Srta. Vinrace morreu da febre – informou Susan educadamente. Não podia falar alto em morte, nem com sua voz habitual, de modo que Sra. Paley não entendeu uma palavra. Arthur veio em socorro.

– Srta. Vinrace está morta – disse ele com toda a clareza. Sra. Paley apenas inclinou-se um pouco para ele e perguntou:

– Hã?

– Srta. Vinrace está morta – repetiu ele. Só enrijecendo os músculos em torno da boca ele conseguia evitar de cair na risada, e forçou-se a repetir uma terceira vez: – Srta. Vinrace... ela morreu.

Sem falar na dificuldade de escutar as palavras certas, os fatos que estavam fora de sua experiência cotidiana levavam algum tempo para chegar à consciência de Sra. Paley. Parecia haver um peso sobre seu cérebro, impedindo, embora não prejudicando, seu funcionamento. Ela sentou-se de olhos vagos por ao menos um minuto antes de entender o que Arthur queria dizer.

– Morta? – disse vagamente. – Srta. Vinrace morta? Meu Deus... isso é muito triste. Mas não lembro absolutamente qual delas era ela. Parece que conhecemos tanta gente nova aqui. – Olhou para Susan procurando ajuda. – Uma moça morena e alta, quase bonita, bastante morena?

– Não – disse Susan. – Ela era... – então desistiu, desesperada. Não adiantava explicar que Sra. Paley estava pensando na pessoa errada.

– Ela não devia ter morrido – continuou Sra. Paley. – Parecia tão forte. Mas as pessoas ficam bebendo essa água. Nunca entendo por quê. Parece uma coisa tão simples dizer-lhes que botem uma garrafa de água mineral no quarto. É só esse cuidado que eu tomo, e estive em toda parte do mundo, posso dizer... mais de uma dúzia de vezes na Itália... mas gente jovem sempre acha que sabe mais e depois paga o preço. Pobrezinha... sinto muito por ela. – Mas a dificuldade de espiar um prato de batatas e servir-se de um bocado agora concentrava sua atenção.

Arthur e Susan secretamente esperavam que o tema fosse abandonado, pois parecia haver algo desagradável nessa discussão. Mas Evelyn não estava disposta a esquecê-lo. Por que as pessoas nunca falavam das coisas importantes?

– Eu acho que o senhor não liga a mínima! – disse ela, virando-se bruscamente para Sr. Perrott, que estivera todo o tempo sentado quieto.

– Eu? Ah, sim, eu ligo – respondeu ele desajeitado, mas com evidente sinceridade. As perguntas de Evelyn o deixavam com uma sensação de desconforto.

– Parece tão inexplicável – continuou Evelyn. – Quero dizer, a morte. Por que ela teve que morrer, e não eu ou você? Faz apenas 15 dias estava aqui conosco. Em que você acredita? – perguntou a Sr. Perrott. – Acredita que as coisas continuam, que ela estará em algum lugar... ou acha que é tudo apenas um jogo... e que quando morremos nos transformamos em nada? Estou certa de que Rachel não morreu.

Sr. Perrott teria dito quase tudo que Evelyn queria dele, mas afirmar que acreditava na imortalidade da alma estava além de suas forças. Ficou sentado quieto, mais enrugado do que de costume, esfarelando seu pão.

Pensando que Evelyn agora lhe perguntaria em que ele acreditava, depois de uma pausa equivalente a um ponto-final, Arthur começou um tópico inteiramente diferente.

– Supondo que um homem escrevesse e lhe dissesse que quer cinco libras porque conheceu seu avô, o que você faria? Foi assim. Meu avô...

– Inventou um tipo de fogão – disse Evelyn. – Sei tudo sobre isso. Tínhamos um na estufa, para aquecer as plantas.

– Nem sabia que eu era tão famoso – disse Arthur, determinado a elaborar a qualquer custo aquela história. – Bem, o velho, um dos melhores inventores do seu tempo e também bom advogado, morreu como de costume, sem testamento. Fielding, seu empregado, afirma sempre, não sei com que direito, que meu avô queria fazer algo por ele. O pobre velhote tenta alguns inventos seus, vive em Penge, em cima de uma tabacaria. Já o visitei lá. A questão é... devo negar isso ou não? O que diz o espírito abstrato da justiça. Perrott? Lembre, eu mesmo não fui beneficiado com um testamento de meu avô, nem tenho como conferir a veracidade dessa história.

– Não sei muita coisa sobre o espírito abstrato da justiça – disse Susan, sorrindo complacente para os demais. – Mas estou certa de uma coisa... ele vai ganhar suas cinco libras!

Sr. Perrott passou a dar sua opinião, e Evelyn insistiu em que ele era escrupuloso demais, como todos os advogados, pensando na letra e não no espírito, enquanto Sra. Paley pedia para ficar informada, entre os pratos, sobre o que todos estavam dizendo. O almoço passou sem um intervalo de silêncio, e Arthur parabenizou-se pelo tato com que conseguira abrandar a discussão.

Quando deixavam a sala, a cadeira de rodas de Sra. Paley por acaso bateu nos Elliot, que estavam entrando. Interrompidos por um momento, Arthur e Susan estimaram a melhora de Hughling Elliot – ele estava no térreo pela primeira vez, ainda com ar cadavérico –, e Sr. Perrott aproveitou para dizer algumas palavras em particular a Evelyn.

– Haveria oportunidade de vê-la esta tarde, por volta de três e meia, digamos? Estarei no jardim, junto da fonte.

O grupo dissolveu-se antes de Evelyn responder. Mas, quando os deixou no saguão, ela o encarou vivamente e disse:

– O senhor disse três e meia? Para mim está bem.

Correu para cima, na exaltação espiritual e animação que a perspectiva de uma cena emocional sempre despertava nela. Não tinha dúvida de que Sr. Perrott a pediria em casamento novamente, e sabia que nessa ocasião devia estar preparada para uma resposta definitiva, pois partiria dentro de três dias. Mas não conseguia decidir-se. Era muito difícil, pois tinha um desgosto natural por qualquer coisa final e definitiva; gostava de continuar, em frente... sempre, sempre. Estava indo embora, por isso estendia as roupas lado a lado sobre a cama. Observou que algumas estavam muito velhas. Pegou uma foto de seus pais, e, antes de guardá-la na caixa, segurou-a por um minuto. Rachel olhara aquele retrato. De repente, a pungente sensação da personalidade de alguém, que às vezes continua preservada nas coisas que possuiu ou manuseou, dominou-a; sentiu Rachel com ela no quarto; era como se estivesse num navio no mar, e a vida cotidiana fosse tão irreal como a paisagem na distância. Mas aos poucos a sensação da presença de Rachel se foi, e não conseguia mais percebê-la, pois mal a conhecera. Mas aquela sensação momentânea a deixou deprimida e cansada. O que tinha feito de sua vida? Que futuro havia à sua frente? O que era faz de conta, o que era real? Essas propostas, alusões e aventuras eram reais, ou a satisfação que vira nos rostos de Susan e Rachel era mais real do que qualquer coisa que ela própria jamais sentira?

Preparou-se para descer, meio distraída, mas seus dedos estavam tão bem treinados que faziam o trabalho quase sozinhos. Quando estava realmente descendo as escadas, o sangue começou a circular por seu corpo também por sua própria conta, pois sua mente estava muito embotada.

Sr. Perrott a aguardava. Na verdade, depois do almoço descera direto para o jardim e estivera andando de um lado para outro no caminho mais de meia hora, num estado de tensão aguda.

– Estou atrasada como sempre – exclamou ela ao vê-la. – Bem, tem de me perdoar; eu tinha de fazer as malas... Verdade! Parece que vai haver tempestade! E aquilo é um novo vapor na baía, não é? – Ela olhava a baía onde um vapor lançara âncora, com fumaça ainda pairando sobre ele, enquanto um tremor escuro e rápido percorria as ondas. – Dá até para esquecer como é a chuva.

Mas Sr. Perrott não prestava atenção no vapor ou no tempo.

– Srta. Murgatroyd – começou com seu formalismo habitual –, eu lhe pedi que viesse até aqui por um motivo muito egoísta, receio. Não creio que precise certificar-se mais uma vez dos meus sentimentos; mas como está indo embora em breve, senti que não poderia deixá-la ir sem perguntar-lhe... tenho algum motivo para ter esperança de que venha a gostar de mim?

Ele estava muito pálido e parecia incapaz de dizer mais alguma coisa.

O pequeno jorro de vitalidade que entrara em Evelyn quando correra escadas abaixo já se fora, e ela sentia-se impotente. Não havia nada a dizer; ela não sentia nada. Agora que ele realmente a estava pedindo em casamento, nas suas palavras gentis de pessoa idosa, ela sentia por ele ainda menos do que antes.

– Vamos sentar e conversar a respeito – disse, bastante insegura.

Sr. Perrott seguiu-a até um banco verde recurvado debaixo de uma árvore. Olharam a fonte à sua frente, que há muito deixara de jorrar. Evelyn ficava olhando a fonte em vez de pensar no que ia dizer; a fonte sem água parecia símbolo de sua própria vida.

– Naturalmente eu gosto do senhor – começou, falando muito depressa. – Eu seria grosseira se não gostasse. Acho que o senhor é uma das pessoas mais simpáticas que já conheci, e uma das melhores também. Mas eu queria... queria que não gostasse de mim desse jeito. Tem certeza do que sente? – Naquele momento ela desejou sinceramente que ele dissesse não.

– Toda a certeza – disse Sr. Perrott.

– Sabe, não sou tão simples como a maioria das mulheres – continuou Evelyn. – Acho que quero mais. Não sei direito o que sinto.

Ele sentava-se junto dela, contemplando-a, sem dizer nada.

– Às vezes acho que não está em mim gostar muito de uma pessoa só. Alguma outra pessoa seria muito melhor esposa para o senhor. Posso imaginá-lo muito feliz com outra mulher.

– Se acha que há alguma chance de que um dia venha a gostar de mim, ficarei bem contente em esperar – disse Sr. Perrott.

– Bem... não há pressa, há? – disse Evelyn. – Digamos que vou pensar em tudo e lhe escrevo dizendo tudo quando voltar? Estou indo a Moscou; vou escrever de Moscou.

Mas Sr. Perrott insistia.

– A senhorita não pode me dar nenhuma ideia? Não peço uma data... isso seria pouco sensato. – Ele parou, olhando para a trilha de cascalho.

Como ela não respondesse logo, ele prosseguiu.

– Sei muito bem que não sou... que não tenho muito a oferecer-lhe em mim mesmo, ou em minhas circunstâncias. E esqueço que isso tudo não pode parecer para a senhorita o mesmo milagre que parece a mim. Até conhecê-la, eu tinha seguido meu caminho muito quieto... somos os dois gente muito quieta, minha irmã e eu... bem contente com minha sorte. Minha amizade com Arthur era a coisa mais importante na minha vida. Agora que a conheci, tudo isso mudou. A senhorita parece colocar tanto espírito em todas as coisas. A vida parece conter tantas possibilidades com que eu jamais sonhei.

– Isso é esplêndido! – exclamou Evelyn, agarrando a mão dele. – Agora o senhor vai voltar e começar toda a sorte de coisas, e fazer um nome importante no mundo; e vamos continuar sendo amigos, não importa o que venha a acontecer... seremos grandes amigos, não?

– Evelyn! – murmurou ele de repente, tomando-a nos braços e beijando-a. Ela não se aborreceu, embora lhe causasse pouca impressão.

Quando se endireitou de novo, ela disse:

– Não vejo por que não continuarmos amigos... embora algumas pessoas não entendam. E amizades fazem grande diferença, não fazem? São o tipo de coisa que é importante na vida, não é?

Ele a encarava com uma expressão desnorteada, como se não entendesse de verdade o que dizia. Com considerável esforço ele controlou-se, ergueu-se e disse:

– Agora acho que lhe disse o que sinto, e apenas acrescentarei que posso esperar o tempo que você quiser.

Sozinha, Evelyn andou de um lado para outro no caminho. O que então era importante? O que significava tudo aquilo?

27

Toda aquela noite, as nuvens se acumularam até se fecharem inteiramente sobre o azul do céu. Pareciam estreitar o espaço entre terra e céu, de modo que não havia espaço para o ar circular livremente; as ondas também estavam achatadas e rígidas, como se estivessem sendo contidas. As folhas nos arbustos e árvores no jardim estavam bem juntas, e a sensação de pressão e contenção era aumentada pelos breves sons de gorjeios que vinham de insetos e aves.

Tão estranhas eram as luzes e o silêncio, que o agitado burburinho de vozes, que habitualmente enchia a sala de jantar à hora das refeições, tinha lacunas bem nítidas, e durante esses silêncios o tilintar de facas em pratos se tornava audível. O primeiro rufo do trovão e a primeira gota pesada atingindo a vidraça causaram um pequeno movimento.

– Está chegando! – disseram simultaneamente em muitas línguas diferentes.

Então houve um silêncio profundo, como se o trovão tivesse se recolhido sobre si mesmo. As pessoas começavam a comer outra vez quando um sopro de ar frio atravessou as janelas abertas, erguendo toalhas de mesa e saias, uma luz lampejou seguida imediatamente pelo estouro de um trovão bem acima do hotel. A chuva veio com ele, chiando forte, e imediatamente houve todos aqueles sons de janelas sendo fechadas e portas batendo violentamente, que acompanham uma tempestade.

De repente o aposento ficou bem mais escuro, pois o vento parecia trazer ondas de escuridão sobre a terra. Ninguém tentou comer por algum tempo, e ficaram sentados, olhando para o jardim lá fora, com os garfos no ar. Agora só relâmpagos eram frequentes, iluminando os rostos como se fossem fotografados, surpreendendo-os em expressões tensas e nada naturais. O estouro seguia logo depois, violento. Várias mulheres meio que se levantavam de suas cadeiras e sentavam-se outra vez, mas o jantar continuou, inseguro, com olhos no jardim. Os arbustos estavam desgrenhados e esbranquiçados, e o vento os pressionava tanto, que pareciam inclinar-se para o chão. Os garçons tinham de chamar a atenção dos que jantavam para os pratos; e os que jantavam tinham de chamar a atenção dos garçons, pois estavam todos absortos olhando a tempestade. Como o trovejar não mostrasse sinais de afastar-se, mas parecia compacto exatamente acima deles, e os relâmpagos caíssem direto no jardim todas as vezes, uma sensação de desconfortável melancolia substituiu a primeira excitação.

Terminando muito depressa sua refeição, as pessoas reuniram-se no saguão onde se sentiam mais seguras que em qualquer outro lugar, porque podiam afastar-se das janelas, e, embora ouvissem o trovão, não podiam ver nada. Um menininho foi levado dali nos braços da mãe, soluçando.

Enquanto a tempestade continuava, ninguém parecia querer sentar-se, mas reuniram-se em pequenos grupos debaixo da claraboia central, onde ficaram numa atmosfera amarela, olhando para cima. Volta e meia seus rostos ficavam brancos quando o relâmpago brilhava, e finalmente vinha um estouro terrível, fazendo as vidraças da claraboia erguerem-se nos caixilhos.

– Ah! – exclamavam várias vozes ao mesmo tempo.
– Alguma coisa foi atingida – disse uma voz de homem.

A chuva desabou. Agora a chuva parecia extinguir os relâmpagos e os trovões, e o saguão ficou quase escuro.

Depois de um ou dois minutos em que nada se ouvia senão o bater da água contra as vidraças, houve uma diminuição sensível do som e finalmente a atmosfera ficou mais clara.

– Passou – disse outra voz.

Imediatamente todas as luzes elétricas foram acesas e revelaram um grupo de pessoas todas de pé, todas erguendo rostos bastante tensos para a claraboia, mas, quando se viram na luz artificial, viraram-se imediatamente e começaram a se afastar. Por alguns minutos, a chuva continuou martelando na claraboia e os trovões deram mais uma ou duas sacudidas; era evidente, pela claridade e pelo tamborilar agora leve da chuva no telhado, que o grande oceano confuso de ar viajava para longe deles, passando sobre suas cabeças, bem alto, com suas nuvens e suas varas de fogo, em direção ao mar. O edifício, que parecera tão pequeno no tumulto da tempestade, ficou equilibrado e espaçoso como sempre.

Quando a tempestade se afastou, as pessoas no saguão do hotel sentaram-se; e, com uma confortável sensação de alívio, começaram a contar histórias sobre grandes temporais, o que constituiu a grande distração da noite.

O tabuleiro de xadrez foi trazido, e Sr. Elliot, que usava um cachecol em vez de um colarinho em sinal de sua convalescença, mas que de resto estava bastante normal, desafiou Sr. Pepper para um torneio final. Ao redor deles, juntou-se um grupo de damas com peças de bordado. Ou, na falta de bordado, com romances, para supervisionar o jogo, como se estivessem cuidando de dois menininhos que jogavam bola de gude. De vez em quando olhavam o tabuleiro e faziam algum comentário animador para os cavalheiros.

Sra. Paley estava logo adiante, com cartas arrumadas em longas fileiras à sua frente, e Susan sentada perto dela, para acompanhar sem corrigir, e os homens de negócios e várias pessoas, cujos nomes ninguém conhecia, estendiam-se em suas poltronas com jornais no colo. A conversa nessas circunstâncias era muito leve, fragmentária e intermitente, mas o salão estava cheio da indescritível agitação da vida. De vez em quando a mariposa, que agora era de asas cinzentas e corpo lustroso, zumbia sobre as cabeças deles e batia na lâmpada com um baque.

Uma jovem largou seu bordado e exclamou:

– Pobre criatura! Seria melhor matá-la. – Mas ninguém parecia disposto a levantar-se e matar a mariposa. Viam-na disparar de lâmpada em lâmpada porque estavam confortáveis e não tinham nada a fazer.

No sofá ao lado dos jogadores de xadrez, Sra. Elliot ensinava um novo ponto de tricô a Sra. Thornbury, de modo que suas cabeças ficaram muito juntas, e só se distinguiam pela velha touca de renda que Sra. Thornbury usava à noite. Sra. Elliot era perita em tricô, e recebeu com evidente orgulho um elogio por isso.

– Acho que todas temos orgulho de alguma coisa – disse –, e eu tenho orgulho do meu tricô. Acho que isso é de família. Todas nós tricotamos muito bem. Tive um tio que tricotou suas próprias meias até a morte... e fazia isso melhor do que qualquer uma de suas filhas, o querido velho. Mas admiro-me que você, Srta. Allan, que usa tanto seus olhos, não pegue um tricô de noite. Sentiria um tal alívio, eu diria... um tal descanso para os olhos... e as feiras de caridade apreciam tanto essas coisas. – Sua voz caiu no tom brando meio consciente de uma tricotadeira perita; as palavras fluíam suavemente. – Por mais que eu faça, sempre tenho onde aproveitá-lo, o que é um conforto, pois assim sinto que não estou desperdiçando meu tempo...

Abordada assim, Srta. Allan fechou seu romance e observou as outras placidamente por algum tempo. Finalmente disse:

– Certamente não é natural deixar sua esposa porque ela está apaixonada por você. Mas isso... até onde entendo... é o que o cavalheiro da minha história vai fazer.

– Tsc, tsc, isso não soa nada bem... não, nada natural – murmuraram as tricotadeiras em suas vozes absortas.

– Mas é, mesmo assim, o tipo de livro que as pessoas consideram muito inteligente – acrescentou Srta. Allan.

– *Maternidade...* de Michael Jessop, presumo – interveio Sr. Elliot, pois nunca resistia à tentação de falar enquanto jogava xadrez.

– Sabe – disse Sra. Elliot um momento depois –, não acho que as pessoas hoje em dia *escrevam* bons romances... não tão bons como costumavam ser, de qualquer modo.

Ninguém se deu ao trabalho de concordar ou discordar. Arthur Venning, que andava por ali, às vezes dando uma olhada no jogo, às vezes lendo uma página de revista, agora olhou Srta. Allan, que estava quase adormecida, e disse brincando:

– Uma moeda pelos seus pensamentos, Srta. Allan.

Os outros ergueram os olhos. Ficaram contentes por não ter falado com eles. Mas Srta. Allan respondeu sem hesitação:

– Eu estava pensando no meu tio imaginário. Todo mundo não tem um tio imaginário? – continuou ela. – Eu tenho um... um velho cavalheiro absolutamente encantador. Está sempre me dando coisas. Às vezes é um relógio de ouro; às vezes uma carruagem e uma parelha; às vezes um lindo *cottage* na New Forest; às vezes uma passagem para o lugar que mais quero ver.

Todos ficaram pensando vagamente nas coisas que desejavam. Sra. Elliot sabia exatamente o que queria: queria um filho, e aquela ruguinha habitual acentuou-se em sua fronte.

– Somos pessoas de tanta sorte – disse ela, olhando o marido. – Nós realmente não temos desejos. – Dizia isso em parte para convencer-se, em parte para convencer outras pessoas. Mas a entrada de Sr. e Sra. Flushing a impediu de imaginar até onde ia sua convicção; eles vieram pelo saguão e pararam junto do tabuleiro de xadrez. Sra. Flushing parecia mais desorientada do que nunca. Uma grande madeixa de cabelo preto caía sobre sua testa, as faces estavam pintadas com vermelho escuro e gotas de chuva depunham manchinhas sobre elas.

Sr. Flushing comentou que estiveram no telhado, olhando a tempestade.

– Foi uma vista magnífica – disse. – Os relâmpagos iam até o mar iluminando as ondas e os navios bem longe. Não imaginam como as montanhas também estavam lindas, com aquelas luzes e grandes massas de sombra. Tudo acabou agora.

Ele deslizou para dentro de uma poltrona, interessado na luta final do jogo.

– E vão partir amanhã? – disse Sra. Thornbury, olhando Sra. Flushing.

– Sim – respondeu ela.

– Na verdade, não se lamenta partir – disse Sra. Elliot, assumindo um ar de ansiedade tristonha – depois de toda essa doença.

– A senhora tem medo de morrer? – perguntou Sra. Flushing, sarcástica.

– Acho que todos temos medo disso – disse Sra. Elliot, com dignidade.

– Eu acho que nesse assunto todos somos covardes – disse Sra. Flushing, esfregando a face no encosto da cadeira. – Estou certa de que eu sou.

– Nem um pouquinho! – disse Sr. Flushing, virando-se, pois Sr. Pepper levava muito tempo pensando na sua jogada. – Não é covardia querer viver, Alice. É o reverso da covardia. Pessoalmente, eu gostaria de viver 100 anos... desde que, é claro, com pleno uso de minhas faculdades. Pense em todas as coisas que estão por acontecer?

– É isso que eu sinto – concordou Sra. Thornbury. – As mudanças, as melhorias, as invenções... e a beleza. Sabem, às vezes sinto que não suportaria morrer e deixar de ver as coisas lindas ao meu redor. – Certamente seria muito aborrecido morrer antes de descobrirem se existe vida em Marte – acrescentou Srta. Allan.

– A senhora realmente acredita que há vida em Marte? – perguntou Sra. Flushing, agora virando-se pela primeira vez com vivo interesse para ela. – Quem lhe diz isso? Alguém que sabe? Conhece um homem chamado...?

Aqui Sra. Thornbury largou seu tricô, e uma expressão de extrema solicitude apareceu em seus olhos.

– Aqui está Sr. Hirst – disse ela calmamente. St. John acabava de entrar pela porta. Estava bastante desgrenhado pelo vento, suas faces terrivelmente pálidas, encovadas e com a barba por fazer. Depois de tirar o casaco ele ia passar direto pelo saguão para subir até seu quarto, mas não podia ignorar a presença de tantas pessoas conhecidas, especialmente quando Sra. Thornbury se ergueu e foi até ele, estendendo-lhe a mão. Mas o choque do aposento iluminado e quente, com a vista de tantos seres humanos alegres sentados juntos à vontade, depois da caminhada na chuva, no escuro, e os longos dias de tensão e horror, dominaram-no completamente. Ele viu Sra. Thornbury e não conseguiu falar.

Todo mundo estava calado. A mão de Sr. Pepper pairava sobre o seu cavalo.

Sra. Thornbury conduziu Hirst até uma cadeira, sentou-se ao lado dele e, com lágrimas nos olhos, disse com doçura:

– O senhor fez tudo pelo seu amigo.

Sua ação os fez voltar a falar como se nunca tivessem parado, e Sr. Pepper concluiu a jogada com seu cavalo.

– Não havia nada a fazer – disse St. John, falando muito devagar. – Parece impossível...

Ele passou a mão sobre os olhos como se um sonho se interpusesse entre ele e os outros, impedindo-o de ver onde estava.

– Aquele pobre rapaz – disse Sra. Thornbury, com lágrimas rolando pelas faces.

– Impossível – repetiu St. John.

– Ele teve o consolo de saber...? – comentou muito de leve Sra. Thornbury.

Mas St. John não respondeu. Ele deitou-se na sua poltrona, vagamente divisando os outros, vagamente ouvindo o que diziam. Estava terrivelmente cansado, e a luz e o calor, os movimentos das mãos, as brandas vozes comunicativas o acalmaram; davam-lhe uma estranha sensação de quietude e alívio. Sentado ali, imóvel, essa sensação tornou-se uma profunda felicidade. Sem qualquer sentimento de deslealdade com Terence e Rachel, ele cessou de pensar nos dois. Os movimentos e vozes pareciam juntar-se, vindos de diferentes partes da sala, e combinar-se num padrão diante dos olhos dele; estava contente por sentar-se ali em silêncio, observando esse desenho formar-se, olhando para aquilo que quase nem via.

O jogo era realmente bom, e Sr. Pepper e Sr. Elliot estavam cada vez mais empenhados. Sra. Thornbury, vendo que St. John não queria falar, voltou ao seu tricô.

– Relâmpagos de novo! – exclamou Sra. Flushing de repente. Uma luz amarela lampejou diante da janela azul, e por um segundo viram as árvores verdes lá fora. Ela foi até a porta, abriu-a e parou em meio ao relento.

Mas a luz era apenas um reflexo da tempestade que acabara. A chuva cessara, as nuvens pesadas foram sopradas dali e o ar estava fino e claro, embora névoas vaporosas estivessem sendo impelidas rapidamente diante da luz. O céu era mais uma vez de um azul profundo e solene, e a forma da terra era visível no fundo enorme, escura, sólida, arqueando-se na massa pontiaguda da montanha, aqui e ali com as minúsculas luzes das *villas* nas encostas. O ar que soprava, o rumorejar das árvores, a luz que lampejava aqui e ali, espalhando uma vasta claridade sobre a terra, encheram Sra. Flushing de exultação. Seu peito erguia-se e descia.

– Esplêndido! Esplêndido! – murmurava. Depois, virou-se para o saguão e exclamou numa voz imperiosa: – Venha aqui ver, Wilfrid. É maravilhoso.

Alguns se moveram vagamente; alguns se levantaram; alguns largaram suas bolas de lã e começaram a inclinar-se para apanhá-las.

– Para a cama... para a cama – disse Srta. Allan.

– Foi a jogada com a sua rainha que o entregou, Pepper – exclamou Sr. Elliot triunfante, juntando as peças com a mão e levantando-se. Ganhara o jogo.

– O quê? Pepper finalmente derrotado? Parabéns! – disse Arthur Venning, que empurrava a cadeira de rodas da velha Sra. Paley para a cama.

Todas essas vozes soaram gratas aos ouvidos de St. John, deitado meio adormecido, mas vivamente consciente de tudo ao seu redor. Diante de seus olhos, passava uma procissão de objetos, pretos e indistintos, figuras de pessoas apanhando seus livros, suas cartas, seus novelos de lã, seus cestos de trabalho; e, passando por ele, uma após a outra, iam para a cama.

Compartilhando propósitos e conectando pessoas

Visite nosso site e fique por dentro dos nossos lançamentos:
www.novoseculo.com.br

- facebook/novoseculoeditora
- @novoseculoeditora
- @NovoSeculo
- novo século editora

gruponovoseculo.com.br

Edição: 2
Fonte: IBM Plex Serif